Philippe Djian

Schwarze Tage, weiße Nächte

Roman

Aus dem Französischen von Uli Wittmann

Diogenes

Titel der 2000 bei Éditions Gallimard, Paris,
erschienenen Originalausgabe:
›Vers chez les blancs‹

Umschlagzeichnung von
Tomi Ungerer

www.diogenes.ch
300/02/44/1
ISBN 3 257 06308 3

And we thank Thee that darkness reminds us of light.
O Light Invisible, we give Thee thanks for Thy great glory!

T. S. Eliot

Ich weiß nicht, was ich tun soll.

Ich habe nicht die geringste Ahnung. Ich bin nicht zu Hause. Ich bin allein in einem Haus, das man mir zur Verfügung gestellt hat. Heute habe ich mich gezwungen, nach draußen zu gehen, und bin am Meer entlang spazierengegangen. Ich habe Muschelschalen und ein paar halbtote Krebse gesammelt und sie in eine Tasche gesteckt, aber das ist auch keine Lösung. Im übrigen stinken sie.

Ich weiß nicht, ob ich nicht bald verrückt werde.

Ich schaffe es immer noch nicht, mich in ein Bett zu legen. Manchmal schlafe ich auf einem Stuhl ein und falle hinunter. Ich weine fast die ganze Zeit. Ich merke es nicht einmal mehr. Ich muß auch zu bestimmten Zeiten gewisse Medikamente einnehmen.

Ich bin vor wenigen Tagen fünfundvierzig geworden. Leider sieht es so aus, als sei ich glänzend in Form. Keinerlei Aussicht auf Krebs oder eine andere bösartige Geschichte. Aber reicht das? Wird es mir gelingen, wieder zu Kräften zu kommen?

Das frage ich mich. Auf gewisse Weise bin ich schon tot.

Ich bin in meinem Garten, und ich weiß es noch nicht. Ich betrachte den Himmel. In diesem Augenblick sitzen Edith und die Kinder in einem Flugzeug, das sie aus Australien zurückbringt. Sie haben keine Tickets für einen früheren Flug bekommen können, und daher habe ich keinen Geburtstagskuchen. Aber sie sind unterwegs. Das reicht mir völlig, um glücklich zu sein. Vielleicht habe ich den Kopf noch zum Himmel gewandt, als ihr Flugzeug mitten im Flug explodiert. Aber ich merke nichts davon.

Heute bin ich in einem Haus, das man mir zur Verfügung gestellt hat, und ich habe Muscheln und ein paar Krebse gesammelt.

Ich glaube nicht, daß ich fähig bin, ohne Edith zu leben.

Ich weiß nicht, was ich tun soll.

Warum nicht einen Porno?« fragte mich Edith.

Es war schon spät. Ich versuchte, einen Artikel über eine Alge fertigzustellen, die *Super Blue Green*™. Auf meinem Arbeitstisch häuften sich die Unterlagen.

Ich tat, als hätte ich nichts gehört.

Kurz bevor wir ins Bett gingen, kam sie wieder auf die Sache zu sprechen: »Weißt du, das macht mir nichts aus…«

»Darum geht es nicht. Ich glaube, es gibt da noch andere Möglichkeiten.«

Ich löste den Blick von meinem Gesicht im Badezimmerspiegel und sah sie an. Sie hatte sich ein Kopfkissen in den Rücken gestopft, das Bettlaken über die Knie gezogen und hielt eine Zeitschrift in der Hand, die sie noch nicht aufgeschlagen hatte. Ihr Blick war ins Leere gerichtet.

Bei dem Essen in der Stadt, zu dem wir am folgenden Abend eingeladen waren, ließ sie Nicole Vandhoeren nicht aus den Augen.

»Wie findest du sie?«

Ich fand sie sehr attraktiv. Ihr Mann, Patrick Vandhoeren, hatte im vergangenen Jahr für seinen zweiten Roman einen bedeutenden Literaturpreis bekommen. Ich bewunderte ihn sehr. Außerdem hatte er einen Band mit Kurzgeschichten veröffentlicht, von denen gerade mehrere verfilmt wurden – von Tag zu Tag wurde er erfolgreicher. Nicole hatte ein paar Kilo zugenommen. Sie hatte einen bemerkenswerten Busen.

»Und, weiter?«

»Was soll das heißen?«

»Nun, du hast doch mit ihr geschlafen…«

»Ja, aber da waren wir zwanzig… Worauf willst du hinaus?«

Im Laufe des letzten Jahres hatte ich über fünfzig Artikel, Chanson-Texte, ein Theaterstück und einen Roman geschrieben. Ich hatte zwar nicht viel Zeit gehabt, um mich zu amüsieren, aber ich beklagte mich nicht. Edith hatte einen Kurzfilm fürs Fernsehen gedreht und es geschafft, einen Lehrauftrag an einer Hochschule für visuelle Künste zu erhalten. Doch angesichts der Summen, die uns das Finanzamt brutal aus der Tasche zog, und angesichts der Opfer, die uns unsere Kinder abverlangten, ganz zu schweigen von dem Rest, war die finanzielle Lage, in der Edith und ich uns befanden, äußerst heikel.

»Ich kann *Die kleine Rochade* für die Bühne bearbeiten. Ich kann versuchen, den Flop von *Die Straßenbahn* wettzumachen… Irgendwie schaffen wir das schon. Und ich verkaufe Algen.«

»Ich bin sicher, daß sie einverstanden wäre.«

»Wie kannst du das nur behaupten?«

»Ich weiß das. Glaub mir. Wollen wir wetten?«

»Hör zu, ich bin mir nicht sicher, ob das wirklich eine gute Idee ist. Aber wie dem auch sei, laß die Vandhoerens aus dem Spiel. Wenn er erfährt, daß wir vorhaben, mit seiner Frau einen Porno zu drehen, dann macht er Kleinholz aus mir!«

Ein paar Tage später waren sie bei uns zu Besuch.

Edith hatte mir nichts gesagt. Ich war in die Stadt gefahren, um ein Paket abzuholen, und ein junger Zollinspektor mit einem Ring im Ohr hatte mich am späten Nachmittag festgehalten und versucht, mich kleinzukriegen. Ich hatte das gleiche Problem mit den Vitamin-E-Kapseln und den Ginkgo-Tabletten gehabt, die ich mir aus London in Zweihundertfünfziger-Packungen hatte schicken lassen.

Ich war gerade damit beschäftigt, in der Garage meine Algenfläschchen zu begutachten und in einen Kühlschrank zu stellen (ich hatte inzwischen fünf Stück, sie und ihr Inhalt stellten fast meine ganze Habe dar), als Edith kam, um mir anzukünden, daß wir Besuch hätten.

Es war Frühling, und Nicole Vandhoeren trug ein einfaches, sehr knapp sitzendes Kleid.

»Schau sie dir an und denk daran, was ich dir gesagt habe...«, flüsterte Edith mir zu.

Der Garten war von einem rosafarbenen Himmel überspannt. Ein paar Pollenkörnchen tanzten im Licht, und mein Rasen strahlte in voller Schönheit: Es war, als wolle er eine Liebesbotschaft ins Firmament schicken.

Patrick Vandhoeren litt seit einiger Zeit an Sodbrennen und Verdauungsstörungen. Ich hatte ihm soeben drei Enzymkapseln gegeben, und nachdem er sie geschluckt hatte, blickte er mich mit wohlwollendem Zweifel an.

»Die läßt du dir also aus den USA schicken...«

»Ja… Aber ich mag nicht darüber reden. Wenn es dich interessiert, erzähle ich dir ein anderes Mal davon…«

Ein junger Typ, der neben ihm stand, grinste albern, während er meinen Wein trank. Ich konnte mich beim besten Willen nicht mehr daran erinnern, für welche Zeitung er arbeitete, und nicht einmal, ob er einen lobenden Artikel oder einen Verriß über mich geschrieben hatte. Mit der Zeit verwechselte ich sie alle, und manchmal machte mich Edith darauf aufmerksam, daß ich gerade eine Hand geschüttelt hatte, die mich durch den Dreck gezogen hatte. Unfaßbar!

»Also, die läßt du dir aus den USA schicken, wenn ich richtig verstanden habe…«

»Ja, aus Oregon.«

»Aus Oregon… Warum nicht?… Kann mir ja egal sein…«

Währenddessen beobachtete ich seine Frau aus den Augenwinkeln.

Vor fünfundzwanzig Jahren hatte ich tatsächlich mit ihr geschlafen. »Geschlafen« ist eigentlich nicht das richtige Wort. Die Sache hatte sich anläßlich eines Konzerts der *Sex Pistols* abgespielt, und zwar in den unsäglichen Toiletten eines Klubs, ich erinnerte mich nicht mehr an alle Einzelheiten.

»Du warst das also!« hatte sie eines schönen Abends zu mir gesagt und dabei mit dem Finger auf meine Brust getippt. Durch Patrick hatten sich unsere Wege vor einem Jahr wieder gekreuzt, und wir hatten schon mehr als ein Dutzend Abende gemeinsam verbracht, ohne diesen Zusammenhang herzustellen.

»Willst du etwa sagen…«

»Mein Gott!… Francis!«

»Ach du liebe Güte!«

Das war aber eine Überraschung!… Wir hatten uns endlose Sekunden lang gemustert, versucht, den verwirrenden Schleier zu zerreißen, der unsere Gesichter umhüllte. Ich hatte zwei weitere Martini bestellt.

»Na so was!… Aber das ist schon so lange her!… Du hattest damals noch keinen Bart, nicht?«

»Ich ließ ihn mir zu der Zeit gerade wachsen. Und du hattest kurzes Haar, und es war rot.«

»Orange.«

»Genau.«

»Na…«, hatte sie lächelnd geseufzt, »wir haben damals vielleicht Sachen gemacht!«

Edith glaubte mir nicht so recht, als ich behauptete, daß ich mich nur ziemlich undeutlich an diese Geschichte erinnere. Dabei war mir nur noch eine dunkle Toilette ohne Klopapier (was die Sache nicht gerade erleichtert hatte) im Gedächtnis geblieben, und Wände, die wegen der Bässe vibrierten, während gleichzeitig jemand ziemlich unsanft gegen die Tür hämmerte. Ich meine, daß Nicole mir den Rükken zugewandt und sich mit flachen Händen gegen die Wand gestützt hatte. Ich sehe ihre beiden Hände noch genau vor mir, links und rechts vom Rohr der Wasserspülung, und leite daraus die Stellung ab, die wir eingenommen haben müssen. Es kann natürlich auch sein, daß sie auf die Klobrille geklettert ist und sich dort hingehockt hat oder daß ich sie hochgehoben habe, aber das sind nur Spekulationen, bloße Varianten, die im Grunde nichts zur Sache tun. Alles andere lag in tiefstem Dunkel. Manchmal fragte ich mich, ob es ihr genauso erging.

Zu Beginn des Abends teilte mir Patrick Vandhoeren mit, daß meine Enzyme anscheinend ihre Wirkung taten.

»Patrick, hast du schon mal was von der *Spirulina* gehört?«

»Wovon?«

»Macht nichts. Hör zu, dabei handelt es sich ebenfalls um eine Alge. Vor ein paar Jahren waren alle verrückt danach. Heute will ich dir etwas über die *Super Blue Green* erzählen. Sie ist fast hundertfünfzigmal so stark…«

Er durchbohrte mich mit seinem berühmten zweideutigen Blick und sagte: »Willst du mir schon wieder etwas andrehen?«

»Und wenn ich behaupte, daß ich in der Lage bin, deine Leistungs- und Konzentrationsfähigkeit zu steigern, was sagst du dann?«

»Versuch lieber jemand anders reinzulegen!«

Zwei Stunden später war er mit mir in der Garage. Alice und Franck hatten sich zu uns gesellt. Ich hatte sie hinzukommen lassen, weil sie gute Kunden waren, treu und nicht allzu verrückt. Beim Anblick meiner Kühlschränke trat Alice dennoch ein wenig ungeduldig auf der Stelle. Ich gab ihr eine kleine Papiertasche mit einer Kordel, damit sie sich selbst bedienen konnte.

»Ich habe gerade etwas *Alpha* und *Omega Gold* bekommen…«, erklärte ich ihr, während ich die Vorhängeschlösser vor meinen Kühlschränken aufschloß. »Aber vorweg noch eins, Alice: Mehr als zwei Fläschchen pro Person kann ich leider nicht abgeben…«

»Francis! … Du bist gemein!«

Patrick und ich standen ein wenig abseits und unterhielten uns einen Augenblick. Ich behielt die beiden anderen trotzdem im Auge, denn in einer solchen Situation vertraute ich niemandem. Andererseits war ihr Eifer, meinen Vorrat zu leeren, die beste Reklame für mich. Patrick beobachtete sie mit zusammengekniffenen Augen und zog eine Grimasse.

»Und wieviel verdienst du daran?«

»So gut wie nichts. Das deckt gerade meine Unkosten… Ich erweise meinen Freunden einen Dienst. Wenn ich dazu beitragen kann, daß sie gesund bleiben, genügt mir das.«

»Du willst mich wohl verarschen.«

»Alice wird im Oktober siebzig. Sie geht jeden morgen schwimmen und macht ihre vierzig Bahnen. Danach arbeitet sie zwölf Stunden ohne Unterbrechung im Büro. Sie hat in diesem Winter den letzten Band ihrer Memoiren geschrieben, der gut sechshundert Seiten umfaßt, und Franck zufolge ist sie eine unermüdliche Sexualpartnerin. Ich will dir nur eins sagen: Leute wie Bret Easton Ellis, Martin Amis oder Stephen King schwören auf die *Super Blue Green*. Und Dan O'Brien, der bei den Olympischen Spielen die Goldmedaille im Zehnkampf gewonnen hat, schluckt sie dutzendweise. So … jetzt weißt du alles. Ich wollte nur, daß du wenigstens auf dem laufenden bist.«

»Was ist denn das für ein Quatsch?«

»Patrick… Du liegst im Rennen ganz vorn. Du zählst zu den Besten, aber ich will dich nur auf eins aufmerksam machen: Bald wird bei diesem Rennen nicht mehr mit gleichen Waffen gekämpft. Dann hast du es mit Übermenschen zu tun, die bis über beide Ohren mit Drogen vollgepumpt sind. Dabei kannst du dir für vierhundert Dollar das ganze Programm leisten. Du hast die Wahl.«

»Leck mich am Arsch!«

Lassen Sie sich nicht täuschen. Die Magie der Sprache, das »Musikalische« und die absolute Beherrschung des Stils behielt sich Patrick für die Schriftstellerei vor. Ich kann sogar noch einen Schritt weiter gehen: In diesem Mann steckte etwas von einem Dr. Jekyll und einem Mr. Hyde. Auf der einen Seite strömte ein kristallklarer, majestätischer Fluß, der uns alle (und sogar gewisse Hochschullehrer der Ostküste) bezauberte, aber auf der anderen, und zwar, wie mir scheint, als logische Folge, kam nur ein dünnes Rinnsal von dunklem Wasser hervor, ohne Glanz und ohne Pracht ... Auch wenn ... Auch darüber ließ sich streiten.

»Hörst du mich? Leck mich am Arsch!«

»Na gut, Patrick. Wie du willst ...«

Ich ging davon aus, daß die Sache so gut wie gelaufen war.

Was Nicole und das große Projekt anging, das Edith mit ihr vorhatte, war ich mir dagegen nicht so sicher. Zum einen war ich nach wie vor der Meinung, daß die Sache ziemlich heikel war, und zum anderen entdeckte ich nichts Ermutigendes in ihrem Verhalten. Aber woran sollte man auch erkennen, daß eine Frau bereit war, in einem Porno mitzuspielen?

Ein halbes Dutzend Frauen waren an diesem Abend bei uns im Haus, und wenn ich mit dem Finger auf die Frau hätte zeigen sollen, der ich die Sache am ehesten zutraute, hätte ich nicht auf Nicole gezeigt. Ich hätte Alice genommen. Oder aber Suzanne Rotko, die hinter ihrer Fassade der farblosen Intellektuellen manchmal einen seltsamen Blick hatte und sich in regelmäßigen Abständen in der Toilette einschloß.

Wir feierten gerade ihren Geburtstag. Als Agentin hatte sie Patricks Bücher in zweiundsechzig Ländern verkauft und für sein nächstes Werk einen enormen Vorschuß ausgehandelt (das hatte mich eine ganze Woche lang melancholisch gestimmt). Sie hatte auch Ediths Kurzfilm für einen im Vergleich dazu lächerlichen Preis an zwei Fernsehanstalten verkauft, was uns nach dem Steuerermittlungsverfahren immerhin wieder etwas Luft verschafft hatte. Für mich tat sie nicht mehr viel, außer daß sie mich weiterhin sehr schätzte, wie sie mir versicherte, und mir regelmäßig meine Produkte abnahm, unter anderem ein Präparat auf Kometenstaubbasis (ein Pulver, das die elektromagnetischen Interferenzen aktivierte), das ich ihr teuer verkaufte.

Wir warteten, daß sie die Toilette verließ, um die achtundvierzig Kerzen auf der Geburtstagstorte anzuzünden.

»Es läßt sich einfach nicht leugnen, daß Frauen, was Sex angeht, viel weiter gehen als Männer...«

Das war Olga Matticcio, Ediths beste Freundin. Sie schrieb ziemlich obszöne Bücher, ließ sich selbst aber aufgrund ihrer neurotischen Einstellung zur Hygiene auf nichts ein. Ihr kam jedoch der Zeitgeist zugute, die Sympathiewelle für gewisse Filme und manche Bücher, deren Autoren Frauen waren, die, wie man so schön sagt, kein Blatt vor den Mund nahmen (meiner Ansicht nach waren sie noch weit vom Ziel entfernt, aber in diesem Bereich brachten die Männer nichts Vernünftiges mehr zustande).

Olga war immer sehr provozierend gekleidet, vor allem

seit sie wieder auf der Höhe war. Statt eine Unterhaltung mit ihr zu beginnen, betrachteten daher die meisten von uns nachdenklich ihre Brüste in der enganliegenden durchsichtigen Bluse oder aber die Wölbung zwischen ihren Beinen, die ein knappes Höschen aus dehnbarem, seidig schimmernden Material gut zur Geltung brachte.

Außerdem war der Abend gerade in eine Flaute geraten. Jedem war auf einmal klar, daß er nichts mehr zu sagen hatte und auf seine Reserven zurückgreifen mußte. Durch die weit geöffnete Fenstertür drang laue, schwüle Luft herein, während das monotone Geräusch der Ringstraße sanft durch die Stille der in einen rosafarbenen Unterrock verwandelten Nacht über der Hauptstadt drang.

Ich klopfte diskret an die Toilettentür.

»Suzanne?... Hallo!... Kommst du gleich?«

Ich ließ sie mit ihrer Beschäftigung allein (Meditation, Masturbation, Kokain?... Niemand wußte das so genau) und kehrte zu den anderen zurück, um ihre Gläser zu füllen.

Ich unterhielt mich einen Augenblick mit der Frau des jungen Kerls, der den ganzen Abend nur albern gegrinst hatte und der, wie sie mir anvertraute, an seinem ersten Roman arbeitete. Wie sehr mich das freute. Sie war ganz aufgeregt. »Marco ist so begabt! ...«, wiederholte sie immer wieder und seufzte dabei seltsam.

Edith warf mir einen fragenden Blick zu, der sich auf Suzanne bezog. Ich gab ihr durch eine Geste zu verstehen, daß ich nichts Genaueres herausgefunden hatte.

Olga und Alice versuchten, Patrick Vandhoeren aus einer gewissen Benommenheit zu reißen, die wohl auf den Genuß meines Porto Vintage zurückzuführen war, um seine Meinung über die in der ersten Person geschriebenen sadomasochistischen Praktiken zu hören. Franck und Victor Margoline (Olgas Ehemann – sie waren seit zwanzig Jahren geschieden, aber unzertrennliche Freunde) rauchten im Garten eine Zigarre.

Nicole unterhielt sich mit Henri Sigmund, Patricks Verleger, der auch mein Verleger war. Seine Frau Isabelle und der junge Marco halfen Edith dabei, den Tisch abzuräumen, um Platz für die Torte zu schaffen.

Suzanne hatte sich schon seit einer guten Viertelstunde in der Toilette eingeschlossen, aber damit hatte sie ihren Rekord noch nicht gebrochen. Bereitete sie vielleicht eine Rede vor? Hatte sie sich vielleicht etwas eingeklemmt?

Ich kratzte an ihrer Tür.

»Mein Schatz? Ein Anruf aus New York für dich. Es ist Bob, der Typ von Knopf…«

Aus Angst, daß sie mir die Tür an den Kopf knallte, wich ich zurück.

Doch es geschah nichts, und ich machte mir allmählich Sorgen. Ich ging ins Wohnzimmer zurück.

»Hört mal zu… (ich zeigte mit dem Daumen auf die Toilette hinter mir)… Suzanne ist schon seit einer Stunde da drin und antwortet nicht!«

»Hat sie ihr Handy dabei?« fragte Patrick.

»Keine Ahnung…«

Er holte sein Handy aus der Tasche und wählte eine Nummer, während wir ihm aufmerksam zusahen.

»Ihr Anrufbeantworter…«, seufzte er. »Nichts zu machen. Hat jemand eine Idee?«

Nachdem wir die Tür aufgebrochen hatten, fanden wir sie bewußtlos auf dem Boden ausgestreckt. Ihr Slip war noch um ihre Knie gerollt, aber ich wollte sie nicht anfassen. Alice erledigte die Sache, während ich Suzanne links und rechts eine herunterhaute.

Sie kam zu sich und brach in Tränen aus. Da bemerkte ich oben auf einem Stapel Zeitschriften ein Modejournal mit Madonna auf dem Titelblatt. Ich schüttelte Suzanne und sagte: »Komm, reiß dich zusammen! ... Tony ist tot, du kannst ihn nicht zurückholen!... Hast du verstanden?«

Wir setzten sie auf die Kloschüssel. Sie starrte mich an, dann fiel sie mir um den Hals und stieß einen herzzerreißenden Schrei aus. Ich spürte ihre Tränen, die mir am Hals entlang unter den Hemdkragen rannen, und hinter mir das gerührte Schweigen der anderen.

»Verdammt noch mal, Suzanne«, flüsterte ich. »Versuch durchzuhalten.«

Ich hielt sie noch kurz in meinen Armen, dann nahmen Edith und Alice sie mit nach oben.

Tony war vorige Woche gestorben, er war beim Überqueren eines Zebrastreifens von einem Auto überfahren worden. Er war fünfzehn Jahre lang Suzannes Lebensgefährte gewesen, und ich vermutete, daß wir uns noch lange um sie kümmern mußten. Dabei war sie eine robuste Frau, die sich in ihrem Beruf mit ausgesprochener Härte durchsetzte und in der ganzen Branche als regelrechte Bulldogge galt. Henri Sigmund wußte das nur zu gut, vor allem, wenn es darum ging, einen Vertrag mit ihr auszuhandeln. Er legte mir die Hand auf die Schulter, als ich die Toilette verließ, und warf mir ein liebevolles, fast väterliches Lächeln zu, obwohl wir gleichaltrig waren. Ich antwortete darauf mit einem leichten Kopfnicken.

Ich nahm die Zeitschrift mit dem Foto von Madonna, das die ganze Sache ausgelöst hatte, und warf sie in den Mülleimer. Suzannes Geburtstagstorte wurde auf dem Küchentisch kläglich weich. Ich hörte, wie die Frauen im oberen Stockwerk flüsterten und wie Wasser, vermutlich voller Tränen, Rotz und Wimperntusche durch die Abflußrohre lief.

»Wie kann man nur so sentimental sein!« flüsterte Patrick und bot mir einen Zigarillo an.

»Ja, du hast recht... Aber du darfst eins nicht vergessen: Wir haben ein paar wunderschöne Tage hinter uns, Suzanne und ich, und das erleben wir nie wieder, egal was kommt... Weder gemeinsam noch unabhängig voneinander. Und ich sage das nicht, um dich zu verletzen.«

Während ich mit ihm sprach, hatte er sich vorgebeugt und die Zeitschrift aus dem Mülleimer gefischt.

»Wie kann man nur so blöd sein und so etwas herumliegen lassen!«

»Ja, ich weiß, was du empfindest. Aber so ist das nun mal, ich war für sie der erste, Patrick... Vor mir hatte es niemanden gegeben. Damit mußt du dich eben abfinden... Weißt du, Tonys Tod ist das Ende einer Ära. Sie hat damals einfach das Flugzeug genommen, um mich in Martha's Vineyard oder in Florenz zu besuchen. Nicht bloß in der Closerie des Lilas oder bei Lipp.«

»Aber Tony konnte dich zuletzt nicht mehr ausstehen, oder irre ich mich?«

»Das ist richtig, er wurde langsam alt. Seine Sehkraft hatte stark nachgelassen.«

Er richtete seine Aufmerksamkeit auf das Foto von Madonna.

»Weißt du, daß sie neulich bei mir angerufen hat? Sie will in einem meiner Filme mitspielen...«

»Madonna?«

»Ja, Madonna. Nicht der Hund!... Was ist das übrigens für einer?«

»Ein Coton de Tulear. Aber der hier hat einen zu langen Hals, sie hat sich wohl übers Ohr hauen lassen. Außerdem sind seine Augen etwas zu hell. Unter uns gesagt, Tony hat mich ein Vermögen gekostet...«

»Sag mal ehrlich... Findest du sie nicht geil? Ich glaube, ich würde sie gern mal näher kennenlernen.«

»Ist das dein Ernst? Suzanne kann das bestimmt für dich organisieren. Übrigens, apropos Madonna, noch jemand, der regelmäßig Algen nimmt.«

»Kennst du ihre Pornofotos?«

»Ja ... Aber die sind ein bißchen zu zahm, findest du nicht? Da fehlt der nötige Pep. Außerdem ist Pornographie eine sehr schwierige Kunst. Erzähl mir lieber was über einen Typen wie Nobuyoshi Araki. Hast du was für Fesselungstechniken übrig? Hör zu, wir müssen uns mal irgendwann zusammensetzen, um ausführlicher darüber zu reden. Das interessiert mich.«

»Ich interessiere mich nur für sie!« sagte er und betrachtete mit zusammengekniffenen Augen die Zeitschrift. »Ich kann dir sogar sagen, daß ich sie fast am Telefon gesprochen hätte.«

»Und warum hast du es nicht getan?«

»Ich spreche kein Englisch.«

Patrick und Nicole Vandhoeren waren noch nicht lange verheiratet, aber ihre Eheprobleme waren ein offenes Geheimnis. Was nicht hieß, daß Patrick bereit gewesen wäre, Nicole an einem gewissen gewagten Projekt teilnehmen zu lassen. Diese Art von Publicity würde ihm sicher nicht zusagen, das können Sie mir glauben, und dieses plötzliche Interesse für Madonna eröffnete auch keine neuen Perspektiven. Patrick war ein tadelloser Schriftsteller, was bedeutete, daß er nicht viel Zeit hatte, sich um alles andere zu kümmern. Das Leben zu zweit und die Notwendigkeit, dem anderen ein Minimum an Aufmerksamkeit zu widmen, waren unter diesen Bedingungen die reinste Utopie. Dazu kam, daß ihr Altersunterschied zehn Jahre betrug (er war zweiunddreißig und sie zweiundvierzig) und daß sich Patricks ungeheurer Erfolg erst nach ihrer Eheschließung eingestellt hatte. Das alles ergab eine explosive Mischung.

Ich hatte manchmal den Eindruck, als hätten sich die Paare, mit denen Edith und ich verkehrten, in einem Krankenhaus kennengelernt, und zwar in dem Trakt, der den Amputationen und den Stichwunden vorbehalten war. Und wenn das nicht der Fall war, schlugen die meisten von ihnen den Weg dorthin ein.

Als ich ins Wohnzimmer zurückkam, erschrak ich richtig, der Lärm ihrer Unterhaltung verwandelte sich eine Sekunde lang in eine dumpfe Klage, in ein herzzerreißendes Konzert von armen, verzweifelten Seelen. Ihre Gesichter waren verzerrt. Sie hatten nichts mehr zu trinken, das war der Grund.

»He! … Ihr seid doch wohl groß genug, um euch selbst zu bedienen!«

Sie wollten Absinth.

Ich versorgte sie gelegentlich damit, und sie hatten Geschmack daran gefunden. Manche von ihnen hatten schon mit meinem Teppich Bekanntschaft gemacht, und eigentlich sollte ich es besser für mich behalten, aber ich hatte selbst Henri Sigmund schon am frühen Morgen hinter dem Sofa mitten in seinem Erbrochenen gefunden. Isabelle dagegen hatte die Nacht draußen unter meiner Linde verbracht, und ich hatte mehrere Blagen aus der Nachbarschaft vertreiben müssen, die sich aufgrund ihres hochgezogenen Rocks auf der Straße die Augen ausguckten (was unserem Ruf in diesem Viertel nicht gerade förderlich war).

Ich begegnete Edith und Olga, die die Treppe hinabkamen, während ich in die Garage zurückkehrte. Suzanne, die sich ans Geländer klammerte und sich ein Taschentuch vor die Nase hielt, folgte ihnen. Sie sah nicht mehr so blendend aus wie zu der Zeit, als ich noch hohe Auflagen erzielte, und Tonys Tod hatte sich auch nicht gerade vorteilhaft ausgewirkt, aber sie hielt sich trotzdem ganz gut. Ich konnte sie mir gut in diesem Porno vorstellen, vor allem, da sie nicht verheiratet war, und ich nahm mir fest vor, mit Edith darüber zu sprechen.

»Na«, sagte ich und streckte ihr die Hand entgegen, »schämst du dich nicht?«

Ich nahm sie einen Augenblick in den Arm, küßte sie auf die Wange und drückte ihr dann ein paar Kapseln mit einer Mischung aus Bienenharz, Lehm und Pollen in die Hand, die ich als Muster erhalten hatte, mir aber aus Zeitmangel noch nicht näher hatte ansehen können.

»Nimm sie mit etwas Wasser ein, dann bist du gleich wieder fit«, flüsterte ich ihr ins Ohr. »Aber mach das nicht noch mal, okay?«

»Hat Patrick mich in diesem Zustand gesehen?«

Sie hatte noch eine vom Weinen heisere Stimme, und eine Falte der Verbitterung verzog ihren Mund, den ich trotzdem vollendet fand.

»Nein, ich glaube nicht. Mach dir darüber keine Sorgen.«

»Was soll er denn bloß von mir denken? Ich habe eben tatsächlich die Nerven verloren, nicht?... Geht es so? Wie sehe ich aus?«

Ich bat sie, sich bei Victor Margoline einzuhaken, der gerade mit einer Schüssel voller herzförmiger Eisstücke vorbeikam. Er hatte ein rätselhaftes Lächeln auf den Lippen, das seine Absicht verriet, Olga zu bespringen, falls diese der Grünen Fee zu sehr zusprechen sollte, was, wenn ich richtig informiert war, zumindest am Weihnachtsabend geschehen war, als er sie im Morgengrauen auf den Schultern davongeschleppt hatte. Es war in gewisser Weise recht rührend. Ich schätzte, daß er im Durchschnitt einmal im Jahr in zumeist unvorhersehbaren Situationen sein Ziel erreichte, und sein hartnäckiges Lauern auf die geringste Gelegenheit, sein verbissener Wille, in den Genuß der Reize seiner Exfrau zu kommen, brachten ihm meine ungeschmälerte Bewunderung ein. Ich war immer bereit, ihm zu helfen.

Ich zog die Garagentür hinter mir zu und schob ein paar Kisten zur Seite, um an meine eiserne Reserve zu gelangen. Dabei überkam mich ein Schwindelanfall, so daß ich mich einen Augenblick hinsetzen mußte. Das beunruhigte mich jedoch nicht allzu sehr, da ich die Sache mehr oder weniger gewohnt war, aber ich wußte nicht mehr so recht, wo ich war und was ich gerade tat. Meine Gliedmaßen waren eiskalt, ich spürte einen starken Druck auf dem Brustkorb, und ich hatte keine Spur von Speichel mehr im Mund.

»Francis?... Ist alles in Ordnung?«

Ich hob den Blick und sah Edith, die auf mich zukam.

Ich strich mir mit der Hand über das Gesicht und nickte dann.

Da ich noch nicht fähig war, ein Wort über die Lippen zu bringen, streckte ich meinen Arm nach ihr aus und legte ihn ihr um die Taille. Ich lehnte meinen Kopf an ihren Bauch.

»Soll ich sie alle nach Hause schicken?« fragte sie und streichelte mir den Schädel.

Einen Augenblick lang war ich versucht, den Vorschlag anzunehmen, denn in der gegenwärtigen Situation war ich nirgendwo besser aufgehoben als in Ediths Händen.

»Nein... Ich will noch versuchen, mit Nicole zu reden. Aber versprechen kann ich dir nichts.«

Bei meiner Rückkehr wurde ich begeistert empfangen. Ich überließ ihnen die Flasche und zog mich einen Augenblick in die Küche zurück, um nachzudenken. Wie sollte ich das Thema Nicole gegenüber zur Sprache bringen? Ich traute mir ohne weiteres zu, Patrick von einem möglichen Zwiegespräch zwischen seiner Frau und mir fernzuhalten (und wenn ich selbst sein Glas nachfüllen mußte), das war kein Problem, aber brachte mich das weiter?

Trotz unserer kurzen intimen Begegnung hatte ich keinen eigentlichen Kontakt mehr zu Nicole Vandhoeren, und mein Ansinnen drohte auf völliges Unverständnis zu treffen, vor allem da ich bei ihr eine gewisse Verärgerung über Leute unseres Schlags spürte, eine gewisse Bitterkeit einem Milieu gegenüber, das für ihre Eheprobleme verantwortlich zu sein schien. Worin sie vermutlich nicht ganz unrecht hatte. Der Erfolg stieg uns manchmal zu Kopf.

Sie besaß ein Maklerbüro. Sie war nicht gerade eine Frau im Stil von Madonna, und ihr Haar hatte seine natürliche Farbe wiedergefunden, aber ich war der Meinung, daß sie Patricks zunehmenden Mangel an Interesse nicht verdient hatte. Sie war zwar immer ziemlich konventionell gekleidet, verhielt sich eher zurückhaltend und griff einem nicht bei der erstbesten Gelegenheit mit einem überlegenen Lächeln an die Eier. Aber dennoch hatte sie einen wachen, forschen Blick. Hatte Edith etwa darin ein eigentümliches Aufleuchten entdeckt? Genau das mußte ich überprüfen.

Ich setzte mich neben sie aufs Sofa. Sie unterhielt sich gerade mit Alice, während ich so tat, als interessiere ich mich für die Geschichte, die der junge Marco über seinen Aufenthalt in einer Entzugszelle erzählte. Um ehrlich zu sein, hatte ich mich der allgemeinen Laxheit angepaßt und meinen Oberschenkel gegen Nicoles Schenkel gepreßt und wartete ihre Reaktion ab.

Es vergingen ein paar Minuten, ehe sie sich der Sache wirklich bewußt wurde. Ich hatte den Druck leicht erhöhen und mein Bein fast unmerklich hin und her bewegen müssen und zwar deutlich und zugleich unverfänglich, um mir für den Fall, daß ich den falschen Weg eingeschlagen hatte, einen Ausweg offenzuhalten oder aber, falls das Gegenteil der Fall sein sollte, mir eine andere Tür zu öffnen.

»Mein Gott, was für eine unglaubliche Erfahrung!« sagte

ich zu Marco, während Nicole sich entschloß, einen Blick auf unsere Kontaktflächen zu werfen.

Sie zuckte nicht mit der Wimper und nahm sogleich die Unterhaltung mit Alice wieder auf.

Also gut. Ich stand auf. Mit noch warmem Schenkel leerte ich mein Glas vor der offenen Fensterwand und blickte zum Sternenhimmel auf. Ich war ziemlich verwirrt.

»Ich habe es dir doch gesagt!« flüsterte Edith mir zu.

»Was hast du mir gesagt?«

»Ich habe dir doch gesagt, du sollst dich nicht vom Schein trügen lassen... Mach dich auf weitere Überraschungen mit ihr gefaßt.«

»Hör zu, ich habe nie behauptet, daß sie sich gegen jede Art von Abenteuer sträubt. Aber das ist noch meilenweit von dem entfernt, was du von ihr erwartest, meinst du nicht?«

»Sieh doch nicht alles gleich so schwarz! Du mußt dich nur ein bißchen anstrengen!«

Okay. Für Edith war nichts unmöglich. Das war einer der Gründe, warum ich sie liebte.

»Na gut«, sagte ich, »dann wollen wir mal.«

Ich nahm schon seit langem nicht mehr an den literarischen Gesprächen teil. Ich nutzte also eine Auseinandersetzung zwischen Olga und Patrick über den Metaroman, die sogleich von einigen anderen aufgegriffen wurde, um das Geschirr in die Spülmaschine einzuräumen.

Alice, Isabelle und Nicole gingen ein paarmal zwischen dem Wohnzimmer und der Küche hin und her, um mir behilflich zu sein.

Jedesmal wenn Nicole auftauchte, erfüllte eine geradezu

elektrische Spannung den Raum. Sie kam mit festem Schritt auf mich zu und blieb mit einem Ruck vor mir stehen. Dann reichte sie mir mit einer abrupten Geste das Besteck oder die Teller und atmete tief ein. Unsere Blicke kreuzten sich eine Sekunde, die Neonröhre an der Decke knisterte dabei besonders laut, dann machte Nicole auf dem Absatz kehrt, und alles war wieder normal.

Zum Schluß kam sie mit leeren Händen herein und ging auf der Suche nach Feuer unschlüssig in der Küche hin und her. Ich hatte Streichhölzer.

Die Zigarette zitterte zwischen ihren Fingern. Das Programm der Geschirrspülmaschine setzte sich in Gang, und man hörte, wie der Wasserstrahl in den Bottich spritzte. Das Zischen des aufflackernden Phosphors übertönte das Geräusch. Nicole wirkte äußerst verwirrt. Ihr Blick wanderte nervös hin und her, und sie biß sich auf die Lippe, ehe sie hervorplatzte: »Herrgott!... Was hatte denn das zu bedeuten? Bist du verrückt geworden?«

In ihrer Stimme lag Schmerz und Entrüstung.

»Nenn es, wie du es willst.«

Sie erstarrte. Dann schoß ihr das Blut ins Gesicht, und ihre Wangen nahmen die Farbe von Erdbeereis an.

»Au Scheiße!« seufzte sie.

Dann machte sie kehrt.

Ich blieb noch einen Augenblick in der Küche, räumte auf, warf den Abfall in den Mülleimer und dachte über diese Geschichte nach. Da ich weiß Gott nicht im Ruf eines Schürzenjägers stehe, begriff ich Nicoles Überraschung. Und erst recht, da es in meinem Verhalten ihr gegenüber bisher nie die geringste Zweideutigkeit gegeben hatte. Wir hatten mehr als einmal die Gelegenheit gehabt, uns allein zu sehen, zum Beispiel wenn ich Patrick besuchte und er unsere Verabredung vergessen hatte. Während wir auf ihn warteten und uns ohne Hintergedanken unterhielten, bot Nicole mir etwas zu trinken an und beklagte sich über Patricks häufige, verdächtige Abwesenheit und seine mögliche Untreue, über die sie nichts Näheres erfahren wollte. Und dabei blieben wir beide brav auf unseren Plätzen sitzen. Bis auf den besagten Abend, an dem wir zufällig entdeckten, daß es vor langer Zeit eine kurze intime Begegnung zwischen uns gegeben hatte, hatten wir das Thema nie wieder angesprochen und auch keinerlei Anspielung darauf gemacht. Ich blickte ihr nicht unter den Rock, wenn sie die Beine übereinanderschlug. Ich versuchte nicht, ihr im Verlauf unserer Gespräche unterschwellige Botschaften zukommen zu lassen. Ich onanierte nie mit dem Gedanken an sie. Ich lief die Treppe zu Fuß hinab, wenn der Aufzug zu klein war, blickte ihr nie zu lange in die Augen, trank nicht aus ihrem Glas ... oder ähnliche Dinge. Was nicht etwa heißen soll, daß Nicole keinen Reiz auf mich ausübte, im Gegenteil, aber ich habe immer eine andere Frau bevorzugt.

Sie blieb mir bis zum Ende des Abends so fern wie möglich, ohne mich jedoch aus den Augen zu lassen. Ich konnte fast eine Kraft spüren, die mich auf Distanz hielt und mich zu einem Umweg zwang, wenn ich ihr zu nah kam. Ich unternahm keinen weiteren Versuch.

Henri Sigmund und Isabelle gingen als erste, mit zwei Flaschen Absinth in den Taschen und fünfhundert Vitamin-C-Kapseln zu jeweils drei Gramm, die sie bar bezahlten. Ich begleitete sie zu ihrem Auto und schrieb mir dabei ihre nächste Bestellung auf, während Henri Sigmund mir in einem Anfall von Euphorie einen farbigen Schutzumschlag für meinen nächsten Roman versprach (was er eine Viertelstunde später schon wieder vergessen haben würde, aber es war trotzdem gut gemeint, und das war die Hauptsache).

Anschließend verabschiedeten sich Marco und seine Frau, die den Abend sehr gelungen fand, voller höchst interessanter Leute. Marco warf mir heimlich ein Lächeln zu, das besagte, ich solle sie nicht ernst nehmen, sie sei es nicht gewohnt auszugehen und begeistere sich für jeden kleinen Scheiß. Er ließ seinen Motorroller an und ließ ihn vom Bürgersteig auf die Straße rollen. Seine Lebensgefährtin reichte mir ihre feuchte, schlaffe Hand, ehe sie den Sturzhelm aufsetzte, der diskret von *Harley Davidson* gesponsert war, wie auf dem Abziehbild zu erkennen war. Währenddessen stürzte ihr Mann hinter ihrem Rücken mit dem scheppernden Geräusch von billigen Kochtöpfen mitten auf der Fahrbahn von seiner Maschine. Ich ging schnell wieder ins Haus und tat so, als habe ich nichts gesehen und nichts gehört.

Im Eingang kassierte ich noch ein paar Geldscheine. Vom anderen Ende des Flurs beobachtete Patrick mißtrauisch die Transaktion zwischen Alice und mir.

»Ich glaube, er interessiert sich für die Algen...«, flüsterte Alice mir zu.

»Natürlich interessiert er sich dafür! Was bleibt ihm auch anderes übrig? Ich hoffe, du hast ihm nichts von dem Freundschaftspreis erzählt, den ich dir zugestehe, Alice... oder?«

»Keine Angst. Der Kerl hat jetzt ja Geld wie Heu...«

»Ja, aber trotzdem macht er so leicht nichts locker, also halte bitte den Mund.«

Ich drückte ihr einen Kuß auf die Wangen und schüttelte Franck die Hand, der sich von Mann zu Mann über einen Dünnschiß mit mir unterhalten wollte, der ihn seit ein paar Tagen plagte. Ich stellte ihm mehrere Fragen, während Alice ein paar Schritte im Mondschein machte und Marco fragte, ob alles in Ordnung sei.

»Hör zu, Franck, dein Körper will dir etwas zu verstehen geben, das ist eindeutig. Du brauchst also nur die Ohren zu spitzen.«

»Und was sagt er mir deiner Ansicht nach?«

»Ich weiß es nicht. Vielleicht, daß du es mit dem Vitamin C etwas übertreibst… Weißt du, du solltest mal ein neues Mittel ausprobieren, das ich demnächst bekomme. Ich erzähle dir davon, wenn es soweit ist. Es handelt sich um ein Pulver, das die Indianer zur Zeit der Inkas in Mexiko benutzt haben. Es ist nicht ganz billig, aber es ist verdammt schwer dranzukommen, und den Grund dafür kann ich dir verraten: Die Typen, die das Zeug haben, wollen es für sich behalten!«

»So ein Mist! Und du meinst, du…«

»Ja. Verlaß dich auf mich. Ich komme mal bei euch vorbei, und dann erzähle ich euch mehr darüber.«

Als ich mich wieder zu den anderen gesellte, war Edith schon ins Bett gegangen.

»Verdammte Scheiße, laßt uns doch noch irgendwo einen trinken gehen!« rief Patrick laut in den Raum.

Er hatte eigentlich schon genug getrunken, wollte sich aber noch nicht geschlagen geben. Patrick war eben kein

Angsthase, war keiner von diesen kleinen Zeitungsfritzen, die sich vor dem letzten Glas Champagner fast in die Hose machten und den Abend mit Alka-Seltzer und einer Wärmflasche auf dem Bauch beendeten, nachdem sie ihrer Mama einen Kuß gegeben hatten. Er war nicht nur ein ausgezeichneter Schriftsteller, sondern auch ein Mann, der in der Fußballmannschaft des VSK (des Vereins der Schriftsteller und Kritiker) spielte, wo sein Talent und seine Einsatzbereitschaft schon so manchen verblüfft hatte. Ich selbst hatte ihn einmal nach einem Spiel, bei dem man ihn übel zugerichtet hatte – er blutete aus Gesicht und Knien –, zu den Umkleideräumen begleitet, und ich sehe ihn noch vor mir, wie er vor Wut in Tränen ausbrach, weil er das Spielfeld verlassen mußte. Von dieser Art von Schriftstellern gibt es nur einen in jeder Generation, das können Sie mir glauben.

Aber trotzdem hatte niemand so recht Lust, sich ihm anzuschließen. Suzanne behauptete, sie habe für den nächsten Morgen dringend noch ein paar Verträge vorzubereiten. Olga, sie habe eine Eingebung und müsse sofort eine obszöne Szene zu Papier bringen, ehe sie sie wieder vergesse. Victor, er bestehe darauf, sie nach Hause zu begleiten, insbesondere, da sie kein Auto habe. Und Nicole, sie fühle sich ein wenig abgespannt.

»Und du, willst du auch ins Bett?« fragte er mich in verächtlichem Ton.

»Meine Güte, ich weiß nicht so recht.«

»Vielleicht hattest du früher mal was in dir, aber heute...«

Ich kratzte mich am Kopf.

»Na gut«, sagte ich, »einverstanden. Wenn du wirklich Wert darauf legst...«

Ein verzerrtes Lächeln zeichnete sich auf seinen Lippen ab. Er wies mit dem Zeigefinger in meine Richtung und hob dabei den Daumen, als handele es sich um den Hahn eines Revolvers. Er wollte etwas sagen, aber sein Blick verschleierte sich, dann ließ er sich in einen Sessel fallen und schüttelte den Kopf.

Ich überließ ihn sich selbst und begleitete die anderen zur Tür.

Suzanne entschuldigte sich noch einmal für das Theater in der Toilette und meinte, sie wolle versuchen, mir eine Episode in einer Serie für einen Kabelkanal in Auftrag zu geben, aber es sei noch nichts entschieden. Ich antwortete, ich drücke ihr dafür alle Daumen. Olga blinzelte mir zu. Ich wünschte Victor viel Glück, während er mit gerührtem Blick dem glänzenden Hintern seiner Exfrau nachsah, die mit verheißungsvollem Zögern über den Bürgersteig ging.

Als ich wieder ins Haus trat, hatte sich Nicole über Patrick gebeugt. Ich blieb auf der Schwelle zum Wohnzimmer stehen, und wir wechselten einen vielsagenden Blick. Anschließend ging ich in die Küche.

Ich zog mein Notizbuch hervor und leerte meine Taschen über dem Tisch. Vom geschäftlichen Standpunkt war der Abend für mich nicht schlecht verlaufen. Ich zählte mein Geld, bündelte es und notierte mir die eingenommenen Summen neben den Namen meiner verschiedenen Kunden und aus dem Gedächtnis jedes einzelne Produkt, das sie mir abgenommen hatten.

Ich kam wieder am Wohnzimmer vorbei, als ich in die Garage wollte. Nicole hatte sich aufgerichtet und schien sich in einem Augenblick geistiger Verwirrung zu befinden.

»Ich bin gleich wieder da und kümmere mich um ihn…«, sagte ich, ohne haltzumachen.

Ich setzte mich an das kleine Pult, das ich zwischen meinen Kühlschränken untergebracht hatte, und schloß eine Schublade mit einem Geheimfach auf, das ich selbst gebastelt hatte. Ich legte das Geld hinein und übertrug dann die Ein- und Ausgänge in ein Kontobuch. Sie werden mir entgegenhalten, daß mich so ein billiges Möbelstück nicht vor unredlichen Absichten schützen könne, aber daher ließ ich meine Einnahmen auch nie lange dort. Ich brachte sie in regelmäßigen Abständen zur Bank. In Wirklichkeit war dieses Geld für unsere Kinder bestimmt, und ich unterhielt damit ein Konto, über das sie mit Hilfe ihrer Kreditkarten verfügen konnten. Es handelte sich um eine Art Nabelschnur, die uns noch alle miteinander verband. Ich stellte sie mir manchmal vor, wie sie beim Geldabheben einen liebevollen Gedanken an ihre Mutter oder an mich verwandten, worüber ich mich mehr freute als über eine dieser blöden Ansichtskarten, die sie regelmäßig zu schicken vergaßen.

Für ihre Mutter und mich war es ein harter Schlag gewesen, als sie den Entschluß faßten, ihr Studium zunächst in den USA und später in Australien fortzusetzen, wo sie sich weiterhin ein schönes Leben machten. Aber wenigstens waren sie zusammen. Und den jüngsten Nachrichten zufolge übten sich Joël und Julien, die Zwillinge, neben ein paar Stunden Unterricht mit großer Ausdauer im Surfen, während Cécilia, die Jüngste, ihre meiste Zeit auf den Vollversammlungen von *Greenpeace* verbrachte. Edith und ich waren uns schließlich darüber einig geworden, die Hauptsache darin zu sehen, daß es ihnen gutging – und daß sie bald in der Lage sein müßten, eine relative finanzielle Unabhängigkeit zu erlangen, aber davon konnte noch keine Rede sein.

»Äh... Francis...«

Ich schob die Schublade zu und wandte mich ihr langsam zu, um sie nicht zu erschrecken. Sie stand auf der Türschwelle, als stecke sie im Treibsand. Ich dachte, es sei wohl das Beste, nicht aufzustehen, denn ich spürte, daß sie noch ganz durcheinander war und vermutlich dazu neigte, meine geringste Geste falsch zu deuten. Leider hatte ich nur eine kleine Lampe mit einem grünlichen Glas auf meinem Schreibtisch angeknipst, und ich vermutete, daß meine Gesichtszüge durch diese Aquariumsatmosphäre ziemlich beunruhigend wirkten, aber das ließ sich nun mal nicht ändern.

»Na, hat er sich inzwischen entschlossen zu gehen?«

Sie starrte mich an, ohne zu reagieren, während sie mit einer Hand gedankenverloren über den Türrahmen strich.

»Nicole, was ist denn los?«

Ich hatte Mühe, die Frau, die ich vor mir sah, mit jener zu verbinden, die ich mir vor etwa fünfundzwanzig Jahren in einer Toilette vorgeknöpft hatte. Hatte sie sich etwa derart verändert, daß sie durch einen freundschaftlichen Verführungsversuch, der so mancher anderen Frau bestimmt Spaß gemacht hätte, völlig den Kopf verlor? Die Leute verbrachten auf solchen Abenden ihre Zeit damit, sich gegenseitig zu befummeln, die Hände zu berühren, den Rücken oder die Arme zu streicheln und sich ohne ersichtlichen Grund abzuküssen, und ich sollte die Grenzen des Erduldbaren überschritten haben, nur weil ich meinen Schenkel an ihren Schenkel gedrückt hatte?!... Was ist denn das für eine Tour, mit der du mir da kommen willst, Nicole? Willst du mir etwa vormachen, daß du die siebziger Jahre vergessen hast? Ich war durchaus bereit zuzugeben, daß die Zeit vorbei war, in der man alles sehr locker genommen hatte, denn schließlich hatte auch ich Edith nie betrogen, aber wenn es mal vorkam, daß mir eine Frau an den Hintern faßte und dabei »mein Schatz« zu mir sagte, dann machte ich nicht gleich einen Staatsakt daraus. Siehst du, und daher habe ich gehofft, du würdest dich schnell wieder fangen. Ich habe großen Respekt vor dir, du bist eine bewundernswerte Frau geworden, ich verstehe deine neue Haltung sehr gut und kann dich nur dazu beglückwünschen, aber bitte, sollen wir nicht endlich mit diesem Mißverständnis Schluß machen? Ich habe wirklich nicht vor, mich auf dich zu stürzen oder dich zu irgend etwas zu zwingen. Kannst du mir diese guten Vorsätze nicht vom Gesicht ablesen, wenn man von der gräßlichen Beleuchtung einmal absieht, die hier herrscht? Oder ist es diesem Schriftsteller, den du zum Mann hast, etwa gelungen, dir seine düstere, deprimierende Lebenseinstellung einzutrichtern?

Schließlich tauchte sie aus ihrer geistigen Benebelung wieder auf und sagte: *»Du fragst mich, was los ist?!...«*

»Ja, ganz recht.«

Sie antwortete noch immer nicht. Die Stille, die wieder zwischen uns entstand, wurde durch ein Röcheln aus dem Wohnzimmer unterbrochen.

»Fühlt er sich immer noch imstande, einen trinken zu gehen?« fragte ich.

»Nein… Ich fürchte, nicht… Aber was hatte das eben zu bedeuten?«

»Wollen wir nicht lieber nachsehen, was mit ihm ist?«

»Es ist alles in Ordnung. Er ist vermutlich nur auf dem Teppich zusammengesackt. Aber gibst du mir jetzt endlich eine Antwort?«

Ich schloß kurz die Augen und kniff mich in die Nasenwurzel.

»Hör zu, entschuldige bitte… Es war wohl etwas unüberlegt.«

»Allerdings… Das kann nur unüberlegt gewesen sein, wie sollte ich mir das sonst erklären?«

Sie rührte sich schließlich, um sich das Plastikfeuerzeug zu nehmen, das unter der Lampe lag. Sie zündete sich eine Zigarette an, lehnte sich direkt neben mir mit dem Hintern auf die Schreibtischkante und starrte auf das andere Ende des Raums, als ob sich so die ferngesteuerte Tür öffnen könnte, um uns dieses Problem vom Hals zu schaffen.

»Und das hat dich einfach so überkommen…«, fuhr sie fort, ohne mich anzusehen.

»Ja… Ein unwiderstehlicher Drang… Aber das kommt nicht wieder vor, das verspreche ich dir. Hör zu, ich hoffe, das ändert nichts an unserer Beziehung. Das würde ich mir nie verzeihen.«

»Was?… Nein, nein, keine Sorge… Das habe ich schon vergessen.«

Ich hätte ihr gern geglaubt, aber ich merkte nur zu gut, daß sie ihre Gelassenheit noch nicht wiedergefunden hatte. Sie wirkte immer noch unruhig. Sie hielt ihre Zigarette zwischen Zeige- und Mittelfinger und knispelte nervös mit dem

Nagel ihres Daumens an dem ihres Ringfingers. Ihr Atem war ein bißchen zu kurz und ging ein bißchen zu schnell, um mir meine Besorgnis endgültig zu nehmen. Ihr linkes angewinkeltes Bein verriet ein leichtes Zittern, das ich für ein Zeichen der Ungeduld hielt. Ehrlich gesagt hatte ich nicht den Eindruck, daß wir die Sache überstanden hatten.

Dann wandte sie mir den Kopf zu und sah mich seltsam an. In diesem Moment hatte ich das Gefühl, als hätten sich alle Frauen, die in ihr steckten, versammelt, um mich eingehend zu beobachten, als drängelten sie sich einzeln vor, um mich zu sehen und mich einzuschätzen, ehe sie beratschlagten, wie es weitergehen sollte. Ich kannte sie natürlich nicht alle.

Sie stieß einen leichten Seufzer aus und sagte: »Weißt du, Francis … Wir können doch nicht gleich der ersten Verrücktheit nachgeben, die uns durch den Kopf geht…«

»Natürlich nicht, ich bin völlig deiner Meinung.«

»Patricks Verhalten könnte mich dazu berechtigen, mir gewisse Freiheiten zu nehmen, aber ich tue es nicht. Ich frage mich im Grunde, was du dir vorgestellt hast…«

»Ich bitte dich, laß uns nicht mehr darüber nachdenken.«

»Na gut, aber ich hoffe, du nimmst es mir nicht übel. Es ist besser so, das mußt du doch zugeben…«

Ich stimmte ihr gern zu. Sie atmete tief ein und schüttelte lebhaft den Kopf, als hätte ich das Gegenteil gesagt.

»Ich weiß, daß wir diese alberne Situation sehr gut ausnutzen könnten…«

Sie spielte vermutlich auf die Tatsache an, daß Edith oben war und Patrick im Wohnzimmer auf dem Boden lag. Ich konnte verstehen, daß sie durch diese Situation wirklich in Verwirrung geraten war. Jetzt, da sie mich darauf aufmerksam machte, ging es mir genauso.

»Ich kenne die Versuchung nur zu gut«, fuhr sie fort und bemühte sich, sich wieder etwas in den Griff zu bekommen. »Glaubst du vielleicht, ich litte nicht ebenso darunter, einen kühlen Kopf bewahren zu müssen, wie du? Es wäre so leicht, nach allem, was ich seinetwegen habe ertragen müssen... Glaubt er vielleicht, ich hätte mit Sex nichts mehr am Hut?... Und du, glaubst du das etwa auch?«

»Ich weiß nicht so genau... Das ist schwer zu sagen.«

»Ich könnte dir hier auf der Stelle das Gegenteil beweisen!«

Was für ein Aufbegehren und was für ein Bedürfnis, gehört zu werden, steckte hinter dieser Feststellung! Jeder, aber wirklich jeder hätte ihr aufs Wort geglaubt.

»Aber was meinst du, wohin uns das führen würde?« fuhr sie fort. »Was würden wir uns da einbrocken, du und ich, wenn wir uns so einfach gehenließen?«

»Da hast du völlig recht.«

Sie starrte mich wieder an, dann verzog sie ihren Mund.

»Mein Gott, Francis! ... Ich war noch nie so nah dran nachzugeben, das schwöre ich dir!«

Sie hob schwerfällig den Arm und legte mir die Hand auf die Schulter. Es war eine mustergültige Geste der Zärtlichkeit und des freundschaftlichen Einvernehmens. Aber dann verkrampften sich ihre Finger, und bald spürte ich, wie sich ihre Nägel durch mein Hemd hindurchbohrten.

»Nicole... Du tust mir weh«, sagte ich zu ihr.

Blitzschnell zog sie die Hand von meiner Schulter zurück, als habe sie glühende Kohlen berührt. Sie führte die Hand zum Mund und biß sich auf die Finger.

»Hör zu, es tut mir wirklich leid, daß sich die Dinge so entwickeln«, erklärte ich. »Kann ich dir ein Glas Wasser anbieten?«

»Warum fällt es den einen so leicht und den anderen so schwer? Warum sind wir nicht dabei, wie wild auf dem Boden zu bumsen?«

Es war keine Frage, sondern eine bittere Feststellung. Bei genauerer Überlegung kam ich zu dem Schluß, daß sie in Wirklichkeit noch nie so intensiv daran gedacht hatte. Die Gelegenheit, die sich uns so offenkundig bot, war vermutlich wie ein unerwartetes, ungemein schweres Gewitter über ihrem armen Kopf losgebrochen und hatte arge Verwirrung in den sympathischen Reihen ihrer festen Vorsätze gestiftet oder diese gar absaufen lassen. Ich wußte, daß sie hart arbeitete und weder Zeit noch Mühe gespart hatte, um ihre Agentur aufzubauen und sie aus der grauen Masse herauszuheben. In solchen Fällen geht das im allgemeinen auf Kosten der Freizeit, die man für sexuelle Erfahrungen nutzen könnte. Aus welchem Tiefschlaf hatte ich sie bloß auf so plumpe Weise geweckt? Was für eine Büchse der Pandora hatte ich bloß geöffnet, ohne es zu wissen?

Ich wollte ihre Hand ergreifen, die Hand, auf der sich noch die Spuren ihrer Zähne abzeichneten, aber sie weigerte sich mit letzter Kraft und versteifte sich, als habe sie gerade ein eiskaltes Bad genommen.

»Nein, laß mich in Ruhe! Rühr mich nicht an!«

»Aber ich bitte dich, so war es doch nicht gemeint…«

»Mag sein! Aber ich flehe dich an!« Sie versuchte zu

lächeln und sagte dann: »Ich bin wie Popcorn, das kurz vor dem Zerspringen ist!«

Ich wußte ziemlich genau, wo das hinführen konnte. Sie senkte den Kopf, schloß die Augen und kaute auf ihrer Lippe. Ich nutzte den Moment, um aufzustehen.

Ich hob Patrick hoch und schleifte ihn zum Sessel. Ich zupfte seine Kleidung zurecht, während er knurrte, ohne daß es ihm gelang, die Augen zu öffnen, und entwand ihm einen nicht sonderlich wertvollen Filzstift, der aus seiner Hemdtasche hervorlugte und den ich später verkaufen könnte.

Ich blickte Patrick liebevoll an, als Nicole mit verschränkten Armen und vieldeutigem Gesichtsausdruck hereinkam.

»Was ist bloß in uns gefahren?«

»Gar nichts.«

»So so, das findest du... Dabei warst du vor einer Minute noch nahe dran, mich zu vergewaltigen!«

»Nicole, ich bin halb besoffen, und du bist eine begehrenswerte Frau. Schätzen wir uns glücklich, daß wir so einfach davonkommen. Ich möchte dich noch einmal bitten, mich zu entschuldigen.«

»Merkst du eigentlich nicht, in welchen Zustand du mich versetzt hast? Glaubst du vielleicht, ich könnte nach all dem so einfach nach Hause fahren und mich in Ruhe ins Bett legen?«

Ich ergriff Patrick an den Handgelenken, zog ihn aus dem Sessel und drehte mich um, um ihn mir auf den Rücken zu laden. Ich verschränkte seine Arme um meinen Hals und sicherte meine Last, ehe ich Nicole antwortete: »Ich weiß nicht, was du zu tun gedenkst, aber ich weiß, was ich gleich tue.«

»Nun werde bloß nicht ausfällig. Das wäre doch ein bißchen zu einfach, meinst du nicht?«

»Findest du nicht, daß diese Unterhaltung etwas deprimierend wird?«

Ich schleppte Patrick bis zu seinem Wagen. Seine Schuhspitzen schleiften über den Bürgersteig, während Nicoles Absätze an meiner Seite tänzelten. Das Morgengrauen würde nicht mehr lange auf sich warten lassen.

Ich verstaute Patrick auf dem Beifahrersitz. Sie setzte sich ans Steuer. Ich ging um den Wagen herum, um durch ihre offene Scheibe hineinzuschauen, und stellte fest, daß sie sich nach vorn gebeugt hatte. Ich fragte mich, was sie wohl anstellte, als sie sich seufzend wieder aufrichtete und mir einen weißen Stoffetzen reichte, den ich sogleich als einen Teil ihrer Garderobe identifizierte.

»Ich könnte mir vorstellen, daß dir das hilft...«, sagte sie und fuhr los.

Ich hielt mir den Gegenstand an die Nase und sah ihr mit einer gewissen Anspannung im Magen nach.

Nach knapp zehn Metern leuchteten die Bremslichter auf. Sie kam im Rückwärtsgang zurück.

Ihre Hand tauchte aus der Fensteröffnung auf und nahm mir ihren Slip wieder ab.

»Nein, das ist zu blöd«, erklärte sie. »Und außerdem hast du es nicht verdient!« Sie trat aufs Gaspedal. Ich blieb noch einen Augenblick mit starrem Arm, aber leerer Hand auf dem Bürgersteig stehen.

Eine seltsame Frau, nicht wahr?

Als Edith gegen Mittag herunterkam, um zu frühstükken, war ich fast mit dem Staubsaugen des Wohnzimmers fertig. Sie lächelte mir verschlafen zu, ehe sie in die Küche ging, die funkelte, als sei sie nagelneu, denn ich hatte mich ihr eine ganze Weile gewidmet. Ich muß dazu sagen, daß uns die Steuerfahndung ein saftiges Bußgeld aufgebrummt hatte, weil wir eine Putzfrau beschäftigt hatten, die keine Aufenthaltsgenehmigung besaß, und wir sie nicht deklariert hatten. Das Bußgeld und die Nachzahlung und die Nachgebühr und die Drohungen, mit denen die Behörde den möglicherweise rückfälligen Steuerhinterzieher einschüchterte, hatten uns dazu veranlaßt, uns einzuschränken. Ich hatte also Ediths Wagen verkauft, darauf verzichtet, mir einen neuen zu kaufen, und die Putzfrau entlassen.

Ich wußte nicht, wer von unseren Nachbarn uns verpfiffen hatte, jedenfalls konnte er jetzt feststellen, daß ich die verschiedenen Aufgaben im Haushalt eigenhändig erledigte, und zwar entgegen allen Erwartungen sehr gut. Insbesondere da ich im Unterschied zu Edith seit etwa zwei Jahren selten mehr als vier Stunden pro Nacht schlief (irgend etwas war nach meinem fünfundvierzigsten Geburtstag in die Brüche gegangen). Und so hatte ich im allgemeinen zu der Zeit, da in den Villen, den Wohnblocks und den Hochhäusern die Wecker klingelten, um eine verstörte, unwillige Bevölkerung aus dem Schlaf zu reißen, meine Schürze schon weggehängt und das Bügeleisen ergriffen.

Ich schenkte mir einen weiteren Kaffee ein, um Edith, die gähnend ihr Schälchen Müsli zubereitete, Gesellschaft zu leisten. Wie gewöhnlich reckte sie sich, indem sie ein Handgelenk ergriff, die verschränkten Arme über den Kopf hob und mit einem leichten Stöhnen das Gesicht vor Vergnügen verzog. Sie bot mir einen Anblick von atemberaubender Schönheit.

»Na, wie ist der Abend zu Ende gegangen?«

»In gewisser Hinsicht ziemlich enttäuschend.«

Ohne mich aus den Augen zu lassen, beugte sie sich vor, um die Milchtüte aus dem Kühlschrank zu holen. Ich erzählte ihr, was geschehen war.

»Das ist doch eher ein gutes Zeichen, findest du nicht?«

»Ich weiß nicht.«

Sie ließ sich Zeit, um noch eine Sekunde darüber nachzudenken, und bestätigte dann ihren Eindruck: »Daß sie dir ihr Höschen gegeben hat, ist ein gutes Zeichen, finde ich.«

»Ja, aber… sie hat es mir sofort wieder weggenommen. Es spricht also einiges dafür und einiges dagegen.«

Sie schwenkte den Teelöffel in meine Richtung und sagte: »Aber konntest du dir neulich, als ich mit dir über sie gesprochen habe, so eine Geste von ihr vorstellen?«

Ich mußte zugeben, daß sie recht hatte.

»Aber trotzdem ist mir nicht wohl bei diesem Gedanken… Ehrlich gesagt, habe ich keine rechte Lust, die Sache voranzutreiben.«

»Auch nicht, wenn ich dich darum bitte?«

Ich verbrachte einen Teil des Tages damit, den Vortrag auszuarbeiten, den Patrick gegen Ende des Monats in Toronto über das Thema »Überlegungen zum Schaffensprozeß« halten sollte, aber ich war mit den Gedanken woanders. Über meinem Kopf, hinter den beiden Dachfenstern in meinem Arbeitszimmer in dem ausgebauten Dachboden, zeichnete sich ein schwer zu ertragender, strahlendblauer Himmel ab.

Gegen sechs stand ich plötzlich von meinem Stuhl auf und stattete Olga einen Besuch ab.

»Was hat sie gemacht??!... Was hat Nicole Vandhoeren gemacht??!!«

Für eine Frau, die die konservativen Rechten am liebsten zusammen mit all ihren verklemmten Büchern auf dem Scheiterhaufen verbrannt hätte, kam mir Olga ziemlich empfindlich vor. Mit einer Tasse dampfenden Tees in der Hand blieb sie wie erstarrt vor dem Sofa stehen, auf das sie sich gerade hatte setzen wollen.

»Ohne Scheiß«, bestätigte ich. »Aber es war zum Teil auch meine Schuld...«

Sie stellte ihren Tee auf den Beistelltisch und holte ihre Zigaretten, ehe sie sich mir gegenüber hinsetzte. Sie trug ausgebeulte Shorts und eines jener Unterhemden der Bundeswehr, die ich letztes Jahr verkauft hatte und die eine ganze Reihe von Schriftstellern zu Hause trug. Ihr Haar war noch naß, denn sie hatte gerade ihr obligates ausgedehntes Bad genommen, das, wie sie mir mit einer Grimasse des Ekels anvertraut hatte, durch einen gewissen hinterhältigen Übermut Victors bei ihrer Heimkehr notwendig geworden war. An der rosigen Farbe ihrer Arme und Beine erkannte ich, daß sie einen Massagehandschuh benutzt und sich mit einem starken Antiseptikum abgespült hatte.

»Weißt du, wenn jemand anders mir das erzählt hätte, hätte ich es nicht geglaubt!«

»Ja... Es überrascht mich immer wieder, wozu die Menschen fähig sind.«

»Francis, wir können uns einfallen lassen, was wir wollen, wir bleiben doch immer weit hinter der Wirklichkeit zurück, das weißt du genausogut wie ich. Aber von Nicole hätte ich das trotzdem nicht erwartet, da bin ich platt! Ich habe immer geglaubt, sie sei frigide, du etwa nicht?«

»Nicht ganz, aber fast.«

»Na so was!« seufzte sie. »Es gibt Frauen, die wachen ganz plötzlich auf, und dann steigt ihnen die Sache zu Kopf... Da braucht man gar keine weiteren Erklärungen zu suchen. Meiner Ansicht nach hat das nichts mit dir zu tun, glaub mir das. Sie hat es bei dir versucht, aber sie hätte es auch genausogut bei jemand anders versuchen können.«

Ich hatte mit Olga ein spezielles, ziemlich unlösbares Problem. Sie war Ediths beste Freundin und war der Ansicht, daß alles, was Edith gehörte, in gewisser Weise auch ihr gehörte. Und da sie sich gern als jemand sah, der ein großes Herz besaß, konnte sie sich durchaus vorstellen, daß ich ein Verhältnis mit einer anderen Frau haben könne. Aber nur unter der Bedingung, daß sie diese Frau war. Das Ärgerliche dabei, und über dieses Thema hatten wir schon lange, fruchtlose, stumpfsinnige Diskussionen gehabt, bestand darin, daß sie gegen eine gewisse Art von Sex praktisch allergisch war, es sei denn, der Zufall oder eine spezifische Konstellation der Planeten hatte ihre Hand im Spiel.

Weder das eine noch das andere war bisher in meiner Gegenwart eingetreten.

»Ist das wirklich nötig?« flüsterte sie mir manchmal zu, wenn wir auf ihrem Sofa lagen und eine freundschaftliche Umarmung aus Müdigkeit oder wegen der Last des Alltags andere Formen anzunehmen drohte. Dabei richtete sie sich mit entblößten Brüsten und bis zur Taille hochgezogenem Rock auf einem Ellbogen auf und warf mir einen bestürzten Blick zu. Dann war der Zauber jeweils verflogen. Und falls ich zufällig einmal nicht lockergelassen und es womöglich gar geschafft hatte, ihren Widerstand zu brechen, kamen mir sogleich wieder ihre lustlose, unwillige Art und die zu erwartenden Verbote in den Sinn, gegen die ich stundenlang zu kämpfen haben würde, wie etwa ihre aus unerklärlichen Gründen innerer Reinheit formulierte kategorische Weigerung gegen jegliche Ejakulation in ihr. Ganz zu schweigen von ihrer anschließenden Laune und den herben Worten, die sie hervorbringen würde, ehe sie im Badezimmer verschwand, um sich von Kopf bis Fuß wundzuscheuern und sich tausendmal mit unverdünntem Hexoral den Mund zu spülen. Victor hatte mir alle Einzelheiten beschrieben.

Das war wirklich schade, denn ich hätte mit Olga eine unkomplizierte Beziehung im Zeichen echter Freundschaft und gegenseitigen Respekts unterhalten können. Außerdem war sie höchst anziehend und – wie wohl trotz des strengen Porträts, das ich von ihr gezeichnet habe, unschwer zu begreifen ist – eine erstklassige Partnerin für einen ziemlich weit gehenden Flirt, die sich keiner Liebkosung entzog und das Beste ahnen ließ, solange man nicht zu ernsteren Dingen überging. Die meisten Leute, die ihr zum erstenmal begegneten, vor allem, wenn sie ihre Bücher gelesen hatten, stellten sich vor, eine Art Sexbombe vor sich zu haben, und näherten sich ihr mit einem Schauder der Lust, ehe sie blitzartig den Rückzug antraten, sobald Olga ihnen einen Blick zugeworfen hatte. Soweit ich wußte, hatten nur ein paar Frauen das Glück gehabt, sie mal anfassen zu dürfen. Victor und ich – und Victor viel mehr als ich – waren die Ausnahme. Ihr Exmann und der Mann ihrer besten Freundin. Völlig normal, oder?

Nachdem Olga mir versichert hatte, daß jeder Dummkopf Nicoles Begierde in diesem Zustand plötzlicher Lüsternheit, in den sie sich verrannt zu haben schien, hätte wecken können, betrachtete sie mich mit ratloser Miene. Eine leichte abendliche Brise bauschte den ockergelben Tüll ihrer Gardinen ein wenig auf.

»Und kannst du mir sagen, warum du diesen Annäherungsversuch gemacht hast?«

»Ich wollte etwas überprüfen.«

»Und was? Ob dein Charme noch immer wirksam ist? Warum fragst du nicht mich?«

In diesem Augenblick wurde unsere Unterhaltung durch einen Typen unterbrochen, der Olga Blumen brachte. Es war ein herrlicher Strauß, dessen Duft sogleich den ganzen Raum erfüllte und hinter dem Olga vorübergehend verschwand, während sie die mitgelieferte Karte entzifferte.

Sie warf beides in eine Mülltüte, die ich ihr zuvorkommenderweise aufhielt.

»Erst vögelt er mich, und dann ist er zerknirscht wie ein Schuljunge!« erklärte sie achselzuckend.

Wir nahmen eine Flasche Wein und setzten uns auf die Terrasse. Sie goß ihre Blumen.

»Also, was steckt dahinter?« fragte sie weiter. »Hat es damit zu tun, daß sie Patricks Frau ist?«

»Machst du Witze? Ein Schriftsteller wie er, der mich wie seinesgleichen behandelt?! Auf den Gedanken wäre ich nie gekommen, das kannst du mir glauben. Ich versuche nicht einmal, ihn beim Schach zu schlagen, und dabei wäre das kinderleicht...«

Ich setzte mich rittlings auf die gepolsterte Bank, die Olga sowohl zum Arbeiten als auch zum Sonnenbaden benutzte. Man hatte von hier oben einen wunderbaren Blick auf die Dächer der Stadt. Wenn Olga die Augen von ihrer Schreibmaschine hob, auf die jetzt gerade die letzten Sonnenstrahlen fielen – und die dadurch das reizvolle Aussehen eines Spielautomaten annahm –, hatte sie ein Panorama vor sich, das sich auf keine Gattung, Mensch oder Tier, Schriftsteller oder sonst was, nachteilig auswirkte. Wenn sie auf Reisen ging, rissen Edith und ich uns darum, ihre Wohnung zu hüten. Ich hätte dort, wie mir schien, bestimmt etwas Gutes schreiben oder einfach meine Zeit damit verbringen können, mich um die Pflanzen zu kümmern, die dort das ganze Jahr lang mit unverschämter Üppigkeit gediehen und die Terrasse in eine Oase von tropischem Grün verwandelten. Ich fragte mich oft, was ich mit all dem Geld angefangen hatte, das mir durch die Finger geronnen war, als sich noch jedes meiner Bücher wie durch ein Wunder in einen Bestseller verwandelt hatte. Wie kam es nur, daß ich mich nicht auch über den Dächern niedergelassen hatte und mit einem Cocktail aus frisch gepreßten Früchten in der einen und einer Montecristo in der anderen Hand einen trägen Blick auf irgendeinen Roman warf, an dem ich gerade schrieb? Statt dessen war ich auf unehrenhafte Geschäfte hart an der Grenze der Legalität angewiesen, und das Finanzamt ließ mir seit Jahren keine Ruhe. Hatte ich irgend etwas nicht begriffen, oder bezahlte ich für eine Hypothek aus einem früheren Leben?

»Ich glaube, ich sollte das *I Ging* mal wieder befragen«, erklärte ich.

Sie hielt einen Augenblick beim Gießen inne, wofür sie eine Gießkanne aus Weißblech mit einer langen Tülle und einem Zerstäuber benutzte. »Mach, was du willst. Aber dann laß mich bitte aus dem Spiel.«

»Habe ich dir eigentlich erzählt, daß Nicole und ich Anfang der siebziger Jahre eine Affäre gehabt haben?«

Ohne mich aus den Augen zu lassen, kam sie auf mich zu und setzte sich, die Arme auf die Gießkanne gestützt, mir gegenüber hin.

»Weiß Patrick davon?«

»Bist du wahnsinnig!?«

Im literarischen Milieu sprach sich alles immer so schnell herum, daß wir unwillkürlich leiser redeten. Olga erinnerte mich an eine ganze Reihe bedauerlicher Liebesaffären, die in den letzten sechs Monaten die Verlagswelt, in der alles irgendwann ans Licht kam, beschäftigt hatten. Tatsächlich verging kaum ein Abend, ohne daß ein Unglück geschah, und schon oft war eine Karriere auf diese Weise ruiniert, ein Tiefschlag versetzt und ein modriger Geruch verbreitet worden.

»Willst du das Risiko eingehen?«

Ich hätte ihr entgegnen können, daß ich kaum etwas zu befürchten hatte, was meine Karriere betraf, aber ich wollte mich nicht zu sehr von dieser Seite zeigen. Auch wenn sich die Bande, die uns vereinten, inzwischen bewährt hatten, hielt ich sie für fähig, mir früher oder später Steine in den Weg zu legen. Natürlich nur zu meinem Besten, das verstand sich von selbst.

»Ich bin nicht so verrückt, wie du glaubst«, sagte ich und füllte unsere Gläser nach. »Und ich habe nicht die Absicht, Patricks Vertrauen zu mißbrauchen.«

Meine Entschlossenheit schien sie zu beruhigen. Mit einer Handbewegung gab sie mir zu verstehen, pah, denken wir nicht mehr daran, und begann methodisch ihre Fingernägel zu begutachten.

»Wie bist du bloß auf die Idee gekommen, sie zu vögeln! Dann hat sie ja wohl was an sich…«

Später schlief sie auf dem Sofa ein, während wir uns eine Videokassette ansahen. Ich saß mit einem Glas Wein und Chips in Form von Urwaldtieren zu ihren Füßen auf dem Teppich. Sie hatte eine knappe Stunde gearbeitet, ehe sie aufgab und sich somit die Verschlimmerung einer Migräne ersparte, die sie seit dem Vormittag wie ein Fluch verfolgt hatte. »Ich bringe sowieso nur Scheiße zustande«, hatte sie erklärt und mir einen Blick zugeworfen. Ich war dabei, das Manuskript zu lesen, an dem sie gerade schrieb, und war ganz ihrer Meinung. Ich gab ein unverständliches Brummen von mir und vertiefte mich wieder in eine der erotischen Szenen, die ihre Spezialität waren – »und Jean überschwemmte Adriens muskulösen Oberkörper mit seinem Lebenssaft, während sich Mélissa im Halbdunkel des von betäubenden Gerüchen erfüllten Zimmers über den besudelten Pelz ihres Liebhabers beugte, um ihre Lippen zu benetzen«. Damit vergnügte sie sich also. Das brachte ihr den skandalumwitterten Ruf und weltweite Auflagen ein, von denen mir ein Zehntel völlig genügt hätte. Manchmal war ich ein verbitterter Schriftsteller.

An dem leichten Pfeifen, das mir ans Ohr drang, merkte ich, daß sie schlief.

Ich wandte mich um und verbrachte eine ganze Weile damit, sie zu beobachten.

Sie atmete durch den Mund. Das Pfeifen entstand, wenn sie ausatmete. Wenn ich ihr die Flamme meines Feuerzeugs vor die Lippen gehalten hätte, würde ihr Atem, selbst wenn ich die Ausflußmenge des Gases aufs Höchstmaß eingestellt hätte, sie zum Erlöschen bringen. Ein anderes Experiment: Wenn ich ihr mit den Fingern die Nasenlöcher zuhielt, entstand ein heiseres und leicht beunruhigendes Geräusch. Oder aber: Ich beugte mich über sie, ließ ein wenig Speichel zwischen ihre Lippen fallen, und sie brachte Blasen hervor.

Ich rief zu Hause an, aber Edith war noch nicht da. Ich ging auf die Terrasse. Die nächtliche Temperatur war mir noch ein wenig zu kühl, um dort zu schlafen.

Ich fuhr heim und beendete Patricks Vortrag kurz vor dem Morgengrauen. Ich machte mir die Mühe, ihn laut zu lesen, und versuchte mich dabei in die Haut dieses Teufelskerls von einem Schriftsteller zu versetzen, um ein paar Änderungen vorzunehmen, die dazu bestimmt waren, ihn in noch vorteilhafteres Licht zu setzen. Ich hatte, wie mir schien, genau die richtige Mischung aus Provokation, Hermetismus und Lockerheit hineingelegt, wie er sie liebte. Auf diese Weise hatten wir in Berlin bei einem Vortrag über experimentelles Schreiben einen recht guten Erfolg erzielt. Ich hatte ihm mit einer ganzen Reihe weiterer Zuhörer eine *standing ovation* gezollt, so begeistert war ich von der Eindringlichkeit, mit der er jeden meiner Sätze (aber waren es eigentlich noch meine?) hervorgebracht hatte, und seitdem betraute er niemanden anders mehr als mich mit dem Abfassen seiner Vorträge und achtete darauf, daß ich in angemessener Weise für meine Mühe wie auch für mein Schweigen bezahlt wurde (auch wenn es mir, das möchte ich noch einmal betonen, nicht in den Sinn gekommen wäre, in bezug auf den letzten Punkt irgendwelche Ansprüche zu stellen).

Ich warf einen Blick auf meine Armbanduhr. Ich fühlte mich nicht müde, beschloß aber trotzdem, mich bis zum Tagesanbruch eine Weile hinzulegen.

Edith schlief fest. Aus Angst, ich könne sie wecken, verzichtete ich darauf, unter das Laken zu schlüpfen, und streckte mich auf der Tagesdecke aus, nachdem ich mir die Schuhe ausgezogen hatte.

Dann dachte ich wieder an Nicole Vandhoeren.

Sollte ich es noch einmal bei ihr versuchen? Hatte sie den gestrigen Abend aus ihrer Erinnerung verdrängt, oder lag sie in diesem Augenblick ebenfalls wach, starrte an die Decke ihres Schlafzimmers und dachte über unsere Geschichte nach, auch wenn diese nur ziemlich unbedeutend war? Zögerte sie genau wie ich weiter zu gehen? War sie beunruhigt über diese Seite in uns, die sich zu unseren Gunsten oder Ungunsten immer wieder jeder Kontrolle entzog?

Dachte sie entspannt, ja vielleicht belustigt darüber nach, oder war sie wütend?

Was mich betraf, so kam mir plötzlich in den Sinn, daß ich dabei war, ernsthaft an eine andere Frau als Edith zu denken, und einen Augenblick lang hatte ich das Gefühl, als sei ich wieder ein junger Mann, mit all der Erregung, der Ungeduld und dem Schmerz, die damit verbunden waren.

Damals war ich für die verschiedenen Gefühle, die mich erfüllten, immer empfänglicher geworden und nahm sie zu meinem größten Vergnügen (oder zu meinem tiefsten Entsetzen) genau unter die Lupe, ehe ich sie einordnete, und so genoß ich minutenlang diesen Zustand euphorischer Schwerelosigkeit, der einen mit Haut und Haaren in den Sog einer Frau zieht, wenn man noch nichts zu verlieren hat.

»Schläfst du nicht?« fragte mich Edith.

Ich wandte mich ihr im Halbdunkel zu. Als ich ihre Hand in meinem Haar spürte, wurde ich ganz gelöst und berichtete ihr, wie meine Schwierigkeiten mit Nicole Vandhoeren aussahen.

»Versuchst du mich zu beunruhigen?« fragte sie und drückte mich an sich.

Meine Befürchtungen belustigten sie. Da sie davon ausging, daß sie mich gut kannte – vermutlich besser als ich mich selbst –, konnte sie sich nicht vorstellen, wie sich eine andere Frau zwischen uns schieben sollte, und während sie das sagte, schmiegte sie sich zum Beweis dafür noch enger an mich.

»Außerdem darfst du nicht vergessen, daß ich dich darum gebeten habe … Glaubst du vielleicht, ich hätte es getan, wenn ich Angst hätte, daß uns etwas passieren könnte?

Habe ich mir vielleicht über deinen Flirt mit Olga Sorgen gemacht?«

»Das mit Olga war doch lächerlich... Habe ich vielleicht je mit ihr geschlafen? Damals waren wir noch Schüler, und außerdem ist das zwischen Tür und Angel geschehen, zwischen zwei Unterrichtsstunden... Hör zu... ich glaube, Nicole ist eine ganz normale Frau. Daher könnte die Sache sehr viel ernster werden.«

»Na gut, wenn das so ist, dann laß uns eine Abmachung treffen. Wenn ich dir sage, du sollst aufhören, dann hörst du auf. Einverstanden?«

Ich rückte ein wenig von ihr ab und betrachtete sie lächelnd: »Du bist störrisch wie ein Esel... Aber weißt du auch, was du uns damit einbrockst? Aber gut, abgemacht! Und vergiß nicht, daß du es so gewollt hast.«

Ich glaubte erst, sie wolle mich küssen. Aber statt dessen biß sie mir erst zärtlich und dann heftig in die Lippe.

Ich betupfte mir den Mund mit Arnikatinktur, schluckte meine fünf Gramm Vitamin C herunter und fuhr in die Stadt, um Patrick zu treffen.

Ich versuchte ihm weiszumachen, daß ich mir nach einer falschen Bewegung auf meinem Drehstuhl an der scharfen Kante meines Arbeitstisches die Lippe aufgeschlagen habe, aber er meinte, daß wir manchmal geile Weiber brauchten, um noch an etwas glauben zu können und ein klein wenig Gefallen an diesem deprimierenden Leben zu finden. In dieser Bar nicht weit vom Seineufer flüsterte man sich rings um uns an den Tischen zu, daß dies tatsächlich Patrick Vandhoeren sei. Die meisten von ihnen schienen Studentinnen zu sein. Patrick sah nicht sonderlich gut aus, aber ich konnte leicht ermessen, welche sexuelle Anziehungskraft ein Schriftsteller ausübt, der im Rampenlicht steht (und welche hingegen ein Schriftsteller, der ins hintere Feld zurückgefallen ist).

Ich hatte ihm seinen Vortrag und das Köfferchen für vierhundert Dollar mitgebracht. Er ließ seinen Blick eine Weile auf den Beinen einer kleinen Dunkelhaarigen ruhen, die ihn mit Raubtieraugen anstarrte und dabei gleichzeitig einen rechtwinklig gebogenen Strohhalm zwischen den Lippen hielt, der in einem großen Glas weißlichem dickflüssigem *smoothie* steckte. Er seufzte und sah sich dann meine Fläschchen mit Algen an, die in dem Beautycase aufgereiht waren (ein sehr praktisches Geschenk, außerdem war noch ein Schlüsselanhänger mit Fächern für die tägliche Dosis dabei).

»Was beweist mir, daß Madonna die gleichen nimmt?«

Ich hatte einen Artikel ausgeschnitten, in dem sie die Sache erwähnte. Für jedes meiner Produkte fand sich immer irgendeine Persönlichkeit, die die Erfahrung schon gemacht hatte, zumindest wenn die Marketingleute ordentliche Arbeit geleistet hatten. Was das mineralische Pulver anging, mit dem ich Suzanne belieferte, waren wir im Begriff, Richard Gere höchstpersönlich dafür zu gewinnen.

Auf dem Foto, das den Artikel begleitete, saß Madonna rittlings auf einem Küchenstuhl aus Aluminium und Plexiglas. Sie behauptete, daß die phänomenale Form, in der sie sich befand, auf eine gewisse Alge zurückgehe, die *Blue Green (Aphanizomenon flos aquae)*, für die ich, wie ich Patrick treuherzig beteuerte, die exklusiven Einfuhrrechte für das gesamte Land besaß.

Vierhundert Dollar stellten heute, da sein letzter Roman seit sechsunddreißig Wochen ununterbrochen auf der Bestsellerliste stand, für Patrick Vandhoeren keine große Summe dar. Dennoch zog er eine Grimasse, als hätte ich ihm eine Klinge in den Magen gestoßen und sie nach allen Seiten herumgedreht.

»Leider wird das nicht von der Krankenkasse zurückerstattet…«, stellte ich klar.

Zwei Tische weiter versuchte das Mädchen Patricks Aufmerksamkeit auf sich zu lenken, indem es die letzten schaumigen Reste vom Boden des Glases saugte, aber er ließ sich von dem lauten Schlürfgeräusch nicht beirren.

»Glaubst du, daß eine Begegnung zwischen ihr und mir möglich wäre?«

»Aber Patrick… Du könntest mit dem Präsidenten der Vereinigten Staaten zu Abend essen, wenn du es möchtest. Zur Zeit steht dir nichts im Wege. Ich rate dir, das auszunutzen. Weißt du, daß ich seinerzeit mit Richard Ford Tee getrunken habe?«

Während er mit schmollender Miene meine Fläschchen eines nach dem anderen begutachtete, fragte er mich schließlich, ob ich einverstanden sei, diese Sache für ihn einzufädeln.

»Mit größtem Vergnügen, mein Lieber… Aber meinst du nicht, daß du mich Nicole gegenüber in eine ziemlich heikle Lage bringst? Und wenn sie erfährt, daß ich hinter dieser Sache stecke…«

Er zog sein Scheckheft hervor, als habe er meine Einwände nicht gehört. Andererseits hatte ich einen neuen Kunden gewonnen, und ich hatte eine Familie zu ernähren.

Während ich seinen Scheck in meine Brieftasche legte und mein Gesicht von einem Sonnenstrahl beschienen wurde, der durch eine Lücke im zarten grünen Laub drang, sah mich Patrick scharf an. Ich lächelte ihm zu, was aber keinerlei Wirkung bei ihm erzielte.

»Ist irgend etwas nicht in Ordnung?«

»Du fragst dich, warum ich dich gebeten habe herzukommen, nicht wahr?«

Er täuschte sich. Ich fragte mich überhaupt nichts. Ob er den Wunsch habe, daß wir uns gemeinsam seinen Vortrag ansahen? Er fegte diesen Vorschlag mit einer unwirschen Geste vom Tisch, ohne mich aus den Augen zu lassen. Eine Sekunde erwägte ich, ob ich ihm nicht zu Nicoles Geständnis auf der Stelle eine Erklärung abgeben sollte, vor allem, da er mich auf einmal am Hemd packte.

»Komm mir nicht mit krummen Touren!« knurrte er, während sein Gesicht rot anlief.

»Keine Sorge«, erwiderte ich auf gut Glück.

»Wenn du versuchst, die Sache auszunutzen, bist du die hinterletzte Sau!«

Ich hielt mich bereit, ihn unter dem Tisch an den Hoden zu packen, falls sich die Situation verschlimmern sollte. Es kam manchmal vor, daß zwei Schriftsteller handgreiflich wurden (was übrigens für ihr Image nicht schlecht war), und es gab für diesen Fall keine besonderen Regeln.

Aber er ließ mein Hemd los und dachte einen Augenblick nach, wobei er eine Hand auf den Mund legte, als wolle er sich daran hindern weiterzusprechen.

»Darf ich vielleicht erfahren, worauf du hinauswillst?«

Ein tiefer Seufzer kam aus seinen Nasenlöchern. Sein Gesicht nahm jetzt einen unruhigen gequälten Ausdruck an. Ich bemerkte zwei ganz frische Schweißränder unter seinen Achseln. Eine Spur von Gekränktheit lag in dem traurigen Blick, den er mir zuwarf, ehe er seine Sporttasche öffnete (er trug manchmal seine Unterlagen in einer Papiertüte aus einem Supermarkt mit sich herum, aber das hatten ihm inzwischen viele nachgemacht). Mit letzter Kraft zog er einen etwa zwei Zentimeter dicken gefütterten Umschlag daraus hervor und legte ihn vor mich auf den Tisch.

»Kannst du da mal einen Blick hineinwerfen?«

Wir starrten uns wieder gegenseitig an.

»Worum handelt es sich?«

»Ich habe dir ja schon gesagt, komm mir nicht mit krummen Touren.«

Lachen Sie nicht. Machen Sie sich nicht über seine zerknirschte und, wie ich zugeben muß, jämmerliche Miene lustig. Stellen Sie sich vor, wie schwer ihm das fallen mußte, wie angeschlagen sein Selbstbewußtsein war und was für Qualen er ausgestanden hatte, um sich dazu durchzuringen. Behalten Sie im Sinn, daß das literarische Schaffen im großen und ganzen schon mehr als einen in den Wahnsinn getrieben, zermalmt und zum Selbstmord veranlaßt hat. Ich kenne keinen Schriftsteller, der nicht schon an einer Depression, einem Hautausschlag oder einem furchtbaren Zittern gelitten hat, und das sogar im besten Alter. Ich selbst war oft genug zu einer Zeit, da ich noch von der Bedeutsamkeit meiner Arbeit überzeugt war, kurz davor gewesen, in Ohnmacht zu fallen, wenn ich nur die Tür zu meinem Arbeitszimmer öffnete und einen Blick auf meinen Tisch warf. Das hatte mich zwar dazu gebracht, meine Rückhand im Tennis zu verbessern (und bei dieser Gelegenheit hatte ich festgestellt, daß meine Partner aus den verschiedensten Bereichen der Kunst kamen und nicht nur Schriftsteller waren), aber ging es mir deshalb besser? Wie lange hatte ich mein Kreuz tragen müssen? Ich kann sagen, daß ich ab fünfunddreißig und in den darauffolgenden zehn Jahren schwer gelitten habe. Ich wußte nur zu gut, daß es da nichts zu lachen gab.

Ein Schriftsteller vom Format eines Patrick Vandhoeren unterschied sich trotz seines Talents und der unaufhaltsamen Erfolgswelle, auf der er auf fast widerwärtige Weise ritt, im Grunde kaum von den anderen. Seit seinem dritten Roman war er nicht mehr in Form.

Ich hatte gemerkt, daß sich seine Stimmung seit ein oder zwei Monaten verändert hatte. Ich wußte, daß er an seinem Roman arbeitete und ein großer Teil fertiggestellt war. Sein Appetit hatte nachgelassen. Sein Haar bildete seltsame Wirbel, als habe er hartnäckig daran gezerrt. Seine Finger waren gelb vom Nikotin. Er gab seine Autogramme mit wütender Geste und verzog dabei manchmal das Gesicht zu einer Grimasse. Wenn ich ihn fragte, ob er vorankomme, riet er mir, mich um meine eigenen Angelegenheiten zu kümmern und insbesondere um den Roman, an dem ich gerade, wie er sagte, mit »schweinischer Unbekümmertheit« schrieb, die das Schlimmste befürchten ließ. Ich war froh, daß ich nicht an seiner Stelle war. Und wenn ich Nicole begegnete, spürte ich die Bürde, die auf ihren Schultern lastete, und mußte daran zurückdenken, was Edith alles hatte ertragen müssen, wenn ich mich mit einem neuen

Buch abmühte, als hinge mein Leben davon ab. Rückblikkend schien das alles lächerlich, aber ich wußte, was Patrick empfand.

Ich war mir auch der Bedeutung seiner Geste bewußt: Ich hatte nie jemanden um seine Meinung gefragt, ehe ich meinem Verleger ein Manuskript zusandte. Um ehrlich zu sein, ich hatte einen so furchterregenden Stolz, daß ich mir eher die Kehle auf der Stelle hätte durchschneiden lassen, als mich dazu durchzuringen. Deshalb konnte ich Patrick nicht helfen, zumindest glaubte ich das, ehe ich das Ding in den Händen hatte.

»Tut mir leid, Patrick, aber das kann ich nicht machen!«

»Bedenke, daß ich vor dir niedergekniet bin, wenn dir das Spaß macht.«

Es war also wirklich ernst. Vielleicht war ich mit heiler Haut davongekommen, weil ich solche Extremsituationen nicht erlebt hatte (er zum Beispiel blieb da und verkroch sich nicht irgendwo in ein paar tausend Kilometer Entfernung). Vielleicht hätte auch ich schließlich aufgegeben, wenn der Druck nicht von selbst nachgelassen hätte. Henri Sigmund, der alle meine Bücher verlegt hatte und immer noch davon überzeugt war, daß ich mich mehr oder weniger absichtlich torpediert hatte, hatte mir eines Tages erklärt, daß ich die richtige Wahl getroffen habe: »Du wirst vermutlich nicht all die Lorbeeren ernten, die du hättest ernten können«, hatte er geseufzt, »aber wenigstens endest du nicht in der Klapsmühle. Ich spreche natürlich nicht als Verleger ...« Ich weiß nicht, auf welches Torpedierungsmanöver er anspielte (hatte ich mich etwa selbst daran gehindert, das beste Buch zu schreiben, das ich hätte schreiben können?), aber ich wußte nur zu gut, in welchen Abgrund ich nicht gestürzt war.

Patrick Vandhoeren war ein ernster Opferkandidat, und ich bewunderte ihn auch aus diesem Grund. Wir waren fünfzehn Jahre auseinander, und auch wenn unsere literarischen Ambitionen nicht vergleichbar waren, sprang doch eine verblüffende Ähnlichkeit zwischen dem, was ich erlebt hatte, und dem, was ihm widerfuhr, ins Auge. Ich weiß nicht, ob eine gute Absicht dahintersteckte oder nicht, aber ich wünschte mir, daß er da Erfolg hatte, wo ich gescheitert war.

Ich willigte also ein, sein Manuskript zu lesen. Ich nahm ihm seinen Mangel an Stolz ein wenig übel. Andererseits würde ich die Sache nicht ausposaunen und verbürgte mich dafür, diesen schwachen Moment aus meinem Gedächtnis zu tilgen.

Ich schickte Edith aufs Land, stellte das Telefon ab und schloß mich zwei Tage ein.

Die meisten Literaturkritiker waren zugleich auch Schriftsteller, aber man erkannte sie schon aus der Ferne, selbst wenn sie ihr Trikot ausgezogen hatten (fragen Sie mich nicht woran, sonst müßte ich Ihnen eine Dummheit erzählen – sie haben keine häßliche verbitterte Falte im Mundwinkel, und die Länge ihres Penis ist durchaus annehmbar). Wenn sie gewannen, was meistens geschah, schüttelten sie einem herzlich die Hand und blickten einen offen an. Und später versuchten sie, einen an die Stehbar mitzuschleifen.

Dabei war kein einziger echter Schriftsteller der Fairness fähig. Dafür gab es keine Entschuldigung. Kein einziger war meiner Ansicht nach vertrauenswürdig.

Der Typ, der mit wackelndem Hintern damit beschäftigt war, vor meinen Augen seine Unterhose Marke Calvin Klein an seinen noch nassen Beinen hochzuziehen, hatte eine literarische Kolumne in einer Zeitschrift mit hoher Auflage. Er gab zugleich in einem bedeutenden Verlag eine Reihe heraus und brachte es fertig, pro Jahr ein Buch zu schreiben. Außerdem hatte er bei der Vergabe der Literaturpreise ein Wörtchen mitzureden. Manchmal verteilte er Hiebe, daß das Blut nach allen Seiten spritzte. Ein grausiger Anblick. Und dabei konnte der gute Mann seinen Kopf nicht von seinem Arschloch unterscheiden. Soll ich Ihnen noch weitere Schriftsteller vorstellen?

Patrick trocknete sich ab und zog sich schweigend an, während sich die Umkleideräume leerten. Seine Knie und seine Unterarme waren voller Schrammen, und sein düsterer Blick war mir zugedacht. Der Raum war mit Wasserdampf aus den Duschen sowie mit Gerüchen von Schweiß und verschiedenen Deodorants erfüllt, deren Mischung geradezu akrobatisch wirkte (man mag mir vorwerfen, daß ich parteiisch bin, aber ich behaupte, daß sich eine der beiden Mannschaften stärker parfümierte als die andere).

Ich hatte Patricks Manuskript in der Hand sowie dreiundzwanzig maschinengetippte Seiten mit Anmerkungen. Ich hätte eigentlich pünktlich zu Beginn des Spiels da sein sollen, aber die Landwirte hatten mehrere Tonnen Gemüse auf die Ringstraße gekippt, schöne Salatköpfe und herrliche Schlangengurken, mit denen ich meinen Rücksitz verziert hatte. Patrick war mir wegen des Zuspätkommens und aus einer Reihe anderer, durchaus verständlicher Gründe böse, auch wenn ich nichts dafür konnte.

Er wartete, bis der letzte Spieler die Tür des Umkleideraums hinter sich geschlossen hatte, um mir sein Herz zu öffnen: »Verdammte Scheiße! Was hast du denn bloß so lange gemacht?«

Ich hatte zwei ganze Tage damit verbracht, seinen Roman zu lesen und ihm meine Anmerkungen dazu aufzuschreiben. Anschließend hatte ich mich ins Auto gestürzt und hatte ihn unter der Dusche angetroffen. Ich hatte praktisch nichts gegessen, seit ich ihn zum letzten Mal gesehen hatte. Ich hatte kaum geschlafen. Ich hatte mit niemandem gesprochen. Ein paar Kritiker hatten mich zu einem freundschaftlichen Umtrunk eingeladen. Nach all diesen Anstrengungen hätte ich völlig erschöpft auf dieser Bank einschlafen können.

»Schneller ging es wirklich nicht...«, erwiderte ich und beugte mich vor, um ihm sein Manuskript und meine Anmerkungen zu reichen.

Er nahm beides mit einer schroffen Geste an sich und starrte mich in Erwartung meines Urteils mit verbissener Miene an. Als er sah, daß es nicht kam (auch ich konnte manchmal etwas schwierig sein), schluckte er die Frage hinunter, die ihm auf den Lippen brannte, und wandte sich meinen Notizen zu.

»Dreiundzwanzig Seiten Anmerkungen!« zischte er zwischen den Zähnen. »Da hast du aber ordentlich zugeschlagen, alter Sack!«

»Findest du, daß ich meine Aufgabe zu ernst genommen habe? Dann hättest du dich eben an jemand anders wenden müssen...«

Ich streckte die Hand aus, um meine schriftlichen Kommentare wieder an mich zu nehmen, aber er wich mit dem Grinsen einer alten Puffmutter (seine Wangen waren noch puterrot, und er hatte die Zungenspitze leicht herausgestreckt) ein paar Schritte zurück.

»Ich möchte doch wenigstens einen Blick hineinwerfen, du alter Arsch!«

»Du wirst schon sehen«, sagte ich und bedauerte, daß ich ihn grundlos beunruhigt hatte, »das sind nur ein paar kleine Einzelheiten... Ich habe den Eindruck, daß du dich in deinem Stil etwas gehenläßt, oder täusche ich mich? Und das finde ich schade, denn es ist zweifellos dein bestes Buch. Ich freue mich, daß ich der erste bin, der dir dazu gratulieren darf.«

»Der Stil«, hatte Jacob Paludan erklärt, »macht nicht den Inhalt aus. Aber er ist die Linse, die den Inhalt in einem Brennpunkt konzentriert.« Patrick hatte ganz offensichtlich eine bewundernswerte Anstrengung gemacht, um seine Vorstellung vom Roman, der aus der Asche ersteht, umzusetzen. Man merkte genau, worauf er hinauswollte, und auch wenn die Zukunft des Romans nicht im Mittelpunkt meines Interesses stand, hatte ich nichts dagegen, daß ein Schriftsteller seines Kalibers die Sache in Angriff nahm. Aber wie gigantisch und verdienstvoll diese Übung auch sein mochte, ich konnte nicht hinnehmen, daß sie auf Kosten des Stils ging. Ich war ganz seiner Meinung, wenn er sagte, daß wir die Presse brauchten und daß man den jungen Kerlen, die noch feucht hinter den Ohren waren und voller Ehrgeiz steckten, etwas vorsetzen mußte, an dem sie sich die Zähne ausbeißen konnten, und ihnen zugleich dabei das Gefühl vermitteln konnte, etwas Wichtiges zu leisten. Mir schien, als habe ich das bewiesen. Patrick konnte schreiben, wie und worüber es ihm Spaß machte (jeder ernsthafte Schriftsteller wird zugeben, daß der einzig wahre Antrieb vor dem Schreiben eines Romans darin besteht, nicht wie ein Hund zu verrecken), allerdings unter der Bedingung, gewisse Grenzen zu wahren. Meine dreiundzwanzig Seiten Anmerkungen waren dazu da, ihn daran zu erinnern. Er lächelte hinter den Salatköpfen hervor, die ich ihm in den Arm gedrückt hatte, als ich auf dem Parkplatz nochmals alles auf den Punkt brachte: »Schreib, was du willst, aber schreib es nicht auf x-beliebige Art, wenn ich mir die Bemerkung erlauben darf.«

Ich holte Edith vom Bahnhof ab.

Es gab Zeiten, in denen wir beide so beschäftigt waren, daß eine ganze Woche vergehen konnte, ohne daß wir mehr als ein paar Worte zwischen Tür und Angel wechseln konnten, und auch das nur mit etwas Glück. Ich tröstete mich mit den Spuren ihres Frühstücks, die ich im Spülbecken fand, oder einem feuchten Handtuch im Badezimmer oder der Form ihres Körpers in den Bettlaken, auf denen ich mich einen Augenblick hin und her wälzte, ehe ich vom Bett sprang. Ich wußte, daß sie nicht weit weg und das Haus nicht so einsam war, wie es wirkte, und daß ich mich einfach hinsetzen und auf sie warten konnte. Aber ich mochte es nicht, wenn sie abwesend war, und sei es nur für kurze Zeit. Das mochte ich überhaupt nicht.

Ich verpaßte sie. Ja, so dumm und ärgerlich es auch war, aber ich verpaßte sie tatsächlich. Ich muß zugeben, daß ich mir ihre Ankunftszeit nicht richtig aufgeschrieben habe.

Oder genauer gesagt, ich hatte sie mir auf dem Unterarm notiert, als ich die Fahrkarte für sie reservierte, aber bei der Arbeit für Patrick hatte ich so geschwitzt (ich meine, von der Sonne, die durch mein Dachfenster drang), daß ich mehrmals duschen mußte.

Daher rannte ich, nachdem ich beim Anblick des plötzlich menschenleeren Bahnsteigs einen Augenblick lang zutiefst bestürzt war, zur Anschlagtafel mit den Ankunftszeiten und überflog sie, wobei ich mir auf die Lippen biß. Der nächste Zug traf in fünfzig Minuten ein, und dann gab es noch einen weiteren (aber daran mochte ich gar nicht denken) zwei Stunden später.

Ich versuchte ein Rohkost-Sandwich zu essen. Obwohl ich praktisch einen leeren Magen hatte, gab ich nach dem dritten Bissen auf, schob es wieder in die Verpackung zurück und legte es zwischen zwei Stapel Zeitungen (ich bin nicht fähig, Essen wegzuwerfen). Ich überflog mehrere Schlagzeilen, jedoch mit dem Ergebnis, daß meine Unruhe noch größer wurde. Was bedeutete mir schon die Welt, wenn Edith darin fehlte? Was für eine Art von Wirklichkeit oder Interesse konnte die Welt für sich beanspruchen, wenn Edith nicht daran teilnahm? Dann blätterte ich niedergeschlagen ein paar pornographische Zeitschriften durch. Bis ich dabei auf eine Frau stieß, die Nicole Vandhoeren glich. Wenn man genau hinsah, war die Ähnlichkeit im Grunde gar nicht so frappierend, aber da war irgend etwas. Sagen wir mal, der allgemeine Eindruck.

Ich vergaß Edith darüber einen Augenblick (wir haben eben nicht oft Grund dazu, stolz auf uns zu sein), so sehr nahm mich diese Entdeckung in Anspruch. Nicoles Quasi-

Doppelgängerin faszinierte mich nicht etwa durch ihr Tun und Treiben, aber die Assoziation von Nicole mit obszönen Fotos von eher guter Qualität nahm meinen Geist völlig in Anspruch.

Ohne mich rechtfertigen zu wollen, möchte ich nur daran erinnern, daß Edith mir diese Idee in den Kopf gesetzt hat.

Auch wenn ich jeden Gedanken an ein Verhältnis mit einer anderen Frau ablehnte (vergessen Sie die Sache mit Olga), war ich dazu veranlaßt worden, in einem ganz speziellen Rahmen etwas anderes in Erwägung zu ziehen. Doch bei genauerer Überlegung (und dabei stellte ich fest, daß ich in der letzten Zeit viel öfter daran gedacht hatte, als ich geglaubt hatte), war ich drauf und dran zuzugeben, daß es tatsächlich ein Gebiet gab, auf dem ich Fuß fassen konnte, ohne daß dadurch meine Gefühle für Edith in irgendeiner Weise beeinträchtigt wurden. Und ich muß zugeben: selbst wenn ich jetzt diesen Gedanken mutig und entschlossen im finsteren Meer unserer unerschöpflichen Laster hätte ertränken wollen, es wäre mir unmöglich gewesen. Das Übel war geschehen.

Ich warf wieder einen Blick auf die Wanduhr und verzog dabei den Mund vor Wollust und Schuldgefühl zu einer häßlichen Grimasse.

Während der zweite Zug einfuhr, begann ich aus tiefstem Herzen zu beten.

Sie war auch nicht im dritten. Ich ging auf die Toilette und übergab mich.

Ich fühlte mich so elend, daß ich mich nicht dazu entschließen konnte, nach Hause zurückzufahren. Die Dunkelheit brach an, es war viel Verkehr, mir wurde in regelmäßigen Abständen schlecht, was ich dadurch zu verhindern suchte, daß ich *Johnny, I hardly knew ye (...While going the road to sweet Athy, Hurroo! Hurroo!* usw.) pfiff, und der bloße Gedanke, allein zu sein, versetzte mich in Panik.

Ich kreuzte bei Patrick auf.

Mit trockenem Mund und kaltem Schweiß auf der Stirn klopfte ich an seine Tür.

Gott sei Dank war jemand da. Ich hörte Geräusche durch die Tür. Das klang wie ein guter alter Ehekrach voller Leben und Wärme. Ich atmete auf.

Die Tür wurde aufgerissen, und Patrick stand mit verärgerter Miene vor mir.

»Ach, du bist es! Was willst du?«

»Kann ich reinkommen, oder komme ich gerade ungelegen?«

»Du kommst zwar ungelegen, aber du kannst trotzdem reinkommen!«

Er ließ mich auf dem Treppenabsatz allein. Das Wohnzimmer am Ende des Flurs kam mir wie eine Insel des Lichts vor, die mein Herz höher schlagen ließ. Beruhigt, daß das Schlimmste überwunden war, ging ich darauf zu.

Nicole saß auf dem Sofa und hatte ein Bein unter dem Hintern angewinkelt. Sie war blaß und regte sich nicht. Patrick schenkte sich mit schroffer Geste etwas zu trinken nach.

»Erklär ihr mal, was es heißt, ein Buch zu schreiben!« knurrte er zu mir gewandt und wies mit einer Kopfbewegung auf Nicole.

»Nun ... was soll ich sagen, dazu fällt mir so schnell nichts ein.«

»Die Mühe kannst du dir sparen«, erwiderte Nicole, nachdem sie mir einen kurzen Blick zugeworfen hatte. »Das interessiert mich nicht!«

»Natürlich interessiert dich das nicht!« sagte Patrick mit höhnischem Lachen. »Ich möchte mal wissen, was dich eigentlich interessiert, außer auf mir herumzuhacken!«

»Du hast recht. Ich sollte mich besser mit anderen Dingen beschäftigen. Das dürfte nicht allzu schwer sein...«

Während sie einen wenig liebevollen Blick wechselten, sah ich mich auf der Suche nach einer bequemen Sitzgelegenheit schnell im Raum um. Ich fühlte mich allmählich schon etwas besser, ja so gut, daß ich mich mit einer Armlehne durchaus zufriedengeben konnte.

»Sag mal, du findest das wohl witzig?!«

»Aber ich bitte dich... Wie kannst du so was denken?«

»Warum sollte er das eigentlich nicht witzig finden?« warf Nicole ein. »Der arme Patrick Vandhoeren, der von seiner Frau unter Druck gesetzt wird!... Hast du das gehört, Francis?«

Patrick betrachtete Nicole mit jenem verächtlichen Lächeln, das er gewöhnlich seinen kleinkarierten Widersachern vorbehielt.

»Was habe ich dir gesagt? Sieh sie dir nur an! Glaubst du vielleicht, sie hätte irgendwas kapiert? Nein, da kannst du sicher sein, ihr ist das scheißegal!«

Ich fuhr mir über das Kinn. Patrick nutzte den Moment, um sein Glas mit einem Zug zu leeren, und fuhr sogleich fort: »Womit sollte ich mich eigentlich gerade beschäftigen? Hm, sag ihr das!... Womit sollte ich mich beschäftigen?... Mit Däumchendrehen?«

»Nein, du mußt an deinem Roman arbeiten.«

»Ach ja?... Na, dann versuch mal ihr das klarzumachen, denn ich habe die Nase voll!«

Ihr das klarmachen? Das war nicht so einfach. Ich hatte nicht den Eindruck, daß sie in der geeigneten Stimmung war, um sich irgendein Märchen über die Qualen des literarischen Schaffens anzuhören. Im allgemeinen diskutierten die Schriftsteller über dieses leidige Thema mit leiser Stimme, wenn sie unter sich waren, ohne fremde, unerwünschte Ohren in Hörweite. Sie ging mit lebhaftem Schritt neben mir her, so daß die Leute zur Seite traten. Was mich betraf, so brachte mich der Spaziergang wieder in Form. Das Wetter war schön. Nicole ließ sich mit harten Worten über verschiedene Eigenschaften ihres Mannes aus, aber ich sagte nichts dazu.

Sie hatte nicht an einen bestimmten Film gedacht. Nein, sie hatte nur ausgehen wollen, und Patrick war nicht mehr fähig, seine Jacke anzuziehen, ohne zu murren, wenn es nicht um seine eigenen Verabredungen ging. »Kannst du dir das vorstellen? Siehst du, wie weit es mit uns gekommen ist?«

Während sie sich ihren Kummer vom Herzen redete, bog ich an jeder Kreuzung nach links ein, damit wir uns möglichst nicht zu weit vom Kinoviertel entfernten, und sie konnte es sich nicht verkneifen, mir unterwegs ein detailliertes, nicht gerade schmeichelhaftes Porträt ihres Mannes zu zeichnen, zumindest, was ihre Ehe anbelangte. »Seid ihr etwa alle so?« fragte sie mich besorgt. Das wußte ich nicht so recht. Man mußte kämpfen. Ich erinnerte mich, daß es nicht immer einfach gewesen war, vor allem als die Verkaufszahlen in die Höhe geschnellt waren. Aber Edith hatte mich wieder auf den Boden der Realität zurückgeholt, und im Unterschied zu Patrick hatte ich Kinder und mußte mich um sie kümmern. »Ich glaube, daß mich das Leben im Grunde mehr interessiert hat als die Literatur«, vertraute ich ihr an. »Und das ist in diesem Beruf nicht unbedingt ideal.«

Wir setzten uns auf den Rand eines Brunnens, um uns von all diesen Sorgen zu erholen. Ich bemerkte, daß sie keine Strümpfe trug.

»Was hältst du davon, wenn wir uns einen Porno ansehen?« schlug ich ihr vor.

»Einen Porno? Und warum das?«

»Findest du nicht, daß das eine witzige Idee ist?«

Als ich nach Hause kam, war mein Magen noch mit Popcorn prall gefüllt. Ich sagte Edith, sie solle ihn mal abtasten, und erzählte ihr dabei, wo ich herkam, mit wem ich dort gewesen war und was wir gesehen hatten.

»Hoho... Und wie hat sie reagiert?«

»Ach, das hat sie nicht übermäßig verunsichert... Sie ist zwar nicht erregt auf dem Sessel hin und her gerutscht, aber sie hat auch nicht den Saal verlassen.«

»Ich habe dir doch gesagt, diese Frau ist perfekt!«

Ihre Begeisterung war mir ein Vergnügen.

»Du hast mir sehr gefehlt in diesen zwei Tagen«, sagte ich zu ihr. »Wie geht es deiner Mutter?«

Ich verzog mich ins Badezimmer, während sie mir das Neuste berichtete. Ich war so glücklich, den Klang ihrer

Stimme zu hören, daß ich ihren Worten kaum folgen konnte. Ich sah, wie sie mit entblößter Schulter auf dem Bett lag, das Kinn auf die Hände gestützt, und fühlte mich imstande, jeder Widrigkeit zu trotzen. Im Grunde hatte sie recht, wenn sie sich keine Sorgen machte: Keine Frau auf der Welt könnte mir je ein Tausendstel dessen geben, was Edith mir gegeben hatte. Ganz gleich, wie lange mein Leben noch währen mochte, es würde viel zu kurz sein, um solche Reichtümer anzuhäufen. Nein, ich scheute mich nicht vor solchen Worten. Ich scheute mich, wenn ich richtig überlegte, vor gar nichts mehr.

»Und Patricks Buch? Wie ist es?«

»Es hat mich total beeindruckt«, erwiderte ich, während ich mich auszog. »Ich glaube, es ist viel besser, als er meint... Eigentlich hätte ich es ahnen können, als ich sah, was für ein Gesicht er gemacht hat: Wenn du wirklich gut bist, weißt du überhaupt nicht mehr, woran du bist. Ich weiß das, weil mir das nie passiert ist, und ich glaube, daß das nicht leicht zu ertragen ist. Wir haben es oft mit der schlimmsten Seite in uns zu tun, selten mit der besten, oder etwa nicht?«

Wir lächelten beide, dann verschwand ich hinter dem Duschvorhang.

Nach einer Weile ließ ich mich an der Wand hinabgleiten, blieb unter dem warmen Strahl hocken und starrte auf das Abflußloch, in dem das Wasser beim Abfließen einen Hohlwirbel bildete. Ich mußte an unsere Kinder denken, denn sie hatten mir erzählt, daß das Wasser in Australien in umgekehrter Richtung abfloß, und das war wie ein *private joke* zwischen uns, denn ich hatte immer angenommen, daß sie sich mit dieser Geschichte über mich lustig machten. Sie fehlten mir, so wie sie vermutlich auch Edith fehlten. Ihnen hatte ich es in gewisser Weise zu verdanken, daß ich kein großer Schriftsteller geworden war, aber ich hätte es gern hingenommen, der letzte Schriftsteller zu sein, wenn ich sie ab und zu hätte bei mir haben können, ohne ihnen auf die Nerven zu gehen.

Ich beobachtete lange den flüssigen Trichter, der sich mit ulkigen Geräuschen in das Abflußrohr schraubte, und verfolgte so das Wasser, das in dunklen Rohren unter dem Haus verschwand, ehe es sich in der wie ein Schwamm vollgesogenen Erde ausbreitete. Ich saß dort noch eine ganze Weile, auch ohne noch an die Kinder zu denken, viel länger, als vernünftig gewesen wäre.

Edith war inzwischen eingeschlafen. Ich schlüpfte in eine Schlafanzughose und ging in mein Arbeitszimmer hinauf.

Im Mondschein blickte ich mich um und musterte die Bücher, die ich in Stapeln an die Wände geschoben hatte (ich hatte sie lieber aufgehäuft vor mir als in Regalen; der Gedanke, daß auch sie mehr oder weniger litten, gefiel mir). Ich ortete eins, das ich aus seiner trübseligen, schlaffen Hülle zog. Dann nahm ich es mit auf meinen Drehstuhl und rief Nicole an, bereit aufzulegen, falls Patrick abnahm.

»Können wir uns ungestört unterhalten?«

»Ja, er hat sich oben eingeschlossen.«

»Gut. Also, Nicole, erst mal vorweg: Es ist ein Buch, das praktisch nicht mehr aufzutreiben ist, und ich hänge sehr daran. Ist dir das klar? Ich habe es noch nie in meinem Leben übers Herz gebracht, es jemandem zu leihen. Hast du das verstanden?«

»Aber Francis, du glaubst doch wohl nicht...«

»Francis, Francis... Ich meine es ernst!«

»In Ordnung. Ich verspreche es dir.«

»Na gut... Wunderbar... Also, wie schon gesagt, es handelt sich um eine sehr alte Technik, die man *Nawa Shibari* nennt. Die anderen sind völlig uninteressant. Es ist eben etwas anderes, als einen Rollbraten zu wickeln.«

»Ja natürlich. Ich frage mich nur, ob es schmerzhaft ist.«

»Hör zu, das ist nicht das Problem.«

Schon früh am nächsten Morgen hinterlegte ich das Buch in Nicoles Agentur. Jetzt konnte ich nur noch hoffen. Als ich ein wenig später an meinem Roman arbeitete, stellte ich fest, daß ich mit den Gedanken woanders war, und schlimmer noch, daß meine Hände mit einer Kordel spielten, die sie aus der untersten Schublade meines Schreibtischs gefischt haben mußten. »Francis«, sagte ich zu mir, »das geht aber wirklich nicht!«

Ich wollte mich von dieser Geschichte nicht völlig vereinnahmen lassen. Ich war zwar gern bereit, Edith einen Gefallen zu tun, aber ich war fest entschlossen, einen kühlen Kopf zu bewahren, und danach sah es nicht aus. In einer Anwandlung von schlechter Laune warf ich die Kordel durch den Raum und sprang die Treppe in großen Sätzen hinunter. Leider war das Haus leer. Ich rief Edith bei der Arbeit an, aber sie war noch nicht dort (an der Telefonzentrale meldete sich ein Idiot, der immer aus allen Wolken zu fallen schien und nie etwas wußte).

Ich zog mir eine Jacke an und knallte die Haustür hinter mir zu.

Ich verbrachte den Rest des Vormittags in einem kleinen Büro, das Henri Sigmund den Autoren des Hauses für ihre Pressearbeit zur Verfügung stellte. Da ich auf dieses seltsame Ritual immer verzichtet hatte und mir bewußt war, was Henri dadurch an Umschlägen und Briefmarken sparte, fühlte ich mich dazu berechtigt, das Telefon für meine Ferngespräche zu benutzen. Natürlich waren mir nicht alle im Haus wohlgesonnen (meine Gegner rückten inzwischen mit offenem Visier zu Felde), so daß ich mich einschließen mußte, um meine Ruhe zu haben.

Als erstes führte ich ein langes Gespräch mit einem alten Freund aus Los Angeles, der Mühe hatte, wach zu werden, aber er wußte auch nicht recht, wo sie war. Wir tauschten ein paar Erinnerungen aus alten Zeiten aus, und schließlich gab er mir eine Telefonnummer in Tokyo, wo sie drei Tage zuvor aufgetaucht war.

Der Türgriff drehte sich plötzlich nach allen Seiten, während ich mein Gespräch mit dem Hotel Akasaka bekam (in dem ich früher rein zufällig einmal bei einer vom Auswärtigen Amt finanzierten Mission gewohnt hatte, die ausgerechnet darin bestanden hatte, eine uralte Technik namens *Nawa Shibari* zu untersuchen – was für ein merkwürdiger, unglaublicher Zufall, das müssen Sie doch zugeben!). Als ich meinen Namen nannte, ließ es sich der Direktor nicht nehmen, ein paar höfliche Floskeln mit mir wechseln, ehe er sich nach meinen Fortschritten in dieser speziellen Disziplin erkundigte, die er selbst mit Hingabe praktizierte, wie ich im Verlauf nächtelanger zwangloser Gespräche hatte feststellen können.

Wie soll man gewisse Zeichen deuten? Kaum hatte ich

die schändlichen Gedanken abgeschüttelt, die Nicole in mir weckte, da holten sie mich vom anderen Ende der Welt wieder ein. Trotz der sanften Stimme meines Gesprächspartners, die mich an den Duft von Jasmin erinnerte, geriet ich darüber einen Augenblick ins Taumeln.

»Verdammte Scheiße, können Sie mich nicht einen Augenblick in Ruhe lassen!« schrie ich ungehalten zur Tür, auf die eine häßliche kleine Faust einhämmerte.

»Was?... *Sie* schon wieder!«

Mein Gott, diese verflixte alte Schlampe! Warum hatte ich sie damals, als ich noch die Macht dazu hatte, bloß nicht hinauswerfen lassen?! Wer brauchte denn noch eine alte Presseziege, der man die Eierstöcke mit einem Ruck herausgerissen hatte, und das ausgerechnet zu einer Zeit, da alle Leute mir nichts dir nichts miteinander ins Bett gingen? Wen, wenn nicht mich, sollte sie schon verabscheuen, mich und meine verachtenswerten Bücher?

Ich führte dennoch mein Gespräch mit meinem japanischen Verbündeten zu Ende, der mir zögernd berichtete, daß Madonna irgendwo in Europa sei.

»Was glauben Sie eigentlich, wo Sie hier sind?!«

Ich rief noch einmal in Los Angeles an, ohne auf ihre Bemerkung einzugehen.

Ich kannte dort genug Leute, um meine Nachforschungen mit Erfolg durchzuführen. Ich brauchte mich nur mit Geduld zu wappnen. Und so führte ich noch ein halbes Dutzend Telefongespräche, und dann war die Sache gelaufen.

Inzwischen hatte sich eine kleine Gruppe im Flur versammelt, und auf einigen Gesichtern zeichnete sich Befremden über mein Verhalten ab.

»Was? *Sie haben hier drin geraucht?!!*« schrie die Pressefrau.

»Ist das etwa nicht erlaubt?«

Die Porträts der größten Schriftsteller dieses Jahrhunderts hingen an den Wänden des ganzen Flurs. Die meisten von ihnen hatten gelblich verfärbte Finger. Die andern tranken oder nahmen irgendwelche Drogen. Warum keifte also diese arme Irre, und warum setzten die anderen eine solch empörte Miene auf? Ein Zeichen der Zeit? In Wirklichkeit war es nicht sehr schwer zu begreifen, daß sich alle Idioten dieser Welt inbrünstig und hartnäckig zusammengeschlossen hatten.

Henri Sigmund gelang es gerade noch, einen Aufruhr zu vermeiden, indem er mich zum Mittagessen einlud.

Er war bester Laune. Der schöne Frühlingstag erfreute ihn derart, daß er, während man uns unter einem großen Sonnenschirm aus ungebleichtem Leinen einen Aperitif servierte, laut darüber nachdachte, ob er nicht eine Kreuzfahrt in tropischen Gewässern unternehmen sollte. Mit einem Lächeln nach allen Seiten (ein paar hübsche Frauen sammelten in nahezu sommerlichen Kleidern Blütenblätter auf) zog er seine Jacke aus und zeigte sich stolz in einer Weste mit grellgelb-orangem Schottenmuster, die ihn vor meinen Augen in eine lebendige Fackel verwandelte.

Er klopfte mir aufs Knie und sagte: »Francis, wie geht's?«

»Ich komme voran.«

»Nein… Ich meine im Leben ganz allgemein.«

»In meinem?«

Die Auseinandersetzung, die ich gerade mit feindlichen

Elementen und Nichtrauchern gehabt hatte, hatte mich in miserable Stimmung versetzt.

»Du siehst besorgt aus.«

»Besorgt?«

»Weißt du, du brauchst mir natürlich nichts zu erklären. Das liegt bei dir... Aber gestern haben Franck und ich noch darüber gesprochen, daß du dich schon seit über einer Woche nicht hast blicken lassen. Ist irgend etwas nicht in Ordnung?«

»Hör zu, Henri, ich schreibe gerade einen Roman. Ich hoffe, du hast das nicht vergessen...«

»Und das hindert dich daran, Tennis zu spielen?«

»Gelegentlich.«

Tatsächlich hatte ich seit mehreren Tagen keinen Tennisschläger mehr in die Hand genommen, erstaunlich daran war nur, daß ich es nicht einmal gemerkt hatte. Was war bloß mit mir los? Ich hatte nicht die geringste Ahnung. Ich mußte zugeben, daß ich abgesehen von der Zeit, die ich Patricks Manuskript gewidmet hatte, mit den Gedanken woanders gewesen war. Während Henri die Speisekarte überflog, sah ich mich, wie ich von neun bis zehn vor dem erloschenen Bildschirm meines Computers an meinem Schreibtisch gesessen hatte, wo ich doch eigentlich hinterhältige Bälle über das Netz in Richtung meines Verlegers hätte schmettern müssen. Was ging bloß in meinem Schädel vor? Ich wußte es genau. Über zwanzig Jahre der Treue zu einer Frau konnten zu einem ernsten Handikap werden. Konnten einen ehrenhaften Mann in einen Scheintoten verwandeln, einen achtbaren Tennisspieler in einen Stubenhocker, einen Nichtsnutz. Ein einfacher Spaziergang wurde plötzlich zu einer Expedition, die die Nerven auf eine harte Probe stellte.

»Ich rate dir zum Steinbutt. Und nimm deine Enzyme«, sagte er und schluckte seine herunter.

Voller Wut auf mich selbst folgte ich seinem Rat.

»Du blutest«, sagte er zu mir. »Ich glaube, du hast dir auf die Lippe gebissen.«

»Nein, ich habe mir nicht auf die Lippe gebissen. Ich habe mich neulich an meinem Schreibtisch gestoßen.«

»Du kannst tun und lassen, was du willst, das geht mich nichts an.«

Ich betupfte mir den Mund mit einem ganz weichen Taschentuch. Da Henri es unverwandt anstarrte, sah auch ich es mir genauer an und stellte fest, daß es mit Olga Matticcios Initialen bestickt war.

»Würdest du das etwa mit deiner besten Freundin machen?« herrschte ich ihn in bitterem Ton an. »Wärst du wirklich dazu fähig?«

»Wenn es Olga wäre? Ohne zu zögern, Francis, das kannst du mir glauben! Ohne das geringste Zögern!«

Ach ja! Mit Olga wäre alles viel einfacher gewesen! Dieser Gedanke war mir so oft durch den Kopf gegangen, daß er mir vorkam wie ein Geldschein, den man aus dem Waschkessel zieht. Aber hatte ich wirklich jede Hoffnung verloren, was sie anging? Sollte ich etwa wie ein wildgewordener Hund unablässig auf einem Boden weiterscharren, der trotz einiger Risse härter war als schwarzer Marmor?

»Warum gönnst du dir nicht eine Woche Thalassotherapie? Sieh mich an: Ich habe ebenso viele Sorgen wie jeder andere. Mache ich etwa einen niedergeschlagenen, abgespannten Eindruck?«

»Na schön. Morgen früh um neun trete ich in Shorts an. Mein Roman kann ja warten, wenn du das so gern möchtest.«

»Mach dir keine Sorgen, die Verantwortung dafür übernehme ich. Ich will nur nicht, daß du krank wirst. Übrigens müssen wir mal ein ernstes Wort miteinander sprechen.«

Das war überhaupt kein Problem, und davor hatte ich auch keine Angst. Ich wußte, worin ein ernstes Wort mit einem Verleger besteht. Das Dumme war nur, daß die Verkaufszahlen meiner Bücher die Untergrenze erreicht hatten und meine Vorschüsse sowie meine Tantiemen völlig vom Finanzamt abgezweigt wurden (man warf mir unter anderem den übertriebenen Aufwand vor, den ich vor zwei Jahren getätigt hatte, Flugreisen, die Errichtung von Denkmälern und andere Ausgaben in enormer Höhe, die mir nicht erlaubt hatten, meine Steuern zu bezahlen, und mir folglich ein Ermittlungsverfahren eingebracht hatten).

»Eins möchte ich gleich klarstellen: Mein Copyright überlasse ich dir nie«, warnte ich ihn. »Das ist eine Frage des Prinzips.«

»Was? Was für ein Copyright? Wovon sprichst du?«

»Keine faulen Tricks! Ich bin noch nicht zu einem Autor für Eingeweihte geworden. Ich lasse mich nicht ausnehmen wie ein blutiger Anfänger.«

»Sag mal, was ist denn mit dir los?«

»Und worum geht es dann? Um meine Nebenrechte? Auch die Sache kannst du dir aus dem Kopf schlagen! Ich weiß nur zu gut, worauf du hinauswillst!«

»Verflixt noch mal! Willst du mir nicht endlich zuhören?«

»Nein, ich weiß nicht, ob ich dir zuhören möchte. Ich habe eher Lust, meinen Agenten anzurufen, wenn du es genau wissen willst. Versuch nur nicht, mich reinzulegen.«

»Francis... Ich möchte mich mit dir über Patrick Vandhoeren unterhalten, das ist alles... Meinst du, das ist möglich?«

Ich starrte ihn an, beobachtete dann einen Augenblick eine Ameise, die unvorsichtigerweise über die Tischdecke lief. Ich schob sie mit Hilfe meines Messers Henri zu.

»Einverstanden... Aber vergiß nicht, daß ich mein ganzes Leben lang geschuftet habe, um mein Werk zu schaffen.«

Wir verstummten, denn der Steinbutt wurde gebracht. Henri wartete, bis man uns bedient hatte, ehe er mich ins Vertrauen zog: »Also gut. Wie du ja weißt, haben wir beträchtliche Summen für Patrick investiert...«

Auch auf die Gefahr hin, mich zu wiederholen, kann ich nur sagen, daß Olga Matticcio eine hinreißende Frau war. Henri und ich waren auf ihrer Höhe hinter der Glasscheibe stehengeblieben und beobachteten sie, ohne daß sie es wußte, während sie ihre Bauchmuskeln oder was weiß ich auf einer Matte aus Schaumgummi trainierte.

Selbst für mich, der ich sie ziemlich gut kannte, war der Anblick reizvoll. Henri schlug sich mit dem Tennisschläger gegen die Wade. Jedesmal wenn Olga eine Anstrengung unternahm, sah es aus, als ob ihre Shorts reißen und wie ein mit Leberpastete gefüllter Fahrradschlauch platzen würden, und wir konnten uns nicht dazu durchringen weiterzugehen, als wir sahen, wie der Schweiß ihr Trikot durchnäßte und seine dunklen Hände um ihre Brüste legte.

Die obszöne Wölbung zwischen ihren Schenkeln, die wir in aller Ruhe beobachten konnten, während sie auf einen Ellbogen gestützt Atem schöpfte und eine Flasche Mineralwasser leerte, ließ uns vollends erstarren. Ein leichtes Stöhnen entfuhr Henris Kehle oder vielleicht meiner eigenen. Olga löste in mir manchmal einen wiederkehrenden absurden Traum aus: Ich war ein kleiner Wichtelmann von etwa zwanzig Zentimetern und hatte mein Lager zwischen ihren Beinen aufgeschlagen. Abends, wenn es draußen kühl wurde, zog ich mir ihre großen Lippen über die Schultern und aalte mich darin, um es mir bequem zu machen. Morgens reckte ich mich glücklich wankend mit glänzendem Körper und am Schädel klebenden Haaren in einem belebenden Meeresgeruch, dann duschte ich ausgiebig unter einem Urinstrahl und rieb mir den Rücken an ihrer Klitoris, bis sie nach hinten fiel und mich mit der Faust packte, um mich mit dem Kopf zuerst zwischen ihre Beine zu schieben. Ich hatte es aufgegeben, eine Kurzgeschichte darüber zu schreiben. Meine Versuche endeten immer in einem sentimentalen Durcheinander, das mich vom Thema abbrachte.

»Ehrlich gesagt kann ich mir gar nicht vorstellen, daß diese Frau unempfänglich ist für das, woran du denkst, oder? Ist das nicht die größte Vergeudung, die man sich vorstellen kann?«

»Allerdings«, erwiderte ich und gab Olga ein Zeichen, um ihr anzudeuten, daß wir uns später sehen würden.

Wir gingen zu Franck auf die Terrasse vor dem Tennisplatz Nummer drei.

Allem Anschein nach hatte sich sein Durchfall beruhigt, denn er rannte herum wie ein Verrückter und war dabei, einem jungen Schriftsteller von etwas schmächtiger Statur, über den er mir aber nur Gutes berichtet hatte, nach Strich und Faden fertigzumachen.

Franck war gut sechzig. Seine Rückhand war kräftig, seine Vorhandschläge erbarmungslos. Beim Doppel hatte ich ihn lieber auf meiner Seite. Auch wenn Henri einen eleganteren, flüssigeren Stil hatte, erwies sich Francks schlichtes Spiel als wirksamer.

Während wir auf ihn warteten, setzten wir uns auf eine

Bank und genossen die Morgensonne. Die Plätze eins und zwei waren besetzt. Man spürte, daß ein Teil der Bevölkerung dieser Stadt Wert darauf legte, in Ermangelung eines Besseren in Form zu bleiben. Der Himmel war strahlend blau mit winzigen schneeweißen Wolken.

Man brachte uns Erfrischungen mit dekorativen kleinen bunten Sonnenschirmen.

Ich sah nicht gern mit an, wie ein Schriftsteller, auch wenn er noch so jung und unerfahren war, fertiggemacht wurde. Und hier sah es so aus, als mache sich Franck eine diebische Freude daraus. Ich sah den beiden noch eine Weile zu, dann wandte ich mich Henri zu und sagte: »Laß mich ein paar Bälle mit ihm wechseln.«

»Kannst du nicht warten? Wir haben alle drei etwas zu besprechen.«

»Nur ein paar.«

Ich kreuzte den Weg des jungen Schriftstellers, als ich den Platz betrat, um ihn abzulösen. Seine Arme waren nur halb so dick wie die seines Gegners, und ihm standen fast die Tränen in den Augen.

»Na, das ging ja schnell!« sagte ich zu Franck mit einem anerkennenden Grinsen.

»Ich glaube, ich übertreibe es ein wenig mit dem *Kju tän* (Q 10)!« erwiderte er lächelnd. »Ich nehme inzwischen sechs pro Tag, meinst du, das kann ich verkraften?«

»Ich habe dir doch gesagt, Franck, du brauchst nur auf deinen Körper zu hören! Er gibt dir schon Bescheid, ehe er explodiert.«

»Ein paar Bälle, um dich aufzuwärmen?«

Ich bat ihn, für den Anfang nicht zu kräftig zuzuschlagen.

Ehrlich gesagt war ich kein leidenschaftlicher Tennisspieler, aber es ging mir ein bißchen damit wie mit dem Englischen: Es war unerläßlich, die Grundlagen zu beherrschen (Fahrradfahren wäre eine zweite Möglichkeit gewesen, um ein Minimum an Beziehungen zu unterhalten, aber das war eine Sportart, in der die Leute besonders beknackt waren!). Und das Ergebnis davon war, daß ich weder gut noch schlecht war, wenn ich einen Schläger in der Hand hielt. Mit Ausnahme weniger Male, bei denen der Herr meinen Arm geführt hatte.

Zwei oder drei Minuten lang wechselte ich mit Franck ein paar äußerst schlaffe Bälle. Ich war siebenundvierzig und er dreiundsechzig, und außerdem schien ihm die Sonne mitten ins Gesicht. Auf einer Bank ein wenig abseits brütete sein junges Opfer über die demütigende Niederlage nach, und ich dachte an all die guten oder schlechten Bücher, die der Mann eines Tages schreiben würde, an die unsägliche Mühe, die er sich geben würde, um sie seiner rachitischen Brust zu entreißen, an die düsteren Zimmer mit tödlicher Stille, die auf die eine oder andere Weise sein Los sein würden, ganz zu schweigen von der schleichenden Hypochondrie, den Träumen vom Ruhm, den unvermeidlichen Enttäuschungen, der Leere, der Schlaflosigkeit, den verletzten Frauen, den Kopfschmerzen, den Literatursendungen und all dem Kram.

Da schmetterte ich ohne jede Vorwarnung eine geradezu mörderische Kanonenkugel in Francks Richtung.

Ich sah, wie er zusammenklappte und mir für den Bruchteil einer Sekunde eine erstaunte furchtbare Grimasse zuwarf. Danach ließ er sich wie ein nasser Lappen auf den

Boden fallen. Ich hoffte nur, daß ich seine Genitalien verschont hatte.

Franck Beaupré war für die Finanzen der Éditions Sigmund verantwortlich, zugleich aber war er Henris Berater und der Patenonkel meiner Tochter Cécilia. Aus diesen Gründen kam er in den Genuß meiner Dienste, und ich behandelte seinen Unterleib mit Hilfe einer bestimmten Handauflegetechnik, die schon in China zu Zeiten von Konfuzius praktiziert wurde, wenn einem Reitknecht von einem Pferd in den Magen getreten worden war.

Ich nahm seine Vorwürfe mit betrübter Miene entgegen. Die Prellung direkt unter dem Bauchnabel zeichnete sich in Form eines kreisrunden, leuchtendroten Flecks ab, der aussah, als stamme er vom unmäßigen Gebrauch eines Schröpfkopfs. Unter meinen Händen glühte das Ding auf wie ein Lagerfeuer. Ich blies auf gut Glück darauf, dann begegneten meine Augen dem zufriedenen Blick des jungen Schriftstellers, der sich unter die neugierigen Zuschauer gemischt hatte, und hatte ganz deutlich den Eindruck, daß er sich eines Tages weigern würde, mir die Hand zu geben und mich sogar platt walzen würde, wenn er daraus irgendeinen Nutzen ziehen konnte.

Franck ließ seine Hand auf dem Bauch liegen, nachdem wir uns in die Bar zurückgezogen hatten.

»Jeder kann mal einem plötzlichen Adrenalinstoß zum Opfer fallen«, erklärte ich ihm. »Sieh doch nur, in was für einer Welt wir leben. Können wir etwa einen Anspruch auf Vollkommenheit erheben? Natürlich nicht, und ich glaube vor allem, daß der Mensch unendlich schlecht ist.«

»Ich hoffe, du hörst bald damit auf«, sagte Henri mit einem versöhnlichen Lächeln. »Nicht wahr, Franck? Der Zwischenfall ist erledigt, und wir haben jetzt Wichtigeres zu tun.«

»Ich frage mich, ob ich mich nicht röntgen lassen sollte.«

»Nein, es ist alles in Ordnung«, beruhigte ich ihn.

»Und woher willst du wissen, daß alles in Ordnung ist? Bist du etwa Mediziner?«

»Franck, wenn ich den geringsten Zweifel hätte...«

»Na und? Du bist schließlich nicht an meiner Stelle...«

»Was soll ich dir denn sagen? Daß du ein Loch in den Eingeweiden hast? Möchtest du das hören?«

»Seit wann bist du Mediziner?«

»Hör zu, das ist ein mit Preßluft gefüllter Gummiball, mehr nicht... Was soll denn da schon passieren? Hm, sag mal!«

»Aber du bist kein Mediziner, oder? Gib's zu!«

»Nein, ich bin kein Mediziner.«

»Na wunderbar. Mehr wollte ich nicht wissen. Henri, dann schieß mal los!«

»Eine Sekunde ... Hältst du mich vielleicht für bekloppt?«

»Ich sage nur, daß du auf diesem Gebiet nicht kompetent bist. Du bist doch kein Mediziner, oder täusche ich mich da?«

»Also, Henri, entschuldige bitte, aber ich bin nicht mehr in der Stimmung, um mit ihm zu diskutieren.«

Ich stand auf und drückte auf den Aufzugknopf.

»Wenn du Mediziner bist, brauchst du es nur zu sagen!«

»Und Alices Ekzem? Hast du das etwa vergessen?«

Die Tür des Aufzugs öffnete sich. Ohne ein weiteres Wort fuhr ich zu den Umkleideräumen hinab.

Ich hatte mich kaum hingesetzt, da klingelte mein Handy in meinem Fach.

»Ja, hallo?«

»Mach keinen Scheiß. Komm hoch.«

»Tut mir leid, Henri, aber...«

»Willst du nun einen Schutzumschlag für deinen nächsten Roman oder nicht?«

Als ich später am Empfang vorbeiging, gab man mir eine Nachricht von Olga, die sich in einem Bistro mit mir für »eine sehr wichtige Sache« verabredete. Alles war bei Olga immer sehr wichtig, aber nach dem Gespräch, das ich eben mit den beiden anderen geführt hatte, war mir der Gedanke, mich auf die Terrasse eines Cafés zu setzen, um mich etwas zu erholen, durchaus willkommen, obwohl ich gerade geduscht hatte.

Spatzen balgten sich auf dem Bürgersteig, auf dem runden Platz befand sich ein von Blumenbeeten umgebener Brunnen, und sommerlich gekleidete junge Frauen schienen durch die laue Luft zu schweben. Es war nicht sehr erfreulich, an die finsteren Dinge zu denken, die sich hinter dieser Kulisse verbargen, aber konnte man sie auch nur einen Augenblick vergessen? Jedes Ding verhüllte ein anderes. Und das Dunkel tauchte aus dem Dunkel auf und wurde immer dichter. Franck hatte sich nur sehr vage darüber geäußert, welche Interessen auf dem Spiel standen und wer die Fäden in der Hand hatte, aber wußte er wirklich mehr darüber? Hatte dieses Faß eigentlich einen Boden?

»Francis? Wach auf, ich nehme dich mit zu Edward Cotten-Saul!«

»Soll das ein Scherz sein?«

»Warum? Gefällt dir das nicht? Du wirst ja immer schwieriger.«

»Haben sie was Neues bekommen?«

Wir kletterten in ihren Mini Cooper, der mit *Gardénia Passion* von Annick Goutal parfümiert war, was ja schon alles verrät. Was war ich nur für ein Idiot! Manchmal hatte ich wirklich Mühe, mir zu folgen. Ich ließ die Arme sinken, dabei hätte ich mich eigentlich erwürgen sollen.

Aber jetzt, da sie mit flatterndem Haar über die großen Boulevards raste, kam jede Reue zu spät. Ohne mir den Hals zu verrenken, konnte ich sehen, wie ihr Slip zwischen den Beinen hervorschaute und wie sie die Ärmel aufgekrempelt hatte für eine ziemlich sportliche Fahrweise, und ich hatte nur noch die Wahl, aus dem fahrenden Wagen zu springen oder mich in mein Schicksal zu fügen.

»Ist irgend etwas nicht in Ordnung?« fragte sie mich an einer roten Ampel.

»Sie haben Angst, daß Patrick ihnen davonläuft.«

»Unter uns gesagt, sind ihre Sorgen durchaus berechtigt. Ich weiß, daß Suzanne dabei ist, gewisse Angebote zu studieren.«

»Ja, ich bin auf dem laufenden. In Wirklichkeit möchten sie erst einmal mehr Informationen haben.«

Die Anprobesalons bei Edward Cotten-Saul waren herrliche Oasen des Friedens, Tempel aus einer anderen Zeit. Man hatte dort seine Ruhe, wurde umsorgt und konnte sich nach Herzenslust konzentrieren. Die sorgfältig ausgewählten Verkäuferinnen waren bemerkenswert diskret. Sie klopften lange an, ehe sie den Raum betraten, und kamen später wieder, wenn sie keine Antwort erhalten hatten. Es gab natürlich keine Fenster. Die Wände, wie auch die Decke, waren mit schweren perlweiß moirierten Stoffen behängt, und auf dem Boden lagen sehr schöne, weiche Teppiche. Ich saß nachdenklich auf einem Sofa neben einem großen Spiegel mit goldverziertem Rahmen.

Olgas Stimme drang durch eine Stoffwand an mein Ohr: »Und wie wollen sie es anstellen, ihn daran zu hindern?«

»Ich weiß es nicht. Aber sie scheinen fest entschlossen zu sein... Sie haben anscheinend Geschäftspartner, die keinen Spaß verstehen. Man glaubt es nicht, oder? Bald kannst du nicht mal mehr in Ruhe pinkeln gehen. Man wird dich belehren, daß die Sache so einfach nicht ist...«

»Na ja, aber... Patrick treibt es auch ein bißchen zu weit, findest du nicht?« sagte sie und kam hinter dem Vorhang hervor.

Edward Cotten-Saul war der Inbegriff der Damenunterwäsche. Eine seidenweiche, geheime Welt, zart und empfindlich, kostbar und zugleich begeisternd. Großartig, aber unbezahlbar. Eine Garnitur, wie Olga sie trug, auch wenn sie ihr nur knapp den Busen und den Hintern bedeckte, war sündhaft teuer, glauben Sie mir das.

»Habe ich nicht zugenommen? Ist das nicht Speck?«

»Nein, wo denn?«

»Nicht umwerfend, hm?«

»Meiner Meinung nach ist das Höschen zu klein. Aber die Farbe steht dir gut.«

»Zu klein? Wie kommst du denn darauf!«

Das war erst der Anfang. Es lagen noch wenigstens zwanzig Schachteln aufeinandergestapelt auf einem kleinen Tisch, auf dem man mir einen Gin Tonic mit einer sternförmig zugeschnittenen Zitronenscheibe serviert hatte. Olga nahm die nächste Schachtel und verschwand hinter mir.

»Ich kann dir nur raten, dich nicht in die Sache einzumischen«, erklärte sie hinter meinem Rücken, während ich so etwas wie einen leichten Luftzug wahrnahm, der durchs Laub strich.

»Ja, aber sie haben mir zu verstehen gegeben, daß ich dem Haus gegenüber gewisse Verpflichtungen habe. Abgesehen von der Gefühlsbindung. Da haben sie wohl nicht ganz unrecht.«

Sie führte mir etwas Interessantes vor, das aus seltsamem Material hergestellt war. Ich schob einen Finger unter das Gummiband, das sich über ihrer Leiste spannte, um die Beschaffenheit des Materials zu untersuchen.

»Ist das nicht das neue Zeug, über das sie uns die Ohren vollgequatscht haben? Du weißt doch, diese neue Faser, die aus Erdöl gewonnen wird.«

»Mag sein... Auf jeden Fall ein angenehmer Stoff.«

Ich zog meinen Finger zurück und forderte sie mit einer Geste auf, sich einmal um die eigene Achse zu drehen.

Ich erklärte ihr, daß mich das nicht überzeuge.

Sie probierte die nächste an.

Es war nicht das erste Mal, daß Olga mich zu Edward Cotten-Saul mitnahm. Ich fand normalerweise großes Vergnügen daran, auch wenn ich von vornherein wußte, welche Frustrationen dieses Spielchen in mir auslösen würde. Andererseits vermutete ich, daß meine Beziehung mit Edith nur davon profitierte, daß ich keine richtige sexuelle Beziehung mit einer anderen Frau unterhielt. Ich konnte gut darauf verzichten.

Aber nach dieser Geschichte mit Patrick und in Anbetracht des rutschigen Bodens, auf den ich mich mit Nicole begeben hatte, war ich an diesem Morgen in einer anderen Verfassung.

Hatte Olga etwas gemerkt? Sie fand mich ein wenig reserviert, ein wenig zerstreut. Es mangelte mir angeblich an Begeisterung hinsichtlich der verschiedenen Modelle, die sie mir vorführte.

Ich versprach ihr, besser hinzuschauen.

Ich streichelte ihr den Hintern, als wir das nächste Modell begutachteten, ein schlichtes weißes Baumwollhöschen, das den Namen *Wie eine Schülerin* trug.

Da bemerkte ich, daß Olga rote Wangen hatte. Das war zwar nicht weiter verwunderlich, denn sie lief schon seit einiger Zeit halbnackt herum, zog sich hinter meinem Rücken den Schlüpfer aus, stellte sich vor dem Spiegel in Pose und zog dabei an den Gummibändern, wenn ich sie nicht auf die eine oder andere Weise nervte (ich war vielleicht mit meinen Gedanken woanders, aber wer hatte bloß die Hand unter ein anthrazitfarbenes Seidenoberteil gleiten lassen und sie damit geneckt, wie steif ihre Brustwarzen waren?).

Vorsicht! Ich habe nie behauptet, daß Olga Matticcio frigide sei, nein, nie im Leben! Ich habe nur gesagt, daß sie mehr oder weniger allergisch gegen den sexuellen Akt als solchen war, oder genauer gesagt gegen die Penetration durch ein männliches Glied. Weiter habe ich nichts gesagt. Ganz im Gegenteil!

Sie war also bis auf diese Einzelheit eine Frau wie jede andere. Ein Wesen wie jedes andere mit seinen Gelüsten, seiner Reizbarkeit, seinen Rhythmen und seinen körperlichen Beschränkungen. Denken Sie nur an das ganze Sortiment von feinen Stoffen, die in verrücktem Tempo über ihre Haut geglitten waren, sie eingezwängt, gestreift und erkundet hatten, ohne ihre intimsten Bereiche zu verschonen, denken Sie an mich, der ich sie von allen Seiten unter die Lupe genommen und mir dabei gewisse Freiheiten herausgenommen hatte, denken Sie an die schändlichen abgeschirmten Salons bei Edward Cotten-Saul, denken Sie an die wenigen Gelegenheiten, die uns das Leben bietet, einmal alles hinzuschmeißen, dann wechseln Sie in Olgas Lager über, da bin ich mir sicher, und sehen die Dinge so, wie Olga sie in diesem Augenblick gesehen haben dürfte.

Sie stellte den Fuß auf einen Stuhl. Der weiße Stoff des Wäschestücks spannte sich noch stärker.

Ich wußte nicht, um was für eine Art von Baumwolle es sich handelte (und ehrlich gesagt, ob es überhaupt welche war), aber sie dehnte sich wie ein gründlich durchgekautes Kaugummi. Geradezu eine molekulare Mutation.

»Was ist los?« fragte ich. Ich streckte die Hand aus, um mir Gewißheit zu verschaffen.

Olga kannte mir gegenüber keine Hemmungen. Sie wußte, daß ich nicht jemand war, der ihr das Leben schwermachte, und daß ich sie so nahm, wie sie war, also sagen wir mal, eindeutig klitorisorientiert. Sobald ich die besagte Zone berührte (*Wie eine Schülerin* schien sich dort perfekt anzupassen wie eine feine Schicht aus warmem Wachs), spreizte sie die Beine.

Ich hatte Olga schon ein- oder zweimal in den Salons von Edward gewichst und war bereit, wieder damit anzufangen, ohne eine bestimmte Absicht damit zu verfolgen.

Ich ließ sie also aufs Sofa klettern, damit sie sich mit leicht angewinkelten Beinen über mir niederlassen konnte. Sie schob mir ein kleines Kissen in den Nacken. Dann zog sie ihr Höschen nach unten und führte mir ihre Spalte an den Mund, wobei sie das ganze Manöver mit strengem Blick überwachte.

Gute Arbeit, das muß man schon zugeben. Ich saugte sofort einmal leicht an ihrem Lutscher, um sie zu dem erfolgreichen Unternehmen zu beglückwünschen. Sie stieß pfeifend die Luft zwischen den Zähnen aus.

Ich riet ihr, ein Bein über meine Schulter zu legen.

Olga zog einen Fuß aus *Wie eine Schülerin,* die an einem Schenkel hängenblieb.

Ich mußte schnell mein Taschentuch hervorholen, um mir gewisse klebrige Säfte vom Kinn zu wischen, denn Olga war schon wieder wie gewöhnlich klitschnaß. Ich hatte nichts dagegen, im Gegenteil, aber ich hatte kein Hemd zum Wechseln da, und schon beim letzten Mal war ich von der Sache überrascht worden.

Ich schluckte das meiste herunter und verteilte den Rest auf ihren Beinen und ihrem Hintern, ohne mich großen Illusionen hinzugeben. Bei ihr zu Hause führten wir diese Übung im Badezimmer durch. Oder auf der Terrasse, die wir einfach mit einem Eimer Wasser reinigen konnten.

Ich setzte ihr das Problem auseinander, aber sie stellte sich taub. Sie ging sogar noch weiter: Sie schob ihre Hand in meine Hose und schnappte sich meinen Schwanz in der

Hoffnung, mich auf andere Gedanken zu bringen. Manchmal war sie bereit, einen von ihrem Standpunkt aus gesehen hohen Preis zu zahlen, und erlaubte mir, auf ihrem Bauch zu ejakulieren, wenn sie keinen anderen Ausweg sah. Aber das geschah nur selten. An jenem Morgen zeigte ihre Geste eindeutig, daß sie sehr erregt war.

»Willst du dich nicht auf den Rücken legen?« schlug ich ihr vor.

Ich wußte nicht, ob meine Worte bis zu ihrem Gehirn vordrangen. Sie drehte ihre Klitoris zwischen Daumen und Zeigefinger hin und her und bemühte sich gleichzeitig, ihre Scheide an meiner Nase zu reiben.

»Wie wär's mit dem Tisch?«

Ich hätte genausogut gegen eine Wand sprechen können.

»Hör zu, das dauert nur eine Sekunde ...«, teilte ich ihr mit, ehe ich sie mit ihrer Beschäftigung allein ließ.

Ich richtete mich mit einer Hüftbewegung auf, dann beobachtete ich sie einen Augenblick und leerte mein Glas, während sie auf einem unsichtbaren Roß von der Größe eines ausgewachsenen Bisons ritt und sich den Wind um das Arschloch wehen ließ, das wie Cellophanfolie glänzte.

Ich räumte den Tisch ab, legte zwei große Kissen darauf, über die ich mein noch feuchtes Badetuch breitete. Man mag mir vorhalten, daß ich mir Zeit ließ und mich Olgas stummen Aufforderungen gegenüber unerbittlich zeigte, aber sie hatte erst einen einzigen Orgasmus gehabt und brauchte wenigstens drei, um halbwegs befriedigt zu sein. Außerdem möchte ich daran erinnern, daß ich seit einiger Zeit von verschiedenen Sorgen geplagt wurde und Olgas verwirrende Manien nicht gerade dazu angetan waren, mich davon zu befreien, ganz im Gegenteil. Kurz gesagt, ich befand mich in einer seltsamen Stimmung, die vermutlich mit der üblichen Enttäuschung verbunden war, die mich erwartete. Und wozu waren schließlich Freunde da?

Olga hatte mir dabei geholfen, schwere Zeiten zu überstehen. Und ich wußte, daß sie für mich da sein würde, wenn ich wirklich Hilfe brauchte. Was ich ihr als Gegenleistung bieten konnte, selbst wenn ich dabei nicht auf meine Kosten kam, war nicht sehr viel im Vergleich zu dem, was sie für mich getan hatte.

Ich hob sie hoch und schleppte sie auf den Tisch, ohne daß sie das wirklich wahrnahm, da sie noch immer voll beschäftigt war.

Aus reinem Mitgefühl schob ich ihr ein weiteres Kissen unter die Hüften. Wischte ihr mit dem Handtuch einen Mundwinkel ab. Um kein Risiko einzugehen, zog ich mein Hemd aus. Daran, daß sie sich noch ein paar weitere Sekunden gedulden mußte, würde sie nicht sterben, auch wenn sie das Gegenteil behauptete. Ich zog also den großen Standspiegel heran, neigte ihn so, daß sie den Fortgang der Ereignisse beobachten konnte (wenn wir bei ihr zu Hause waren, legte sie ihren Taschenspiegel nicht aus der Hand).

»Ist es so recht?«

Sie nickte nur leicht mit dem Kopf und biß sich auf die Lippen.

Und schon hatte sie ihre bevorzugte Stellung eingenommen, mit krampfhaft verzogenem Mund und zugekniffenen Nasenflügeln die Knie angezogen und die Beine gespreizt, an der Stirn klebte eine widerspenstige Locke. Mit herausforderndem Blick hielt sie mit beiden Händen ihre Spalte weit offen, vermutlich für den Fall, daß ich kurzsichtig war, und dabei hatten sich ihre Zehen merkwürdig gekrümmt, ein Zeichen, daß ihr zweiter Orgasmus nicht mehr lange auf sich warten lassen würde.

Ich schnappte mir *Wie eine Schülerin* und erstickte damit ihr Grunzen, denn wenn ich sie mit der Nasenspitze wichste und ihr die Zunge in die Scheide schob, brüllte unsere Freundin Olga wie eine gestochene Sau, wenn sie nicht mit heiserer Stimme einen Schwall von schwachsinnigem Gebrabbel von sich gab.

Eine Sekunde später bedankte sie sich mit einem Augenzwinkern dafür, daß ich ihr im rechten Moment einen Finger in den Arsch gesteckt hatte. Ich freute mich, daß sie zur Kenntnis nahm, welche Mühe ich mir für sie gab, hätte es aber lieber gesehen, wenn sie sich auf andere Weise erkenntlich gezeigt hätte. Daher fragte ich sie ausnahmsweise einmal nicht um die Erlaubnis, meinen Schwanz herausholen zu dürfen, auch wenn sie mir diese zweifellos gegeben hätte, falls ich dem obszönen Ausdruck Glauben schenken durfte, der noch auf ihren Lippen lag.

»Mach bloß keine Dummheiten«, sagte sie, während sie sich auf den Ellenbogen halb aufrichtete.

»Keine Sorge, wo denkst du hin?«

Ich ließ meine Schwanzspitze von oben bis unten über ihre Spalte gleiten, bis meine Eichel wie poliertes Kupfer glänzte. Das war das Höchste, was sie mir je zugestanden hatte, einen dieser Scherze, den ich mir zur Belohnung für musterhafte Führung ausnahmsweise mal bei ihr erlauben durfte und auch nur dann, wenn sie vorher mindestens zwei- oder dreimal die Schleusen geöffnet hatte. Manchmal lutschte sie mit spitzen Lippen an meinem Schwanz, aber nur wenn sie selbst Lust dazu hatte, und folglich hielt sie sich nie lange damit auf, nun ja, das war auch schon alles. Mehr war bei ihr nicht zu holen. »Du kannst dir gar nicht vorstellen, was ich alles für dich in Kauf nehme!...«, hatte sie schon oft zu mir gesagt. »Glaubst du vielleicht, mir macht das Spaß, das Zeug auf den Bauch gespritzt zu bekommen? Das tue ich nur dir zuliebe!...« Hätte sie es etwa lieber gesehen, wenn ich auf ihre Vorhänge ejakuliert hätte?

Sie behielt mich im Auge. Offensichtlich leicht angespannt, spreizte sie die Beine längst nicht mehr so vertrauensvoll wie vorher. Sie blieb wachsam. Auch ich war wachsam, denn ich fürchtete, sie könne rücksichtslos die Knie zusammenkneifen, falls ich zu weit ging. Mit offenem Mund beobachtete sie im Spiegel das Manöver, wie meine Schwanzspitze an ihrer Spalte entlangglitt und winselnd vor deren Öffnungen die Schamlippen auseinanderschob wie ein Schiffsbug, der sich durch einen fast dampfenden Marshmellow-Block arbeitet. Ein langsames, von sorgsamer Hand geleitetes Hin und Her. Aber mit nur zwei oder drei Zentimeter Tiefgang, nicht einem mehr.

Einen Augenblick lang war sie unentschlossen: Sollte sie mich überwachen oder sich auf ihren Unterleib konzentrieren? Ich lächelte ihr unschuldig zu und rieb ihre Brüste mit dem Saft ein, der ihr über die Schenkel lief. Ich ließ sie an meinen Fingern lutschen, zwinkerte ihr zu, hörte aber nie damit auf, sie bis auf die Knochen zu wichsen.

Sie kapitulierte. Sie schloß die Augen, entspannte sich wieder und klemmte sich *Wie eine Schülerin* zwischen die Zähne, um sich so diskret wie möglich einem weiteren Orgasmus zu widmen. Dann drehte sie durch wie die Räder einer Lokomotive. Ich mußte aufpassen, daß sie nicht vom Tisch fiel. Und als sie völlig ins Schleudern geraten war, vögelte ich sie.

Genauer gesagt, ich schob ihr meinen Schwanz bis zum Heft hinein und rührte mich nicht mehr, als sei nichts geschehen, während ich ihr mit der Hand zum Finish verhalf.

Es entstand dadurch ein kurzer Moment der Verwirrung. Ich versetzte mich an ihre Stelle: einerseits ein Orgasmus und andererseits das Gefühl zu ersticken. Denn es war zweifellos das erste Mal, daß sie sich bei vollem Bewußtsein von einem männlichen Glied penetrieren ließ, damit meine ich, vormittags, in nüchternem Zustand, bei Tageslicht und ausgerechnet in dem Augenblick, in dem alles wie von selbst lief – und weit und breit kein Badezimmer in Sicht.

Dabei war das alles halb so schlimm, das meine ich jedenfalls, oder? An Gleitmittel fehlte es wirklich nicht, ganz abgesehen davon, daß ich stocksteif dastand und mich vorerst einmal bemühte, mich in Vergessenheit zu bringen. Im übrigen hatte es mir selbst den Atem verschlagen.

»Francis! Mach keinen Scheiß! ...«, versetzte sie finster.

Ich spielte den Unschuldigen und sagte: »Was ist denn?«

»Raus mit dem Ding, und zwar sofort!«

Ich blickte auf unsere verwuselten Schamhaare hinab, die wie mit Rauhreif überzogene Büsche glitzerten, und schüttelte den Kopf: »Nein, du kannst mich mal ...!«

»*Was* hast du da gesagt?!«

Ich hob den Kopf und musterte sie eine Sekunde. Dann schlug ich ihr mit der Faust mitten ins Gesicht.

Ich streckte sie mit einem Schlag nieder.

Und dann begann ich nachzudenken. Sollte ich darauf verzichten, sie richtig zu vögeln? Andererseits, sollte ich meinen Fehler durch einen weiteren noch verschlimmern? Ich kratzte mich einen Augenblick am Kopf und nahm ein paar tiefe Atemzüge, die sich in dem stillen Salon ausbreiteten.

Ich möchte mich nicht selbst loben, aber ich hatte den Eindruck, daß ich in einem äußerst heiklen Moment die richtige Entscheidung getroffen hatte.

Ich zitterte vor Lust, anders kann man das nicht nennen. Meine Waden zitterten, meine Kinnlade zitterte, mein ganzer Körper versuchte sich von meinem Gehirn zu lösen, und eine stählerne Zange umklammerte meine Hüften und zwang mich dazu, Olgas Möse zu polieren, die vor Ungeduld bebte (ich spreche nicht von Olga, die noch immer bewußtlos war, sondern von ihren Geschlechtsteilen, die meinen Penis so eng umschlungen hielten, als wären sie zwei Verliebte an einem Lagerfeuer).

Aber das war noch nicht alles: Meine Hände waren klebrig, Olga triefte, überall lagen Slips und Büstenhalter auf dem Boden verstreut, ein betäubender Geruch wie in einer Lasterhöhle erfüllte den Raum, meine Eier waren so dick wie Tennisbälle, wilde Bilder schossen mir durch den Kopf, in meinen Ohren vibrierte es, eine warme Brühe trocknete auf meinem Gesicht ein, und Olga war nicht nur triefnaß, sondern *aus ihrer Spalte tropfte der Saft auf meine Schuhe!*

Diese letzte Einzelheit hätte beinah die Weichen gestellt. Ich spielte sogar mit dem Gedanken, uns als Zugabe noch einen Arschfick zu gönnen, so sehr fachte dieses Bild meine Lüsternheit an. Wie besessen klammerte ich mich an ihre

Hüften und zog meinen Kolben fast ganz raus, um ihn sogleich wieder reinzuschieben. Ich war kurz davor, in wildes Geheul auszubrechen. Für diesen Schauder totaler Verblüffung, absoluten Wohlbehagens und strahlender Allmacht, den das bloße Zurückziehen meines Schwanzes – auf diesem kurzen Weg in Olgas Scheide – hervorrief, war ich verdammt empfänglich, das kann ich Ihnen sagen! Ich hätte jeden, der mir zu nahe gekommen wäre, gebissen, hätte einen Koffer voller Geldscheine mit dem Fuß zurückgeschoben, hätte auf den Schutzumschlag für meinen Roman verzichtet, hätte am Karfreitag Fleisch gegessen und weiß Gott, was sonst noch alles!

Aber ich richtete meinen Blick wieder auf Olga, auf dieses übergeschnappte Weib, diese unerträgliche Zicke, diese Quasilesbe, diese miserable Schriftstellerin, und ich hatte Lust, ihr noch mal ins Gesicht zu schlagen. Sie hatte es verdient.

Statt dessen zog ich meine Hose wieder hoch.

Edith war nicht gerade begeistert von dem, was geschehen war, ich muß allerdings zugeben, daß ich nicht fähig war, ihr diesen Fausthieb zu erklären. Und um ehrlich zu sein, bereute ich ihn nicht einmal.

»Ist dir eigentlich klar, was du mir da sagst?«

»Ja, ich weiß. Aber ich will dir keine Lügenmärchen erzählen. Meinst du, ich sollte einen Arzt aufsuchen?«

»Hör zu, ich finde das nicht lustig!«

Sie sah mich den ganzen Abend schief an, und ich hatte die größte Mühe, ihr meine gute Laune zu verheimlichen. Ich hatte beim Spülen Lust zu pfeifen, was schon seit langem nicht mehr vorgekommen war. Auch das hätte ich nur schwer erklären können.

Die laue Abendluft lockte uns in den Garten, und ich drückte Edith an meine Schulter, während wir den Kopf hoben und über den Hochhäusern die Sterne bewunderten und die Flugzeuge, die in lächerlichem Tempo am Himmel vorüberflogen.

»Hast du vor, dich zu entschuldigen?«

»Ja sicher. Ich rufe sie später an. Weißt du, ich warte lieber, bis ihr Gesicht abgeschwollen ist... Ich hoffe, sie hat die Tube Arnika gefunden, die ich ihr in die Tasche gesteckt habe.«

Ohne das Firmament aus den Augen zu lassen, wandte ich Edith den Kopf zu, um ihren Geruch besser spüren zu können. Als die Kinder noch klein waren und zu uns ins Bett krochen, haben wir oft ein Spiel gespielt, das darin bestand, uns mit geschlossenen Augen und hinter dem Rücken verschränkten Händen wiederzuerkennen, und zwar einfach dadurch, daß man dem anderen ein Stück Haut vor die Nase hielt. Ich war sehr gut in diesem Spiel und entlarvte Edith sofort, selbst wenn sie mir ihr Knie oder ihre Fußsohle hinhielt.

»Soll ich dir mal was sagen?« seufzte ich. »Ich glaube, daß ihr der Schlag mit der Faust lieber war als alles andere. Und wie die Sache lief, hätte sie durchaus auch den zweiten verdient. Das weiß sie ganz genau.«

»Na ja... aber ich bezweifle, daß sie dich dazu beglückwünscht. Auf jeden Fall solltest du mit Nicole die Sache anders anfangen.«

»Selbstverständlich. Darüber mach dir keine Sorgen.

Aber was Olga betrifft, möchte ich dich noch daran erinnern, daß Victor sie beinah erdrosselt hätte, ehe er sich dazu entschloß, die Scheidung einzureichen. Und man kann ja wohl nicht behaupten, daß er gewalttätig wäre.«

Ich hatte die beiden voneinander getrennt. Das ist schon viele Jahre her, Edith war damals schwanger, sie erwartete Cécilia, und Olgas Geschrei hatte uns geweckt. Ein Wochenende auf dem Land, das auf reizende Weise endete. Ich hatte mich auf Victor gestürzt.

Wie ich schon zu Edith gesagt hatte, war er wirklich kein gewalttätiger Kerl, aber ich erinnere mich noch an den Blick in seinen Augen, während er Olga die Gurgel zuschnürte. Im Vergleich dazu hatte ich nun wirklich nichts Schlimmes getan, so sah ich die Sache jedenfalls.

Ich setzte mich in einen Liegestuhl, zog Edith an mich und sagte: »Ob das mit Nicole klappt, ist noch nicht sicher, aber eins steht wenigstens fest: Wir haben es nicht mit einer Verrückten zu tun.«

»Sei nicht so ungerecht zu Olga. Sie hat auch ihre guten Seiten...«

»Zum Glück hat sie die...«, erklärte ich in mitleidigem Ton.

Über Ediths Kopf hinweg, der auf meiner Brust ruhte, betrachtete ich im Mondschein meine geröteten Knöchel.

Wenn man die üblichen Maßstäbe anlegte, sah Nicole Vandhoeren nicht so gut aus wie Olga Matticcio. Olga hatte eben eine perfekte Figur, aber was nützt es schon, noch einmal darauf zurückzukommen? Und außerdem, nehmen Sie mal Edith, die für meinen Geschmack die begehrenswerteste

Frau der Welt ist, glauben Sie, sie hätte in den Augen einer Handvoll Dummköpfe, die mit einer ganzen Latte von Tests und Körpermaßen ankommen, mithalten können?

Zugegeben, Nicole hatte einen größeren Busen und nicht ganz so schlanke Beine wie unsere kitzlerversessene Freundin. Ihre Züge waren nicht ganz so regelmäßig, und ihr zu einem tadellos sitzenden Knoten gestecktes, straff zurückgekämmtes Haar verlieh ihr etwas Strenges, das im nachhinein, bei näherer Betrachtung, eher ein Verschleierungsmanöver schien, als etwas über ihre wahre Natur auszusagen. Aber das können Sie ja nicht wissen. Wenn man also die beiden nebeneinanderstellt und Ihnen die Wahl läßt, dann ziehen Sie, begeistert über den guten Fang, garantiert mit Olga ab. Stimmt's? Und dabei begehen Sie einen zwar verständlichen, aber verhängnisvollen Irrtum, und an diesem Punkt der Geschichte wissen Sie auch warum, nicht wahr?

Sie werden sehen, daß der Schein meistens trügt.

»Francis«, sagte sie zu mir, »dein Verhalten irritiert mich.«

Wir saßen nicht in einer dunklen, ruhigen Bar, in der ich diese Unterhaltung lieber geführt hätte, sondern standen eng aneinandergedrängt mitten in einer dichten, kompakten Menge im Garten der Éditions Sigmund. Das Buffet war unerreichbar. Ich hatte Edith verloren, und sie hatte Patrick verloren.

»Ich gebe zu, daß wir vielleicht an einem Wendepunkt unserer Beziehung angelangt sind«, erwiderte ich. »Aber schieb mir bitte nicht alles in die Schuhe. Du wolltest dieses Buch unbedingt sehen. Du hast darauf bestanden.«

»Ich behaupte nicht das Gegenteil. Ich habe es sogar interessant gefunden, wenn du es genau wissen willst.«

»Wenn ich mir nicht gedacht hätte, daß es dich interessieren würde, hätte ich dir nicht davon erzählt. Aber wie dem auch sei, behalte die Sache bitte für dich.«

»Darauf kannst du dich verlassen.«

Mindestens ein halbes Dutzend Gespräche waren in einem Umkreis von fünfzig Zentimetern rings um uns im Gang. Nicole und ich waren gezwungenermaßen eng aneinandergepreßt, und angesichts der erschreckenden Anzahl von Lästermäulern, die um uns versammelt waren, bestand die ganze Taktik darin, so zu tun, als sei nichts. Jeder belauerte jeden. Ich entdeckte den jungen Marco, das As im Rollerfahren, wenige Meter von uns entfernt, und dieser Scheißkerl starrte mich mit verzerrtem Lächeln an (du weißt wohl nicht, daß man aus Wut gute Bücher schreibt, aber nicht aus Verbissenheit, mein Junge). Nicole sah über meine Schulter hinweg und ich über ihre. Ich befürchtete, daß meine Gürtelschnalle einen Abdruck auf ihrem Bauch hinterließ.

»Und was hast du dir vorgestellt?« sagte sie nah an meinem Ohr.

»Was glaubst du wohl?«

»So so, ich verstehe.«

»Hör zu, wir kennen uns schon sehr lange, nicht wahr? Kann ich es mir nicht ersparen, den dummen Jungen mit dir zu spielen?«

Ich winkte mit einer Hand Franck Beaupré zu, der versuchte, sich mit zwei Gläsern Champagner in den erhobenen Händen einen Weg durch die Menge zu bahnen.

»Was wäre denn daran so außerordentlich, daß zwischen uns eine sexuelle Anziehung besteht? Was meinst du dazu?«

»Und du meinst, das genügt?«

»Wer hat denn das gesagt? Glaub nur nicht, daß ich dabei bin, dir ein unverblümtes Angebot zu machen, das weißt du ganz genau... Ich treffe nur eine Feststellung, zumindest was mich angeht... Ist das okay? Verträgst du den Schock?«

Eine lange Minute verstrich.

Früher war es Ehrensache für mich gewesen, solchen Abenden fernzubleiben, obwohl ich damals mit Henri Sigmund am Arm durch eine sich teilende Menge zum Buffet hätte schreiten können. Die Situation hatte sich sehr verändert, und in der Zwischenzeit hatte sich der Tod mit großen Schritten genähert. So viele Gesichter um mich herum waren gealtert. Ein paar Blitzlichter leuchteten zwar noch auf, aber nur in der Ferne. Ich mußte zugeben, daß ich in gewisser Weise von der Bühne abgegangen war. Niemand fürchtete mich mehr. Außer ich selbst natürlich.

»Gut. Wir können es ja versuchen, aber ich verspreche dir nichts.«

Ich zuckte zusammen, soweit das überhaupt möglich war. Ich hatte gedacht, unser Gespräch über dieses Thema habe zu nichts geführt, sei endgültig gescheitert. Und plötzlich tauchte es wieder auf, mit ganzer Kraft, aus glühender Erde zu neuen Höhen.

»Nicole, kannst du das noch mal sagen?«

»Wie du schon sagst, wir müssen uns nichts vormachen. Daher ist die nächste Etappe, wenn ich richtig verstehe, schon klar vorgezeichnet, oder irre ich mich?«

Ich nickte mehreren Leuten rings um mich zu. Die meisten Gesichter schienen mir sympathisch.

»Unter uns gesagt, Patrick hat sich das selbst zuzuschreiben«, erklärte ich.

»Mag sein. Aber ich tue das nicht, um mich zu rächen, sondern aus Neugier, wenn du es genau wissen willst. *A walk on the wild side*. So kann man das vielleicht nennen.«

»Ich glaube, es gibt einen Zeitpunkt, wo man sich nicht mehr mit einer Immobilienagentur begnügen kann und damit, ein- oder zweimal im Monat mit demselben Mann zu schlafen. Das leuchtet mir ein. Weißt du übrigens, daß ich noch die alte *Velvet*-Platte habe?«

Sie brachte es fertig, mir einen Blick zuzuwerfen, und fragte: »Na, bist du nun zufrieden?«

»Hör zu, mir sind zwei außerordentliche Dinge in diesem Garten passiert. Das erste Mal vor ein paar Jahren, als ich hier einen Vertrag über die höchste Summe unterschrieben habe, die es je gegeben hatte.«

»Soll ich dir die Wahrheit sagen? Mein Entschluß stand schon neulich fest, als wir nachts in deiner Garage waren. Aber ich wollte es nicht zugeben.«

»Ja, das hört sich zwar blöd an, aber alles, was mit Sex zu tun hat, macht uns das Leben nicht unbedingt leichter.«

»Abends ist es ziemlich kompliziert. Aber tagsüber kann ich mich leicht freimachen.«

»Das paßt mir sehr gut. In meinem Arbeitszimmer stört uns niemand. Weißt du, ich freu mich wirklich.«

Ich kannte jemand, der sich die Hände reiben und mich dazu beglückwünschen würde, daß wir solch einen großen Schritt weitergekommen waren. Und Nicole führte an mich gepreßt einen recht seltsamen Tanz auf, der im wesentlichen aus Hüftbewegungen bestand, deren tiefere Bedeutung ich nicht erfaßte, ohne daß mich das jedoch übermäßig beunruhigte. Ich war bester Laune, da ich spürte, daß sich das Glück wieder wenden könnte, wenn ich mir die Mühe gab, ein großes Buch zu schreiben. Ich war bereit, die Welt zurückzuerobern. Ach, man reiche mir sogleich einen Füller und ein Blatt Papier!

»Hast du etwas verloren?« fragte ich Nicole, die sich gerade gebückt hatte und sich, wie man sich vorstellen kann, nur mit Mühe wieder aufrichten konnte, so dicht gedrängt standen wir dort.

Sie ließ etwas in meine Hand gleiten.

»Aber Nicole, das war doch nicht nötig!« sagte ich begeistert.

»Als ich ihn heute morgen anzog, habe ich mir vorgenommen, ihn dir zu geben. Ich hoffe, du bekommst jetzt keinen schlechten Eindruck von mir!«

Ich fragte mich, ob das bei ihr zur Gewohnheit geworden war.

»Bringt dich das nicht in Schwierigkeiten? Hast du einen zum Wechseln dabei?«

»Ach, weißt du, Patrick nimmt solche Einzelheiten gar nicht mehr wahr...«

»Ehrlich? Das ist doch wohl ein Scherz!«

Suzanne Rotkos Büro war nicht leicht zugänglich. Als erstes mußte man sich an einer Gegensprechanlage melden, ehe einem die Tür geöffnet wurde. Dann mußte man im Empfangsbüro seinen Namen und seine Adresse in ein Buch schreiben. Anschließend wurde man abgeholt, um durch weitere Sperren gelotst zu werden.

Suzannes Telefon war mit einem Gerät ausgerüstet, das überprüfte, ob sie nicht abgehört wurde. Metallschränke mit Vorhängeschlössern standen an den Wänden. Der Raum war schalldicht abgeschirmt. In den Fensteröffnungen und unter der Tür befanden sich Gummidichtungen.

Ihre Devise lautete »schweigen wie ein Grab«. Man wußte nichts, man sagte nichts, man kannte niemand. Suzanne vertrat die Interessen fast aller Berühmtheiten aus der Literatur und dem Showbusiness, und das leiseste Wort, das hier gewechselt wurde, hatte streng vertraulichen Charakter. Jeder wußte, daß sie nicht einmal unter Folter die Höhe eines Vertrags oder irgendeine Information bezüglich einer laufenden Verhandlung preisgegeben hätte. »Ob Patrick eventuell den Verlag wechselt? Ich würde mir eher die Zunge abbeißen!« hätte sie einem ins Gesicht gelacht.

»Und du? Was meinst du dazu?« fragte mich Patrick.

Wir hatten uns alle drei in Suzannes Büro verriegelt, saßen unter Tonys Porträt, das mit schwarzem Trauerflor verziert war, tranken Kaffee und rauchten Zigaretten.

»Dann sind deine Freunde von heute morgen deine ärgsten Feinde, was soll ich dir anderes sagen?«

»Und umgekehrt«, betonte Suzanne und holte ihren Taschenrechner hervor. »Nichts Neues unter der Sonne.«

Sie schloß ihre Berechnungen ab und streckte den Arm über den Schreibtisch, um Patrick eine Zahl unter die Nase zu halten. Ich sah, wie er zusammenzuckte.

»Das ist die Summe, die du verdienen könntest«, erklärte sie. »Die Entscheidung liegt bei dir.«

»Entschuldige«, sagte ich, »du bist ein richtiges Ekel.«

»Aber mein Lieber, ich bitte dich... Ich habe mein halbes Leben damit verbracht, eure Interessen zu wahren.«

»Aber du weißt, daß wir schwache Seiten haben, und nutzt das schamlos aus! Der Anblick des erstbesten Schecks kann uns in Freibeuter verwandeln, denn wir sind nichts anderes als Kinder, verdammt noch mal!«

»Habe ich etwa die Spielregeln gemacht? Soll ich so tun, als würde ich sie nicht kennen?«

Patrick hatte den Blick starr auf uns gerichtet, war aber mit den Gedanken woanders.

»Sieh ihn dir an! Er ist erst zweiunddreißig. Wie soll er das nur verkraften?«

»Bald werden Schriftsteller wie er an der Börse gehandelt. Die Zeiten haben sich geändert, Francis. Er befindet sich in einer ähnlichen Lage wie ein Hochleistungssportler: Er stellt eine Menge Geld dar, ob wir es wollen oder nicht.«

»Wenn ich noch daran denke, daß du mich immer davon abgehalten hast, Dummheiten zu machen...«

»Pah, damals hat sich das alles noch in einer großen Familie abgespielt... Es hat zwar oft Gerangel gegeben, aber die Leute haben sich noch beim Vornamen genannt.«

Patrick wachte plötzlich aus seinen Träumen auf und sagte: »Verfluchte Scheiße, darüber muß ich erst mal nachdenken! Wollen wir nicht was essen gehen?«

Suzanne lud uns zum Mittagessen ein.

Sie zog sich eine Weile auf die Toilette zurück, was mir erlaubte, ihr in den Rücken zu fallen, indem ich Patrick daran erinnerte, daß sie zehn Prozent an dieser Geschichte verdiente, eine Sache, die er nicht vergessen sollte. Da ich wußte, daß ihn literarische Preise nicht gleichgültig ließen, wies ich ihn außerdem mit Nachdruck darauf hin, daß die Wahl eines Verlagshauses keine unbedeutende Sache war und daß er bei den Éditions Sigmund die besten Chancen hatte, die Siegespalme zu erringen.

»Und dein nächstes Buch hat es wirklich verdient«, sagte ich hartnäckig. »Du mußt dem Erfolg nur ein wenig nachhelfen.«

»Und ob es das verdient! Ich habe den Eindruck, das Buch hat dich vom Hocker gehauen, stimmt's?«

»Ich habe noch nie gelogen, wenn es um ein Buch geht. Und was die pornographischen Passagen angeht, da kann dich bis auf Henry Miller oder Bret Easton Ellis niemand in den Schatten stellen. Und du weißt hoffentlich, daß ich dir kein schöneres Kompliment machen kann.«

Er schien ein wenig enttäuscht zu sein: »Na ja... aber das ist nicht das Wichtigste daran.«

»Mag sein. Aber das ist eine Falle, in die viele von uns getappt sind. Die Pornographie ist eine äußerst schwierige Kunst. Sie erfordert viel Fingerspitzengefühl. Nur die Besten sind fähig, die Sache richtig anzupacken ... Der gekonnte Umgang mit Obszönitäten ist eine seltene Gnade. Ich gäbe viel darum, wenn ich dein Niveau auf diesem Gebiet erreichen würde, das kannst du mir glauben.«

»Na schön. Aber trotzdem gibt es wichtigere Dinge.«

»Es ist sicher nötig, daß sich Leute wie du über die Zukunft des Romans Gedanken machen. Das stelle ich nicht in Frage. Oder über die Zukunft der Menschheit, wenn du Wert darauf legst. Aber ich bin inzwischen in einem Alter, wo diese Probleme nicht mehr so großes Interesse hervorrufen, das muß ich gestehen. Dieser Aspekt deiner Arbeit beeindruckt mich weniger.«

»Dahinter steckt der Wille, überall gleichzeitig zu sein. Alle Bereiche abzudecken. Joyce war auf dem richtigen Weg.«

»Er hat aufgehört, Unsinn zu verzapfen, als er den Monolog der Molly Bloom geschrieben hat.«

Er grinste albern und gab ein paar Autogramme, ohne einen Blick auf die Leute zu werfen, denen sie zugedacht waren, so daß ich ihnen zur Entschädigung zulächelte.

»Sag mal, hättest du Lust, mich nach Toronto zu begleiten?«

Erst glaubte ich, das sei ein Scherz. Dann merkte ich, daß es ihm ernst war.

»Meinst du nicht, daß du groß genug bist, um ohne mich zurechtzukommen? Hab keine Angst, sie frißt dich schon nicht auf.«

»Was ist los? Hast du Schiß?«

Ich antwortete nicht. Ich schluckte vier Enzyme vor dem Essen. Trotzdem lag es mir später schwer im Magen.

Uns blieb noch eine Woche bis zur Abreise.

Ich war in den letzten zwei Jahren kein einziges Mal geflogen und wußte nicht, wie ich mich anstellen würde.

Ich hatte große Angst davor und zugleich große Lust, mir diese Bewährungsprobe aufzuerlegen.

Patrick ließ nicht locker. Henri und Franck waren der Ansicht, daß mir das die Gelegenheit biete, ihm auf den Fersen zu bleiben und dafür zu sorgen, daß er nicht vom rechten Weg abkam. Ich versuchte sie mit den Tarifen der ersten Klasse, des besten Hotels der Stadt und einer hohen Summe in bar für unsere Spesen zu einem Rückzieher zu bewegen, aber sie nahmen alles in Kauf, ohne daß ihnen das Lächeln verging.

Edith erklärte, das sei die Gelegenheit, endlich meine Flugangst zu überwinden. Sie bemühte sich einen ganzen Abend lang, mich zu der Reise zu überreden. Anschließend sahen wir uns einen Film an.

Später kam sie noch einmal darauf zurück. Wenn ich mich weigerte, erklärte sie, wäre ich gezwungen, den wahren Grund anzugeben, den einzig wahren. Ob ich etwa Lust habe, das alles wieder aufzurühren? Und wer weiß, vielleicht kämen wir ja wieder aus den roten Zahlen, vielleicht würde es mir ja gelingen, genügend Geld von den Steuern abzuzweigen, so daß wir uns eine Reise nach Australien leisten konnten, um den Kindern eine Überraschung zu machen, hm? Ob es denn nicht höchste Zeit sei, diese Angst zu überwinden, die bald zu einem krankhaften Tick zu werden drohte?

Es war schwer, Edith lange die Stirn zu bieten. Sie verfolgte einen ohne Unterlaß, argumentierte pausenlos und lieferte einem einen Kampf bis aufs Messer. Sie ließ erst locker, wenn man k.o. auf der Matte lag. Sie hatte sich eine Regel zu eigen gemacht, die sie streng befolgte: sich nie an die Stelle des Widersachers zu versetzen. Auch wenn sie anschließend die Wunden und Beulen des Besiegten pflegen mußte.

Wirklich ein gefährlicher Gegner. Aber meistens hatte sie recht.

Nachdem sie zu Bett gegangen war, blieb ich noch eine knappe Stunde im dunklen Garten zurück. Der Gedanke, nach Toronto zu fliegen, bohrte mir ein ätzendes Loch in den Magen. Wenn ich mich noch länger darauf konzentrierte, würde sich mein Brustkorb zusammenschnüren und ein Schleier aus eiskaltem Schweiß auf meine Stirn und meine Schläfen treten. Aber ich spürte auch, wie sich eine wahnsinnige Wut in mir breitmachte.

Nachdem ich mich beruhigt, entschlossen und mir sorgfältig die Nase geputzt hatte, rief ich Patrick an, um ihm mitzuteilen, daß ich meine Koffer packte. Er machte mir Vorwürfe, daß ich so lange gezögert hatte.

Der Unterschied zwischen ihm und mir für den Fall eines Flugzeugunglücks lag darin, daß er sein Buch zu Ende geschrieben hatte, während ich ein unvollendetes Werk hinterlassen würde. Ich weiß nicht, wie Sie dazu stehen, aber für mich war das nicht das gleiche.

Ich hatte keine Chance, meinen Roman vor unserer Abreise zu beenden. Ich war sogar noch weit davon entfernt. Dennoch widmete ich ihm lange Stunden fleißiger Arbeit, gerührt wie ein Greis, der zusieht, wie sein Enkel größer wird.

Das Schreiben fiel mir viel leichter, seit man sich weniger für mich interessierte. Es widerstrebte mir kaum noch und bereitete mir sogar ein gewisses Vergnügen. So sehr, daß das lebhafte sexuelle Klima, das mich seit einigen Tagen gefangenhielt, aus meinen Gedanken entschwand.

Patrick korrigierte die Fahnen seines Romans, und es freute mich zu wissen, daß wir beide über unseren Schreibtisch gebeugt saßen und uns einer Tätigkeit ganz ähnlicher Art widmeten, die rätselhaft, still und leise war, ohne mich jedoch mit ihm vergleichen zu wollen. Ich hatte den Eindruck, daß uns das einander näherbrachte und daß wir vielleicht im gleichen Augenblick etwas zu trinken verlangen würden, wenn wir demnächst nachts über die große Wasserwüste des Atlantiks flogen. Wer sind denn die beiden da? Reißen Sie die Augen auf und schauen Sie sie gut an! Ja, schauen Sie sie an, diese beiden Männer, deren wesentliche, schwindelerregende Beschäftigung darin besteht, ein Wort zu wählen und ein anderes zu verwerfen. Auf ein langes Leben und auf dein Wohl, Kamerad!

Eines Morgens rief mich Nicole ungeduldig an.

Ich hatte sie nicht vergessen, sondern verwendete meine Energie für eine dringlichere Aufgabe (die Seiten, die ich schrieb, konnten sehr wohl meine letzten sein).

Ich war noch im Schlafanzug, kaum richtig wach, der Kopf schwirrte mir noch von meiner nächtlichen Arbeit, und ich hatte die Zeitung aufgeschlagen, um einen Blick auf das Chaos der Außenwelt zu werfen. Mein Kaffee war langsam kalt, meine Schnitten waren aus trockenem Brot. Ich hatte große Mühe, mich in Gedanken auf einen unmittelbar bevorstehenden Geschlechtsverkehr einzustellen, und Nicole merkte mir mein Zögern an.

Ich erfand ein vorübergehendes Unwohlsein. Vermutlich irgendeine Vergiftung durch ein Lebensmittel, dessen Verfallsdatum überschritten oder das mit krimineller Absicht verdorben worden war, wie es so oft vorkommt. Ich warnte sie vor dieser Geißel unseres Zeitalters, vor den Pestiziden, den Düngemitteln, den genetischen Manipulationen, die die Erde schleichend dezimierten, und da wir schon bei diesem Thema waren, riet ich ihr, sich für die Algen zu entscheiden, um das Schlimmste zu verhüten. Ein kurzer Blick in die Zeitung würde reichen, um sie zu überzeugen, daß die Gehirne verkalkten, die geistigen Fähigkeiten verkümmerten und eine Bevölkerung von Scheintoten die Erde zu überfluten drohte. Ich könne ihr nur dringend dazu raten, das ganze Programm für vierhundert Dollar auszuprobieren.

Sie schlug vor, umgehend bei mir vorbeizukommen, um die Krankenschwester zu spielen, aber ich redete ihr das aus. Ich gab ihr durch die Blume zu verstehen, daß ich die Absicht hatte, gewisse Einläufe vorzunehmen, und es vorzog, dieses Werk in völliger Einsamkeit zu vollbringen.

Ich aß mit Olga zu Mittag.

Sie war durch den Garten hereingekommen, hatte mein Schlafzimmer inspiziert und war dann in mein Arbeitszimmer eingedrungen, in dem ich in aller Ruhe arbeitete.

Sie wollte wissen, ob sie noch lange warten müsse, ehe ich mich bei ihr entschuldigte. Ich stellte erfreut fest, daß die Spuren meines Ausfalls ihrem Gesicht kaum mehr anzusehen waren. Ich sage nur Arnika!

Ich erklärte ihr, daß ich mich vor Scham nicht mehr aus dem Haus getraut hatte.

Und das Telefon? Gott konnte bezeugen, daß ich hundertmal den Hörer ergriffen und ihn hundertmal wieder aus der Hand gelegt hatte, weil mir meine häßliche Geste die Sprache verschlagen hatte.

Sie blieb eine ganze Weile auf meinem Schoß sitzen, während wir darauf warteten, daß uns ein Fertigmenü geliefert wurde, das sie bestellt hatte. Sie gab zu, daß auch sie einen Teil der Schuld am traurigen Ausgang dieser Geschichte trug, und bedeckte mein Gesicht mit versöhnlichen Küssen. Ich bestand darauf, dreiviertel der Schuld auf mich zu nehmen, aber sie schien darüber, daß ich mir der Sache in letzter Minute doch bewußt geworden war, so gerührt zu sein (Victor hätte sie bestimmt mehr als einmal gevögelt, versicherte sie mir), daß wir uns auf fifty-fifty einigten.

Ihre Laune verschlechterte sich ein wenig, als Nicole anrief, um zu hören, ob sie mir nicht doch helfen könne.

»Du willst mir doch wohl nicht sagen, daß du immer noch dieser Frau hinterherläufst!« Sie hatte einen fast drohenden Ton angenommen und zerbrach dabei eine Hummerschere. Ich beruhigte sie.

Ich beruhigte sie und schrieb es mir irgendwo auf. Für den Fall, daß ich es vergessen sollte. Es war nicht ratsam, Olgas Vorbehalte hinsichtlich meiner möglichen Seitensprünge außer acht zu lassen. Sie empfand zu große Zuneigung für mich.

Suzanne Rotko dagegen war es völlig gleich, mit wem ich ins Bett ging, aber auch sie machte sich über mein Tun und Treiben Sorgen. Ich erwiderte ihr, daß sie anscheinend so sehr mit Patrick beschäftigt sei, daß sie darüber meinen Vertrag fürs Fernsehen vergessen habe, und knallte den Hörer auf die Gabel. Zum ersten Mal in zwanzig Jahren.

Eine Viertelstunde später stand sie in Tränen aufgelöst bei mir auf der Matte.

Was?... Wie?... Wie konnte ich mich ihr gegenüber nur so verhalten?! Wo Tony sie doch so plötzlich verlassen habe und sie sich so allein fühle, so furchtbar allein, und es ihr so an Zuneigung fehle!

Ich öffnete eine Schachtel Kleenex für sie und wünschte mir aus ganzem Herzen, möglichst bald wegfliegen zu können, warum eigentlich nicht noch ein Stück weiter, nach Vancouver, und mit einem Wasserflugzeug mitten auf einem See ohne Zufahrtsmöglichkeit zu landen, ausgerüstet mit einer guten Angelrute, einer Schachtel Ohropax und einem Sturmgewehr.

Während sie sich über ihr Schicksal beklagte und ich die benutzten Taschentücher eines nach dem anderen entgegennahm, beobachtete ich sie, wie sie in einem bis zur Schenkelmitte hochgerutschten Jerseykleid auf dem Sofa lag, und fragte mich, wie wohl ein Geschlechtsakt mit ihr aussehen könnte. Sie hatte eine durchaus annehmbare Figur. Wir hatten eine ganze Reihe aufregender Dinge gemeinsam erlebt, und auch wenn ich sie nicht auf den ersten Blick ausgesprochen attraktiv gefunden hatte, konnte vielleicht das eine das andere ausgleichen und angesichts der Vielschichtigkeit der menschlichen Natur sogar etwas Erstaunliches dabei herauskommen. Hatten wir etwa, ohne es zu wissen, auf dem Umweg über Freud und Leid, das wir schon so lange teilten, eine geeignete Grundlage geschaffen? Sollten unsere unwissenden Seelen etwa ein stärkeres Elixier hervorgebracht haben als einen guten alten Spritzer Hormone?

Ich schenkte ihr ein Glas ein. Sie umklammerte meine Hände und flehte mich an, diese Reise nicht dazu auszunutzen, um Patrick falsch zu beeinflussen. Wer wußte schon, was uns die Zukunft bringen würde? Konnte ich ihr garantieren, daß sich Patricks Bücher weiterhin verkauften? Gewiß, er hat eine Glückssträhne, aber hatte ich die nicht auch gehabt, und was hatte ich jetzt noch, mit Verlaub gesagt, in bezug auf die Verkaufszahlen für ein Gewicht?

Jetzt schenkte auch ich mir ein Glas ein. Sie wollte wissen, ob ich bereit sei, diese Verantwortung auf mich zu nehmen. Patricks finanzielle Zukunft zu gefährden. Ich lachte höhnisch. Ich erwähnte die traumhaften Bedingungen, die sie ihm bei Sigmund eingeräumt hatten, geradezu eine Brücke aus hochkarätigem Gold.

»Sie liegen deutlich drunter«, erklärte sie achselzuckend.

Das Geld würde uns eines Tages noch alle verrückt machen. Die Kriege, die Naturkatastrophen, die Epidemien, die Umweltverschmutzung rafften schon eine große Anzahl von Menschen dahin. Das Geld besorgte den Rest. Nur wenige waren fähig, ihm zu widerstehen. Ganze Länder ließen die Hosen runter wie ein Mann.

»Kümmere du dich um deinen eigenen Dreck ... und reich mir lieber ein Handtuch!« entgegnete Patrick und streckte die Hand hinter seinem Rücken aus.

Ich erhob mich vom Klo, dessen Deckel ich hinuntergeklappt hatte, und kam seiner Aufforderung nach.

»Was steht da drauf?«

»›Für einen kastanienbraunen Schimmer zehn Minuten einwirken lassen, dann nachspülen.‹ Aber nimm dich in acht, das Zeug scheint mir ziemlich stark zu sein.«

Ich hatte mir die Hände mit einem Bimsstein abreiben müssen, nachdem ich ihm beim Auftragen des Produkts, einer dunklen Paste, die man, bei den Wurzeln beginnend, sorgfältig verteilen mußte, geholfen hatte. Er fertigte schließlich daraus eine Art krümeligen Helm an, den er jetzt mit dem Handtuch einhüllte. Er blickte sich im Spiegel an und wirkte zufrieden.

»Ich weiß, was du an meiner Stelle tun würdest. Erspar dir deine Sprüche. Ich weiß es ganz genau, glaub mir das.«

»Niemand zwingt dich, meinem Beispiel zu folgen. Mach nicht dieselben Fehler.«

Wir setzten uns ins Wohnzimmer, und Patrick stellte eine kleine Pendeluhr zwischen uns auf den niedrigen Tisch, auf dem sich die Finanzzeitschriften häuften. Er sah mich mit einem spöttischen Lächeln an, der Turban auf dem Schädel verlieh ihm das Aussehen einer alten Verrückten.

»Ich gehe nicht dahin zurück, wo ich herkomme, das kannst du mir glauben.«

»Wer spricht denn davon?«

»Nenn es Rache. Nenn es, wie du willst.«

»Auf jeden Fall ist es nicht eilig. Laß dir Zeit zum Nachdenken.«

Wir setzten eine Schachpartie fort, die wir ein paar Tage zuvor unterbrochen hatten. Ich hatte dafür gesorgt, daß er mich mit sechs Zügen matt setzen konnte, aber dieser Dummkopf hatte davor zurückgeschreckt, seine Dame zu opfern. Sein größte Schwäche bestand darin, daß er nur spielte, um zu gewinnen, und nicht aus Vergnügen. So wie ich die Sache einschätzte, hatte Henri unter diesen Bedingungen, wenn nicht etwas Unvorhergesehenes dazwischenkam, fünfundvierzig Prozent Chancen, ihn zu halten. Ich mußte lächeln, als ich daran dachte, daß ich vielleicht die sechs Prozent darstellte, die ihm fehlten.

Wir beugten uns vor, um scharf nachzudenken. Er, um zu gewinnen, ich, um zu verlieren. Es war gegen sieben, und das Licht der Abendsonne, das in den Raum fiel, erzeugte eine friedliche Stimmung. Die Zeit verging. Als er merkte, daß er das Spiel praktisch in der Hand hatte, stand er auf, um uns ein Glas Wein einzuschenken, und zwar von seinem besten, wogegen ich nichts einzuwenden hatte. Er versprach mir, daß wir beide in Toronto kräftig auf die Pauke hauen würden, während Suzanne ihm in dieser Zeit gestohlen bleiben konnte.

Ich nickte, wobei ich mit stumpfsinniger Miene auf das Spiel starrte, und rochierte, um meinen König endgültig zu blockieren.

»Ich habe festgestellt, daß du immer gegen Ende des Spiels in Panik gerätst«, erklärte er und räumte die Figuren weg.

Als er den Blick auf mich richtete, merkte er, daß ich ihn starr ansah.

Mit einem Satz war er im Badezimmer. Ich trank mein Glas aus und folgte ihm.

»Ist das etwa kastanienbraun?«

»Nein, das ist orange.«

»Nicht schlecht, hm? Findest du nicht?«

»Hast du Johnny Rotten gekannt, den Sänger der *Sex Pistols*?«

Ich übertrieb, aber der Vergleich war gar nicht so abwegig.

Wir nahmen die Wendeltreppe, die vom Wohnzimmer in sein Arbeitszimmer führte, und rauchten zur Entspannung etwas Shit. Ich riet ihm, oben auf die Stirn etwas Make-up aufzutragen, weil seine Kopfhaut nicht verschont geblieben war und das alles nicht sehr natürlich wirkte. Er betrachtete sich im Spiegel und erklärte, daß das nicht störte. Im Grunde hatte er nicht unrecht.

Er zeigte mir das ausführliche Programm des Kolloquiums in Toronto, und ich führte ihm das Hotel Royal Ambassador im Internet vor, insbesondere die beiden Suiten im obersten Stock, die ich reserviert hatte und die auf die Dachterrasse hinausgingen. Er stützte sich auf meine Schulter. Eine Sache stand fest, wie er noch einmal sagte, wir würden dort kräftig auf die Pauke hauen. Im Abendlicht wirkte sein Haar eher gelblich mit einem safranfarbenen Schimmer.

Ich ging nach unten, um eine Flasche Wasser zu holen, während er ein paar Telefongespräche führte. Seine *sinse-*

millia war ziemlich stark, und ich war gerade dabei, mir eine Reproduktion von Lucas Cranachs *Adam und Eva* anzusehen, die auf dem Flur hing (in Wirklichkeit zählte ich die Äpfel), als die Eingangstür aufging.

Was soll man über magnetische Stürme sagen? Über den Blitz? Über die Wahrscheinlichkeit, die Kraftfelder, die Gesetze der Anziehungskraft? Was soll man über das Zusammentreffen mehrerer Umstände sagen?

Nicole und ich standen uns wie erstarrt gegenüber. Nase an Nase wie zwei Porzellanstatuen. Dann ging alles sehr schnell.

Im nachhinein kann ich den Ablauf der Ereignisse wiederherstellen, die chronologische Reihenfolge rekonstruieren, von der ich bis zum nächsten Morgen nur eine ziemlich verschwommene Vorstellung hatte.

Mir fehlen ein paar Elemente, was den Anfang angeht. So kann ich zum Beispiel nicht sagen, wer von uns beiden eine Geste in Richtung des anderen angedeutet hat. Ich muß Sie also bitten, diese dunklen Punkte zu entschuldigen, und schlage Ihnen vor, daß Sie mich gleich vor Nicoles Füßen antreffen, die Arme um ihre Beine geschlungen und das Gesicht an ihren Rock gepreßt.

1. Sequenz

Ich sage wohl eher nichts, nein, soweit ich weiß, kein Wort, ich begnüge mich damit, sie zu umarmen, ohne an etwas anderes zu denken. Es ist stockdunkel. Als habe man mir eine Decke über den Kopf geworfen. Ich bleibe so, sagen wir mal eine Minute, auf der Grenze zwischen Realität und Traum.

2. Sequenz

Die Situation ist identisch. Bis auf ein Detail: Mein Gesicht ist in Kontakt mit ihrer nackten Haut. Ich schließe daraus, daß sie ihren Rock hochgehoben hat. Sie trägt einen Slip aus Mikrofaser-Voile, Seidenstrümpfe und einen Strapshalter. Die Wärme ihres Schoßes erfüllt mich. In diesem Augenblick denke ich noch nicht an Patrick, der sich über unseren Köpfen im Kreis dreht.

3. Sequenz

Die Logik verlangt, daß ich hier die folgende Szene einfüge, aber dafür lege ich meine Hand nicht ins Feuer. Nicole hält sich an der Garderobe fest. Sie hat einen Fuß auf den kleinen runden Tisch gestellt. Ich habe inzwischen ihren Slip zur Seite gezogen und lecke sie. Irgend etwas sagt mir, daß sie vor kurzem uriniert hat. Das Blut pocht mir in den Schläfen. Mit meiner freien Hand wühle ich ungeduldig in ihrem Büstenhalter, Nicole zittert.

4. Sequenz

Wir sind hinter der Bar. Aus den Augenwinkeln überwache ich die Öffnung in der Decke, die zu Patricks Arbeitszimmer führt. Jetzt lutscht Nicole an meinem Schwanz. Die Zeit bleibt in der Schwebe. Ich bekomme weiche Knie. Sie hockt mit gespreizten Beinen vor mir und hält meine Eier in der Hand. Ich habe einen Mokassin und eine Socke abgestreift und wichse sie mit dem Fuß. Wir verzerren das Gesicht vor Lust und Entsetzen. Mein Schwanz glänzt wie Kandiszucker. Ich halte ein ganzes Bündel Kleenex in der Hand, die ich wer weiß woher habe.

5. Sequenz

Jetzt befinden wir uns in der gegenüberliegenden Ecke des Wohnzimmers. Ich schließe die Möglichkeit nicht aus, daß ich sie gevögelt habe, ehe sie mir einen abgelutscht hat. Es besteht also wieder ein Zweifel, was die Reihenfolge der Sequenzen angeht. Aber was soll's. Nicole hat sich mit den Ellbogen auf die Rückenlehne des Sofas gestützt. Ich habe ihr den Slip heruntergezogen und schiebe ihr meinen Kolben rein. Sie beißt in ein Kissen aus Büffelleder. Meine beiden Hände haben ihre Hüften fest im Griff, und ich praktiziere einen Koitus mit langsamem, fast hypnotischem Rhythmus. Ich höre, wie Patrick am Telefon in schallendes Gelächter ausbricht: »Haha! Hihi!« Wenn ich ganz tief in ihrer Scheide bin, wackelt sie mit dem Hintern. Ich versuche mir ihren Kitzler zu schnappen. Ich wage nicht, ihren Haarknoten zu lösen.

6. Sequenz

Im Stehen vor der Wand zur Straßenseite. Ihre Beine umklammern meine Taille. Ich weiß nicht mehr, ob ich sie bei dieser Gelegenheit in den Arsch gefickt habe oder etwas früher, ehe wir das Sofa verließen. Oder später, in der 7. Sequenz. Kurz gesagt, wir taumeln in den Vorhängen. Ich habe sie fest am Hintern gepackt. Einer ihrer Strapse ist aufgesprungen, und ihr Strumpf ist bis zum Knie hinuntergerutscht. Wir haben große Angst. Sie gibt mir eine Brust zum Saugen. Dann die andere. Wir sind in goldenes Licht getaucht. Auch wenn ich mir noch so sehr die nächtliche Dunkelheit herbeisehne, sie kommt nicht.

7. Sequenz

Eins steht fest: Ich ejakuliere in der Küche. Ich meine damit: während wir in der Küche sind. Aber welcher Umstand hat dazu geführt? Was haben wir dort zu suchen? Rätselhaft! Ich habe mir die Frage mehrmals gestellt. Es kann sein, daß tatsächlich ein Stück fehlt. Eine Zeitlang habe ich mit dem Gedanken gespielt, daß ich zwei Ejakulationen gehabt haben könnte, aber ich glaube es nicht. Meine Rekonstruktion ist die folgende: Ich lutsche sie, sie lutscht mich, und dann kommt das Finish in der Küche. *Anschließend,* erst anschließend also, fangen wir mit der Nummer im Wohnzimmer an. Und vergessen Sie eins nicht: Ich habe Edith nie betrogen. Demnach wäre es durchaus vorstellbar, daß ich, da es sich um das erste Mal in meinem Leben handelt, von einem außergewöhnlichen Tatendrang erfüllt war. Wodurch wir eine achte Sequenz im Wohnzimmer hinzufügen können, und alles klärt sich auf. Aber wie gesagt, ich glaube es nicht. Ich kann mich täuschen, aber ich glaube es nicht.

Wie dem auch sei, wenn etwas verdient, speziell hervorgehoben zu werden, dann die Küche. Können Sie sich das vorstellen? Eine Träne ist mir über die Wange geronnen, während ich abspritzte. Eine Träne. Eine richtige Träne.

Aber nehmen wir nichts vorweg. Die Küche. Da sind wir. Die Einrichtung eignet sich dafür nicht sonderlich. Sind also von der Dringlichkeit überrumpelt mit hechelndem Atem auf dem Fliesenboden gelandet. Wahnsinnig unbedacht habe ich ein Bein aus meiner Hose gezogen, um mehr Bewegungsfreiheit zu haben. Nicole hat es mir mit ihrem Slip nachgetan. Zwei Übergeschnappte. Wir entscheiden uns für die Missionarsstellung. Ich ramme ihr meinen Prengel rein. Sie klammert sich mit weit aufgerissenen Augen an meinen Hals. Guter Empfang. Unsere Münder verschlingen sich gegenseitig. Ich stecke ihr einen Finger in den Arsch. Sie steckt mir einen hinein. Über uns knarrt das Parkett. Wir beißen uns auf die Zunge, jeder auf die seine. Ich habe ihre Brüste aus dem Büstenhalter geholt. Die Brustwarzen sind hart wie Kautschuk. Ich packe sie an den Knöcheln und spreize ihre Beine zu einem Y. Ihre Scheide scheint platzen zu wollen. Ich spucke darauf, wichse sie mit der flachen Hand. Sie gräbt mir ihre Fingernägel in den Hintern. Das gefällt mir. Ich drehe sie um. Sie schiebt eine Hand zwischen ihre Schenkel und fummelt blindlings an unseren Geschlechtsteilen. An meinem. An ihrem. An beiden. Trotz allem ist es ein Wettrennen mit der Zeit. Sie will mich sehen, dreht sich wieder auf den Rücken. Ich schiebe ihr sogleich wieder meinen Schwanz rein. Bin ich etwa in ihrem Arsch? Ich frage mich. Gleich wird Patrick mir ein Küchenmesser zwischen die Schulterblätter stechen. Immer tollkühner legen wir einen schnellen Neunundsechziger auf die Fliesen. Hingeschludert. Aber trotzdem gut. Dann vögeln wir wieder. Um kein Risiko einzugehen, vergewissere ich mich, daß ihr Arschloch frei ist, denn meine erste sexuelle Entgleisung soll nichts mit Sodomie zu tun haben, aber alles ist okay. Bald plätschern Lavaströme um uns herum. Plitsch! Platsch! Ich sehe zu, wie Nicole sich eine Brust in den Mund steckt. Ihre Scheide paßt mir wie angegossen. Zum Schluß verfällt sie in Hyperventilation. Ich presse ihr eine Hand auf die Lippen in der Hoffnung, daß Patrick kein allzu feines Gehör hat. Als ich komme, drückt sie mir sanft die Hoden zusammen.

Mit solcher Fingerfertigkeit, daß jeder meiner Spritzer ihr aus den Nasenlöchern wieder herauszukommen droht.

Was sagen Sie dazu? All das paßt ganz gut zusammen, finde ich. Es hinkt ein wenig, ist aber plausibel. Mir gefällt daran zwar die Ähnlichkeit mit einem Polizeibericht nicht besonders, dieser kühle Ton, der nur eine blasse Vorstellung von der Wahrheit vermittelt. Aber zum Glück ist da diese Träne.

Ehe ich mir das alles noch einmal in der Morgendämmerung in Ruhe zu Hause vor Augen führte, hatte ich schwere Stunden durchgemacht. Wie zu erwarten, ließen sich meine Schuldgefühle am Grad der Lust messen, die ich empfunden hatte, als ich Nicole vögelte.

Ich hatte es also getan! Ich hatte einen Geschlechtsakt mit einer anderen Frau von A bis Z ausgeübt. Daran ließ sich nicht rütteln. Die Würfel waren gefallen. Ich hatte es tatsächlich getan. Und was jetzt? Mit zusammengebissenen Zähnen und gebeugten Schultern nahm ich erst mal eine Dusche.

Anschließend ging ich in die Garage und steckte alle meine Kleidungsstücke in die Waschmaschine. Das volle Programm. Ich weichte meine Mokassins in einem Eimer Javelwasser ein.

Vor dem Spiegel, der über dem Kamin hing, starrte ich mich eine ganze Weile an. Ich konnte darin kein neues Gesicht entdecken.

Ich zerschmetterte eine Vase, ein paar wertlose Nippfiguren und schleuderte einen Sessel quer durch den Raum. Eine Lampe, die sich in der Schußlinie befand, knallte auf den Boden, so daß ich im Dunkeln stand.

Ich schluchzte auf.

Als Edith später den Raum betrat, traf sie mich so an. Halbnackt auf einem umgekippten Sessel, mitten in einem scherbenübersäten Saustall von einem Wohnzimmer.

Ich muß wohl ziemlich mitgenommen ausgesehen haben. Ich hatte mir die Hand aufgerissen, ich weiß auch nicht womit. Die Wunde war nicht sehr tief, aber ich hatte es fertiggebracht, mein Unterhemd und meinen Slip mit Blut zu besudeln. Garantiert ein reizender Anblick.

Sie kam auf mich zu, aber ich schickte sie zum Teufel.

Ich warf ihr vor, sie habe etwas zerstört, das mir heilig gewesen sei. Sie habe mich dazu gedrängt, jawohl gedrängt, mich einer anderen Frau in die Arme zu werfen, und dadurch habe ich ein kostbares Gut verloren, Schluß, aus, das würde ich nie wiederfinden. Durch ihre Schuld.

Was blieb mir jetzt noch? Was für ein Dummkopf war ich gewesen! Und was für ein elender Wurm, was für ein räudiger, nach Sex lechzender Hund! Kein bißchen Willen, kein bißchen Stolz, nicht die geringste Seelengröße. Unfähig, ein Gefühl zu empfinden, das diesen Namen verdiente. Gerade gut genug, um einer feuchten Pussy auf Schritt und Tritt bis in die Gosse der Hölle zu folgen. Wenige Minuten der Lust als Ersatz für die Ewigkeit? Hopp! Kommen Sie her. Die Sache ist abgemacht! Warten Sie nur, bis ich meine Hose heruntergelassen habe, dann stehe ich Ihnen zu Diensten!

Edith erklärte, daß sie kein weiteres Wort darüber hören wollte, und ging ins Schlafzimmer.

Ich schluchzte wieder. Ich nahm das Foto meiner Kinder und küßte es. Was sollten sie von mir denken? Ich holte einen Füller und ein Blatt Papier und schrieb allen dreien einen Brief. Sie waren alt genug, um zu erfahren, was für ein Dreckschwein ihr Vater war. Kinder, erinnert ihr euch noch? Erinnert ihr euch noch, was man von eurer Mutter und mir sagte? Tja, und nun bin ich ins andere Lager übergewechselt. Das hat nicht lange gedauert, nicht wahr? Erinnert ihr euch noch?

Ich verharrte eine Weile im Halbdunkel, den Kopf in die Hände gestützt. Schwach schimmerte der Mondschein auf dem Rasen im Garten, wagte sich ins Wohnzimmer vor und verwandelte die Porzellanscherben in Blütenblätter von Magnolien. Wann hatte ich begonnen aufzugeben? Wann? Vermutlich hatten sich die ersten Symptome im letzten Jahr geäußert, als Olga und ich unsere ersten Zärtlichkeiten ausgetauscht hatten, aber das waren doch nur Kindereien gewesen. Hatten sie mich etwa daran gehindert, den Kopf hochzuhalten? Nein, Edith war für mein Scheitern verantwortlich. Sie hatte mich in eine gefährliche Lage gebracht. Sie hatte mit dem Feuer gespielt. Sie hatte mich gezwungen etwas zu sehen, was ich nicht sehen wollte. Ihr geplanter Pornofilm? Alles nur Wind. Ein Vorwand. Und ich war darauf hereingefallen.

»Francis, alles was ich tue, tue ich nur zu deinem Besten…«, hatte sie zu mir gesagt.

Warum sollte ich ihr nicht glauben? In ihrem weißen Nachthemd und inmitten der Blütenblätter, die ihre nackten Füße umgaben, glich sie einem Gespenst. Warum sollte ich ihr nicht glauben? Mußte ich ihr nicht blind vertrauen?

Sie schwor mir, daß ich nichts verloren hätte. Daß mir nichts aus der Brust gerissen war. Sie leckte das Blut, das aus meiner Wunde rann. Und als sie sah, in welchem Zustand der Verwirrung ich mich befand, erklärte sie mir die Dinge auf einfache Weise. Sie sagte, daß ich keine Truhe sei, in die man alles kunterbunt hineinwarf, sondern ein Möbelstück mit Schubladen. Ein Möbelstück mit Schubladen, ob ich das begreife? Mit oberen und unteren Schubladen.

Sie redete lange auf mich ein. Ich blieb wie ein Kind in ihren Armen liegen. Ich bedauerte, daß sie diese Sache mit den Schubladen nicht eher angesprochen hatte, denn das tat mir ungemein gut. Während sie mir den Kopf streichelte und uns beide hin und her wiegte, dachte ich an das kleine Pult, das in der Garage zwischen meinen Kühlschränken stand. Tatsächlich warf ich alles, was ich an Mist besaß, in die unterste Schublade. Der Rest war sorgfältig aufgeräumt. Na und? ... Nun, das hieß eben, daß ich eine äußerst gescheite Frau hatte. Ein höheres Wesen.

Sie hatte mich fast überzeugt. Aber um mich wieder richtig wohl zu fühlen, erschien es mir dennoch wichtig, sie daran zu erinnern, daß Nicole mir äußerst starke Empfindungen verschafft hatte. Daß ich diese nur zu erwähnen brauchte, um sogleich, wie sie bemerken konnte, eine fast vollständige Erektion zu haben. War das nicht ein Grund zur Sorge? Sie müsse wissen, daß unsere Abmachung immer noch gültig sei. Ich würde aufhören, sobald sie es wünsche.

Ich brachte sie damit richtig zum Lachen. Typisch Mann. Sie spreche von Gefühlen, und ich spräche von Sex. Sie spreche von der obersten Schublade, und ich spräche von der untersten. Wie oft müsse sie mir noch sagen, daß ich Nicole vögeln könne und selbst noch ein paar andere Frauen? Ob ich vielleicht meinen Pimmel als höchstes Geschenk betrachte? Ob Männer das wirklich glaubten?!

»Francis, du kannst mir mit deinem Kopf weh tun. Nicht mit diesem Ding da.«

Ich schämte mich. Das Gefühl meiner Niederträchtigkeit erfaßte mich. Meiner widerlichen männlichen Eitelkeit. Ich kann es gar nicht oft genug wiederholen: Wir haben viel öfter mit den schlimmsten Seiten in uns zu tun als mit den besten.

Ich fiel vor ihr auf die Knie und küßte ihr die Füße.

Beim Morgengrauen hatte ich meine Gedanken wieder soweit geordnet. Im Laufe des Vormittags, während ich mich noch bemühte, meine Entgleisungen des Vortags zu vergessen und die Möbel wieder an ihren Platz zu stellen, rief Patrick mich zweimal an, um mich beim Kofferpacken um Rat zu fragen. Ob er kurz- oder langärmlige Polohemden mitnehmen solle. Was Madonnas Lieblingsfarbe sei. Ob man vor Ort eine gute Creme für die Füße finde. Ob er seine abnehmbare Reckstange mitnehmen solle. Ich half ihm, so gut ich konnte, ohne das geringste Zeichen von Verärgerung zu zeigen. In vierundzwanzig Stunden würde ich in ein Flugzeug steigen und spürte nicht die geringste Angst. Das Gespräch mit Edith hatte mich wie verwandelt.

Wenn es möglich gewesen wäre, hätte sich meine Liebe zu ihr verzehnfacht. Um ihr die lästige Arbeit zu ersparen, goß ich die Büsche und die Hecke im Garten. Ich bemerkte sogar ein Individuum, das mich von der anderen Straßenseite aus einem Fenster im dritten Stock mit dem Fernglas beobachtete. Aber ich empfand keinerlei Wut. Ich beschäftigte sowieso keine Putzfrau mehr, und das Finanzamt konnte mich kaum noch ärger in Bedrängnis bringen, es sei denn, sie wollten meinen Tod.

In strahlender Sonne lag ich auf dem nackten Boden, das Ohr an den Deckel eines Schmutzwassersammlers gepreßt, und lauschte eine Weile dem Geriesel, das durch mein Gießen hervorgerufen worden war. In der Ferne, am anderen Ende der Kanalisation, hörte ich ein Geräusch wie von einem Wasserfall. Ich liebte das. Es war geheimnisvoll und zugleich so beunruhigend. All diese schwarze Nässe, diese unterirdische Kloake, in die sich schließlich alles ergoß. Trotz all des gleißenden Lichts, das von Himmel fiel. Nach meiner Rückkehr verdiente all das eine gründliche Säuberung. Genau wie das Badezimmer. All diese abgestorbenen Hautreste, all diese Haare, all diese winzigen Teile von uns selbst, haben Sie schon einmal darüber nachgedacht?

Als ich aus dem Haus ging, stellte ich fest, daß ich am Abend zuvor in bester Verfassung gewesen war. Ich gönnte mir dennoch ein nachsichtiges Lächeln, als ich meine Mokassins aus dem Eimer zog, und warf sie unverzüglich in die Mülltonne: Hinter all dem hatte eine gute Absicht gesteckt.

Ich kaufte mir ein neues Paar, als ich mich mit Henri und Franck zu einer letzten Besprechung traf. Sie verließen sich so sehr auf mich, auf meine Überredungskünste und auf meine Aufopferungsbereitschaft für ihre Sache, daß ich mir ein zweites Paar auf Kosten des Hauses hätte genehmigen können.

»Ihr habt doch nichts dagegen?« fragte ich sie mit argloser Miene, nachdem mein Blick auf ein Paar Tod's gefallen war, die im Schaufenster thronten. Es fehlte nicht viel, und sie hätten mich in den Laden geschoben.

Außerdem war das ein idealer Ort, um sich ungestört zu unterhalten.

»Robert De Niro hat die gleichen«, vertraute ich ihnen an, während mir eine junge Verkäuferin einen Schuh anpaßte.

Henri erinnerte mich daran, daß meine Rolle einfach darin bestand, zu infiltrieren und zu überwachen. Ich konnte sie zu jeder Tages- und Nachtzeit über ihre Privatnummern erreichen. Und für den Fall, daß die Summe, die sie mir zur Verfügung gestellt hatten (meine Kreditkarten und Scheckhefte hatte man mir schon seit langem abgenommen), nicht ausreichen sollte, ließ ich mir von Franck bestätigen, daß alles Erforderliche umgehend veranlaßt würde, am besten durch eine telegraphische Überweisung oder direkt über das Konsulat.

Er beruhigte mich sogleich. Henri versicherte mir, daß ich nach meiner Rückkehr mehrere Vorschläge für meinen Schutzumschlag erhalten werde und daß er sogar, falls ich ihm gute Nachrichten brächte, daran dächte, einige meiner Bücher im Hauptprogramm neu aufzulegen. Ich zögerte zwischen einem klassischen Modell aus maulwurffarbenem Leder, bei dem die Sohle sich über die ganze Ferse zog, und einem neueren, jugendlich wirkenden Modell aus dunkelbraunem, gegen Flecken imprägnierten Wildleder.

Als wir gerade mitten im Gespräch waren und die Verkäuferin vor uns hockte, stellte ich fest, daß die beiden ihr mit einem Auge ständig unter den Rock blickten, auf eine Stelle, die deutlich durch etwas Weißes gekennzeichnet war.

Na ja, in gewisser Weise war das beruhigend. Ich war also kein Ungeheuer. Es sei denn, daß man die halbe Menschheit dazurechnen mußte. Wenn man die Sache etwas näher betrachtete, dachte ich, waren die Frauen eigentlich doch fein raus. So leid es mir tut, aber ihre inneren chemischen Prozesse waren nicht so zwanghaft wie unsere. Und wen hörte man immer wieder über die mangelnde Gleichberechtigung jammern?

»Ich nehme auch ein Paar Socken, wenn ich schon mal dabei bin...«, kündigte ich an und zog aus meiner Innentasche den Umschlag, den sie mir liebenswürdigerweise gegeben hatten und in dem sich nur große Scheine befanden. Nach einem kurzen Seitenblick von Henri machte Franck eine ruhige, abwehrende Geste und ging zur Kasse, um meine Einkäufe zu bezahlen.

»Gefallen sie dir?« fragte ich Henri.

»Francis ...«, erwiderte er und ergriff meine Hände. »Francis, du bist unsere letzte Hoffnung, sonst gibt es Krieg!«

Eine halbe Stunde bevor wir am folgenden Abend an Bord gingen, saß ich vor einer Boeing 747. Dem schlimmsten Flugzeug von allen. Meinem persönlichen Feind. Aber ich sah ihm ins Antlitz. Es handelte sich um unsere Maschine. Eine Boeing 747 mit finsterem Blick.

Unbekümmert kaufte Patrick in einem Duty-free-Shop direkt hinter mir Zigaretten und Alkohol ein, während diese wandelnde Niedertracht aufgetankt und bis zum Gehtnichtmehr mit leicht entzündbaren Stoffen vollgepumpt wurde. »Hast du den Mumm, mich umzubringen?« sagte ich herausfordernd zu ihr. Dann spuckte ich auf den Boden, um ihr meine Geringschätzung zu zeigen, und ein Angestellter, der für die Sauberkeit der Örtlichkeiten verantwortlich war, veranstaltete deswegen fast einen Aufstand. Hinter der Scheibe lauerte der grausam schimmernde Vogel und schien schon zu jubeln.

Der Service in der ersten Klasse war jedoch einwandfrei. Da ich eine gewisse Befriedigung darüber empfand, daß ich beim Start nicht in Ohnmacht gefallen war, bekamen meine Wangen bald wieder Farbe, und ich ließ mich gern darauf ein, mein Kristallglas noch einmal mit diesem köstlichen Champagner eines ausgezeichneten Jahrgangs füllen zu lassen. Wir speisten geradezu königlich und erhielten einen Pyjama, ehe wir uns schlafen legten. In richtigen Betten mit richtigen Laken. Bis die Lichter gelöscht wurden (nachdem der Flugkapitän noch ein letztes Glas mit uns getrunken hatte), taten die Stewardessen alles, was in ihrer Macht stand, verwöhnten uns und unterhielten sich mit ausgesprochen angenehmer, sanfter Stimme mit uns. Als ich sie so vor mir sah, konnte ich mir nicht vorstellen, daß ihnen wirklich bewußt war, daß von einem Flugzeug, das mitten im Flug explodiert, die Wrackteile, die Koffer und die verstümmelten Leichen in einem Umkreis von fünfzig Kilometern verstreut werden. Und daß selbstverständlich keine Möglichkeit besteht, mögliche menschliche Leichenteile zu identifizieren.

Aber ansonsten ein idyllischer Flug, das muß ich zugeben.

Die Sache hatte nur einen Haken. Einen relativ kleinen Haken, denn ich hatte immerhin eine ganze Woche Zeit, um die Gefahr abzuwenden.

Irgendwann beugte sich Patrick zu mir herüber, während wir in die Zeitungen vertieft waren. »Sag mal, was hältst du davon?« sagte er und zeigte auf einen Artikel. »Nick Hornby wechselt den Verlag und geht zu Viking. Ein Vorschuß von zwei Millionen Pfund für seine nächsten beiden Romane. Ein cleverer Bursche, findest du nicht?«

Ich nickte zerstreut, erwiderte aber nichts. Ich wandte mich meinem Fenster zu und war überwältigt von der eindrucksvollen Schönheit des nächtlichen Sternenhimmels. Von der beschaulichen Stille.

Wir wurden vom Flughafen abgeholt. Wir, das heißt vor allem Patrick, das gebe ich zu. Eines Tages muß ich Ihnen mal erzählen, wie ich überall auf der Welt empfangen worden bin, wie viele Staatsmänner mich zum Essen eingeladen haben und wie oft ich in den achtziger Jahren von diversen Persönlichkeiten umarmt worden bin. Und heute morgen mußte ich mein Gepäck selbst tragen.

Ich durfte jedoch in der Limousine Platz nehmen. Zwei Universitätsprofessoren und die Leiterin der Alliance française begleiteten uns zum Royal Ambassador. Sie waren über Patricks Besuch in Kanada entzückt, waren überglücklich, fühlten sich geehrt.

Während ich mich an der Rezeption um die Zimmer kümmerte, setzten sie sich in die Hotelhalle vor einen Wasserfall, der sich zwischen Blöcken aus rosa Marmor ergoß. Über unseren Köpfen zeichnete sich im fünfundzwanzigsten Stock der blaue Himmel hinter einer Kuppel ab, zu der gläserne aerodynamische Aufzüge sanft hinauffuhren. Das Personal war von ausgesuchter Unterwürfigkeit.

Das Schwierigste bei solchen Abenteuern besteht darin, das Empfangskomitee loszuwerden, denn die wenigen bei Ihrer Ankunft anwesenden Mitglieder sind nur der sichtbare Teil des Eisbergs. Wenn Sie zu freundlich, zu liebenswürdig sind, dann sind Sie erledigt. Dann haben Sie keine ruhige Minute mehr. Alle Ihre Abende sind verplant, sie streiten sich um jeden freien Augenblick, und Sie haben sogar Anrecht auf ein Essen im Familienkreis, bei dem der Nachkömmling auf Ihrem Schoß zetert und die mitten in der Pubertät steckende Tochter Sie mit den Augen verschlingt, da gewisse Passagen in Ihren Büchern sie zutiefst verunsichert haben.

Ich wartete in meiner Suite auf Patrick. Etwa sechzig Quadratmeter an der Grenze des Erträglichen, so sehr wurde hier der Luxus zur Schau gestellt, aber das war eine Frage des Prinzips: Ein Schriftsteller hatte ein Anrecht auf das, was sich der erstbeste hergelaufene Idiot, der sich zumeist in zwielichtigen Umständen bereichert hatte, ohne eine Sekunde zu zögern, leisten würde. Die Schule von F. Scott Fitzgerald, von Valery Larbaud und einigen anderen.

Eine Stunde, auf die Minute genau. Patrick hatte sich doch nicht so gut aus der Affäre gezogen. Ich hatte die Zeit gehabt, mir ein ordentliches Frühstück heraufbringen zu lassen. Man servierte es mir auf der Terrasse, von der man einen Blick auf die ganze Stadt hat, und während ich ein Körbchen mit noch warmen Waffeln aufaß, sah ich seinem Gesicht an, daß die Sache schlecht angefangen hatte.

»Du vergißt, daß ich da bin ...«, bemerkte ich zu ihm. »Ich kann mich doch um diese Dinge kümmern. Tu mir einen Gefallen: Setz dich hin und nimm deine Algen!«

Abends legte er mir die Hand auf die Schulter. Ich hatte alle Verabredungen, die er an dem Tag hatte, wegen einer unerträglichen Migräne abgesagt (man stellt sich zu Unrecht vor, daß ein Schriftsteller ständig an seinem Aspirinröhrchen hängt, das Gegenteil kann sogar verdächtig erscheinen), und wir hatten einen Spaziergang am Ufer des Sees gemacht, die Hände in den Taschen, waren über den Campus geschlendert, wo das Kolloquium stattfinden sollte, um die Stimmung in der Stadt ein wenig zu erkunden (eine Gruppe von Studenten hatte uns die besten Nachtlokale angegeben), hatten im Restaurant des CN-Towers (des höchsten frei stehenden Turms der Welt) zu Mittag gegessen und waren dann ins Hotel zurückgekehrt, um uns am Swimmingpool der Siesta der Gerechten zu überlassen. Patrick fühlte sich danach besser. Er fühlte sich viel besser. Und als wir gegen ein Uhr morgens erschöpft einen verrauchten, lärmenden Nachtclub verließen, der für mein Alter wirklich nicht mehr das richtige war, legte er mir die Hand auf die Schulter.

Er sagte nichts und begnügte sich mit einem Lächeln. Die Hand auf meiner Schulter.

Außerdem nahmen wir drei Japanerinnen ins Hotel mit. Ich gebe zu, daß ich unverschämtes Glück hatte. Es waren noch keine zwölf Stunden vergangen, seit ich Patrick meine Absicht angekündigt hatte, daß ich die Sache in die Hand nehmen wolle, und schon endete der Abend mit einem Feuerwerk. Ich war ein Zauberkünstler. Und durch seine Geste räumte er mir das wohlwollend ein. Ich wagte kaum zu hoffen, daß es ihm gelingen würde, eine dieser Japanerinnen zu vögeln.

Wir verstanden nicht eine Silbe von dem, was sie erzählten. Ich kannte nur einen Ausdruck auf japanisch: *Nawa Shibari.* Doch dafür war es noch zu früh.

Japan besitzt eine wunderschöne traditionsreiche Kultur. Unsere drei Mädchen hatten sich für die westliche entschieden, Tendenz abgefuckt. Patricks Haarfarbe schien ihr bevorzugtes Gesprächsthema zu sein.

Auf den Gedanken, daß es sich um Prostituierte handelte, waren wir noch nicht gekommen.

Wir glaubten, es handele sich um eine Gruppe von Neopunks.

Erst als wir gemeinsam in mein Schlafzimmer gingen, fiel es mir wie Schuppen von den Augen: Während Patrick die ersten beiden auf die Terrasse mitnahm, hielt mich die dritte am Ärmel zurück und rieb ihren Daumen kräftig an den anderen Fingern. Ich reagierte nicht sofort. Als ich schließlich die Botschaft verstanden hatte, legte ich den Zeigefinger an die Lippen. Mit demselben Finger gab ich ihr ein Zeichen, mir zu folgen.

Ich sah keinen Grund, Patrick ins Vertrauen zu ziehen. Er schien so glücklich, so erfreut, so entzückt über die Wendung der Dinge zu sein, daß ich ihm die Freude nicht verderben wollte. Wir entzogen uns also seinen Blicken, um die geschäftliche Seite zu regeln. Ein stolzer Preis, unter uns gesagt, wenn man bedenkt, wie sehr der Yen gefallen war. Der Preis von Luxusbienen, aber warum nicht?

Oft ist es besser, gewisse Dinge nicht zu wissen. Besser, man glaubt, daß das Leben uns herrliche Überraschungen bietet, als die Sache genauer zu betrachten. Patrick konnte es gar nicht fassen. Er mixte mehrere Bloody Mary, während eines der Mädchen ihm schon um den Hals gefallen war. »Das kann doch nicht wahr sein!« sagte er mehrmals und schüttelte dabei den Kopf. Ganz zu schweigen davon, daß die Nacht sehr lau und der Blick auf den Ontariosee herrlich war.

Nennen wir sie in Ermangelung eines Besseren X, Y, Z. Züge ohne großen Charme, aber gut gelaunte Mädchen mit den schmächtigen Körpern von Heranwachsenden. Sie lachten viel.

»Mein Gott! Was sagst du dazu?!« stieß Patrick etwa fünf Minuten später mit tonloser Stimme hervor. »Wie erklärst du dir das?«

Wir tranken unsere Gläser auf der Terrasse aus, während die Mädchen leicht bekleidet durch unsere Schlafzimmer rannten. Sie verfolgten sich gegenseitig von einem Zimmer ins andere, sprangen auf den Betten auf und ab, warfen mit Kissen um sich und kippten die Sessel um.

»Ich weiß auch nicht. Auf jeden Fall scheinen sie sich gut zu amüsieren.«

»Hast du das gesehen? Sie sind schon halbnackt, dabei haben wir noch keinen Finger gerührt!«

»Weißt du, deine Bloody Mary sind ganz schön stark. Vielleicht sind sie das nicht gewohnt...«

»Meinst du?«

»Und noch etwas, Patrick... Du weißt doch, was man sich erzählt...«

»Nein, was denn?«

»Nun, es wird erzählt, die Japanerinnen seien davon überzeugt, daß die Männer der westlichen Welt einen viel längeren Bengel haben.«

»Was du nicht sagst!«

»Ja, ja... Auf jeden Fall wüßte ich nicht, was sonst dahinterstecken könnte.«

Ein wenig später sagte er zu mir: »Deine Theorie stimmt nicht. Ich glaube, das sind Lesben.«

»Ich bin genauso perplex wie du, Patrick.«

Wir hatten unsere Sessel näher ans Bett gezogen und leerten ein paar Gläser.

Schon seit einiger Zeit trieben X, Y und Z vor unseren Augen ihre Spielchen. Wir hatten die großen Schiebetüren offengelassen, um etwas mehr Luft zu bekommen.

»Sie haben gar nicht so kleine Spalten«, bemerkte er.

Tatsächlich benutzte Y einen Vibrator von ansehnlicher Größe (zweifellos ein japanisches Gerät: eine Art rote Neonröhre, die von innen erhellt wurde und in meiner Hand vibrierte, als ich sie mir näher ansah – aus Plastik von hervorragender Qualität). Kurze Zeit zuvor hatte sie drei Finger oder vielleicht noch mehr in Zs Muschel gesteckt.

»Das ist mir peinlich...«, gestand er mir schließlich ein.

»Ja, mir auch.«

Wir sahen zu, wie X über Zs Gesicht hockte. Y war auf allen vieren und wichste in ihrer Ecke.

»Ob du oder ein anderer, das bleibt sich gleich, verstehst du, was ich meine?«

»Ich würde das nicht einmal vor meinem eigenen Bruder machen, wenn ich einen hätte.«

»Ich schlage vor, wir trinken unsere Gläser aus.«

Ich war einverstanden. Plötzlich beugte er sich hinab, um

Y, die er seit einiger Zeit anstarrte, den Hintern zu streicheln. Dann setzte er sich wieder mit besorgter Miene auf seinen Platz.

»Ich frage mich gerade, ob sie nicht vielleicht zusammenbleiben wollen.«

»Du meinst hier, im selben Zimmer?«

»Ja, ich meine, sie sind weit weg von ihrem Heimatland, was weiß ich?«

»Das wäre natürlich ärgerlich.«

Er beugte sich wieder hinab, als wolle er eine Handvoll Erdnüsse aufheben. Ein paar Sekunden fingerte er in Ys Spalte herum, während die Kleine mit dem Hintern zappelte und ein schrilles Lachen von sich gab. Als X das sah, zog sie das Ding zwischen Zs Schenkeln heraus und hielt es ihm gefälligerweise entgegen. Er tat, als habe er es nicht gesehen, und ließ sich wieder in seinen Sessel sinken.

»Hast du Lust, ihnen die Auster zu schlürfen?« fragte er mich, ohne mich anzublicken.

»Ich fürchte ja.«

Ich sah, wie er diskret die Finger an die Nase hielt.

Dann sprang er mit einem Satz auf und verschwand im Badezimmer. Fasziniert von der Gelenkigkeit Ys, die ihre Beine soeben hinter dem Kopf verschränkt hatte, steckte ich mir eine Zigarette an. Ich wollte gerade aufstehen, um mir das näher anzusehen, als Patrick wieder auftauchte. Er war nackt und hatte sich nur ein Handtuch um die Hüften geschlungen.

»Worauf wartest du denn noch? Brauchst du etwa eine Extraeinladung?«

»Es ist noch ein bißchen zu hell hier, findest du nicht?« Wir hatten alle Lampen ausgeknipst, aber die Nacht war sternklar und von unverschämter Reinheit. Andererseits waren wir uns einig, nicht die Vorhänge vorzuziehen.

Wir hatten unsere beiden Sessel mit den Rückenlehnen aneinandergestellt, und die Mädchen waren dabei, uns einen zu blasen. Schön und gut. Und dann?

»Patrick, es wird immer zu hell sein... Und selbst wenn, unsere Augen gewöhnen sich schließlich an die Dunkelheit.«

»Ja, das glaube ich auch. Aber ich habe nicht die Absicht, die Nacht in diesem Sessel zu verbringen.«

Z, die sich als Freelancer aufführte, lutschte uns abwechselnd die Eier.

»Wir gehören eben nicht derselben Generation an«, erklärte er. »Daran liegt das wohl.«

»Nein, du weißt genau, woran das liegt.«

Er lachte höhnisch hinter meinem Rücken.

X und Y knieten auf den Sesseln und küßten sich leidenschaftlich. Patrick und ich nahmen uns jeder eine von hinten vor. Wir standen uns Auge in Auge gegenüber. Z machte weiter mit ihrem höllischen Hin und Her.

»Siehst du *mich* an?«

»Ich wüßte gern, wer von uns den anderen ansieht.«

Er lachte wieder höhnisch.

»Und was ändert das, deiner Meinung nach?«

»Ich glaube, das kann uns egal sein.«

»Ich weiß nicht. Im Grunde hast du vielleicht recht. Schriftsteller vögeln nicht gern gemeinsam.«

»Das ist verständlich, findest du nicht?«

Und trotzdem. Und trotzdem verlief die Sache gar nicht so schlecht. Das muß ich zugeben. Seien wir ehrlich. Vermutlich wohnte dieser kräftigen Mischung aus Alkohol, Müdigkeit und Sex die Macht inne, die Welt in umgekehrter Richtung kreisen zu lassen. Angelo Rinaldi am Arm von Marguerite Duras? Michel Houellebecq am Arm von Paule Constant? Tom Wolfe mit Norman Mailer? Günter Grass mit Marcel Reich-Ranicki?

Wie dem auch sei, unsere letzten Vorbehalte hatten sich in Luft aufgelöst, als wir alle fünf in meinem Whirlpool anstießen (nicht dem im Badezimmer, sondern dem auf der Terrasse, der viel größer und wie ein olympisches Becken erleuchtet war).

Die Atmosphäre war sehr gelöst. »Ach, dieses verdammte Luder!« stieß Patrick hervor, während Z einen Strahl Urin auf seinen Schädel richtete, aber er lachte als erster darüber.

Es war angenehm warm. Im fünfundzwanzigsten Stock war die Temperatur ideal, und die Luft, die direkt aus den Wäldern kam, war rein und belebend. X hatte sich über den Beckenrand gebeugt, um ein paar Getränke vorzubereiten, während ich sie von hinten vögelte, und inzwischen war es mir völlig egal, daß Patrick mir bei diesem Werk zusehen konnte, denn unsere beruflichen Hemmungen hatten ihren Meister gefunden.

Wir ließen uns mitten in der Nacht etwas zu essen servieren. Wir waren alle ausgehungert.

Mit Hilfe einer guten Dosis Ahornsirup fickten wir sie alle drei in den Arsch. Sie waren entzückt.

Anschließend wechselten sich Zeiten des Schlafens und des Wachens ab. Was mich angeht, so schlief ich vor Erschöpfung ein, während ich Y vögelte. Als ich die Augen aufschlug, war auch sie eingeschlafen und lag abgeschlafft auf mir, während mein Schwanz noch immer in ihrer Scheide steckte, aus der ein klebriger Saft auf meinen Bauch rann. Ein Säufer, der in seinem Erbrochenen aufwacht.

Ich drehte sie um und bemühte mich, sie noch ein bißchen zu ficken, aber sie war nicht mehr wach zu kriegen. Wie ein nasser Sack. Sie hatte nicht einmal mehr die Kraft, ihre Schenkel wieder zu schließen, und ihre Spalte blieb weit offenstehen, schlaff und glänzend wie eine Meeresfrucht. Ich schüttelte Y ein wenig, schob ihr einen Finger in den Arsch, aber ohne Ergebnis.

Patrick war auf der Terrasse. Er war jünger als ich und hielt länger durch. Dennoch leuchtete sein Gesicht auf, als er mich sah. »Du kommst gerade richtig!« rief er mir zu und richtete sich zwischen Zs Beinen auf, während er es gleichzeitig X besorgte. Er sah aus, als hätte man ihm einen Eimer Papierkleister ins Gesicht geschüttet.

Ich reichte Z die Hand, die schon unzufrieden die Stirn runzelte, und ließ mich auf einen Stuhl sinken, um mir meinen Schwanz von ihr ablutschen zu lassen, denn ich konnte mich kaum noch auf den Beinen halten.

Zum erstenmal seit dem Beginn des Abends wechselten Patrick und ich einen Blick des Einvernehmens. Aber zählte das noch?

Ich blickte woanders hin, als X begann, ihm den Arsch mit ihrem Gerät zu wichsen. Er hatte bei mir die Augen abgewandt, und ich erwiderte seine Höflichkeit. Bis auf die Tatsache, daß die Batterien des Geräts praktisch leer waren und sein fahles Licht nur noch schwach aufflackerte. Ich fragte mich, wieviel Uhr es sein mochte. In diesem Land war der Himmel so unendlich weit, daß der Tag wohl nur mit Mühe anbrach.

Als ich zu einem anderen Zeitpunkt aufstand, um ins Badezimmer zu gehen, fand ich Patrick und Z auf dem Teppich vor. Ich rutschte auf den beschmutzten Fliesen aus und wäre fast hingefallen. Patrick hatte sich Seidenstrümpfe und einen zerrissenen Damenschlüpfer übergestreift. Er hockte über Z und ließ sich den Arsch lecken, während er mit dem Schlauch der Dusche, deren Kopf er vorher abgeschraubt hatte, auf geschickte und kluge Weise die zuckenden Öffnungen des Mädchens bespritzte, das sich nach allen Seiten aufbäumte.

»Bist du nicht müde?«

»Sieh dir das an: Sie hat schon seit zehn Minuten ununterbrochen einen Orgasmus! Ich bin völlig platt!«

Auch ich war es.

Kurz vor Tagesanbruch öffnete ich wieder die Augen. Auf der Terrasse war es leicht nebelig. Außer Y waren alle eingeschlafen. Patrick stöhnte leise im Schlaf. Z war mitten im Gefecht auf dem Bauch eingeschlafen, als habe sie der Blitz getroffen, und hatte ein Bein quer über X liegen, aus deren Spalte noch Samen tropfte (woraus ich schloß, daß Patrick noch nicht lange schlief).

Ihrem Gesichtsausdruck (sie starrte mich an und spreizte dabei die Schenkel) entnahm ich, daß sie noch etwas im Schilde führte. Doch leider hatte ich kaum noch Kraft genug, um mich auf einem Ellbogen aufzurichten.

Ihr war das völlig egal. Ich hatte schon bemerkt, daß dieses Mädchen ungewöhnlich gelenkig war, aber ich hatte noch nie eine Frau gesehen, die sich selbst die Muschel leckte. Und noch dazu, als sei es die einfachste Sache auf der Welt! Sie hätte ohne weiteres mit der Zunge ihr Arschloch erreichen können!

Neugierig und verwirrt überlegte ich, ob ich Patrick wecken sollte. Doch statt dessen handelte ich vollkommen egoistisch und kroch Y zwischen die Beine.

Ich ärgerte mich, daß ich kein Japanisch gelernt hatte, und sei es nur, um sie zu ermuntern und zu beglückwünschen. Ich ärgerte mich, daß mir die Worte dazu fehlten, ihr zu sagen, sie solle sich Zeit lassen, und sie danach zu fragen, was sie empfand, und wie ich eventuell an der Sache teilnehmen könne. Und ob sie noch ähnliche Tricks kenne. Ob sie eine Adresse oder eine Telefonnummer besitze, damit wir in Kontakt bleiben konnten.

Von den Toten wieder auferstanden, steckte ich ihr auf gut Glück schüchtern meinen Mittelfinger in die Scheide und überzeugte mich mit einem Blick, daß ich ganz und gar ihren Segen hatte. Ich hätte sie am liebsten geküßt.

Feinkörnig wie Goldstaub legte sich die Morgendämmerung über Toronto und brach in dem Augenblick durch den Nebel, da Y und ich aus dem Bett fielen und auf dem Teppichboden landeten, ohne uns weh zu tun.

»Was ist denn das hier? Ein Vögelwettbewerb oder was?« fragte mich Patrick mit belegter Stimme, nachdem er an die Bettkante gekrochen war. Er sah elend aus. Wie ausgekotzt.

Ich konnte nicht mehr schlafen. Eine allzu große nervliche Anspannung. Zuviel Licht. Ein Zeitunterschied von sechs Stunden. Ich duschte kalt, zog mich an, schluckte meine Algen herunter, nahm eine doppelte Dosis Vitamin C und ging hinaus, um in der Stadt zu frühstücken.

Ich nutzte den Moment, um Edith anzurufen und ihr zu berichten, daß wir gut angekommen waren. Ich verkündete voller Stolz, daß ich den Flug problemlos überstanden hatte und daß diese Angelegenheit somit abgeschlossen sei. Ich erzählte ihr von meinem Verhalten in der letzten Nacht, ohne auf die Einzelheiten einzugehen, aber ich bestand darauf, ihr zu sagen, wie recht sie gehabt habe. Eine simple Frage von Schubladen, wie sie behauptet hatte, aber sie hatte eben mit Bedacht die richtigen Worte formuliert, um den Dummkopf, der ich gewesen war, zu überzeugen. Ob sie eigentlich wisse, was für eine Last sie mir von den Schultern genommen habe. Aber das wisse sie ja bestimmt. Ich wollte noch hinzufügen, daß ich mich schon danach sehnte, wieder zu Hause zu sein, als der Anrufbeantworter die Leitung unterbrach.

Ich streifte ein bißchen auf dem Universitätsgelände herum, um mich zu vergewissern, daß das Kolloquium auch tatsächlich angekündigt war und Patricks Name an erster Stelle stand, wie man uns versichert hatte. Ich stellte fest, daß sogar sein Foto auf den kleinen Plakaten abgebildet war, die überall angeschlagen waren, selbst an den Bäumen im sonnenüberfluteten Queen's Park und an denen in der University Avenue.

Ich verlangte, den Saal zu sehen, um die Mikrophone zu überprüfen, und ließ die erste Stuhlreihe ein Stück nach hinten rücken. Einer der Professoren, die uns bei unserer Ankunft empfangen hatten, kam auf mich zu, als ich gerade die Fenster in dem Hörsaal öffnete, um den Geruch nach Bohnerwachs zu vertreiben, der Patricks Kehle mitten in seinem Vortrag hätte reizen können.

Er schüttelte mir kräftig die Hand, denn er hatte sich inzwischen an mein Gesicht erinnert, verband es genauer gesagt mit einem anderen Kolloquium, wie lange war das schon her, es mußten mindestens fünfzehn Jahre sein, ein Kolloquium, zu dem ich eingeladen war, als er noch Assistent war. Was denn aus mir geworden sei.

Ich bat ihn, dafür zu sorgen, daß ein paar Flaschen Wasser auf dem Rednerpult standen. Stilles Wasser. Ich erinnerte ihn daran, daß Patrick nach seinem Vortrag weder Interviews noch Autogramme geben würde, daß er aber vermutlich einverstanden sei, ein Glas mit den Zuhörern zu trinken, falls er in Form sei. Das würden wir zu gegebenem Zeitpunkt sehen.

Ich hatte einen Stapel Einladungen mitgebracht, die ich auf dem Campus verteilte, damit die Zuhörerschaft möglichst ausgewogen war. Ich hoffte, daß die Aussicht auf ein Buffet zahlreiche Studenten anzog, denn ich hatte Patricks Vortrag mit einem Grußwort an die junge Generation beendet, deren neubelebtes Interesse für die Literatur auf glänzende und überzeugende Weise in den Reihen dieser ehrenwerten Versammlung zum Ausdruck kam. Man brauchte nur zu sehen, wie sie mit dem gleichen Ausdruck wie ihre Eltern zwanzig Jahre zuvor über den Campus irrten. Ich hatte dreiundzwanzig Jahre meines Lebens für dieses gute Werk hergegeben, und nicht ein einziges meiner Bücher hatte irgend etwas zu ändern vermocht. Ich übte bestimmt einen der deprimierendsten und undankbarsten Berufe aus, den man sich auf dieser Erde vorstellen konnte. Um nicht zu sagen den schlimmsten.

Mittags gegen eins kehrte ich zum Hotel zurück, um Patrick abzuholen und mit ihm zu Mittag zu essen. Ich hatte ein ruhiges, angenehmes Restaurant in der Nähe des York Square ausfindig gemacht, ein vornehmes, etwas altmodisches Lokal, damit wir auf andere Gedanken kamen und unliebsamen Begegnungen aus dem Weg gingen.

X, Y und Z hatten sich davongemacht und nur ein beachtliches, ödes Schlachtfeld hinterlassen. Patrick stand, bewaffnet mit Haarbürste und Fön, vor dem Spiegel im Badezimmer.

»Ich habe gerade einen Anruf von Suzanne bekommen«, erklärte er gut gelaunt. »Anscheinend kommen ein paar Typen von Claris aus New York hierher, um mich zu treffen. Sag mal, es scheint ja draußen richtig schön zu sein...«

Ich sah zu, wie er ein riesiges Steak aß. Ihm zufolge ging mein Mangel an Appetit auf eine Stoffwechselstörung zurück, die vermutlich unvermeidlich war, wenn man in meinem Alter war.

Die Typen von Claris! Sie waren zu zweit, in gutgeschnittenen hellen Anzügen. Ich traf sie kurz vor dem Kolloquium, während Patrick in einem kleinen Raum neben dem Hörsaal Atemübungen machte, um sich in Form zu bringen. Ich hatte ihnen mit ungeheucheltem Vergnügen den Zutritt verwehrt und ihnen verraten, daß ich nicht Suzanne sei, sondern ein Schriftsteller aus dem Verlag Sigmund, ohne den Patrick nie verreiste. So waren wir eben bei Sigmund. Brüderlichkeit ging uns über alles. Das Gefühl, einer Familie anzugehören, gewisse Werte miteinander zu teilen.

Genau wie bei ihnen, wenn man ihnen Glauben schenken durfte.

Die Abgesandten von Claris! Wie wir später erfuhren, kam der eine aus der Kosmetikbranche und der andere aus der Futtermittelindustrie (zwei Bereiche der nebulösen Finanzwelt, in der das Verlagswesen praktisch zum Unterhaltungssektor gerechnet wurde).

Trotz allem waren sie weder blind noch taub.

Patrick machte mit seinem Vortrag Furore. Auch wenn er nicht die Höhen von Berlin erreichte, wo er eine mehrere Minuten dauernde *standing ovation* auslöste, war das Kolloquium von Toronto ein voller Erfolg. Es war nicht die beste Rede, die ich für ihn geschrieben hatte, aber er hatte es verstanden, mit jedem Wort die Zuhörer in seinen Bann zu schlagen und jeden erdenklichen Effekt auszunutzen, und ich war einer der ersten, der ihm dazu gratulierte. Die Spuren unserer Aktivitäten der letzten Nacht zeigten sich bei ihm in einer tadellosen fiebrigen Blässe, die die Glut seines düsteren Blicks erst recht zur Geltung brachte. Außerdem strahlte sein ganzes Wesen eine gewisse Anfälligkeit und Hitzigkeit aus, die mich einen Augenblick neidisch machten (ich dagegen erweckte vermutlich den Eindruck, eher aus einem fürchterlichen Kater als aus einer intellektuellen Trance zu erwachen).

Er hatte sich auf vorbildliche Weise in Schweiß geredet, die Hände im richtigen Augenblick zur Faust geballt und mit gesenktem Blick ein paar bescheidene Dankesworte gemurmelt, während der Saal in tosenden Beifall ausbrach. Ein echter Künstler. Die beiden Abgesandten von Claris blickten sich an und nickten einander zufrieden zu. Man brauchte nicht viel von Literatur zu verstehen, um zu begreifen, daß Patrick ein außergewöhnlicher Mensch war. Und diese beiden waren weder blind noch taub.

»Natürlich ist er ein irrer Typ. Das wissen wir alle, das ist nicht das Problem!«

Henri Sigmund machte sich am anderen Ende der Leitung ernsthaft Sorgen. Dieses Abendessen paßte ihm überhaupt nicht, das spürte ich ganz genau. Er verstummte immer wieder wie jemand, der verärgert ist.

»Und was willst du machen?« fragte er.

»Wie meinst du das, was ich machen will? Ich kann ihn schließlich nicht daran hindern, zu Abend zu essen mit wem er will, sei nicht lächerlich!«

»Herrgott! Was glaubst du eigentlich, wozu wir dich dorthin geschickt haben? Damit du dich auf die faule Haut legst? Dir eine schöne Zeit machst? Francis, das ist kein Scherz, glaub mir!... Hör zu, Franck will mit dir reden.«

»Francis? Was machst du denn da für einen Mist?«

»Ich kann nichts dafür. Die Typen von Claris haben uns mit Beschlag belegt, das ist alles...«

»Soll ich dir ein paar Leute schicken, die sie euch vom Hals schaffen? Hm, was hältst du davon?«

»Ja, das ist eine gute Idee... Wir könnten sie in flüssigem Beton versenken, das wäre perfekt... So, jetzt gib mir aber bitte noch mal Henri.«

»Ich habe alles gehört, das Mikrofon ist angestellt... So,

aber vor allem möchte ich eins wissen: Hast du die Sache im Griff?«

»Ich habe überhaupt nichts im Griff.«

»Das ist mir völlig klar. Der Sinn meiner Frage war folgender: Glaubst du, daß du die Sache *in den Griff bekommen* kannst? Antworte, und erzähle mir keine Märchen.«

»Ich habe keine Ahnung. Ich versuche, mich an Patricks Stelle zu versetzen ... Eines kann ich sicher: Ich kann ihn daran hindern, vorschnell zu handeln. Außerdem sind die Leute von Claris noch bei ihren ersten Annäherungsversuchen. Sie werden ihm wohl kaum nach dem Essen einen Vertrag unter die Nase halten und einen Füller entgegenstrecken ...«

»Ja ... Du hast vermutlich recht ... Wenn es aber doch so sein sollte ... Hör zu, in dem Fall würden wir ein paar Stunden Zeit brauchen, um zu überlegen, was sich machen läßt. Können wir uns auf dich verlassen, Francis?«

»Henri ... ich erinnere mich noch an eine Zeit, als die Welt noch nicht verrückt war.«

»Ja, ich auch ... Ich erinnere mich noch sehr gut.«

Ich legte auf. Ich befand mich unten in der Hotelbar und wartete auf Patrick, um mit ihm zum Essen zu gehen. Ein alter Mann saß am Klavier und sang *You are my destiny*, ohne daß ihn jemand beachtete. Wir gingen keiner besseren Welt entgegen.

Richard war begeistert von Patricks Haarfarbe. Er hatte die letzten fünf Jahre seines Lebens damit verbracht, neue Kosmetikartikel auf den Markt zu bringen, unter anderem eine ganze Reihe von Haarpflegemitteln und Haarwassern, über die er höchstpersönlich die Aufsicht geführt hatte. John hatte den Vertrieb von vollwertigem Viehfuttergranulat unter sich.

Ich hatte mich geirrt, was den Vertrag anging. Sie hatten ihn Patrick schon in die Hand gedrückt, noch ehe wir einen Blick auf die Speisekarte hatten werfen können.

Ohne Patricks Reaktion abzuwarten, machte ich sie darauf aufmerksam, daß wir uns in einem Restaurant befanden und nicht in einem McDonald's. Daß mein Kamerad weder Damenfrisör noch Landwirt aus Arkansas war.

Richard suchte das französische Wort für »Hammel«.

Auch wenn er es schließlich fand, stellte ich fest, daß er nicht dessen ganze Bedeutung erfaßt hatte. Ein längerer Aufenthalt in der Verlagsbranche hätte ihn vermutlich mit den verschiedenen Vorsichtsmaßnahmen vertraut gemacht, die man zu ergreifen hatte, wenn man mit der schlimmsten Rasse von Schriftstellern verhandeln wollte, die uns bis heute bekannt war. Nur wenige Verleger versuchten noch mit Franzosen (die mit einem Auge auf den Scheck und mit dem anderen auf die Umgangsformen schielten) einen Vertrag abzuschließen, selbst wenn man sie mit der Pinzette anfaßte. Später verwendete er auch mit einem gezwungenen Lächeln den Ausdruck »dieses gewisse Etwas« und hörte auf, mich zu duzen.

Patrick überließ mir die Aufgabe, ihnen zu erklären, was ein Schriftsteller war. Nicht was ein Schriftsteller in Wirklichkeit war, also bestenfalls ein Damenfrisör oder ein Landwirt aus Arkansas. Nein, ich erklärte ihnen, daß ein Schriftsteller eine Rakete sei. Jeder konnte sich heutzutage ein Auto kaufen, aber keine Rakete. Eine Rakete stieg in den Himmel auf, erforschte interstellare Räume in einer Entfernung, die sich nur in Lichtjahren messen ließ, und durchquerte zum Ruhm der Menschheit so manche eisige Finsternis. Das war eine Rakete. Eine Rakete hatte eine Mission. Gewiß brauchte sie auch Treibstoff, niemand wolle das leugnen. Und das war ihr schwacher Punkt. Aber sollte sie sich deshalb dem erstbesten in die Arme werfen? Das sei die Frage. Und das solle man nicht auf die leichte Schulter nehmen. Patrick werde alle Angebote prüfen.

Er nickte. Richard und John starrten mich an, als sei ich ein hinterlistiges wildes Tier.

Als Patrick aufstand, um sich Zigaretten zu holen, fragten sie mich, ob meine Neutralität einen Preis habe. Oder eventuell meine Hilfe.

»Meine Neutralität ist mir heilig. Aber für eine pauschale Prämie von hunderttausend Dollar, die Neuauflage aller meiner Bücher im Hardcover, eine Erstauflage von fünfzigtausend für den nächsten Roman und eine Green Card bin ich Ihr Mann. Und selbstverständlich will ich das alles schwarz auf weiß haben, in mehrfacher Ausführung.«

Richard betrachtete mich einen Augenblick, dann erhellte ein Lächeln sein Gesicht. Er legte mir die Hand auf die Schulter und flüsterte mir ins Ohr: »Und was hältst du davon, dein Leben in einem Betonblock zu beenden?«

Er sah mir noch einmal fest in die Augen. Dann brachen wir im Chor in Gelächter aus.

Noch am selben Abend flogen sie zurück. Patrick und ich machten einen Spaziergang durch die Stadt, in der Nähe der Markham Street, aber wir hatten noch etwas müde

Beine. In einer Bar, in der wir einen Kaffee tranken, zog er eine Handvoll Zettel aus der Tasche und legte sie auf die Theke. Verehrerinnen, die ihm nach dem Vortrag hastig ihre Adresse aufgekritzelt hatten (Männer geben einem eher ihre Visitenkarte). Erstaunlich, diese unwiderstehliche Anziehungskraft, die Schriftsteller auf Frauen ausüben. Es gibt eine Saite in ihnen, die die Literatur zum Schwingen bringen kann. Anderswo als in ihrem Kopf.

Patrick blickte mich fragend an. Er hatte ein gutes Dutzend Telefonnummern vor sich liegen, und wir wußten, was das in etwa zu bedeuten hatte.

»Hör zu, ich kann mir vorstellen, was du denkst, aber ich habe nicht den Mut.«

»Du hast recht, ich auch nicht…«, seufzte er und steckte die Adressen wieder ein.

Vor uns befand sich ein großer Spiegel, und wir beobachteten uns eine Weile gegenseitig zwischen zwei Regalen voller aufgereihter Flaschen und schlossen daraus, daß wir die richtige Entscheidung getroffen hatten. Außerdem waren die Barhocker bequem, hatten Rückenlehnen, und die Atmosphäre in dem Lokal war angenehm. Ab und zu lächelte uns die Bardame zu, und keiner der Anwesenden grölte zu laut. Im Radio wurde ein Konzert der *Faith Healers* übertragen. Patrick Vandhoeren war noch immer bei Sigmund.

»Was würdest du an meiner Stelle tun?«

»Ich habe es dir doch schon gesagt: Frag mich so etwas nicht.«

»Und wen soll ich sonst fragen?«

Ich sah zur Bardame auf, die ein paar Haarnadeln in ihrem Knoten umsteckte und dabei den Blick auf ihre feuchten Achseln freigab, und wies auf die Flasche Seagram's.

»Es kommt immer ein Augenblick, in dem man sich überlegen muß, ob man genug Kraft hat. Stell dir diese Frage. Ich kann sie nicht für dich beantworten.«

»Glaubst du, ich habe nicht genug?«

Ich wandte mich ihm zu, um ihn von Kopf bis Fuß zu mustern.

»Doch… Ich glaube, das hast du.«

Daraufhin leerten wir unsere Gläser. Er ließ sie wieder füllen. Das Neonlicht der Bar übte eine seltsame Wirkung auf sein Haar aus: Man hatte den Eindruck, als trüge er eine Kunsthaarperücke.

»Und weißt du, dabei geht es natürlich nicht darum, das kleinere Übel zu wählen. Das bedeutet, Kraft genug zu haben, um auf… was weiß ich, aber jedenfalls viel Geld zu verzichten, nicht wahr?«

Er biß sich auf den Daumennagel.

»Und warum sollte ich das tun?«

»Ich habe nicht gesagt, du solltest es tun.«

Er bot mir eine Zigarette an. Ich fand, daß er besonders nett zu mir war, seit wir diese drei Japanerinnen getroffen hatten. Er verhielt sich natürlicher.

»Und was ist das für ein Deal, den du mit Henri abgeschlossen hast?«

»Einen Schutzumschlag für meinen nächsten Roman.«

»Er will dich wohl verarschen!«

Ich stützte einen Fuß auf den Rand der Theke und sagte: »Und dann habe ich dieses Paar Mokassins bekommen.«

Die Bardame warf mir einen stirnrunzelnden Blick zu.

»Hast du schon mal Hunde gesehen, die sich um einen Knochen streiten? Patrick, ich hoffe, du hast begriffen, daß *du* unter dieser Sache leiden wirst. Nicht sie, sondern du. Sieh sie dir an. Du hast es nicht mit Typen zu tun, die brav an ihrem Schreibtisch sitzen. Das ist nur Schein.«

»Sag mal, das ist ja der reinste Verfolgungswahn!«

Ich lächelte ihm zu und trank in Ruhe mein Glas aus.

»Ich weiß nur eins«, fuhr er fort. »Wenn ich irgendwann mal in der Scheiße stecken sollte, ist niemand da, der mir hilft. Und ich habe nicht vor, mich mit fünfzig in der gleichen Lage zu befinden wie du.«

»Das ist nicht sehr kompliziert. Es gibt private Rentenversicherungen und vermutlich noch eine ganze Menge anderer Möglichkeiten, um dir solche Sorgen zu ersparen. Leider habe ich mich nicht um diesen Kram gekümmert, als ich in deinem Alter war. Ich habe wohl geglaubt, ich würde noch im selben Jahr sterben. Andererseits habe ich das Gefühl, als sei ich in gewisser Weise selbst schon tot, warum sollte ich mir sonst solche Sorgen um dich machen?«

Da er sich abwandte, legte ich ihm die Hand auf den Arm und sagte: »Hör zu… Das Traurige an der Geschichte ist nicht, wie es mir finanziell ergangen ist. Das Traurige ist, daß ich als Schriftsteller versagt habe. Weißt du, als ich mich damals gefragt habe, ob ich Kraft genug besäße, habe ich begriffen, daß es Zeit war, mich aufs Tennisspielen zu verlegen… Ich weiß nicht, ob es richtig war. Denn man wird ja immer von Zweifeln geplagt… auf jeden Fall war es vorbei. Und in gewisser Weise war ich sogar erleichtert.«

Ich hielt eine Weile inne und sah ihn fest an, um sicher zu sein, daß er mich richtig verstanden hatte. Aber das war im

Grunde dumm von mir. Jeder Schriftsteller kennt diese Schreckensvision, auch wenn er sie noch nicht selbst erlebt hat.

»Also kurz gesagt, ich fände es gut, wenn du keine Kehrtwende machen würdest. Ich fände es gut, wenn du nicht meinem Beispiel folgen würdest. Aber wenn du noch nicht bereit bist und noch irgendeine angenehme Abwechslung suchst, dann kannst du mich, wie du ja weißt, jeden Morgen zwischen neun und zehn auf dem Tennisplatz antreffen, dann können wir uns über andere Dinge unterhalten. Und vielleicht den neusten Klatsch aus dem Schriftstellermilieu austauschen oder uns die Hacken abrennen, um die besten Plätze im French Open zu ergattern.«

Er schlug vor, woanders noch ein Glas zu trinken, denn einige Gäste hatten den Fernseher eingeschaltet, um sich ein Eishockeyspiel anzusehen (eine Sportart, die die Huron-Indianer auf dem Ontariosee erfunden hatten, wie uns die Bardame erklärte), und unsere Köpfe störten sie.

Wir kauften ein paar Dosen Bier und gingen auf der Suche nach einer Bank zu den Kais hinab. In der Nähe des Ausstellungsgeländes hörte man das sanfte Rauschen einer Meeresbrise in den Baumwipfeln und meinte fast, den Ozean riechen zu können. Die Homosexuellen, die sich dort trafen, sahen uns nach, und als wir auf dem Spadina Quay spazierengingen, boten uns zwei von ihnen sogar an, bei ihnen zu übernachten (sie machten Patrick Komplimente für seine phantastische, absolut tödliche Haarfarbe). Draußen auf dem See bildeten mehrere Inseln eine leuchtende Reede. Patrick meinte, wir könnten Madonna zu den Niagarafällen mitnehmen.

»Eine ausgezeichnete Idee, die du da hast«, erklärte ich, während wir uns vor den Leuchtturm von Gibraltar Point setzten. »Übrigens, sag mal, das geht mich zwar nichts an, aber wie machst du das denn mit Nicole?«

»Nicole ist meine Frau«, sagte er mit einer Geste, die die Frage vom Tisch fegte.

Wir öffneten die Bierdosen und ließen den Schaum zwischen unseren Beinen auf den Boden rinnen.

»Warum? Interessiert sie dich?«

»Wenn sie mich interessierte, dann hättest du das schon seit langem gemerkt, meinst du nicht?«

Er stimmte zu, auch wenn ihn das Problem nicht sonderlich zu beunruhigen schien. Ihm zufolge hing Nicole viel zu sehr an ihm, um sich in irgendwelche Abenteuer zu stürzen. Sie sei vermutlich manchmal etwas launisch, und er könne sich gut vorstellen, daß sie ab und zu mal über ihn herziehe, aber das seien nur Strohfeuer, kleine unbedeutende Ausfälle, die sie sogleich wieder vergesse. Vor allem, da sie mit Sex nichts am Hut habe, das sehe man doch wohl.

»Oder willst du etwa das Gegenteil behaupten?«

»Nein, das stimmt. Sie wirkt so streng.«

»Du darfst auch nicht vergessen, daß ich zehn Jahre jünger bin als sie. Hörst du, ich bin ihr gegenüber zehn Jahre *im Rückstand* auf einem bestimmten Gebiet. Wie viele Typen hat sie wohl in zehn Jahren kennengelernt? Rechne dir das mal aus!«

Er führte den Gedanken weiter und erklärte, daß sie *jetzt* mit Sex nichts mehr am Hut habe, weil sie, wie er sagte, auf diesem Gebiet schon alles ausprobiert habe. Was bedeute, daß sich Nicole heute vor allem ihrer grauen Zellen bediene, das könne er bedauern oder begrüßen, aber das tue nichts zur Sache. Eine bombensichere Kiste für irgendeinen Luftikus aufgeben? Sich von einem Huhn trennen, das goldene Eier legt? Und das, wenn man Patrick Vandhoeren einen Ring an den Finger gesteckt hat? Ob ich sie für bescheuert halte.

»Ich stecke in der Klemme, nicht sie. Frag mal Nick Hornbys Frau, ob sie vorhat, sich einen anderen Mann zu angeln…«

»Gibt es denn eine Frau Hornby?«

»Weiß der Henker… Das ist nur ein Beispiel.«

Eines wußte ich nicht: Madonna sprach ausgezeichnet Französisch.

Al Griguish, der Mann, mit dem ich Kontakt aufgenommen hatte, um diese Verabredung zu bekommen, hatte mir nichts davon gesagt.

Ich muß zugeben, daß ich mir, was diese Begegnung anging, ein wenig Sorgen machte. Das hatte ich Patrick nicht verraten, denn ich wußte nicht, wie er reagierte, falls es eine schlechte Nachricht geben sollte, und es war unbedingt erforderlich, daß unsere Reise ein voller Erfolg wurde. Sein Vertrauen in mich sowie seine Dankbarkeit waren die Waffen, die ich schmieden mußte, um Claris in Schach zu halten (ob sie wirksam waren, würde erst die Zukunft zeigen, aber im Augenblick besaß ich keine anderen).

Ein Tête-à-tête mit Madonna. Ich hatte ihm ein Tête-à-tête mit Madonna versprochen, aber lassen Sie uns den Dingen ins Auge sehen. Wie groß war die Chance, daß die Sache ins Wasser fiel? Wie viele Programmänderungen würde es in letzter Minute noch geben?

Als Termin war der zweite Abend nach dem Kolloquium festgesetzt worden, und je näher der Tag kam, um so nervöser wurden Patrick und ich, wenn auch aus unterschiedlichen Gründen.

Aus Höflichkeit den anderen Teilnehmern gegenüber hatte er sich ein paarmal an der Universität sehen lassen müssen, und wir hatten weder einen von der Alliance française organisierten Abend noch ein endloses Mittagessen mit den Professoren der Fremdsprachenabteilung vermeiden können, im Verlaufe dessen Patricks Schädel etliche Male vor Langeweile auf den Tisch zu knallen drohte. Er war mit seinen Gedanken woanders.

Er träumte von diesem Rendezvous mit Madonna. Am Vorabend, als ich mich schon schlafen gelegt hatte, war er zu mir ins Zimmer gekommen und hatte sich auf die Bettkante gesetzt, um mir seine Ängste anzuvertrauen.

Ich hatte die Ecke einer Seite aus einem Buch von Martin Amis umgeknickt, dem letzten großen Autor dieses Jahrhunderts mit genialem Witz, auf der gerade von zwei Schriftstellern die Rede war (nur daß ich Patrick nicht haßte, ich liebte ihn von ganzem Herzen), und widmete ihm meine ganze Aufmerksamkeit: »Also, was hast du für Sorgen?«

»Sie findet mich bestimmt erbärmlich.«

»Wie bitte? Das möchte ich doch mal sehen! Dich erbärmlich finden? Und aus welchem Grund? Das würde ja heißen, den Spieß umzudrehen! Seit wann kann das Showbusiness einen Schriftsteller *erbärmlich* finden?!... Das soll doch wohl ein Scherz sein!«

»Sie ist so eine tolle Frau.«

»Na und? Glaubst du vielleicht, Schriftsteller seien nicht toll? Muß ich dich daran erinnern, wie sehr sich Marilyn neben Arthur Miller hat anstrengen müssen? Wie er sie um den Finger gewickelt hat? Soll ich dir weitere Beispiele geben? Hör zu, mein Lieber, die schönsten Frauen auf der

Welt haben immer eine Schwäche für Schriftsteller gehabt, so ist das nun mal... Das ist wohl die Anziehungskraft zwischen Schönheit und Geist.«

»Ich frage mich, ob ich mich rasieren soll oder nicht. Was meinst du?«

Am Tag X zog er sich mehrmals um, flehte mich an, ich möge in die Stadt laufen, um ihm ein elegantes Oberhemd zu kaufen (am liebsten ein gestreiftes, aber bloß kein zu breit gestreiftes), während er sich völlig verzweifelt der fürsorglichen Pflege der Maniküre des Hotels überließ. Er steckte mitten in einer Regression, brummte abschätzige Bemerkungen über sein Werk vor sich hin, entdeckte Mitesser auf seiner Stirn, hauchte in die Hände, um sich einzureden, er habe einen entsetzlichen Mundgeruch, und schwor, er täte besser daran, sich von der Dachterrasse hinabzustürzen.

Er versetzte mich in einen solchen Zustand, daß ich gezwungen war, mich auf einen Stuhl sinken zu lassen und mir den Schweiß von der Stirn zu wischen, als mir die Rezeption eine Stunde vor dem Rendezvous mitteilte, daß Al Griguish mich am Telefon sprechen möchte, und flüsterte dann ein so schwaches, so ersticktes, so feines »Hallo« in den Hörer, daß Al mich fragte, ob ich krank sei.

»Al, um Himmels willen, sag mir nicht, daß irgend etwas in die Hose gegangen ist!«

Ich kannte Al noch gut aus der Zeit, bevor er sich um Madonna gekümmert hatte. Er klapperte die Jazzklubs in Boston ab, um neue Bands unter Vertrag zu nehmen, und wir hatten ein paar gemeinsame Freunde. Er war ein sympathischer Kerl, der sehr gerissen war und alle Welt kannte, vom einen Ende der Küste bis zum anderen. Ich hatte Mühe gehabt, ihn vor unserer Abreise zu erreichen, Mühe, ihm dieses Rendezvous abzuringen, obwohl Madonna Interesse daran gezeigt hatte, eine längere Novelle von Patrick zu verfilmen. Angesichts des vollen Terminkalenders seiner Chefin sah er nicht so recht den Nutzen dieser Begegnung ein, aber ich hatte alte Erinnerungen wieder aufgerührt (insbesondere eine Sauftour, die wir 1989 mit *The Cars* durch die Bars von Salem unternommen hatten, wenn ich daran zurückdachte, standen mir noch immer die Haare zu Berge), so daß er schließlich eingewilligt hatte.

»Was für ein Schriftsteller ist er denn?« hatte er mich gefragt.

»Der beste von uns allen, Al. Patrick ist der beste von uns allen, glaub mir das.«

Jetzt, da er kalte Füße hatte, sah er nicht danach aus. Ich konnte ihm noch so oft sagen, er solle die Schultern nicht so hängen lassen, konnte ihm in die Wangen kneifen, seine Krawatte zurechtzupfen, ihn nach draußen auf die Terrasse schleppen, damit er tief Luft holte, er sah nach nichts aus. Es brauchte wohl die erstaunliche Intuition einer Frau und viel guten Willen, um in Patrick den glänzenden Schriftsteller zu erkennen, dessen Porträt ich mit so viel Begeisterung gezeichnet hatte. Mit dem Telefon in der Hand betrachtete ich ihn jetzt mit fatalistischer Ergebenheit.

»Wie geht es ihm?«

»Sehr gut, Al… Er ist in Höchstform. Ein richtiger Marathonlauf von Radiosendungen zu Fernsehauftritten, aber er weiß gar nicht wohin mit seiner Energie, dieser Strolch. Dafür bin ich fast am Ende.«

Ich wußte nicht, daß Madonna Französisch sprach, aber ich war erleichtert, als ich es erfuhr. Auf diese Weise konnten Al und ich in Ruhe gemeinsam essen gehen, und allein der Gedanke, mir Patrick, der mir das Leben zur Hölle machte, für eine Weile vom Hals zu schaffen, ließ mich fast quieken vor Zufriedenheit.

Können Sie mir das glauben? Er ließ meinen Ärmel nicht los, während der Fahrstuhl uns an den Schauplatz der Handlung brachte. Wie ein Kind. Er war einer der besten Schriftsteller seiner Generation, der ganze Hörsäle in Verzückung geraten ließ, der in der Naturwissenschaft, der Mathematik, der Philosophie und wer weiß wo sonst ein Wörtchen mitzureden hatte, er spielte Fußball, nötigte den Wissenschaftlern Respekt ab und steckte alle kleinkarierten Scheißer in die Tasche (er wurde sogar auf dem Cover ihrer Zeitschriften abgebildet), die größten Verleger schlugen sich um ihn, die Welt lag ihm praktisch zu Füßen, aber in diesem Augenblick, zu dieser schicksalhaften Stunde, war er nur noch ein Kind. So hatte ich ihn noch nie gesehen. Die Geschichte mit Madonna machte ihn völlig verrückt.

»Und das nennst du einen Freund?«

»Du wirst dich später dafür bei mir bedanken.«

»Aber was soll ich denn bloß zu ihr sagen?«

»Erzähl ihr von den Außerirdischen. Sechzig Prozent der Amerikaner sind der Ansicht, daß Madonna sich am besten dazu eigne, sie willkommen zu heißen.«

»Hör zu, ich kann dir doch ein Zeichen geben, wenn du gehen sollst.«

»Denk an die Millionen Männer, die alles dafür hergeben würden, um an deiner Stelle zu sein.«

»Findest du, daß es der richtige Augenblick ist, um mir das zu sagen?«

»So, da sind wir. Sieh mich an... Perfekt. Du siehst glänzend aus.«

»Das ist mir scheißegal.«

Es war seine Schuld, daß wir die Hotelhalle durchquerten, als gingen wir zum Schlachthof, denn er hatte mich mit seinem Lampenfieber schließlich angesteckt. Er blieb vor dem Wasserfall stehen, um sich das Gesicht etwas abzukühlen. Während ich ihm mein Taschentuch hinhielt, erklärte ich ihm tadelnd, daß man nicht versucht, eine Festung zu stürmen, und obendrein nicht die unbedeutendste, wenn man nicht dazu fähig ist. Ich hoffte, ihn damit in seiner Eitelkeit zu treffen und ihm den nötigen letzten Schwung zu vermitteln.

»Vielleicht hast du recht«, erwiderte er und wich einen Schritt zurück.

»Herrgott noch mal, Patrick! Auch mein Ruf steht auf dem Spiel! Also los, auf geht's! Es sei denn, es ist dir lieber, daß ich sie abhole und ihr das Problem auseinandersetze...«

»Ja, versuch es doch mal!«

»Nun komm schon! Herrgott, sie ist doch auch nur eine Frau! Genau wie Millionen andere, du armer Irrer!«

»Woher willst du das wissen? Ich habe jahrelang jede Nacht von ihr geträumt. Jede Nacht, hast du das gehört?«

»Und das erzählst du mir jetzt?«

Wir setzten uns auf die Felsen am Rand des Wasserfalls. Er stützte den Kopf in beide Hände. So wie die Dinge standen, konnten uns wohl nur ein paar Ampullen Amylalkohol aus der Patsche helfen. Ich bot ihm eine Zigarette an und bemerkte nebenbei die verdrossenen Blicke, mit denen man uns bedachte.

»Ich habe eine Fixierung auf sie entwickelt. Das ist es. Bist du jetzt zufrieden? Ich habe dir meinen Arsch gezeigt, aber das hat dir nicht gereicht. Zufrieden?«

»Aber verdammt noch mal, warum hast du mir denn nicht gesagt, daß es so eine ernste Sache ist?«

»Willst du noch mehr darüber wissen? Soll ich dir alle meine kleinen Schweinereien erzählen, die sich auf sie beziehen, und ein paar wirklich abartige Dinge? Bist du bereit, dir das anzuhören?«

Ich starrte ihn einen Augenblick an. Er hielt meinem Blick stand, dann wandte er plötzlich die Augen ab. Vielleicht war das Ganze doch ernster, als ich gedacht hatte.

»Okay!« seufzte ich und stand auf. »Ich bleibe bei dir.«

Er blickte äußerst mißtrauisch zu mir auf.

»Aber komm mir nicht mit faulen Tricks, Francis ... Komm mir bloß nicht damit.«

»Wenn du glaubst, daß ich dazu fähig bin, bist du selber schuld. Dann mußt du eben das Risiko eingehen.«

In der Bar war es voll. Aber Madonna war nicht zu sehen. Ich informierte Patrick, daß alles in Ordnung sei, und bestellte zwei Gin Tonic.

»Sie kommt nicht.«

»Natürlich kommt sie.« Ich blickte auf meine Armbanduhr. »Sie hat nur eine halbe Stunde Verspätung, diese ...«

Ich lächelte Patrick zu und brach mitten im Satz ab, um ihn nicht zu verärgern.

In diesem Augenblick begann ich Madonna zu hassen.

Ich fragte Patrick, ob er Frauen kenne wie P. J. Harvey, Pipilotti Rist oder Maggie Cheung, aber seine krasse Unwissenheit zeigte, daß er nicht zu retten war. Es war zwecklos, sich noch weiter für ihn abzumühen.

Er zog eine Grimasse und kaute an seinen Nägeln. Man kann sich kaum vorstellen, daß sich hinter dem größten Künstler ein ganz gewöhnlicher Mann verbirgt. Daß Michelangelo, Einstein oder Beethoven sich manchmal wie richtige Trottel verhalten haben. Ich zog es daher vor, woanders hinzusehen, und entdeckte plötzlich beim Durchblättern eines Prospekts, in dem die verschiedenen Angebote des Royal Ambassador aufgeführt waren, daß das Hotel über Privatsalons verfügte, »Oasen der Ruhe und der Vertraulichkeit, die wir unserer verehrten Kundschaft zur Verfügung stellen«.

»Hör zu, Patrick, jetzt wird es aber höchste Zeit, daß du dein Glas austrinkst!«

Zwischen Madonna und Patrick sprang sogleich ein Funke über. Al vertraute mir später an, daß auch er es gespürt habe. Ein äußerst seltener Fall, der ihn völlig platt gemacht habe.

Im Augenblick der gegenseitigen Vorstellung, als ich noch diese ärgerliche Verspätung bedauerte und eher auf einen eisigen Empfang gefaßt war, bemerkte ich den intensiven Blick, den die beiden wechselten.

Madonna reichte mir die Hand, ohne Patrick aus den Augen zu lassen. Und Patrick schritt, entgegen meiner Befürchtung, eine solche Bewährungsprobe könne ihn augenblicklich mit einer Embolie niederstrecken, mit olympischer Ruhe auf sie zu und küßte ihr mit einem leichten Lächeln auf den Lippen galant die Hand.

»Sie sind also der berühmte französische Schriftsteller, der mich warten läßt…«, scherzte Madonna mit entzückter Miene.

»Meine Ungeduld, Sie zu treffen, ist an dieser dummen Verwirrung schuld«, erklärte er in einschmeichelndem Ton.

Fünf Minuten später duzten sie sich.

Man braucht nicht zu versuchen, die Sache zu begreifen.

Sehr bald gab mir Patrick ein Zeichen, ich solle verduften. Madonna trug ein enganliegendes, weit ausgeschnittenes schwarzes Kleid, Tennisschuhe ohne Schnürsenkel und ein schmales Halsband. All das versprach einen angenehmen Zeitvertreib, aber Patrick warf mir finstere Blicke zu, und Al starb vor Hunger. Sie werden mir entgegenhalten, daß es aufregendere Frauen gibt als Madonna. Aber bei genauerer Überlegung reizte mich die Aussicht, mit Al unter vier Augen einen Teller Spaghetti zu essen, nicht mehr sonderlich.

Patrick versetzte mir unter dem Tisch einen kräftigen Fußtritt. Der Undankbare.

Ich hoffte, Madonna würde mich zurückhalten. Oder mich wenigstens auffordern, einen Kaffee mit ihnen zu trinken.

Ich hatte Al schon seit fast zehn Jahren nicht mehr gesehen. Er brauchte etwa die Hälfte der Mahlzeit, um mir die Etappen seines Aufstiegs im einzelnen zu erzählen, aber er schien solches Vergnügen daran zu haben, daß ich mich davor hütete, ihn zu unterbrechen, außer um ihn zu beglückwünschen oder ihn zu bitten, einen Punkt näher zu erläutern, der mir nicht ganz klar war, weil ich den Faden verloren hatte. Er hatte sich ein kleines Haus in den Hamptons und eine Wohnung in New York gekauft. Er meinte, wir seien im richtigen Alter, um Eigentümer zu werden, und daher kamen ihm meine Einwände hinsichtlich der Immobiliengeschäfte unbegründet vor.

Wie dem auch sei, es war eine Freude zu sehen, wie glücklich er war.

Ich fand ihn blendend in Form (es ist immer einfacher, sich um jemand anders zu kümmern als um sich selbst, und sich um Madonna zu kümmern hatte sicher seine guten Seiten). Er fand auch mich in Form, selbst wenn er schon seit geraumer Zeit nichts mehr von mir als Schriftsteller gehört hatte.

»Wie steht's mit dir?«

»Weißt du, ein Schriftsteller weiß nie, wie es mit ihm steht.«

»Ich meine, im Hinblick auf die Verkaufszahlen.«

»Dreißig-, vierzigtausend... Vielleicht ein bißchen weniger.«

»Hmm... Dann werden wir so bald wohl keine Nachbarn in Long Island werden.«

Er schätzte die Dinge grausam richtig ein, außer daß ich eine Vorliebe für Nantucket hatte, wozu mir aber ebenfalls die Mittel fehlten. Ich ließ ihn die Rechnung bezahlen.

Als er aufgestanden war, um die Liste der Konzerte zu begutachten, die neben der Kasse angeschlagen war, fingerte ich einen Augenblick an seinem Mobiltelefon herum, einem Geschenk Madonnas nach ihrer Rückkehr aus Japan, das erst nächstes Jahr im Handel erhältlich sein würde. Auf gut Glück drückte ich auf einen Knopf. Der Bildschirm leuchtete auf, und ich stieß auf das Telefonverzeichnis. Die Magie der Technologie. Beim zweiten Druck auf den Knopf tauchte der erste Name der Liste auf. John Abercombee. Die Magie der seltsamen Zufälle, hm, was sagen Sie dazu?

Ich blickte einen Augenblick zerstreut ins Leere, während er zurückkam und sich hinsetzte.

»Eine experimentelle Sache, *Negativland,* reizt dich das?«

Ich blickte ihn aufmerksam an, dann hielt ich ihm melancholisch den Bildschirm des Handys vor die Nase und sagte: »Hast du schon lange Kontakt zu diesem Typen?«

Sein Lächeln erstarrte kurz, doch dann leuchtete es noch breiter auf.

»Ja… Schon ziemlich lange.«

»Steckst du etwa mit Claris unter einer Decke?«

»John ist ein alter Bekannter. Richard kenne ich nicht so gut, aber John ist ein alter Bekannter.«

Ich war alt geworden. Unnötig, es vor mir selbst zu verheimlichen. Ich brauste nicht mehr so leicht auf. Was mich früher an die Decke hätte gehen lassen, drängte sich mir nicht mehr auf so klare Weise auf. Man würde gern das Werk einer gewissen Weisheit darin sehen, die man sich mühselig im Laufe der Zeit angeeignet hat, aber es handelt sich in Wirklichkeit nur um ein Aufgeben, um eine erschöpfte Gleichgültigkeit dem ekelhaften Schauspiel der Menschheit gegenüber. Besonders an manchen Abenden.

Al beugte sich mit dem durchtriebenen Lächeln eines

alten Dreckskerls zu mir vor und sagte: »Hör zu… das ist doch ein tolles Geschenk, was wir ihm da machen, findest du nicht?«

Negativland. Na gut, warum nicht? Wenn ich die Wahl gehabt hätte, hätte ich *The Tape-beatles* vorgezogen.

Ich sorgte dafür, daß ich Al beim Herausgehen aus den Augen verlor, und ging zu Fuß durch die rabenschwarze, bedrohliche Dunkelheit zum Hotel zurück.

Ich hätte mir denken sollen, daß irgend etwas faul an der Sache war. Dieses unwahrscheinliche Rendezvous, das sich plötzlich in ein Märchen verwandelte: Wie hatte ich bloß eine einzige Sekunde daran glauben können? Und die berühmte, einzigartige, unerreichbare Madonna, die eine Stunde lang dumm herumsitzt, um auf einen französischen Schriftsteller zu warten: War das nicht der Gipfel der Farce? Hatte man mir den Schädel gründlich mit Steinen zertrümmert? Hatte ich in früheren Jahren vielleicht doch zu viele Drogen genommen?

Mürrisch holte ich ein paar winzige Fläschchen Alkohol aus der Minibar und ging auf die Terrasse. Es war etwa zwei Uhr morgens. Madonna schlief nicht.

Sie hatte sich vor Patricks Zimmer an die Brüstung gelehnt und rauchte eine Zigarette.

»Guten Abend«, sagte ich.

»Grüß dich«, erwiderte sie.

Sie trug einen Slip und ihre Tennisschuhe. Einen Slip, der so durchsichtig war, daß ich einen kleinen Leberfleck auf ihrer rechten Gesäßbacke erkennen konnte, und das will schon etwas heißen.

»Wollen wir nicht noch ein Glas trinken? Dein Freund schläft wie ein Murmeltier.« Sie beherrschte unsere Sprache auf bewundernswerte Weise, nicht?

»Das geht schon so, seit wir hier sind …«, erklärte ich und ging mit meinen Probefläschchen auf sie zu.

»Aber er hat sich ganz wacker gehalten.«

»Na, das ist ja die Hauptsache.«

Ich stellte die Fläschchen Alkohol nebeneinander auf einen kleinen Tisch und ließ mich wie ein abgestorbenes Blatt in einen mit Frottee bezogenen Liegestuhl fallen und forderte sie auf, sich zu bedienen.

»Ich kann dir gar nicht sagen, wie sehr mich diese Stadt anödet …«, seufzte sie.

Ich hatte, als ich mich hinsetzte, nicht vorhergesehen, daß diese scheinbar belanglose Entscheidung meine Augen genau auf die Höhe ihres Schoßes bringen würde, aber nun war es zu spät, um daran zu denken und irgendwelche Reue zu empfinden. Sie beugte sich vor, um ein Fläschchen zu ergreifen, und ihre beiden Brüste, die prall und schwer waren, bewegten sich fünfzig Zentimeter vor meinem Gesicht hin und her wie Kirchenglocken.

»Findest du nicht?«

»Ich weiß nicht. Ich habe mir die Frage noch nicht gestellt.«

»Und du bist also auch Schriftsteller? Ich mag Schriftsteller im Grunde ganz gern. Ich frage mich immer, woran sie denken. Wenn sie zum Beispiel etwas kochen …«

»Ah ja … Wenn sie etwas kochen … Ja, natürlich …«

Sie zog eine Augenbraue hoch und sagte: »Weißt du … du brauchst deinen Augen wirklich keinen Zwang anzutun.

Das stört mich überhaupt nicht. Dafür sind sie ja schließlich da, nicht?«

»Das kann gut sein.«

»Nehmen wir mal an, ich trage einen durchsichtigen Slip, und du würdest woandershin gucken. Was würde ich dann denken? Dann würde ich denken, dieser Typ hat bestimmt eine Macke. Irgend etwas stimmt bei dem nicht. Habe ich recht oder nicht?«

»Auf der ganzen Linie. Das ist eine Frage des gesunden Menschenverstands.«

»Wir leben in einer Welt, in der die Heuchelei ins Unermeßliche gestiegen ist. Damit würde ich mich übrigens auseinandersetzen, wenn ich ein Buch schreiben würde. Denn das dürfte sich so schnell auch nicht ändern. Sieh dir nur mal an, was hier seit einiger Zeit vor sich geht: Die ärgsten Puritaner bekommen Aufwind. Und worüber haben sie monatelang geredet? Über Oralverkehr. Über ein paar Samenspritzer auf der Bluse einer kleinen Sekretärin.«

»Ach, haben sie übrigens die Frage entschieden? Muß oraler Sex als Geschlechtsverkehr angesehen werden?«

»Nein, aber ich meine das wirklich ernst, weißt du. Das Ganze nimmt tatsächlich erschreckende Ausmaße an. Bald sind wir so weit, daß man verdächtig erscheint, weil man einen Körper besitzt.«

Sie machte eine überdrüssige Geste, setzte sich auf den Rand einer Blumenschale und stützte die Ellbogen auf die Knie. Da sie aus Stabilitätsgründen gespreizt waren, konnte ich ihre halbgeöffnete Scheide gut erkennen und fand es sehr erholsam, diese mit dem Segen ihrer Herrin in Ruhe betrachten zu können.

Sie deutete mit dem Kopf auf das Zimmer, wo Patrick sich ausruhte, und sagte: »Er besitzt wirklich Talent, wenn er Sexszenen schreibt, das ist ziemlich selten…«

»Ja, ich muß zugeben, daß er mich damit total verblüfft. Ihm ist selbst nicht einmal klar, wie gut er auf diesem Gebiet ist… Im allgemeinen ist das ein Thema, dem jeder ausweicht, und die wenigen, die es wagen, fallen damit auf die Schnauze. Das ist wie bei den Rennwagen: Die Angsthasen bremsen vor der Kurve, und die Draufgänger fahren sich tot. Ich versuche das schon seit über zwanzig Jahren… Darum können Sie mir glauben, wenn einer aus der Masse herausragt, dann erkenne ich ihn sofort. Und ein Schriftsteller, der diese Gabe besitzt, besitzt auch alle anderen.«

»Hmm… Du hast sicher recht.«

»Ein Athlet, der alle Sportarten beherrscht. Das muß man in diesem Beruf sein. Man kann sich nicht damit begnügen, nur in einer Disziplin gut zu sein.«

»Weißt du was? Es ist wirklich toll, Leute kennenzulernen, die ihre Arbeit ernst nehmen… Also, hör zu, normalerweise würde ich ja nicht nein sagen, aber für heute bin ich ehrlich gesagt restlos bedient. Das verstehst du doch, oder?«

»Natürlich. Machen Sie sich um mich keine Sorgen.«

»Ich sollte mir vielleicht besser einen Morgenrock überziehen, was? Aber das mußt du entscheiden…«

»Mir ist das ehrlich gesagt lieber als der Blick auf den See, wenn Ihnen das nichts ausmacht.«

»Aber nein, das macht mir nichts aus, keine Angst… Ich weiß schon, du sagst dir bestimmt: Dieses Mädchen hat schon mit so vielen beknackten Typen gevögelt, da könnte sie sich doch einen Schubs geben. Und es stimmt tatsächlich, daß ich es mit den blödesten Idioten gemacht habe, das will ich nicht leugnen, aber zum Glück hat alles einmal ein Ende, nicht wahr? Tut mir leid, Francis ... so heißt du doch? ... Tut mir leid, Francis, aber ich habe die Strategie gewechselt, solange es noch Zeit war. Bevor der Sex zu Knochenarbeit wird, verstehst du das?«

»Ich kann mir vorstellen, daß Sie mit knapper Not davongekommen sind. Das glaube ich Ihnen gern. Ich achte Ihre Haltung, Madonna.«

»Ob man einen Pimmel ablutscht oder tausend, wo liegt da der Unterschied? Ich kann es dir sagen: Es gibt keinen. Und ich weiß, wovon ich spreche, das kannst du mir glauben. Sprich mal mit anderen Frauen darüber. Frag sie, wie sie darüber denken. Sie werden dir das gleiche sagen wie ich ... Na und? Wundert dich das etwa?«

»Nein, aber wenn man die Sache von diesem Standpunkt betrachtet, läuft es einem ja kalt den Rücken herunter.«

»Na gut, ich übertreibe vielleicht etwas ... Aber dein Freund zum Beispiel. Ich warne ihn, sage zu ihm: Ich warne dich, ich schlucke dein Sperma nicht herunter. Tja, und deswegen hat er einen richtigen Aufstand gemacht. Siehst du, nur um die Sache mal ganz deutlich zu machen, wir sind eben nicht immer auf derselben Wellenlänge wie die Männer.«

»Das verstehe ich gut. Aber ich habe eine klitorisfixierte Freundin, und glauben Sie mir, mit ihr ist das auch kein Zuckerlecken. Niemand ist vollkommen, weder auf der einen noch der anderen Seite. Lassen Sie uns doch mal über die Sodomie sprechen, damit wir uns auf derselben Ebene bewegen. Sehen Sie, es kann vorkommen, daß ich nicht so recht dazu aufgelegt bin, und manche meiner Partnerinnen haben mir daraufhin unverblümt ihre Meinung gesagt. Heißt das etwa, daß mich diese Praktik stört?«

»Ich würde nicht sagen, daß mich das stört. Nur ist Lutschen eben nicht das, was ich am liebsten tue, das ist alles. Es sei denn, es handelt sich um einen Neunundsechziger, dann ist das was anderes.«

»Da sind wir uns einig. Völlig einig. Es gibt nichts Vergleichbares.«

»Und am besten finde ich es, nachdem man erst mal gevögelt hat, sagen wir in den fünf Minuten danach.«

»In den fünf Minuten danach?!... Nun ja, warum nicht? Auf jeden Fall sind wir uns auch da einig.«

»Das ist wie mit dem Vorspiel. Ich bin wahnsinnig geil auf das Vorspiel. Hast du es schon mal mit einer Feder versucht?«

»Mit einer Feder? Aber sicher, mit einer Feder und sogar mit zweien. Und auch mit einem Pinsel aus Marderhaar, mit Baumwolle, Seide, einem Hähnchenknochen, mit Kaugummi, ach wissen Sie, das ist eine lange Liste... Und mit einem Strohhalm? Indem man nur durch einen Strohhalm bläst, haben Sie das schon mal probiert? Nein? Na, dazu kann ich Ihnen nur raten, aber kommen Sie mir nicht hinterher mit Klagen, daß Ihre Nerven im Eimer sind, hm, ich habe Sie gewarnt...«

Hatte ich den Geist der unendlich weiten Ebenen geweckt, die uns umgaben? Ich hatte kaum meinen Satz beendet, da streifte uns für einen Augenblick ein wirbelnder Lufthauch auf der Terrasse. Was Madonna zu einem Lächeln veranlaßte:

»Okay, ich kann mir die Sache vorstellen. Das werde ich mir merken. Ich habe schon gute Ergebnisse mit einem Fön erzielt... Weißt du, vor noch gar nicht so langer Zeit habe ich noch zwei- oder dreimal am Tag gewichst, also wie man so schön sagt, einem alten Hasen macht man nichts vor.«

»Ja, das habe ich mir schon fast gedacht, um ehrlich zu sein.«

»Außerdem sage ich mir manchmal: Selbst ist die Frau. Ich weiß, daß sich das traurig anhören mag, aber so ist das nun mal.«

»Patrick hat übrigens eine Theorie über die sexuelle Misere, in der wir uns befinden. Soll ich sie Ihnen zusammenfassen? Nun, er ist der Ansicht, daß wir für die siebziger Jahre büßen, wissen Sie, für die Lockerung der Sitten und den ganzen Klimbim.«

»Nein, das ist Quatsch. Es läuft heute nicht schlechter als damals.«

Sie reckte die Arme über dem Kopf, und ihre Brustspitzen deuteten ein paar Sekunden vergeblich in meine Richtung.

»Der Haken bei der Sache ist nur der«, fuhr sie fort, »daß alles nicht so traumhaft ist, wie man es sich vorgestellt hat, und deswegen sucht man nach einem Vorwand. So ist das mit allem. Weißt du, ich will dir eins sagen: Die zwei oder drei Male, bei denen ich im Leben vor Lust fast einen Rappel gekriegt hätte, verdanke ich Typen, in die ich verliebt war... Ja wirklich, so beknackt ist das, da braucht man gar nicht groß zu suchen. Und stell dir vor, keiner von denen war ein Apollo oder ein außergewöhnlich guter Liebhaber.

So ist das nun mal, und in tausend Jahren sind wir garantiert noch am selben Punkt, da kannst du beruhigt sein.«

»Ja, es scheint, als ob es bei den Frauen auf diese Weise abläuft. Und das ehrt sie durchaus, wenn Sie meine Meinung hören wollen… Aber in Wirklichkeit… nun, auch ich bin mal verliebt gewesen, aber ich habe nicht den Eindruck, daß mir dieses Gefühl die Sache erleichtert hat. Ich habe sogar eher den Eindruck, daß es ein Handikap war, um ehrlich zu sein. Na ja, wir wissen ganz genau, wo der wunde Punkt liegt, aber an dem Ergebnis kommt man eben nicht vorbei. Wissen Sie, ich habe herausgefunden, daß Männer wasserdichte Schubladen brauchen, um zurechtzukommen. Aber verstehen Sie mich recht: Ich meine nicht damit, daß das ein Grund sei, stolz zu sein. Ich glaube, daß die meisten Männer große Mühe haben, mit ihrem Kopf an der körperlichen Liebe teilzunehmen. Und von da aus ist es kein weiter Schritt mehr zu dem Gedanken, daß die Frau dem Mann überlegen ist. Nur daß uns das scheißegal ist. Ich sage Ihnen das ganz offen.«

»Versuchst du etwa, mich einzuwickeln? Wenn das so ist, dann weißt du wirklich, wie man das in aller Form macht, das muß ich schon sagen. Aber egal, ich finde das eher angenehm… Ich frage mich, ob ich dir nicht für deine Mühe einen blasen sollte… Aber vielleicht ein anderes Mal.«

»Es war mir ein großes Vergnügen, mich mit Ihnen zu unterhalten. Wenn wir uns wiedersehen, bringe ich einen Strohhalm mit.«

Ich schlug vor, daß wir zum Abschied noch die Fläschchen leerten. Als sie sich über den kleinen Tisch beugte, faßte ich mir ein Herz:

»Ich würde gern Ihre Brüste in die Hand nehmen, wenn es möglich ist. Nur eine Sekunde.«

»Tu, was du willst«, erwiderte sie, ohne zu zögern, aber ohne jede Spur von Begeisterung. »Das wäre ja nicht nett von mir, wenn ich mich weigern würde…«

Es handelte sich um Madonnas Brüste, möchte ich noch einmal erwähnen. Aber ich wollte es ja schließlich nicht übertreiben und wahrte eine gewisse Zurückhaltung, stellte eine gewisse Ruhe zur Schau und enthielt mich jeden Kommentars. Ich bedauerte jedoch, daß ich nicht um die Erlaubnis gebeten hatte, sie in den Mund zu nehmen.

»So, jetzt geht's, vielen Dank…«, erklärte ich und knackte mit den Fingern. »Ich glaube, ich gehe jetzt ins Bett.«

Wir wechselten einen freundschaftlichen Blick und leerten unsere Fläschchen, während sich der Himmel mit Sternen bedeckte und uns mit seiner gigantischen Pracht erdrückte.

»Wo wir schon mal dabei sind, kannst du mir auch ruhig an den Hintern fassen, ich meine, wenn es dir Spaß macht… Ich muß wohl im Augenblick eine Schwäche für Schriftsteller haben, was meinst du?… Aber mehr nicht, Francis, darüber sind wir uns doch einig, nicht?«

Mit einem Kopfnicken ging ich gern darauf ein. Sie hatte von ihrem Hintern gesprochen, aber seltsamerweise stellte sie sich mit der Vorderseite vor mich hin. Das war natürlich nicht unbedingt ein Hindernis, all das lag ja nicht weit auseinander, aber wenn ich mir nur eine klitzekleine Sache aussuchen durfte, eine Sache, die sie kaum mehr kosten und mich sehr viel glücklicher machen würde, ob sie es wohl übers Herz bringen würde, mir das zu versagen?

Ich schaute ihr kurz in die Augen. Ich konnte ihrem Gesicht nichts ablesen. Ich merkte jedoch, daß sie prinzipiell einverstanden war. Denselben unergründlichen Gesetzen, denen die große Himmelsmechanik gehorcht, unterliegen eben auch wir kleinen Wesen.

Und so schob ich ihr Höschen zur Seite. Das rief bei ihr keinerlei schlechte Laune hervor, und sie zuckte nicht mit der Wimper. Das hatte ich gewußt. In den Tiefen meiner Seele hatte ich das gewußt. Ich schob also einen Saum ihres Höschens zur Seite, das ebenso durchsichtig und zart war wie die Milchstraße. Aber glauben Sie jetzt bitte nicht, ich wäre auf den Gedanken gekommen, mich irgendeinem vulgären Schauspiel in Großaufnahme hinzugeben. Nein und abermals nein. Und außerdem schloß ich die Augen. Ich führte nur blind meine Nase heran.

Dann atmete ich mit aller Kraft ein. Saugte allen Geruch aus ihr heraus und füllte damit ausgiebig meine Lungen, bis sie zu bersten drohten.

»Sehr gut«, murmelte sie, »dann bis später, Francis...«

Ich winkte ihr zu und ging halb erstickt in mein Zimmer.

Uns blieben noch zwei Tage bis zur Abreise. Patrick war dem Erfolg seiner Vorträge zum Opfer gefallen und hatte sich bereit erklärt, seine Glanzleistungen in der Alliance française und in einer andern, benachbarten Universität zu wiederholen. Außerdem hatten wir vor, Ontario Place zu besuchen und einen Ausflug zu den Scarborough Bluffs zu machen, worauf ich mich schon sehr freute (ich hatte bereits einen Tisch in dem Aussichtsrestaurant reserviert, eine Einwegkamera gekauft und für den ganzen Tag ein Auto gemietet). Ich hatte für beide Abende Konzertkarten. Falls wir genug Zeit hatten, wollte ich ihm die chinesischen Sammlungen des Royal Ontario Museum zeigen, und ich hoffte sehr, daß wir die Zeit haben würden.

Aber diese alte Sau war verschwunden.

Sein Zimmer war leer. An der Rezeption lag keine Nachricht für mich. Man hatte ihn am frühen Morgen gesehen, wie er in Begleitung von Miss Madonna das Hotel verließ. Eine Limousine hatte sie erwartet. Sie war mit quietschenden Reifen losgefahren. Punkt, aus! Keine Nachricht. Nicht das geringste Zeichen der Aufmerksamkeit mir gegenüber. Ich litt stumm.

Henri und Franck verschlug es die Sprache. Als ich ihnen Claris' Schachzüge erläuterte, warfen sie mir zunächst meine Inkompetenz und die Leichtfertigkeit vor, mit der ich meine Mission durchgeführt hatte. Ich erinnerte sie mit schroffen Worten daran, daß ich ihr einziger Agent in Toronto sei, und forderte sie auf, ihre Beherrschung nicht zu verlieren, wenn sie nicht wollten, daß ich den ganzen Krempel hinwarf. Sie baten mich, einen kühlen Kopf zu bewahren. Ich murmelte ein paar undeutliche Worte der Zustimmung, ehe ich auflegte.

Als erstes wollte ich die beiden Verpflichtungen absagen, die Patrick angenommen hatte, aber beide Male stieß ich auf taube Ohren, so daß ich mich dazu bereit erklären mußte, ihn aus dem Stegreif zu ersetzen.

Zum Glück hatte ich die Durchschrift seiner Vorträge. Wir gaben vor, er sei krank und habe praktisch keine Stimme mehr. In der Alliance française stellte man mich als seinen Sekretär vor, während die Leute sich am Eingang ihren Eintrittspreis zurückzahlen ließen. In der Universität stand ein Student im Saal auf, noch ehe man mich vorgestellt hatte, und fragte, ob man sie für dumm verkaufen wolle.

Am Ende dieser beiden glänzenden Veranstaltungen hatte ich das Vergnügen, mit der Enttäuschung der Organisatoren konfrontiert zu werden. Anstatt auf Patrick böse zu sein, warfen sie mir vor, eine schwache Leistung erbracht, verworrene Antworten gegeben und die anstößigen Passagen im Werk von Monsieur Vandhoeren hervorgehoben zu haben, außerdem hätte ich es nicht fertiggebracht, das böse Fieber, das ihn zur Zeit an sein Hotelzimmer fesselte, auf die eine oder andere Weise von ihm fernzuhalten. Ich ließ all das mit stoischer Ruhe über mich ergehen. Ihren billigen, lauwarmen Schaumwein, der in Plastikbechern serviert wurde und den man mir nur zögernd reichte. Mit undurchdringlicher Miene.

Was hätte ich auch sonst tun sollen?

Wenn ich nicht im Hotel war und um das Telefon schlich, rief ich alle Viertelstunde die Rezeption an und ließ mir von einer zweiten Person bestätigen, daß tatsächlich keine Nachricht für mich vorliege. Ich wußte, was sie von mir dachten: ein alternder Homosexueller, den sein Freund hat sitzenlassen. Ein verliebter Homosexueller, der allmählich die Nerven verlor. Manchmal klopften sie an meine Tür, um zu fragen, ob ich etwas benötige, oder sie schlugen mir vor, etwas frische Luft zu schnappen und bei dem schönen Wetter ein bißchen spazierenzugehen, während sie mein Zimmer herrichteten.

Ich wußte nicht einmal, ob er zurückkommen würde.

Al war noch am selben Morgen nach New York geflogen, und ganz gleich, ob ich ihm freundschaftliche, flehende oder drohende Nachrichten hinterließ, er stellte sich tot.

Mein Magen war die ganze Zeit wie zugeschnürt. Ich ernährte mich von Sandwiches. Wenn ich es nicht mehr aushielt, ging ich kurz nach draußen und kaufte mir eine Sonnenbrille (aber ich bin nicht in der Lage, Ihnen zu sagen, warum ausgerechnet eine Sonnenbrille, denn ich sammelte keine). Ich fühlte mich gedemütigt, machtlos, war abwechselnd besorgt, wie vor den Kopf gestoßen, angewidert oder bestenfalls perplex. Ich wachte mitten in der Nacht keuchend auf (in meinem Traum rannte ich hinter ihm her, aber er lief schneller als ich, hängte mich bald ab und reagierte nicht auf mein Gebrüll; in einem anderen Traum riß Henri meinen Schutzumschlag in Fetzen und warf mein Manuskript aus dem Fenster).

Am Abend des zweiten Tags hatte ich mich in die Hotelhalle neben den Wasserfall gesetzt, dessen sanftes, regelmäßiges Rauschen mich ein wenig zu beruhigen vermochte. Es war gegen Mitternacht, und ich war, umgeben von hohen Grünpflanzen in Töpfen, die ihre Wedel im Gebläse der Klimaanlage wiegten, mehr oder weniger in die Lektüre des *Toronto Star* vertieft. Ich fühlte mich noch ziemlich angeschlagen von meinem Vortrag in der Universität. Meine Kiefer schmerzten noch davon, und daher hatte mein Abendessen aus ein paar Bloody Mary, ein paar Oliven und einer Handvoll Erdnüsse bestanden. Ich hatte meinen Sessel so hingestellt, daß das Mädchen an der Telefonzentrale mich sehen und mir unverzüglich einen eher unwahrscheinlichen Anruf meines grausamen Geliebten melden konnte.

Jedesmal wenn sich die majestätische Drehtür in Gang setzte, blickte ich über meine Zeitung hinweg, aber inzwischen hatte ich alle Hoffnung verloren. Ich war der starrsinnige, dumme Wachsoldat, der treu auf seinem Posten blieb, obwohl der Krieg schon zu Ende war.

Bis zu dem Augenblick, da Madonna die Halle betrat.

Ich sprang auf. Ein alter chinesischer Volksglaube besagt, daß sich die bösen Geister nur in gerader Linie fortbewegen, und so flitzte sie wie ein Pfeil durch die Halle, ohne auch nur einen Blick in die Runde zu werfen. Sie wurde nicht von ihrem Coton de Tulear begleitet, sondern hielt eine Art gebleichten Pekinesen an der Leine, auf den ich sogleich eine Mordswut hatte (ich gebe diese Einzelheit wieder, um eine Vorstellung von meiner Gemütsverfassung in dem Moment zu vermitteln: Verwirrung, Verblendung und Streitlust waren eins und entzogen sich jeder Kontrolle).

Als sie näher kam, bemerkte ich, kurz bevor ich sie brutal an der Kehle packte, daß Madonna ziemlich gelassen und insgesamt eher freundlich wirkte.

Mit einer kurzen Drehung brachte ich sie aus dem Gleichgewicht und schleifte sie zum Wasserfall. Ohne ein Wort der Erklärung. Mit einem kräftigen Fußtritt beförderte ich den Pekinesen durch die Luft und schnürte Madonna dabei weiter mit beiden Händen die Kehle zu.

Sie kniete mit einem Bein auf dem Boden. Ich zog sie rücksichtslos über den Rand des Beckens, in dem ein paar langweilige alte dicke Goldfische lebten. Das Wasser reichte mir bis zu den Waden, während Madonna kräftig darin herumplanschte. Ihr Geröchel und ihr Quäken ließen allmählich ein paar Leute unruhig werden, aber ich war endlich beim Wasserfall angelangt, in der Absicht, sie gleichzeitig zu erwürgen und zu ertränken. Der widerliche Pekinese ging wieder zum Angriff über, doch ich setzte ihn außer Gefecht, indem ich ihn mit einem Fuß unter Wasser hielt.

Bis dahin hatte ich nicht ein einziges Wort gesagt. Übrigens kam mir auch kein Schimpfwort in den Sinn. Ich begnügte mich damit, ihr die Kehle zuzuschnüren und sie gleichzeitig energisch und ohne Unterlaß zu schütteln, während der Wasserfall, der aus dem fünfundzwanzigsten Stock hinabstürzte, auf ihren Schädel niederprasselte. Mein letzter Gedanke war, daß sie abgeschminkt völlig banal aussah.

Später erzählte mir Patrick, daß sechs Leute erforderlich gewesen waren, um sie aus meinem Griff zu befreien. Ich blickte anderswohin.

Er hatte bei der Hotelleitung erreicht, daß man mich nicht augenblicklich vor die Tür setzte, indem er auf unsere bevorstehende Abreise, den übermäßigen Genuß von Bloody Mary und meine üblen Eigenschaften verwiesen hatte, die mich trotz allem nicht zu einem schlechten Menschen machten (was man, wie er etwas voreilig bemerkte, bald am Trinkgeld feststellen werde). Nachdem er sich vergewissert hatte, daß Madonna fest schlief (ich hatte brav wie ein Chorknabe vor einer Flasche Sprudel unter dem finsteren Blick des Hausdetektivs in der Bar auf ihn gewartet), nahm er mich anschließend in die Stadt mit. Da er hungrig war, setzten wir uns an eine Theke, um Würstchen zu essen.

Er war nicht sehr zufrieden mit mir, das läßt sich nicht verschweigen. Er gab jedoch zu, daß er an meiner Stelle sicherlich genauso gehandelt hätte, und ich glaubte, in seinem Blick eine gewisse uneingestandene Bewunderung zu erkennen.

Aber ansonsten war die Sache ganz einfach: Er habe vorher nichts über seine Eskapade verlauten lassen, weil ich nicht einverstanden gewesen wäre, und wenn er sich nicht gemeldet habe, nun ja, verdammt noch mal, er wisse auch nicht so recht warum, vermutlich hätte mein Murren die traumhaften Stunden getrübt, die er sich in Gesellschaft von Madonna gönnte.

Und er wirkte sehr zufrieden. Äußerst selbstzufrieden.

Was mich betraf, so war all meine Heftigkeit verraucht. Nach meinem Anfall von schlechter Laune erfüllte mich kein Gefühl der Überlegenheit, vielmehr hatte sich eine große Leere in mir breitgemacht. Jetzt, da Patrick an meiner Seite war, begriff ich nicht mehr so recht, was in mich gefahren war: Stand es ihm in seinem Alter nicht frei, ein Mädchen ohne meine Erlaubnis abzuschleppen? War er mir in irgendeiner Weise Rechenschaft schuldig? Hatte ich nicht aus einer Mücke einen Elefanten gemacht?

Ich hatte das Gefühl, mich lächerlich gemacht zu haben. Und schlimmer noch, zum zweiten Mal in kurzer Zeit war ich auf brutale Weise über eine Frau hergefallen, und das war nicht gut. Edith würde bestimmt nicht gerade stolz auf mich sein.

Na ja, zum Glück hatte ich Madonna nicht kaltgemacht (auch wenn ich bisher immer geglaubt hatte, alle erdenklichen Unannehmlichkeiten bereits erlebt zu haben, konnte ich mir nur allzu gut vorstellen, welchem Ärger ich entronnen war). Patrick war zurückhaltend, aber eher zuversichtlich, was die Schäden anging, die ich an ihren Stimmbändern angerichtet haben könnte (sie hatte lange mit ihm gesprochen, insbesondere über die verschiedenen Mittel, die ihr zur Verfügung standen, um mich in eine Anstalt zu stecken, aber Patrick hatte sich ein weiteres Mal für mich eingesetzt und die Wogen geglättet). Er meinte, ich könne mich aus der Affäre ziehen, indem ich sie in einem Blumenmeer ertrinken ließ und ein paar geschickt gewählte Worte über meine tiefe Reue zu ihr sagte. Dem Pekinesen ein ordentliches Steak zu bringen sei auch nicht verkehrt.

Er war zuversichtlich. Er lächelte freundlich. Wir befanden uns in einem Lokal, das mit viel Edelstahl und Chrom ausgestattet war, und Patricks heitere Ruhe spiegelte sich fast überall wider. Er war bereit, mir einen weiteren Hot dog oder sonst etwas zu spendieren, worauf ich Lust hatte. Er bemühte sich, mir neuen Mut zu machen, fegte den nächtlichen Zwischenfall mit einer Geste vom Tisch und legte mir dann die Hand auf den Rücken. Er hatte nämlich gerade die beiden schönsten Tage seines Daseins verlebt.

»Und wem verdanke ich das, hm, was meinst du wohl?«

Ich kann Ihnen nur eins sagen: Er hatte die richtigen Worte gefunden. Die treffenden Worte, die Worte, die das Herz wie ein gut gezielter Pfeil durchbohren und dann im ganzen Organismus einen warmen kostbaren Saft verbreiten, neben dem Ihnen Ambrosia wie Katzenpisse vorkommt.

»Das ist nett von dir, Patrick«, murmelte ich. »Aber ich habe deinen Dank nicht verdient…«

Er legte mir einen Arm um den Hals, während er zwei

Bier bestellte. Es war vielleicht kein Traum, aber es sah ganz so aus.

Mit Schaum an den Lippen erklärte er mir, daß er noch im siebten Himmel schwebe. Ich fragte mich, ob ich ihn nicht in die Wange kneifen sollte, um ihn zu necken.

»Henri, ich meine, ich hätte mich deutlich genug ausgedrückt! Ein zwiespältiges Ergebnis heißt, daß es positive und negative Seiten gibt. Ein zwiespältiges, eher positives Ergebnis heißt, daß er noch mit niemand anderem einen Vertrag unterzeichnet hat, aber fähig ist, es zu tun. Und dann kommt noch ein sexueller Aspekt in dieser Angelegenheit hinzu, der meiner Ansicht nach nichts Gutes verspricht.«

»Und er bringt sie tatsächlich mit?«

»Todsicher. Sie haben sich seit... (ich warf einen Blick auf meine Uhr) gut zwanzig Minuten in den Toiletten des Flughafens eingeschlossen. Ich würde sagen, zum viertenmal seit heute morgen, aber es kann auch öfter gewesen sein.«

»Das gefällt mir gar nicht.«

»Mir gefällt das auch nicht. Er hat mir von ihrem Ausflug in die Karibik erzählt, als hätte das alle seine Sinne verzaubert.«

»Dieses Mädchen, diese Madonna... Was meinst du, ist die käuflich?«

»Schwer zu sagen. Ihre Platten verkaufen sich in Millionenhöhe.«

»Die anderen haben es aber doch geschafft.«

»Die anderen sind Amerikaner. Sie bekämpfen sich möglicherweise untereinander, aber Ausländern gegenüber halten sie eisern zusammen.«

»Wenn ich recht verstehe, versuchst du uns auf schlechte Nachrichten vorzubereiten.«

»Na ja, Madonna besitzt eben andere Mittel als ich, um einen Mann zu überzeugen. Aber es ist nicht ausgeschlossen, daß er ein bißchen auf mich hört.«

»Ein bißchen? Das ist ziemlich dünn, findest du nicht?«

»Das ist alles, was ich dir zu bieten habe. Aber da du nichts anderes hast, ist das schon eine ganze Menge, meine ich.«

»Ich hole euch vom Flughafen ab. Mag diese Madonna Blumen?«

»O ja, schrecklich gern...!«

Meine hatte sie zunächst zertrampelt, aber es waren so viele, daß sie sich schließlich, am Ende ihrer Kräfte, damit abgefunden hatte, wenigstens ein paar zu behalten. Sie hatte mich auch mit einer knallharten Geraden in den Magen bedacht, die mich in die Knie gehen ließ, und mir ein Büschel Haare ausgerissen, aber alles in allem war es gar nicht so schlecht gelaufen.

Patrick war überglücklich, daß die Sache bereinigt war. Er hatte mich gestützt, während ich mich in die Kloschüssel übergab, und hatte darauf bestanden, daß wir alle gemeinsam ein Versöhnungsfrühstück einnahmen. Ich hatte ihn noch nie in so ausgezeichneter Laune gesehen.

Was Madonna betraf, so behielt sie mich eine ganze Weile im Auge. Mit eher verbissener Miene. Sie weigerte sich auch, mit mir zu sprechen. Aber als sich mir die Gelegenheit bot, ihr zuzuflüstern, daß ich wisse, warum sie hier sei, betrachtete sie mich eine Sekunde und machte mir folgenden Vorschlag: »Unten an der Ecke ist eine Boutique von

Gucci. Meinst du, du könntest mir dort ein Halstuch besorgen? Er ist noch ganz schön gerötet, nicht?«

Bei meiner Rückkehr küßte sie mich auf beide Wangen und versicherte mir, daß für sie der Zwischenfall erledigt sei. Aus dem Zimmer nebenan zwinkerte mir Patrick, der gerade seine Koffer packte, verständnisvoll zu.

Mit einem Mann, der in den Bann einer Frau geraten ist, ist eine Diskussion kaum möglich. Es sei denn, diese betrifft die besagte Frau. Sobald wir also im Flugzeug saßen, Madonna eingeschlafen war und wir über den Ozean katapultiert wurden und durch die klare Nacht schwebten, lieh ich Patrick mein Ohr: Madonna hier, Madonna dort. Mir war klar, daß ich das über mich ergehen lassen mußte.

Es war sehr ruhig. Wir hatten die erste Klasse fast für uns allein. Trotz der Ermunterung des Bordpersonals hatten wir uns geweigert, uns schlafen zu legen, und diskutierten im Halbdunkel, ein Glas in der Hand. Auf halbem Weg war das Thema Madonna noch immer nicht erschöpft.

Aber wenn Sie glauben, daß er mich langweilte, dann irren Sie sich. Ich hatte es auch befürchtet. Ganz zu Anfang hatte ich diese Besorgnis gehabt und mich auf eine sterbenslangweilige Reise gefaßt gemacht (ich hatte sogar die Stewardeß für alle Fälle um Schlaftabletten gebeten). Eine jener Reisen, bei denen man sich eine technische Panne erhofft, die die Maschine zur Umkehr zwingt.

Aber es kam ganz anders. Vermutlich war meine neue Einstellung den Flugreisen gegenüber (und sei es mit einer Scheiß-747) nicht ganz unschuldig daran. Der Champagner auch nicht, und ebensowenig das ausgezeichnete Essen (diese Großschnauzen von der anderen Seite des Ozeans, die uns unsere Schriftsteller abspenstig machen wollten, hatten doch tatsächlich einen französischen Küchenchef), aber das hätte mir zu meinem Glück noch nicht gereicht. Ja, ja, zu meinem Glück, ich sage es noch einmal.

Sie kennen mich: Ich habe nicht viele Freunde. Ich habe fast meine ganze Zeit Edith gewidmet, und alles kann man schließlich nicht haben. Wenn ich sage, daß ich nicht viele Freunde habe, meine ich damit, daß ich keinen einzigen habe. Höchstens so etwas, was dem nahekommt. Gewisse Menschen, mit denen ich ohne Schwierigkeiten einen Abend verbringen kann, vielleicht sogar eine oder zwei Schultern, an denen ich mich bemitleiden lassen kann, aber wie gesagt, nichts Umwerfendes. Aber seien Sie bitte nicht voreilig. Ich bin nicht etwa dabei, Sie auf ein Wunder vorzubereiten. Ich habe nicht vor, Ihnen plötzlich zu erklären, daß Patrick Vandhoeren und ich, nur weil wir mit einem Glas in der Hand gemeinsam um die Welt kurvten und dabei ein paar Worte über die Schönheit der Frauen wechselten, plötzlich gespürt hätten, daß unsere Herzen auf rätselhafte Weise füreinander schlugen. So etwas kommt nie vor. So etwas gibt es nicht. Ich weiß nicht einmal, ob es Freundschaft überhaupt gibt. Zumindest so, wie ich sie mir vorstelle. So, wie ich sie im Zusammenleben mit Edith habe spüren können (aber sie und ich sind weit darüber hinaus, so daß ich nicht von reiner Freundschaft reden kann). Aber gut.

Reden wir eher über eine Feststellung. Oder in diesem Fall über einen Ton. Über das, was bewirkte, daß Patrick mich mit seinen Geschichten über Madonna stundenlang hätte anöden können. Aber bei dieser Gelegenheit begriff ich eben, daß unser Verhältnis sich geändert hatte, und wie gesagt, ich rede nicht über Freundschaft und den ganzen Schmus, sondern über deren Schatten, deren Abglanz, deren Brosamen. Und das war schon gar nicht so schlecht. Ein Knarren in einem stillen Raum, aber ich hatte auf diesem Gebiet ein sehr feines Gehör entwickelt.

Seine Worte drangen in mich. Das Wichtige daran war nicht, was sie bedeuteten, sondern ihre Musik, ihre innere Temperatur. Es war, als habe er sie erst in Händen gehalten, ehe er sie an mich richtete, und das setzte voraus, daß wir uns ziemlich nahegekommen waren.

Ich nutzte die Gelegenheit, um ihm zu sagen, daß er völlig übergeschnappt sei, daß es bei seiner Ankunft zu einem Wettkampf oder Schlimmeren kommen würde, aber das war ihm gleich. Ich wisse nicht, wer Madonna sei. Er selbst habe, obwohl er es im Licht seiner langen, intensiven Erkundungen geahnt habe, nur eine blasse, vage Vorstellung. Alles, was er über Sex wußte, ehe er sie kennengelernt hatte, war nur kindisches Zeug. Sie hatte sich nicht damit zufriedengegeben, daß sie ein ausgeprägtes Naturtalent war, sondern sich auf ihren zahlreichen Reisen in Techniken aus der ganzen Welt einweihen lassen, die er mir gegenüber nur andeutete. Und sie kannte eine ganze Menge davon. Tricks, auf die man nie gekommen wäre.

Er schien ganz begeistert zu sein.

Da ich mich selbst in ziemlich euphorischer Stimmung befand, verzichtete ich darauf, ihn vor der Gefahr zu warnen, die Madonna darstellte. Sollte er doch die Sache auskosten. Und all die, die um ihn herum ihre dunklen Geschäfte betrieben, sollten sie sich doch zum Teufel scheren. Sollte die Finsternis sie doch verschlucken.

Edith und ich verbrachten das ganze Wochenende allein zu Hause. Das tat uns unheimlich gut. Und solche Gelegenheiten waren so selten, daß wir sie gebührend zu schätzen wußten: einmal richtig ausschlafen, zartfühlende Aufmerksamkeiten, entspannte Unterhaltungen und Lektüre standen auf dem Programm bei einer Außentemperatur von vierundzwanzig Grad, und auch abends wurde es kaum kühler.

Da ich in meiner Abwesenheit eine neue Sendung Unterhemden der Bundeswehr erhalten hatte, und dazu auch ein paar Neuheiten (vornehmlich Shorts der chinesischen Armee, die voll einschlagen würden, davon war ich überzeugt), nutzte ich die Gelegenheit, um etwa zweihundert Bestellscheine an die verschiedenen Schriftsteller und Leute aus der Bücherbranche zu verschicken, die ich im Inland und in anderen Ländern der EU als Kunden hatte. Eine erholsame Aufgabe, die ich unter der Linde erledigte, während Edith sich um ihre Fußnägel kümmerte.

Ich machte auch eine Bestandsaufnahme meiner Kühlschränke und rief meinen Geschäftspartner in Oregon an, um meinen Bestand an *Super Blue Green*™ und deren Derivaten wieder aufzustocken. Ich erfuhr zu meiner Genugtuung, daß mein Prozentsatz als Zwischenhändler um drei

Prozent erhöht worden war (sie kamen zu den fünfundzwanzig Prozent meines heimlichen Gewinns hinzu, den unsere drei Kinder verschleuderten, aber da warf mir Edith einen ungemein zärtlichen Blick zu).

»Weißt du, wie hoch die Vorschüsse sind, die manchen Autoren heute gezahlt werden?«

»Was soll's, wir haben auch ganz gut profitiert...«

»Nick Hornby hat zwei Millionen Pfund Sterling bekommen. Aber das ist schon ein paar Monate her. Inzwischen dürfte es wohl noch mehr sein. Es würde mich nicht wundern, wenn ein fast unbekannter Autor dabei ist, über zweieinhalb oder sogar drei Millionen zu verhandeln.«

»Sag mal, du bist wohl neidisch...«

»Das geht wieder vorbei. Ich muß nur ein paar Atemübungen machen... Aber wie soll ich Patrick dazu überreden, solchen Angeboten zu widerstehen?«

Ich stellte mir während des ganzen Wochenendes diese Frage immer wieder, ohne daß ich es fertigbrachte, mich darauf zu konzentrieren. Immerhin machte ich mir mehr Sorgen darüber, was mit ihm geschehen würde, als über meinen Schutzumschlag. Ediths Gegenwart machte mich menschlicher, nicht so kleinlich, das hatte ich schon oft bemerkt. Im übrigen erkennt die Physik das Phänomen der Verflechtung inzwischen an. Im Gegensatz zu Bohr hat Einstein nicht daran geglaubt. Aber die Fernwirkung, die zwei weit voneinander entfernte Teilchen verbindet, ist inzwischen bei Photonen nachgewiesen worden. Edith und ich waren miteinander »verschränkt«, so sah die Wahrheit in ihrer höchsten, erbarmungslosen Gewißheit aus.

Ich brauchte nur ein Wochenende mit ihr zu verbringen,

und schon war ich ein neuer Mensch, wie von innen gereinigt. An beiden Abenden nahm ich mir nach einem leichten Essen (Edith sorgte dafür, daß ich auch als Schriftsteller in Form blieb) wieder meinen Roman vor, dessen erste hundertfünfzig Seiten sie zu lesen begann. Aber ich machte mir darüber keine Sorgen, ich wußte, daß er gut war (mein einziges Problem waren die Verkaufszahlen, eine Sache, für die ich nicht verantwortlich war – ich nahm mir jedoch vor, ein ernstes, freundschaftliches Gespräch mit Mr. Hornby zu führen, falls er einen Augenblick Zeit hatte). Beschwingt (der Druck von seiten des Verlags war noch erträglich und mein so zu Unrecht unterschätztes Talent war zuverlässig wie eine Atomuhr) holte ich mit verwirrender Leichtigkeit einen Teil der verlorenen Zeit wieder auf (man behauptet, daß das Vergnügen umgekehrt proportional zum Einsatz ist, doch ich nahm ab sofort wieder Adverbien mit äußerst liebevollem Blick auf und überließ anderen die Mühe, sie zu zählen und eine beschissene Literatur zu pflegen – das war der Preis der Freiheit).

Mich neben Edith hinzulegen, wenn ich mitten in der Nacht aus meinem Arbeitszimmer hinunterkam, war ein großer Augenblick von unwirklicher Vollkommenheit. Ich stützte mich auf einen Ellbogen, um zuzusehen, wie sie schlief. Wenn mein Arm steif wurde, beugte ich mich über sie, um sie zu küssen, und ließ dann den Kopf wieder auf das Kopfkissen sinken, um mich grundlegenden Überlegungen zu überlassen. Ich ging auf die Fünfzig zu mit dem Gefühl, daß mein Leben nicht umsonst gewesen war. Ich war zutiefst gerührt und der zuständigen Person äußerst dankbar.

Am Montagmorgen war ich also in traumhafter Form. Um zehn Uhr hatte ich Henri in einem denkwürdigen Spiel vernichtend geschlagen: 6:3, 6:1, 6:0.

Um elf Uhr fünfzehn schwor ich in Suzannes Büro, daß ich ihren Ruf ruinieren würde (ein Agent hat immer Dreck am Stecken, und ich kannte sie seit ihren Anfängen: Das würde ihr Herzrasen bereiten und sie an den Rand der Ohnmacht bringen), wenn sie mich bei Patricks Entscheidungen überging.

Ich aß mit Olga zu Mittag. Sie war schön wie immer. Aber da sie mit ihrem Buch nicht weiterkam und kurz davor war, Schlaftabletten zu schlucken oder mit dem Auto eine Geisterfahrt auf der Autobahn zu unternehmen, bestand sie darauf, mich zu meiner anschließenden Verabredung mit wem auch immer zu begleiten, statt mich allein zu lassen. Meine strikte Weigerung vermochte sie in keiner Weise zu beeindrucken, und sie war davon überzeugt, daß es sich um Nicole handelte. »Hör zu«, erklärte ich ihr, »geh mir nicht auf den Sack!« Sie sehen schon, ich war blendend in Form.

Um sechzehn Uhr begab ich mich zu Madonnas Suite. Michel Polnareff lag quer auf dem Flur, aber ich stieg über ihn hinweg. Sie öffnete mir die Tür in einer Aufmachung, über die ich mich nicht weiter auslassen möchte, vor allem, da ich kaum einen Blick darauf warf (ich war nicht zum Scherz da).

»Damit die Sache völlig klar ist unter uns. Wenn Patrick irgend etwas passiert, mache ich dich dafür verantwortlich.« Sie wollte wissen, ob das eine Drohung sei. Ich sagte ja. Ich wunderte mich über mich selbst und hatte fast den Eindruck, als spreche jemand anders an meiner Stelle.

Um neunzehn Uhr kopulierte ich mit Nicole Vandhoeren im Büro ihrer Agentur. Keine geplante Sache. Ich wollte mich nur nach den möglichen Konsequenzen von Patricks Rückkehr erkundigen, da die Situation inzwischen ja eine ganz neue war.

Sie weigerte sich strikt, das Thema anzusprechen, und ließ dabei ihren Rock auf die Erde fallen. Wenn man ihren Worten Glauben schenken durfte, interessierte sie sich nur für meine Rückkehr und dafür, wie wir es anstellen konnten, eine neue Phase in unserer Beziehung einzuleiten.

Wie sie meinte, müsse mich diese Trennung von ein paar Tagen in einen solchen Zustand versetzt haben, daß sie meine Ungeduld sehr gut verstehen könne und bereit sei, daß wir es unverzüglich dort im Stehen oder auf allen vieren auf dem Boden machten, das müsse ich entscheiden.

Ich begriff, daß wir uns nicht sogleich unterhalten konnten. Da ich auch noch andere Dinge im Kopf hatte, schlug ich ihr vor, die Sache auf später zu verlegen, in einem angenehmeren Rahmen, aber sie war schon dabei, ihren Slip auszuziehen, wobei sie mir erklärte, daß das eine das andere nicht ausschließe, insbesondere da es in den Toiletten ein kleines Waschbecken gebe, mit dem wir uns für das Dringendste behelfen könnten. Ein kleines Waschbecken?

Da hatte sie sich aber getäuscht. Sie hatte das Zeug überall in den Haaren, auf der Bluse, und was mich anging, so verbrachte meine Krawatte den Rest des Tages in meiner Tasche, ganz zu schweigen von meinen Hosenbeinen, die darunter gelitten hatten, daß sie nicht gefaltet über einen Stuhl gehängt worden waren. Damit hätte man eigentlich rechnen müssen.

Aber was geschehen war, war geschehen. Auf ihren Wunsch hin brachte ich ihr einen Stuhl, der es ihr erleichtern sollte, wenigstens die allerdringendste Intimpflege vorzunehmen. In einem einfachen Waschbecken, können Sie sich das vorstellen? Eine Art an der Wand befestigte Jakobsmuschel, nicht einmal ein Weihwasserbecken für Kinder. Und auf einem Drehstuhl balancierend. Meinen Segen hatte sie. Ich hatte ihr keine Ratschläge zu erteilen, da es sich ja um eine sehr persönliche Angelegenheit handelte. Ich selbst befürwortete es, gewisse Waschungen nicht zu lange hinauszuschieben, soweit die Situation es erlaubte, und ein Waschbecken hätte mir durchaus aus der Patsche helfen können. Aber eine Frau?

Wir haben uns die Sache unnötig erschwert, habe ich den Eindruck.

Anfangs versuchte sie es, indem sie sich der Wand zudrehte. Ich nehme an, daß meine Anwesenheit (irgend jemand mußte ja den Drehstuhl festhalten) für diese Entscheidung verantwortlich war (eine erstaunliche, aber begreifliche Anwandlung von Scham). Mit nacktem Hintern, in Seidenstrümpfen und mit Strapshalter zwängte sie sich an die Wand. Es sah aus, als wolle sie mit bloßen Händen eine Klettertour unternehmen. Als ich das Problem erfaßt hatte, unterbrach ich sie eine Sekunde und holte einen zweiten Stuhl. Mit einem reumütigen Lächeln gab sie zu, daß ich ihr damit die Aufgabe erleichterte.

Jedoch nicht so sehr, wie wir es uns gewünscht hätten. Sie konnte sich jetzt zwar rittlings auf das gräßliche, lächerlich kleine Waschbecken setzen, hatte aber keinen größeren Abstand als vorher und suchte weiterhin an der Wand Halt (ich mußte sie an den Hüften stützen, damit sie nicht nach hinten fiel).

Es mußte ein Entschluß gefaßt werden: Wenn wir nicht eine radikalere Maßnahme ergriffen, würden wir noch in einer Stunde dort sein.

»Ich glaube, es ist besser, wenn ich mich umdrehe«, erklärte sie.

Ich stimmte ihr zu.

Sie stützte sich auf meine Schultern, um ihre Kehrtwendung vorzunehmen.

Ich drehte den Wasserhahn auf und blockierte mit beiden Füßen die Rollen, während sie, mit dem Rücken an die Wand gepreßt und immer noch an mich geklammert, die Beine nach vorn schob. Sie machte einen Scherz über die Zirkusnummer, die wir gerade vollbrachten. Ich erwiderte ihr Lächeln und fragte sie, ob sie vielleicht für flüssige Seife Verwendung habe. Sie klimperte sanft mit den Wimpern.

Es handelte sich um einen mit einem Zughebel ausgerüsteten Seifenspender, der eine zähflüssige, nach Erdbeeren duftende rosa Masse enthielt. Ich betätigte den Hebel und spritzte mir die etwa einem Suppenlöffel entsprechende Menge in die hohle Hand.

»Brennt die wenigstens nicht?« erkundigte ich mich.

»Nein. Das ist eine hypoallergene Flüssigseife.«

Gut möglich, aber sie schäumte nicht schlecht.

Ich empfand bis dahin eine aufrichtige Sympathie für Nicole. Sexuell lief die Sache gut. Daher hatte ich Lust, nett zu ihr zu sein, und da uns nichts zur Eile antrieb und sie ihre Munition noch nicht verschossen zu haben schien, gab ich mir bei ihrer Toilette besondere Mühe und sah meine Anstrengungen und ihre Erwartung nach angemessener Zeit von Erfolg gekrönt (außer daß sie zitternd zusammensackte und auf das winzige Waschbecken rutschte, dessen Winkeleisen sich lockerten, wobei die Farbe an der Wand absprang).

Es war ihr völlig gleichgültig, was Patrick machte. Bis zu einem Grad, den ich mir kaum vorstellen konnte. Dagegen konnte sie es kaum erwarten, mit mir in ein richtiges Bett zu steigen, und warum nicht gleich ein ganzes Wochenende dort zu verbringen? Wir hatten uns in eine dunkle Bar an der Straßenecke verzogen, und sie war noch ganz schön erregt, wie ich fand.

Sie habe in dieser ganzen Woche nicht eine Sekunde an Patrick gedacht, sondern an mich, nur an mich. Und zum Beweis dafür fummelte sie auf überzeugende Weise mit der Hand in meinem Schoß.

Ich sah ihr einen Augenblick ziemlich verblüfft zu. Hatte sie es gemerkt? Ihre Wangen wurden feuerrot, und ihre Hand lag sogleich wieder auf dem Tisch. »Was tue ich da bloß?« stammelte sie mit einem befangenen Lächeln. »Was ist nur mit mir los?«

Ich lächelte ihr zu und erklärte, daß sie meine Leistungen stark übertreibe, aber daß ein Mann diese Art von Komplimenten immer gern höre, selbst wenn er an Ejaculatio praecox leide oder mit einem launenhaften Instrument ausgerüstet sei.

Wie dem auch sei, sie schien über ihr eigenes Verhalten verwirrt zu sein und bemühte sich, die Fassung wiederzugewinnen.

»Hör zu«, sagte ich, um sie zu beruhigen, »wir wissen

beide genau, wie es dir mit Patrick ergangen ist. Stell dir nur mal jemanden vor, der aufgehört hat zu rauchen und plötzlich wieder damit anfängt: Die erste Zigarette macht ihn natürlich benommen… also, du brauchst wirklich nicht beschämt zu sein, glaub mir das. Ich habe ganz ähnliche Erfahrungen gemacht. Man hat den Eindruck, als erkenne man seinen Körper nicht wieder, als sei er ausgerastet. Aber am Ende nimmt alles wieder seinen gewohnten Gang, hab keine Angst.«

Ich war von der letzten Behauptung nicht überzeugt (außerdem war es wohl eher so, daß ein Raucher bei einem Rückfall die Dosis erhöhte), war aber voller Hoffnung. Ich ergriff Nicoles Hand (sie kam mir allerdings sehr feucht vor, unnormal feucht). Und als sie mich anblickte, lag ein ungewöhnlicher Glanz in ihren Augen (wenn ich daran denke, daß sich ihr Mann seitenlang über die sexuelle Misere unserer Epoche ausließ! – in Wirklichkeit ist die Welt so, wie man sie haben will, oder genauer gesagt so, wie man selbst ist – und im Chaos der siebziger Jahre war die Misere nicht geringer, trotz allem, was darüber gesagt wird).

»Mein Gott, Francis, was wirst du bloß von mir denken?«

»Daß du blendend in Form bist. Kann man sich mehr wünschen? Im übrigen möchte ich, daß du mal mit den Algen anfängst. Ich will dir keinen Schreck einjagen, aber weißt du, wenn du dir klarmachst, was man heutzutage alles ißt, dann bleibt dir keine andere Wahl. Jeder muß selbst für sich sorgen. So ähnlich wie mit der Rente.«

Sie zündete sich eine Zigarette an.

»Und Vitamin C«, fügte ich hinzu. »Ein Raucher sollte

jeden Morgen wenigstens drei Gramm davon einnehmen. Weißt du, daß man schon so manchen Krebskranken im Endstadium durch Vitamin-C-Spritzen in hohen Dosen geheilt hat?«

Sie biß sich auf die Lippen und sagte mit ernster Miene: »Hör zu, ein paar Schritte von hier ist ein Hotel. Ich möchte, daß wir uns dort ein Zimmer nehmen.«

Ich streichelte ihr wieder die Hand und erwiderte: »Komm, sei vernünftig. Zum einen habe ich was zu tun, und außerdem haben wir doch gerade erst...«

»Na und?«

»Na und??!...«, prustete ich los und blickte sie gerührt an. »Hör zu, du glaubst wohl, ich brauchte nur mit den Fingern zu schnalzen, ich hoffe, du verstehst das...«

Sie bedachte mich mit einem finsteren Blick: »Stell dir vor, auch bei mir reicht es nicht, mal eben mit den Fingern zu schnalzen!«

»Na gut. Man kann sich ja irren.«

»Wenn du es genau wissen willst«, fuhr sie mit einer (wenn auch ziemlich nachhaltigen) Spur von Gereiztheit fort, »ich bin es nicht gewohnt, mich so zu verhalten!«

Sie schien zu erwarten, daß ich irgend etwas sagte, aber ich wußte nicht, was ich darauf erwidern sollte. Vor allem, da ich nicht recht wußte, ob sie darunter litt oder nicht. Ihre Erklärungen waren verworren, manchmal widersprüchlich. Sie begann zum Beispiel damit, mir ihr Liebesleben zu erzählen, und lobte stolz, wie besonnen und ruhig dieses verlaufen war, und gratulierte sich dazu, daß sie sich nicht auf irgendwelche Abenteuer eingelassen oder dem Drang der Libido nachgegeben und diese unter Kontrolle zu halten verstanden hatte… Und dann hielt sie plötzlich inne und blickte ins Leere. Ihre Züge wurden starr. Einen Augenblick lang sah sie wie benommen aus. Und schließlich fuhr sie mit längst nicht mehr so fester, ja zögernder Stimme fort. Na schön, vielleicht war sie es nicht gewohnt, sich so zu verhalten, aber wer konnte sagen, was sie wirklich empfand? Bereute ich vielleicht mein neues Leben als Schwerenöter? Solche Dinge sind nicht leicht zu ergründen. Vom rein sexuellen Standpunkt gesehen ist der Kampf zwischen Gut und Böse ziemlich uninteressant. Wenn sich zwei Idioten in die Wolle kriegen, bin ich der Ansicht, man solle sie nicht trennen.

Ich begleitete sie nach Hause.

Unterwegs, während wir von einem Stau in den anderen gerieten, erklärte sie mir, daß sie ihre ganze Freizeit und einen großen Teil ihrer Nächte damit verbracht habe, meine Bücher noch einmal zu lesen. »Wenn ich also gesagt habe, daß ich an dich gedacht habe, so ist das nicht übertrieben…«, erklärte sie und blickte woanders hin. Da sie sich nicht weiter über das Thema ausließ, wußte ich nicht, wie ich das objektiv einzuschätzen hatte. Aber aus Erfahrung und in Anbetracht gewisser Aspekte meines Privatlebens rief das eine leichte Unruhe in mir wach. Jeder Schriftsteller kann Ihnen das bestätigen: Ein Leser hat immer das Gefühl, daß Sie ihm etwas schuldig sind. Und als erstes, daß Sie seinen Phantasmen gewachsen sein müssen. Es fehlte mir gerade noch, daß auch Nicole diese Erwartung an mich stellte.

»Bist du im Bild über das Angebot von Claris?« fragte ich, um das Thema zu wechseln.

»Patrick findet, daß du ein guter Schriftsteller wärst, wenn du etwas zu sagen hättest.«

»Nun, vielleicht hat er ja recht.«

»Ich persönlich finde, daß er unrecht hat.«

Ja, natürlich ... die Sache nahm eine Wendung an, die nicht so klar war, wie ich sie mir gewünscht hätte. Aber nichts Ernstes, nein beileibe nicht. Es mußten nur ganz sanft ein paar leichte Korrekturen der Schußrichtung vorgenommen werden, damit aller Zweideutigkeit vorgebeugt wurde und jeder auf seine Kosten kam. Es war ja schließlich nicht Sinn der Sache, daß unsere Beziehung allzu komplex wurde. Nur das nicht. Im Gegenteil, sie sollte sich zu etwas Einfachem entwickeln, zu etwas, das im wesentlichen fleischlicher (und natürlich freundschaftlicher) Natur war.

Ich wich also auf unverfänglicheren Boden aus und befragte sie erneut nach diesen Vertragsgeschichten.

»Was ich davon halte? Das ist mir völlig egal!«

Ich nickte. Dann sah sie mir direkt in die Augen.

»Wenn ich ihm einen Rat geben darf«, fuhr sie in seltsamem Ton fort, »dann soll er sich für das höchste Angebot entscheiden.«

»Das ist aber kein guter Rat.«

»Für Patrick ist das ein guter Rat, glaub mir das.«

Später sollte sie mir ihre geheimsten Gedanken anvertrauen, und ich mußte zugeben, daß die Sache einer Überlegung wert war. Aber im ersten Augenblick führte ich ihre Worte, trotz des Schleiers des Geheimnisses, der sie umgab, auf eine durchaus verständliche Bitterkeit zurück und hielt es nicht für sinnvoll, das Thema fortzusetzen. Patrick war seit einiger Zeit stark in ihrer Achtung gesunken. Es ist immer schwer für einen Schriftsteller, sich in der Vorstellung der Leser auf Topniveau zu halten. Wie schon gesagt, es ist ein Beruf voller negativer Seiten. Und in gewisser Hinsicht sehr enttäuschend.

Wir waren vor ihrem Haus angelangt. Sie wissen ja, wie das ist: Eine Frau lädt Sie ein, noch ein Gläschen zu trinken, Sie sagen nein, die Frau besteht darauf, Sie schütteln den Kopf, und dann beugt sich die Frau zu der Scheibe hinein und betrachtet Sie, starrt Sie an, wirft Ihnen vernichtende Blicke zu, gibt Ihnen ihren Wunsch zu verstehen, daß Ihnen ein Sack Steine auf den Schädel fallen möge, und wenn Sie ihr noch länger widerstehen sollten, dann müßten Sie eben selbst sehen. Sie müßten es ja wissen. Von zwei Übeln müsse man das kleinere wählen. Das müßten Sie selbst sehen.

Ich wollte vor allen Dingen wissen, wo Patrick war. Und eventuell, um wieviel Uhr er heimzukommen gedachte, oder andere Auskünfte, die mir über die Gefahren seiner möglicherweise unerwarteten Rückkehr Aufschluß geben konnten. Sie hatte keine Ahnung, zog sich aber weiterhin in Windeseile aus. Während ich sie befragte, sah ich, wie sich verschiedene Teile ihres Körpers im Zeitraffertempo entblößten und diverse Kleidungsstücke in geschlossener Formation durch den Flur flogen. Ich war baff. Es war, glaube ich, das erste Mal, daß ich so eine Hektik miterlebte.

Da ich noch immer nichts über Patrick erfahren hatte, weigerte ich mich, mich ins Schlafzimmer mitziehen zu lassen, und entschied mich für das Sofa aus Büffelleder, das mitten im Wohnzimmer thronte.

Sie muß es wohl brandeilig gehabt haben, anders ist es nicht zu begreifen. Während ich noch an die Gefahren dachte, die auf uns lauerten, hatte sie schon mein Hemd vollständig aufgeknöpft (ein regelrechter Zaubertrick), meinen Gürtel aufgeschnallt, meine Hose heruntergezogen und vergrub mit gequälter Miene ihre Hände in meinen Slip.

Ich machte den Mund auf und wollte ihr gerade verschiedene einleitende Maßnahmen vorschlagen, aber sie klammerte sich mit einem Arm um meinen Hals, so daß wir unsanft auf dem Sofa landeten.

Ich fragte mich, ob sie irgendwann noch einmal Luft holen würde. Ich hatte nicht den Eindruck. Sondern eher, daß sie mit angehaltenem Atem auf Tauchstation ging und schnell noch ein paar Kleinigkeiten zu regeln versuchte, ehe sie wieder auftauchte. Im diesem Fall ging es darum, meinen Schwanz zu packen und ihn sich unverzüglich reinzuschieben. Eine an sich nicht sehr komplizierte Angelegenheit, aber in ihrer Hast verlor sie kostbare Sekunden (für mich ging alles so schnell, daß ich ihr in keiner Weise behilflich sein konnte – im Gegenteil: Da ich geglaubt hatte, sie wolle zunächst gewisse Übungen zum Aufwärmen durchführen, wich ich zurück, anstatt sie zu unterstützen).

Na ja. Also gut. Mit einem Grunzen half sie mir, meinen Fehler zu erkennen. Warum hatte sie das denn nicht gleich gesagt? Sehen Sie, meine Angst war berechtigt: Die Unglückliche atmete nicht mehr. Nur ein gewaltiger Überlebensdrang erlaubte ihr, meine Hinterbacken zu packen und sie sich zwischen die Schenkel zu knallen, so daß bei der gleichen Gelegenheit meine Geschlechtsteile in ihre gerammt wurden.

Ich glaubte, ich hätte sie umgebracht. Sie stieß einen solchen Schrei aus, daß ich einen Blick nach hinten warf, aber dort war niemand. Aber dieser Schrei, heiliger Himmel! War das überhaupt ein Schrei? Eher ein Röcheln, ein Fauchen, ein kathartisches Aushusten von außergewöhnlichem Ausmaß. Wenn ich darüber nachdenke, komme ich zu dem Schluß, daß ich ihr Anliegen deutlich unterschätzt hatte: Als sie von einem dringenden, nicht zurückzudrängenden Bedürfnis gesprochen hatte, hatte ich mir nichts Derartiges vorgestellt. Ich machte mir Vorwürfe. Sie mußte mich für ein Ungeheuer mit eiskaltem Herzen halten.

Sie klemmte mir sogleich die Fersen ins Kreuz und stieß einen langen Seufzer mit überglücklichem Unterton aus. Eine Quelle in der stillen Schönheit des Unterholzes an einem sengenden Morgen.

»Ooooh, das hat gutgetan!« flüsterte sie mit geschlossenen Augen (auf ihrem Gesicht lag ein Ausdruck höchster Glückseligkeit). O là là! … Oh, das war gut!.. O là là! … Puhhh! … Warte, rühr dich nicht … Mmmmm! Ei jei jei! … Fffff!«

Mir hatte sie das nicht zu verdanken, glauben Sie mir das. Mit einem etwas dümmlichen Lächeln auf den Lippen spürte ich mit Interesse, wie sich ihre Scheidenmuskeln rings um mein Organ herum zu schaffen machten, als besäßen sie kleine warme Hände, die es gut mit mir meinten. Ein äußerst angenehmes Gefühl, das durch Nicoles Äußerungen (eine ganze Reihe sehr suggestiver Lautmalereien) noch erhebender wurde.

»Ich hätte dir das nie verziehen«, sagte sie zu mir und wackelte sanft mit dem Becken.

»Ja, ich weiß. Trotzdem ist das ziemlich unvernünftig.«

»Es wäre nicht so gut, wenn es vernünftig wäre.«

»Da hast du recht. Das gebe ich zu.«

»Er ist viel dicker als eben, oder?«

»Meinst du? Das glaube ich nicht.«

»Doch, doch, das schwöre ich dir … so was spürt man doch.«

Na gut, warum eigentlich nicht? Warum sollte man in einer Welt, in der alles bergab ging und deren eschatologischer Horizont ins Wackeln geraten war und die, so wie die Dinge liefen, noch auf dem Müll zu enden drohte, nicht mal ein bißchen träumen dürfen? Sie fand ihn dicker, na gut, meinetwegen! Was ist da schon Schlimmes dabei?

»Mag sein, obwohl …«, sagte ich und tat so, als wolle ich mein Urteil widerrufen. »Mal sehen, ob ich ihn herausholen kann …«

»Du bist wohl verrückt! Das kommt überhaupt nicht in Frage!«

War es wirklich der richtige Zeitpunkt, um Scherze zu machen? Wo doch dieser Dummkopf in jedem Augenblick hereinzuplatzen drohte? Wir sind manchmal so leichtfertig. Geradezu als hätten wir aus der Brutalität des Lebens, den Schlägen, die wir eingesteckt haben, den Lektionen, die man uns sehr früh, in den meisten Fällen so furchtbar früh, eingetrichtert hat, nicht das Geringste gelernt. Das ist schon bewundernswert, wenn man das richtig bedenkt. Vielleicht gibt es irgend etwas im Herzen des Menschen, das es verdient, geheiligt zu werden. Dostojewski war der Ansicht, daß allein die Vorstellung von Gott bei einer so niederen und verwerflichen Kreatur wie dem Menschen Achtung verdient. Und der Sinn für Humor erst! War dieses vor den Toren der Hölle geschürte Lachen nicht ergreifend?

Sie tat, als würde sie in Ohnmacht fallen, als ich eine Kolbenbewegung andeutete (die überdimensionale Größe meines Apparats löste erwartungsgemäß eine nach allen Seiten spritzende Ölflut aus, deren größter Teil pfeifend über die Lehne schoß, ehe er auf dem Teppich landete und dort wie Eiweiß versackte). Sie tat, als würde sie in Ohnmacht fallen, und wäre fast erstickt. »Du Huuurenbockkk!« stieß sie hervor, dann riß sie weit die Augen auf. Auch sie waren auf einmal viel größer geworden. Aber Sie werden schon sehen, diese morphologischen Verzerrungen, die uns plötzlich befielen, sie und mich, sollten noch für weitere Überraschungen sorgen.

Als erstes mein Mund. Während wir (mit dem lauten Geräusch von Gummistiefeln, die in den Schlamm einsinken und sich nur mit Mühe wieder herausziehen lassen) vögelten, saugte ich an ihren Brüsten. Dann zog ich mir eine rein. Sagen wir mal, ohne zu übertreiben, von der Größe einer Pampelmuse. Sie starrte mich mit großen Augen (Untertassen!) an und konnte es kaum fassen. Aber als sie sah, wie die zweite zwischen meinen Lippen verschwand und meine Wangen aufblähte, zerfetzte sie die Rückenlehne des Sofas aus Büffelleder und zischte zwischen den Zähnen.

Sie war zutiefst beeindruckt. Sie sah mich einen Augenblick mit einem hämischen Lächeln an und streckte langsam die Zunge heraus. Alles, was man mit einer Zunge von normaler Länge machen kann, ist schon nicht schlecht. Aber ob Sie es glauben oder nicht, ihre Zunge war doppelt so lang geworden.

Ich legte mich auf den Rücken und winkelte die Knie auf der Brust an, während sie mich an den Hüften hochhob. In diesem Augenblick spürte ich, wie meine Nase länger wurde. Ich berührte und betastete sie überrascht, und zugleich quiekte und zappelte ich mit dem Hintern vor Nicoles Gesicht. Ich mußte zugeben, daß es, wenn sie auf mich gehört hätte, nicht soweit gekommen wäre, und ich war nicht sonderlich stolz darauf. Ich beobachtete sie beim Werk, während mein ganzer Körper von furchtbaren Zukkungen geschüttelt wurde und mir die Schweißperlen auf der Stirn standen. Sie schien sich so wohl in ihrer Haut zu fühlen, war so eifrig und begeistert bei der Sache, daß ich mir auf die Brust schlug.

Ich beschloß, wenn möglich, den Rückstand aufzuholen. Ich nahm die Tatsache zum Vorwand, daß sie mich wichste und ich zugleich befürchtete, der Sache nicht gewachsen zu sein, um ihr vorzuschlagen, die Rollen zu tauschen. Wenn ich jetzt meine Nase mit der Faust umschloß, schaute die Nasenspitze ein Stück hervor. Und noch etwas: Als Nicole meine rechte Handfläche (die ich ihr gerade ohne Umschweife zwischen die Schenkel geschoben hatte) küßte, stellte sie die ungewöhnliche Größe meines Mittelfingers fest. Meines Mittelfingers? Eine obszöne, ekelhafte, dreißig Zentimeter lange Wurst, die glatt und biegsam war. Nicht zu fassen!

Meine lange Nase in ihrer Scheide, mein langer Mittelfinger in ihrem Arschloch: Nicole hatte genug zu tun. Sie mühte sich derart ab, daß sich ein großer Schweißfleck auf dem Leder des Sofas abzeichnete. Ganz zu schweigen davon, daß der Saft aus ihrer Spalte herauslief wie der Latex aus einem entzweigesägten Kautschukbaum.

Sie hatte mehrere heftige, kurz aufeinanderfolgende apoplektische Orgasmen. Sie machte sich die Länge ihrer Zunge zunutze, um sich die Muschel zu lecken (ich gehöre jetzt zu den ganz wenigen Menschen, die das zweimal in ihrem Leben gesehen haben und die das große Glück der Ausführenden bezeugen können). Sie wischte sich mehrmals das Gesicht an ihrem Höschen ab. Sie brachte äußerst unanständige Worte hervor (ich kann nur hoffen, daß die außerordentlichen körperlichen Absonderlichkeiten der Grund dafür waren, und möchte sie daher der Gerechtigkeit halber hier nicht wiedergeben – ich kann Ihnen nur verraten, daß ihre extrem vulgären Worte Sie glatt umgehauen hätten). Ohne die Tür zu schließen, pißte sie im Stehen in die Kloschüssel und machte sich nicht einmal die Mühe, sich abzuputzen. Als sie zurückkam, setzte sie sich auf mein Gesicht. Kurz gesagt, ich kriege gar nicht mehr alles zusammen und könnte noch stundenlang so weitererzählen.

Da wir beide schon über Vierzig waren, trafen Nicole und ich unsere Vorkehrungen, um ein Mißgeschick in der Zielgeraden zu vermeiden. Mit dem Ergebnis, daß wir Kopf an Kopf durchs Ziel gingen. Die Erfahrung ist häufig den ungezähmten Experimenten vorzuziehen. Eine gute Kenntnis des Terrains ist besser als pure Energie, über die man jederzeit die Kontrolle verlieren kann. Ich glaube, ich darf behaupten, daß wir den Sieg bescheiden feierten. Ein Blick genügte. Kein Wort wurde gewechselt. Madonna hatte recht: Es gab nichts Besseres als einen Neunundsechziger unmittelbar danach. Das war unsere Belohnung. Aus meiner Schwanzspitze perlten noch ein paar Tropfen hervor, und was mich betraf, so war ich bedient.

Als wir uns wenig später atemlos, mit klebrigen Lippen,

glänzendem Gesicht und herrlich verwirrter Miene hinsetzten, entdeckten wir erleichtert, daß unsere anatomischen Hypertrophien verschwunden waren. Nicole überraschte mich mit einem stürmischen Kuß, dann las sie ihre Sachen auf und lief ins Badezimmer.

Ja. Selbstverständlich. Das war wohl unvermeidlich. Hatte sie denn keine Schubladen? Mußte ich ihr erst die Kunst beibringen, die Dinge nicht durcheinanderzuwerfen? Ich zog mich wieder an und dachte dabei an diesen leichten Schatten, der einen gut ausgefüllten, in jeder Hinsicht positiv verlaufenen Tag trübte. Aber Perfektion gibt es auf dieser Welt nicht. Hat es nie gegeben.

Die Vandhoerens hatten ein Problem mit ihrem Abfluß. Ich hörte Siphongeräusche aus der Dusche. Mit an die Tür gepreßtem Ohr diagnostizierte ich gewisse Verengungen in der Kanalisation und selbst in der Wasserzufuhr (symptomatische Druckstöße). Diese alten Wohnungen in der Innenstadt waren im Lauf der Jahre von so vielen verschiedenen Leuten bewohnt worden, und in die Rohre war so viel Dreck geschüttet worden, daß ihnen eine Thrombose drohte. Manchmal kam es zu einem Unfall, dann spritzte einem die ganze Suppe ins Gesicht. Dabei ist ein perfekter Abfluß weiß Gott die schönste Erfindung der Welt. Was gibt es schon Schöneres als einen kleinen Bach, einen Wasserhahn, der friedlich plätschert, ein Abflußsystem, das den Schmutz und alle üblen Dinge fortspült und sie in die tiefste Finsternis befördert?

Ich wusch mir die Hände und das Gesicht in der Küche.

Dann ging ich ins Wohnzimmer zurück und drehte die Kissen um, die an der Oberfläche aufgeweicht waren wie

Pfannkuchen. Ich rieb mit der rutschfesten Sohle meiner italienischen Mokassins die noch feuchten Flecken ab, mit denen wir den Teppich übersät hatten (manche Szenen hatten sich auf dem Teppich abgespielt). Ich las die Papiertaschentücher auf, die hier und dort verstreut lagen (und schon wieder kann ich Ihnen nicht sagen, woher wir sie hatten). Dann richtete ich einen Stapel Bücher auf einem kleinen runden Tisch wieder auf, den wir fast umgestürzt hätten. Und dabei stieß ich auf die Fotos von Madonna: einen gebundenen Bildband, der bei seinem Erscheinen einen ziemlichen Wirbel hervorgerufen hatte, obwohl man damit keinen Hund hinter dem Ofen hervorlocken konnte. Ich blätterte darin herum, ohne mich jedoch wirklich dafür zu interessieren.

Ich weiß nicht, warum ich bei ihrem Hintern stutzte. Er hatte nichts Besonderes, außer daß er nackt war, das war auch schon alles. Dennoch verbrachte ich etwa eine Minute damit, ihn mir anzusehen, ohne an irgend etwas zu denken und ohne zu wissen, warum ich in diese stumpfsinnige Betrachtung versunken war.

Als ich begriff, was los war, klappte ich den Bildband zu, räumte ihn weg, dann streckte ich die Hand nach dem Sofa aus, um mich erst mal hinzusetzen.

Ich klopfte an Madonnas Tür. Patrick machte mir auf.

Nach einer Sekunde der Überraschung wurde sein Blick mißtrauisch.

»Ich bin deinetwegen hergekommen«, beruhigte ich ihn. »Ich muß mit dir reden.«

Er antwortete mit einem Brummen und setzte sich wieder in einen Sessel. Der Fernseher war eingeschaltet und übertrug ein Fußballspiel, das Patrick mit sichtbarem Interesse verfolgte. Madonna war nicht im Raum, aber das Badezimmer schien besetzt zu sein (unter der Tür war ein Lichtstrahl zu sehen).

Mit einer unbestimmten Handbewegung deutete Patrick auf den kleinen Tisch, auf dem noch für mindestens vier Personen etwas zu essen stand, darunter auch ein großer Korb mit verlockenden Früchten aus allen erdenklichen Kontinenten und Jahreszeiten, den er um ein paar Rispen Johannisbeeren erleichterte.

»Ich habe eine Nachricht für dich, die leider nicht sehr gut ist«, sagte ich und setzte mich neben ihn.

Da er nicht reagierte, verfolgte ich einen Augenblick mit ihm das Fußballspiel, war aber in Gedanken woanders.

»Ich habe eine Weile geschwankt, ob ich dich in Kenntnis setzen soll oder nicht«, begann ich von neuem. »Doch dann habe ich mir gesagt, daß du mir den Vorwurf machen könntest, dir die Wahrheit verheimlicht zu haben. Außerdem bin ich der Ansicht, daß sich unsere Beziehung auf gegenseitige Achtung und gegenseitiges Vertrauen gründen sollte... He, Patrick, hörst du, was ich sage?«

Ohne den Bildschirm aus den Augen zu lassen, nickte er stumm. Und mit einer Langsamkeit, die wenig überzeugend war.

»Ist dir das nicht aufgefallen?« fuhr ich fort. »Dir, dem großen Madonna-Spezialisten, ist das nicht aufgefallen?! Hast du das denn nicht gemerkt?!«

Ich nahm mir eine unbekannte Frucht mit weichen Stacheln und blaß marmorierten, malvenfarbenen Streifen. Ich betrachtete sie genau und legte sie in den Korb zurück.

»Du bist für sie eine leichte Beute gewesen, das mußt du zugeben… Schriftsteller sind für solche Arschlöcher immer eine leichte Beute. Sie verstehen es, unsere kleinste Schwäche auszunutzen. Und dabei sind ihnen alle Mittel recht. O ja, sie haben schnell begriffen, daß du im Grunde ein Gefühlsmensch bist, ein richtiger Gefühlsmensch, siehst du, und schon ist die Sache gelaufen!… Aber sie sind derart überheblich, derart von ihrer Macht überzeugt, derart sicher, mit Idioten zu tun zu haben, daß sie immer einen Fehler begehen, und in deinem Fall einen groben Fehler…«

Ich beugte mich vor, um mir diese komische Frucht wieder zu nehmen, und schnitt sie mit dem Messer durch. Ein durchscheinender klebriger Brei voller schwarzer Kerne quoll daraus hervor. Ich legte alles wieder weg und verschränkte die Hände hinter den Knien.

»Und jetzt? Was hast du jetzt vor?«

Er nutzte die Tatsache, daß gerade Halbzeit war, um mir einen verärgerten Blick zuzuwerfen.

»Was soll das heißen, was ich jetzt vorhabe?«

In diesem Augenblick kam Madonna aus dem Badezimmer. Wir wechselten einen kühlen Blick.

»Mit ihr, meine ich …« fügte ich zu Patrick gewandt hinzu.

Er weigerte sich, die stumpfsinnige, verbitterte, patzige Miene des Fußballfans, den man mitten in einem Spiel stört, abzulegen.

»Was?… Madonna?«

»Nenn sie nicht mehr Madonna. Sie ist nicht Madonna«, seufzte ich.

Er zog eine richtige Grimasse und erwiderte: »Nun mal langsam... Ich versteh das nicht.«

»Was verstehst du nicht? Ich rede mir die Seele aus dem Leib, um dir klarzumachen, daß dieses Weib nicht Madonna ist! Stellst du dich etwa dumm?«

Er lief rot an. Eine ziemlich seltsame Reaktion. Andererseits, als man mir eines Tages ein schreckliches Ereignis mitgeteilt hat, habe ich, eingehüllt in dicke Decken, stundenlang vor Kälte geschlottert. Und das mitten im Hochsommer.

Während ihm das Blut in die Wangen stieg, wurden seine Augen allmählich zu schmalen Schlitzen, und er schielte fast (ein Zeichen der Anspannung und der Verwirrung, die ihn erfüllte).

»Nicht Madonna?... Was soll denn das heißen?... Du bist wohl übergeschnappt!«

Er blickte sie an, und auch ich betrachtete sie. Sie zuckte die Achseln mit einem vagen und meiner Meinung nach sehr verächtlichen Lächeln auf den Lippen, dann streckte sie die Hand nach ihren Zigaretten aus.

»Hör auf mit dem Scheiß!... Soll das ein Witz sein?« stieß Patrick hervor und klammerte sich an die Armlehnen seines Sessels.

»Ja... wenn man so will, ist das einer«, erklärte ich.

»Madonna, nun sag doch was!«

Sie verschränkte die Arme und blies uns herausfordernd den Rauch ins Gesicht: »Ihr könnt mich beide mal kreuzweise...«

Anstatt sie anzufahren, fuhr er mich an: »Was willst du eigentlich von mir?« zischte er mir ins Gesicht.

»Siehst du das nicht?« stieß sie hervor. »Hast du das noch nicht kapiert?«

Ich wandte mich ihr zu und sagte: »Hör zu, Kleine, du bist ein ganz schön freches Biest!«

»Laß sie in Ruhe!«

»Warte, er will vielleicht, daß ich ihm *Like a Virgin* vorsinge!«

Ich wandte mich Patrick zu und sagte: »Also, hör mir gut zu, ich will das nicht noch tausendmal sagen: Diese Kleine da ist nicht Madonna, kapiert?«

Sie lachte höhnisch hinter mir, während ich Patrick fest in die Augen sah. Da begann auch er höhnisch zu grinsen: »Ist das alles, was du mir zu sagen hast?«

»Schmeiß ihn raus!« riet ihm die Hinterhältige. »Du siehst doch, daß er nicht ganz dicht ist...«

Ich starrte weiterhin auf Patricks erbärmliches Lächeln: »Du glaubst mir nicht, hm? Mein Wort gilt dir wohl nichts mehr, stimmt's?«

»Hör nicht hin, was er sagt... Schmeiß ihn raus, sag ich dir!«

Ich glaube, daß sich Patrick in diesem Augenblick entschied, auf welcher Seite er stand. Leider nicht auf meiner. Aber er muß wohl gespürt haben, daß ich die Sache nicht auf die leichte Schulter nahm, und wußte nicht recht, wie er sich verhalten sollte. Er war lächerlich. Vielleicht waren wir sogar beide lächerlich. Ich war doppelt sauer auf ihn.

»Ich weiß nicht, warum ich dich nicht einfach fallenlasse!... Ich weiß wirklich nicht!... Ich habe einen anstrengenden Tag hinter mir, und trotzdem bin ich sofort hergerannt, um dich zu warnen. Und was ist der Dank dafür? Ich hoffe, daß du nie vergißt, wie du mich behandelt hast, als ich dir zu Hilfe kommen wollte!«

»Wie lange soll er uns noch auf den Geist gehen?«

Ohne mich umzuwenden, hob ich die Hand, damit sie sich noch einen Moment geduldete, und richtete noch ein paar letzte Worte an Patrick, der Mühe hatte, meinem Blick standzuhalten: »Und jetzt mach die Augen gut auf, Monsieur Ich-weiß-alles-über-Madonna! Mach sie gut auf, Monsieur Ich-weiß-alles-besser-als-die-anderen!«

Ich sprang mit einem Satz auf, der alle überraschte. Und sie als erste.

Ich hatte sie schon vom ersten Augenblick an gehaßt (mit einer kurzen Unterbrechung auf der Dachterrasse des Royal Ambassador natürlich), so daß ich keine Sekunde zögerte, sie zu packen.

Zugegeben, sie war ziemlich gelenkig. Man brauchte keine Angst zu haben, ihr gleich das Rückgrat zu brechen, und ich schätze, daß sie im Zweikampf so manchem Mann einige böse Überraschungen bereithalten konnte. Nur, daß es eben kein Zweikampf war, sondern eine dringliche Angelegenheit, und diese beiden Armleuchter hatten meine Nerven auf eine harte Probe gestellt.

Tat mir ja leid, aber sie segelte durch die Luft und machte eine Bauchlandung auf dem Bett, ehe sie recht begriff, was mit ihr geschah. Wie durch eine Fügung des Himmels trug sie an jenem Abend einen weiten Rock, der durch die schwungvolle Behandlung hochgeflattert war und sich ihr wie eine vom Wind umgedrehte Blüte auf den Rücken legte. Wenn sie kein Höschen getragen hätte, oder ein durchsichtiges wie neulich, hätte das gereicht. Aber sie hatte ein Modell in der Art eines Bleyle-Schlüpfers aus weißer Baumwolle gewählt, das völlig undurchsichtig war.

Ich mußte also den Kelch bis zur Neige leeren und mich dazu herablassen, eine Handlung zu vollziehen, die ich unter normalen Umständen zutiefst mißbilligt hätte. Allerdings war ich auch wahnsinnig wütend, wahnsinnig verletzt.

Mit einer brüsken Bewegung riß ich ihr das Höschen vom Po und warf Patrick einen finsteren Blick zu: »Seit wann hat Madonna einen Leberfleck auf der rechten Hinterbacke, sag mal, hm?... Antworte mir, hm, das möchte ich doch gerne wissen!«

Unnötig zu sagen, daß es für Patrick ein Schlag war, der ihn sehr hart traf. Sehr, sehr hart.

So hart, daß uns Henri seine persönliche Sommerresidenz am Meer zur Verfügung stellte (er fand, daß ich von der Rolle des Spions sehr gut in die Rolle der Krankenschwester überwechseln könne).

Ich war nicht gerade begeistert. Und Patrick hatte sich in einen Scheintoten verwandelt, dem das Meer ebenso gleichgültig war wie die Stadt oder das Gebirge.

Zum Glück hatte er die korrigierten Druckfahnen seines Buches abgeliefert, und die Rotationsmaschinen der Éditions Sigmund standen bereit. Franck behauptete, daß eine kleine Depression von einigen Monaten dem reibungslosen Ablauf der Dinge nicht im Wege stehe. Welchen Schriftsteller habe das nicht wenigstens einmal im Leben ereilt, wenn er nicht schon ernsthaft dem Alkohol verfallen war oder seine Seele verkauft hatte. Das sei kein Grund zur Besorgnis. Die Ganoven von Claris waren ihm zufolge endgültig aus dem Rennen ausgeschieden, und Patrick werde nicht lange brauchen, um zu begreifen, wo seine wahre Familie war. Man müsse sich nur etwas um ihn kümmern, ihn sanft auf dem Weg in eine vernünftige Zukunft begleiten, indem man ihn Suzanne Rotkos schlechtem Einfluß und allem, was mit Madonna zu tun hatte, entzog.

Leicht gesagt.

Ich hatte auch noch andere Dinge zu tun. Die ersten Bestellungen von Shorts und Unterhemden trafen schon auf meinem Anrufbeantworter ein, und ich mußte die Pakete packen und mich um die Auslieferung kümmern. Ich fuhr schnell zur Post, begann mit der Auslieferung in der Stadt, wechselte ein paar Worte mit meinen Kollegen (und dein neuer Roman … blabla … und mein neuer Roman … blabla …) und versuchte dabei, meine Algen, Vitamine oder Absinth an den Mann zu bringen, und schon war der Vormittag vorüber.

Ich richtete es so ein, daß ich mit Patrick zu Mittag aß. Ich traf mich mit ihm im Eingang eines Fitnesscenters (Umschläge, Massagen, Whirlpool usw.), für dessen Leistungen die Éditions Sigmund großzügigerweise die Kosten übernahmen, und ging mit ihm in ein kleines Restaurant, in dem für uns von denselben Gönnern ein Tisch reserviert worden war.

Kein Gesprächsthema interessierte ihn. Manchmal begnügte er sich damit, mich starr anzusehen, und ich verstand die Botschaft sehr gut. Er aß fast nichts. Manchmal zeichnete er etwas auf die Tischdecke aus Papier, aber auf diesem Gebiet besaß er keinerlei Talent. Er hatte fettiges

Haar, eine fahle Hautfarbe. Nicole erzählte mir, daß er die ganze Nacht in seinem Arbeitszimmer verbracht habe und sie sehr glücklich darüber sei.

Nachmittags, wenn ich spürte, daß er besonders mißmutig war, setzte ich ihn mit etwas zu lesen in den Garten oder vor den Fernseher, und dann versuchte ich, an meinem Roman zu arbeiten. Edith und ich wechselten beunruhigte Blicke. Sie fand, daß er ziemlich schlecht dran war, und hatte nichts dagegen, daß wir beide abends ausgingen. Das war ihr im übrigen lieber, als einen so düsteren Gast zum Essen dazubehalten.

Er hatte ein Vorliebe für Stripteasebars. Zweiter Klasse. Da wachte er ein wenig auf, aber wenn sich ein Mädchen vor seiner Nase hinhockte und ihn ihre Geschlechtsteile berühren ließ, merkte ich genau, daß er sich Gewalt antat.

Unsere Beziehung war nicht einfach. Ich war zugleich sein Retter und sein Henker. Manchmal kam er auf mich zu und bedankte sich dafür, daß ich ihm geholfen habe, der Sache auf die Spur zu kommen. Er entschuldigte sich sogar für das Mißtrauen, das er mir gegenüber gezeigt hatte, weil er nicht begriffen hatte, daß ich nur sein Bestes wollte. Bei anderen Gelegenheiten warf er mir dagegen vor, sein Sexualleben zerstört und aus Eifersucht gehandelt zu haben. Ganz gleich, ob sie nun Madonna war oder nicht, ich habe, erklärte er mir, sein Verhältnis mit einer außergewöhnlichen Frau nicht ertragen. Ebensowenig wie ich die phantastischen Verträge ertragen habe, die man ihm anbot. Ebensowenig wie ich ertragen habe, im Vergleich zu ihm, ein zweitrangiger Schriftsteller zu sein.

Ich weigerte mich, ihm auf dieses Gebiet zu folgen. Insbesondere auf das der Literatur, das ein sehr heikles Thema ist (und das, obwohl ich mich eigentlich nie zurückgehalten habe, die anderen zu kritisieren, mich über die Preise lustig zu machen, die ich nie bekommen hatte, und mich schon immer zu den Allerbesten zählte). Ich hörte ihm nur mit halbem Ohr zu. Ich wußte, daß er litt. Eines Nachmittags, als er mir half, meine Unterhemden der Bundeswehr zu falten und meine Algenfläschchen einzupacken, gestand er mir, daß ich sein Lieblingsautor gewesen sei, als er achtzehn war. Unsere Beziehung war nicht einfach. Da er an jenem Tag beschlossen hatte, sein Haar heller zu färben (mehr oder weniger wasserstoffblond – auf einen Rat der Hochstaplerin, zur Zeit, als er noch in sie verliebt war), schlug ich ihm begeistert vor, ihm beim Auftragen zu helfen. Alles andere als einfach.

Wenn er gesprächiger war und die Zwiespältigkeit unserer Beziehung nicht im Vordergrund stand, waren die Frauen unser übliches Gesprächsthema.

Er hatte zum Beispiel gehört, daß ich mich Olga gegenüber brutal verhalten hatte (war es denn nicht möglich, in diesem Milieu ein Privatleben zu haben?), und hatte ja mit angesehen, wie ich Madonna behandelt hatte (er nannte sie immer noch Madonna, der Arme). Und daher frage er sich, warum ich mich so verhielt und warum nie jemand gesehen hatte, daß ich einem Mann gegenüber handgreiflich geworden war, wo ich doch so aufbrausend war.

Gute Frage. Ehrlich gesagt hatte ich sie mir noch nie so klar gestellt. Als ich darüber nachdachte, stellte ich fest, daß die Männer für mich gar nicht richtig existierten, daß sie sich in meiner Welt eher wie Gespenster bewegten. Es gab keine direkte Beziehung zwischen ihnen und mir, zumindest nichts so Greifbares wie mein Verhältnis zu den Frauen.

Eine Frau zu schütteln war ein Akt, der mit der Wirklichkeit zu tun hatte, mit dem Tastsinn und dem emotionalen Register. Ich wußte, was ein Frauenkörper war, ich wußte bei Frauen, was ein Bauch, ein Schenkel, ein Busen, ein Hals, ein Rücken und eine Schulter war. Das war ein vertrautes, lebendiges Gebiet. Es war meine einzige Möglichkeit, mich an die Welt zu klammern, das einzige Echo, das ich von ihr wahrnahm. Schließlich hatte ich nie einen Männerkörper in den Armen gehalten, nie einen gestreichelt, erforscht, mich ihm von oben bis unten gewidmet. Ich wußte nicht, was ein Männerkörper war. Er hatte mir nie das Geringste gegeben, nichts Wirkliches, nichts Ernsthaftes, nichts Existentielles. Für mich waren die Männer bestenfalls gute Kameraden, Objekte einer mehr oder weniger angenehmen Umgebung. Aber keiner von ihnen hatte je bei mir etwas so Starkes, so Prägendes, so Radikales hervorgerufen wie der einfache Kontakt mit der letzten Zicke.

Was für ein Interesse sollte ich daran haben, mich mit einem Mann anzulegen? Was für eine Gegenleistung hätte ich davon erwarten können? Was für eine Hilfe? Was für eine Erklärung? Was für eine Antwort? Ich wollte mich nur zu Hause fühlen, die mir vertrauten Dinge wiederfinden.

Selbstverständlich erwartete ich nicht, daß man mich zu meinem brutalen Verhalten beglückwünschen, und nicht einmal, daß man es mir verzeihen würde, ganz gleich ob es berechtigt oder unberechtigt gewesen war.

Ich hatte eben keine andere Wahl. Abgesehen von den Frauen hatte ich niemanden, an den ich mich wenden konnte.

Beiläufig sagte ich zu Patrick, daß er vielleicht nie eine Frau geschlagen habe, daß aber die Art, wie er sie in seinen Büchern behandele, eher geringschätzig sei. Er war im übrigen nicht der einzige. Auf der einen Seite gab es da die hundsmiserablen Schreiber, die hinter jedem Busch eine Lady Chatterley vermuteten. Auf der anderen die neue Tendenz: die Muttersöhnchen, die Flegel, die harten Burschen, die Klugscheißer oder jene, die irgendwelche Schreckschrauben vögelten, deren IQ erbärmlich war, und die aufs Bett spuckten, ehe sie die Tür hinter sich zuschlugen (man mußte schon lange suchen, ehe man einen fand, der nicht nur Scheiß erzählte, aber das Problem war natürlich nicht neu – auf dem Gebiet der Literatur wahrhaft mutig zu sein grenzt an Selbstmord).

Seine jüngsten Enttäuschungen in der Liebe waren nicht gerade dazu angetan, sein Wissen über die Frauen zu vermehren. Außerdem hatte er, wie er zugab, eine in dieser Beziehung schwierige Jugend hinter sich, was mich nicht sehr überraschte: Seinem Selbstbewußtsein war mehrmals übel mitgespielt worden, und wenigstens zwei Abenteuer waren unerklärlich auf brutale Weise gescheitert, was die Frauen in seiner Achtung nicht hatte steigen lassen. Aber reichte das, um zu behaupten, daß die gegenwärtige Tendenz in der Literatur von einer Handvoll sexuell frustrierter Miesmacher geprägt wurde, die über ihre Mißerfolge nachbrüteten und ihre Verbitterung enthüllten?

Nein, natürlich nicht.

Selbst Leute, die mehr Glück im Leben hatten, mischten sich in das Konzert ein und sorgten dafür, daß sie ein paar dumme Gänse kennenlernten. Der Realität ins Auge schauen nannten sie das. Ein gefundenes Fressen für sie. Aber was für ein Vergnügen fanden sie dabei, sich wie eine Herde zusammenzuscharen? Und wo blieb ihre Selbstachtung? Wo waren die Verkünder des Heldentums geblieben?

Völlig zu Recht wies mich Patrick darauf hin, daß ich als Autor nicht das beste Beispiel dafür sei. Aber das war ja gerade das Drama meines Lebens. Warum durfte ein Sonntagsmaler nicht vor einem Bild von Francis Bacon Tränen vergießen? Und warum sollte ich überhaupt zu der Ansicht gelangt sein, daß meine Arbeit ihr Ziel erreicht habe? Wie das denn? Ich fügte hinzu, daß es gut möglich sei, daß meine Romanfiguren und ich uns im Staub wälzten, aber meine Absicht sei es immer gewesen, sie durch dick und dünn zu begleiten.

Mit solchem Geschwätz verging der Nachmittag, und ich vergaß darüber nicht, daß Patrick wie betäubt war und sein Geisteszustand gewisse Abwechslungen brauchte. Ich dachte darüber nach, während wir unter der Linde im Garten meine Unterhemden falteten (er hatte mir höchst widerwillig zwei abgekauft), und ich beschloß, ihn für die Reinigung meiner Kanalisation anzustellen, und anschließend würden wir uns daranmachen, sein Haar zu färben.

Ich holte das Werkzeug. Ich war hoch erfreut, daß er diese Erfahrung mit mir teilen durfte.

Stellen Sie sich einmal einen unglücklichen Schriftsteller vor. Stellen Sie sich einen Schriftsteller vor, dessen Liebesleben gerade ohne vorausgegangene Warnung wie ein Luftballon zerplatzt ist. Fügen Sie dann noch hinzu, daß sein neuer Roman in Druck gegangen ist und die ersten Vorausexemplare in Umlauf sind. Was soll er schon zu würdigen wissen?

Außerdem war Patrick erst zweiunddreißig. Vermutlich war er noch ein bißchen zu jung, um sich für Probleme von Rohrleitungen zu interessieren, deren Geheimnis zu erfassen und deren Faszination zu erliegen.

Ich hatte den Eindruck, die Arbeit sei ihm lästig und er habe nur eingewilligt, um die Zeit totzuschlagen, ohne das geringste Vergnügen daran zu finden. Er hörte mir nicht zu, das merkte ich nur zu gut. Bei meinen Erklärungen war er mit den Gedanken woanders. Als ich in den ersten Stock ging, um die Wasserspülung zu betätigen, nachdem ich ihn in der Garage postiert hatte, das Ohr ans Abwasserrohr gepreßt, löste ich nicht das kleinste Funkeln in seinem Blick aus. Und auch, als ich mich in der Küche mit dem Saugnapf in der Spüle zu schaffen machte und seine Aufmerksamkeit auf das Gluckern lenkte, das durch das ganze Rohrleitungsnetz lief, und ihm damit bewies, daß es sich um ein erstaunliches, geniales System handelte, mit dem man sorgsam umgehen muß, erweckte ich bei ihm keinerlei Begeisterung. Wir befreiten das Sammelbecken von einem Pfropf aus Blättern, der noch aus dem vergangenen Jahr stammte, und ich goß ein paar Eimer Wasser hinterher. Der Ablauf war vorzüglich. Der Abfluß meisterhaft. Und trotzdem verzog er keine Miene. Ich hätte wetten können, daß auch das Erscheinen der Heiligen Jungfrau keine größere Wirkung erzielt hätte.

Nicole verstand nicht, warum ich mich um ihn kümmerte. Sie sagte immer wieder zu mir, daß er es nicht wert sei, und war es leid, die Gelegenheiten zu zählen, die er uns vermasselt hatte, die Nachmittage, an denen ich nicht frei war, weil er sich in meinem Schoß ausweinte.

Er sei nicht einmal der Schriftsteller, für den ich ihn hielt, versicherte sie mir in kategorischem Ton. In diesem Punkt war ich nicht mit ihr einverstanden, aber es hatte wenig Zweck, ihr zu widersprechen, denn sie machte Patrick auf allen Gebieten herunter und ersparte ihm nichts. Wie fast jeder in unserem Kreis wußte sie über die Geschichte mit Madonna Bescheid. Sie erwähnte die Sache und die anschließende Pleite mit verächtlich herabgezogenen Mundwinkeln und wünschte Patrick, er möge schwer daran zu knacken haben und endlich für all die erbärmlichen Seitensprünge büßen, die er sich seit ihrer Eheschließung erlaubt habe. Leider, fuhr sie zutiefst enttäuscht fort, könne sie Patricks Schwierigkeiten gar nicht mehr mit der ganzen Zufriedenheit auskosten, da der arme Teufel sie einfach nicht mehr interessiere. Ob ich auch wisse, warum?

Ich hätte mich gern getäuscht, aber lag die Antwort nicht auf der Hand?

Suchte Nicole vielleicht etwas anderes als eine sexuelle Beziehung?

Selbstverständlich behauptete sie das Gegenteil. Immer wenn wir uns träfen, bliebe kaum Zeit für ein Gespräch, und wenn ich sie manchmal beim Nachdenken überrascht hätte, dann nur, weil sie über irgendein verrücktes Mittel nachgesonnen habe, um unsere Spielchen zu bereichern, und gewiß nicht, weil sie sich über unsere Zukunft, was die gefühlsmäßige Seite anging, Gedanken mache.

Sie fühle sich, so sagte sie, wie neu geboren. Ihr Körper

sei wie neu geboren. In ihrem Inneren brenne wieder eine Flamme.

Das stimmte vermutlich. Irgend etwas mußte daran sein.

Ich nahm dementsprechend mehr Algen ein und schlürfte frühmorgens rohe Eier. Ehe ich mich mit ihr traf, kaute ich Energietabletten *(Mazama High Omega Sun),* die mich regelrecht aufputschten.

Ich wußte nicht, was sie für ihre Form tat. Wenn wir in einem Sexshop Einkäufe machten, kamen wir schwer beladen wieder heraus. Und sie ging mit schnellen Schritten zum Auto. Ihr Körper war wie neu geboren.

Wenn sie in meinem Arbeitszimmer an der Decke hing, an der ich kräftige Haken befestigt hatte, sah sie mich mit einer obszönen Grimasse an und versuchte nie, auf andere Themen auszuweichen. Mit gespreizten Beinen in einem offenen Kimono schmiedete sie keinerlei Zukunftspläne. Wenn ich mich ihr näherte, um ihre Fesseln zu überprüfen und mich zu vergewissern, daß sich das Blut nicht in ihren Gliedern staute (woran man den Unterschied zwischen der uralten künstlerischen Technik des *Nawa Shibari* und den grotesken Fesselorgien der Sonntagssadomasochisten erkennt), jammerte sie nicht über die möglichen Grenzen unserer Beziehung, sondern ermunterte mich, unverzüglich auf den Hocker zu klettern, um sie wieder und wieder zu ficken. Und wenn ich einen doppelten elektrischen Vibrator in Gang setzte, den ich ihr in die Öffnungen steckte (um schnell eine Zigarette in meinem Sessel zu rauchen und ein paar Fotos zu machen, auch wenn ich nicht Nobuyoshi Arakis Talent besaß), nutzte sie nicht die Gelegenheit, um ihre Klagelieder vorzubringen. Keinerlei Forderungen.

Mir ging es um einen Austausch, der nur auf Sex basierte, und den hatte ich, ohne jeden Zweifel! Je entfesselter, stumpfsinniger und infamer die Sache war, um so besser fühlte ich mich. Jede Sprosse, die wir auf der Leiter der Ausschweifung erklommen (und mit welcher Leichtigkeit wir das taten! Aber mein Arbeitszimmer war eben mit Linoleum ausgelegt, und ich brauchte nur kurz den Boden zu wischen, und schon war die Sache wieder in Ordnung), ließ mich beschwingter werden und reinigte mein Gewissen im Hinblick auf Edith. Das Schubladensystem funktionierte wunderbar. Manchmal ließ ich Nicole gefesselt, mit verbundenen Augen und einem ganzen Heer von eingeschalteten Vibratoren auf dem Teppich zurück und machte in aller Seelenruhe einen kleinen Spaziergang. Wenn ich zurückkam, fickte ich sie in den Arsch und merkte an ihrem Gesichtsausdruck, daß alles in Ordnung war.

Aber ich ließ mich nicht davon täuschen. Erinnern Sie sich noch an die Worte, die die sogenannte Madonna an einem gewissen Abend auf der Dachterrasse des Royal Ambassador zu mir gesagt hatte? Und Sie, haben Sie nie davon gehört? Sind Sie nicht von diesem Gemunkel eingelullt worden, seit Sie sich für solche Dinge interessieren? Ich fürchte, wir müssen es letztlich doch zugeben. Denn halten Sie sich nur mal den Orgasmus einer verliebten Frau vor Augen und ziehen Sie den Vergleich. Sehen Sie sich an, wie sie in Fahrt gerät, sehen Sie sich an, wie ein simpler oraler Kontakt mit ihrem Geschlechtsteil sie mit einem ellenlangen Stöhnen fast zum Platzen bringt.

Auch wenn Nicole es für sich behielt und sich bemühte, mich zum Narren zu halten, war ihre Beziehung zu mir mit

Gefühl besetzt. Die Lust, die sie empfand, war so immens, daß daran etwas faul sein mußte, so ungebrochen, daß ich wohl kaum physisch dafür verantwortlich sein konnte. Ich war mir dessen durchaus bewußt und war daher, als ich die Sache unter diesem Blickwinkel betrachtete, ein wenig verstimmt.

Auch wenn ich mir den Kopf zerbrach, sah ich keine Möglichkeit der Besserung. Ich konnte die Sache drehen oder wenden, wie ich wollte, ich wußte genau, auf welchen Abgrund wir über kurz oder lang zusteuerten. Es würde eine Grenze geben, die zu überschreiten ich mich weigern würde, und sie würde keine Ruhe geben, bis sie mich nicht auf die andere Seite gezogen hatte. Darauf mußte die Sache hinauslaufen. Und weder der eine noch der andere würde nachgeben.

Da faßte ich die Möglichkeit ins Auge, die Hauptstadt zu verlassen.

Trotz seiner Fitnesskur und der ersten Interviews, die Patrick inzwischen gab (in seiner Gegenwart rutschten die jungen Burschen auf ihren Stühlen nervös hin und her), hatte er Mühe, wieder auf die Beine zu kommen. Würde ihm Seeluft nicht guttun? Konnte es mir schaden, mich eine Weile von Nicole zu trennen?

Henri wiederholte sein Angebot. Er hatte Patrick im Verlauf des Abendessens nicht aus den Augen gelassen und sich mit einer Handvoll ausgezeichneter Zigarren und einem äußerst liebevollen Lächeln im Empfangszimmer zu uns gesellt. Im nachhinein muß ich zugeben, daß Henri recht scharfsinnig war und eine recht gute Kenntnis der menschlichen Natur besaß (was Schriftsteller anging, die gerade in Mode waren), um ein herannahendes Gewitter an einem strahlendblauen Himmel zu wittern. Hinter seinem Lächeln verbarg sich eine besorgte, fast schmerzhafte Frage. Er wußte natürlich, was los war. Er wußte es, aber er hatte eine Schwäche für Schriftsteller, war geneigt, ihnen zu vergeben, sie nicht in Bausch und Bogen zu verdammen, selbst wenn sie menschlich gesehen richtige Drecksäcke waren. Er liebte sie all ihrer Macken zum Trotz. Wenn es nicht anders ging, zwang er sich dazu, gegen sie zu kämpfen, aber sein Herz schlug weiterhin für sie. Man mochte von Henri Sigmund denken, was man wollte. Er war ein guter Kerl.

»Ist alles in Ordnung?« fragte er uns (aber die Frage war eigentlich nicht an mich gerichtet).

Patrick begnügte sich mit einem finsteren Kopfnicken. Ich war seine Stinklaune und seinen leeren Blick seit fast vierzehn Tagen so sehr gewöhnt, daß ich mir darüber weiter keine Sorgen machte. Henri dagegen schien ein wenig beunruhigt.

Ich hatte noch nie erlebt, daß er einem Autor vorschlug, genau in dem Augenblick von der Bildfläche zu verschwinden, da sein Buch erschien. Er hatte mich von einer Insel in Neuengland höchstpersönlich abgeholt (auch wenn wir damals beide noch sehr viel jünger waren) und mich auf der Stelle in die Alte Welt für eine Lesereise zurückgeholt, der ich zu entgehen gehofft hatte, indem ich mich tot stellte. Selbst heute kannte ich keinen Verleger, der auf die hochheilige Pressekampagne verzichtete (die ohne die unbezahlte, physische Gegenwart des Autors für alle Zeiten als unvorstellbar erachtet wird). Glauben Sie nur nicht, es genüge, ein Buch zu schreiben. Sie brauchen gar nicht so eine unschuldige Miene zu machen! Meinen Sie, ich kenne nicht die widerwärtige Seite unseres Berufs, unseren schmählichen, erbärmlichen Aufmarsch im Rampenlicht, bei dem sich jeder unbarmherzig vorzudrängeln versucht? Und fragen Sie mich nicht, was ich mir vorgestellt hatte. Meine halbe Seele ist zusammengebrochen und ruht unter einem Haufen von widerwärtigem Schutt, den ich nicht mehr anzurühren wage.

Isabelle Sigmund bot uns eine Auswahl von Likören an. Der Absinth, von dem wir mehrere Gläser vor dem Essen getrunken hatten, färbte noch ihre Wangen, obwohl sie von der Terrasse zurückkam, wo sie in Begleitung von Franck und den anderen Gästen ein wenig Luft geschnappt hatte.

Henri legte seiner Frau den Arm um die Taille und sah uns mit liebevollem Blick an: »Was hältst du davon, Isabelle? Meinst du nicht, daß sie sich am Meer wohler fühlen würden?«

»Vermutlich«, erwiderte ich. »Aber ist es der richtige Augenblick dafür?«

Ich stand auf, ohne seine Reaktion abzuwarten.

Ich erinnerte mich noch an sein Bitten, seine Drohungen und sein Gejammer wegen einer Fernsehsendung, die ich abgelehnt hatte, ein Interview, das ich nicht hatte geben wollen.

Andererseits war Henris Haus mit allem erdenklichen Komfort ausgestattet, besaß eine Bibliothek, und außerdem hatte ich schon seit langem keine Ferien mehr gemacht.

»Hör zu, frag mich nicht warum«, seufzte Henri, »aber ich weiß, daß es besser wäre, ihn von hier fortzubringen. Ich glaube, es ist für alle besser.«

Schließlich kam er zu mir auf die Terrasse, auf die ich mich zurückgezogen hatte, um zu grübeln. Heute drehte sich alles nur noch um Leute wie Patrick Vandhoeren, Nick Hornby und Konsorten. Sie konnten sich alles erlauben. Henri hatte vermutlich recht, als er mir erklärte, daß ich nicht begreife, welch beträchtliche Interessen auf dem Spiel ständen, astronomische Summen, Dinge mit unabsehbaren Auswirkungen, aber etwas begriff ich sehr wohl: Ich war zum falschen Zeitpunkt gekommen. Mich hatte man in die Arena geschleift, während Patrick ungestörte Ferien fern des aufreibenden, lächerlichen Treibens gewährt wurden.

»Komm, ich bitte dich! Das hat dich doch auch ein wenig gereizt, wie mir scheint!«

»Ich war damals noch ein junger Mann, und du hast das Schlechte aus mir herausgekehrt! Du hast mich verdorben!«

Wir gingen ins Haus, um etwas zu trinken.

Mit einer Handbewegung schickte er das Hausmädchen hinaus und machte die Küchentür hinter sich zu. Ich spürte, daß er nervös und verstimmt war. Was ich trinken möchte. Ich sah ihn eine Sekunde an und bemerkte dann eine Küchenmaschine auf der Arbeitsfläche.

Ich entschloß mich für einen Fruchtsaft, halb Erdbeeren, halb Himbeeren, mit Gin, einer Apfelsinenscheibe und *crushed ice.* Immerhin, er kam meinem Wunsch wortlos nach. Wenn ich Patrick Vandhoeren gewesen wäre, hätte er mir vermutlich ein ganzes Essen zubereitet. Aber gut, worauf wartete er noch, um sich vor mir auf die Knie zu werfen und mich anzuflehen, Patrick ans Meer mitzunehmen?

Nachdem er ein paar Eiswürfel zerstoßen hatte, entstielte er die Erdbeeren.

»Herrgott noch mal, Francis!« seufzte er und warf mir einen müden Blick zu. Als hätten wir ihm alle das Leben versauert, die einen wie die anderen.

Er setzte erneut die Küchenmaschine in Gang, und ein roter Saft spritzte gegen die Wände des Geräts.

»Wenn er mich verläßt, möchte ich, daß du ihn fertigmachst!«

Er starrte auf den Behälter, in dem die Früchte zu Brei geschlagen wurden, zerquetscht wie zartes Fleisch. Ich erwiderte nichts.

Er stellte den Mixer ab und blickte mich an: »Hörst du, was ich sage? *Wenn er mich verläßt, möchte ich, daß du ihn fertigmachst!*«

Er hatte die Stimme nicht erhoben, aber er sagte das ganz bestimmt nicht im Scherz. Wir sahen uns einen Augenblick unverwandt an, während das Geräusch von Gesprächen an unsere Ohren drang.

»Und *wie* soll ich ihn fertigmachen?« fragte ich mit einem höhnischen Grinsen.

Offiziell war eine gewisse Art von Unterwäsche bei Edward Cotten-Saul nicht zu erwerben. Aber wenn man etwas nachbohrte, und schließlich war ich kein Unbekannter in ihrem Haus, waren sie bereit, ihre Schattenseite preiszugeben.

Nicole hatte genug von der billigen Reizwäsche, die wir hier und dort in nicht sehr ansprechenden Läden mitten zwischen einer Reihe von Peitschen, Kautschukgliedern und Artikeln aus Leder fanden. Aus Leder oder aus Pappmaché?

Es stellte sich heraus, daß es geschlitzte Höschen, ähnlich geartete Strumpfhosen, Büstenhalter mit abnehmbaren Körbchen und andere einschlägige Scherzobjekte in allen Preislagen und unter dem Namen der angesehensten Marken gab, doch sie vermieden es, diese Tatsache an die große Glocke zu hängen.

Selbstverständlich hatten sie für diese Art von Artikeln keinen Katalog. Aber sie hatten eine große Auswahl. Und einen beachtlichen Vorsprung, was deren geile Aufmachung anging. Luxus kann durchaus förderlich sein.

Ich hatte Nicoles Scham Anfang der Woche rasiert und pflegte sie sorgfältig, so daß ich bereit war, gewisse Ausgaben zu tätigen (meine Unterhemden der Bundeswehr liefen dafür, daß es schon die zweite Saison war, noch sehr gut, und meinen chinesischen Shorts gelang der Durchbruch auf einem sehr konservativen Markt – nur die Tergal-Shorts im Stil Nabokovs waren mir noch um eine Nasenlänge voraus), also wie schon gesagt, gewisse Ausgaben, um Nicoles Geschlechtsteil zur Geltung zu bringen.

Wir hatten uns darauf geeinigt, die Kosten zu teilen.

Da ich natürlich gezwungen war, alles in diese Sache investierte Geld von der Überweisung auf das Konto meiner Kinder abzuzweigen, bemühte ich mich, Nicoles Begeisterung zu zügeln. Ich fühlte mich meinen Kindern gegenüber schuldig. Ein einfaches Höschen (aber es gab nichts Einfaches in der Abteilung der Lustobjekte, und selbst das kleinste Laster hatte seinen Preis) kostete genausoviel wie, was weiß ich, eine Woche Verpflegung in der Mensa an der Universität von New South Wales oder ein Monatsbeitrag für *Greenpeace*. Es fiel mir schwer, nicht daran zu denken. Mir stiegen dabei fast die Tränen in die Augen.

Andererseits mußte ich unbedingt dafür sorgen, daß meine Beziehung zu Nicole die trüben Gewässer nicht verließ. Wenn ich nicht höllisch aufpaßte und die Sache nicht wie eine Luftmatratze mit meinem ganzen Gewicht unter Wasser hielt, würde unser Abenteuer den Schlamm verlassen und ans Licht steigen, was überhaupt nicht in Frage kam. Dann schon lieber als unwürdiger Vater angesehen werden.

Aber ich hielt den Schaden noch einigermaßen in Grenzen, indem ich, wenn auch äußerst widerwillig, ein halbes Dutzend von diesen Dingern entwand. Meine Kinder fehlten mir. Meine Vaterrolle fehlte mir. Ein ganzer Teil meines Lebens fehlte mir. Und zwar auf so unvorstellbare Weise, daß ich nicht mehr in der Lage war, mir das klarzumachen. Ich verließ an einem strahlenden Junimorgen die Niederlassung von Edward Cotten-Saul, die Taschen voller Damenschlüpfer, die ich nicht einmal bezahlt hatte.

Und ich wichste Nicole auf der Sitzbank einer Bar durch eine vom Schritt bis zum Bauchnabel geschlitzte Strumpfhose hindurch, und ich hörte, wie ich anschließend mit ihr darüber plauderte, wie sinnvoll unsere jüngsten Einkäufe unter solchen Bedingungen waren.

Handelte so etwa ein Mann im Vollbesitz seiner geistigen Fähigkeiten? Ein Schriftsteller, der noch den Anspruch auf eine gewisse Leserschaft erhob? Ein Vater und Ehemann? Ein Mann, der die Interessen der Éditions Sigmund retten sollte?

Aber so war das nun mal. Ich hatte mich zwar nicht davon besiegen lassen, aber es hatte mich auch nicht stärker gemacht, sondern halb verrückt. Das mußte ich zugeben.

Sich in Begleitung von Nicole bei Edward Cotten-Saul herumzutreiben war nicht gerade das Zeichen eines gesunden Geists.

Als ich an jenem Abend hinabging, um die Tür zu öffnen, stand Olga vor mir und fragte mich, ob ich über ihren Besuch überrascht sei. Natürlich nicht, wenn ich genauer darüber nachdachte.

Und sie wartete nicht ab, daß ich sie bat, hereinzukommen, sondern rempelte mich fast mit der Schulter an. Ich folgte ihr ins Wohnzimmer.

Sie begutachtete den Raum mit einem schiefen Lächeln, ehe sie sich mir zuwandte, die Fäuste in die Hüften gestemmt. Sie trug ein umwerfendes Kostüm aus leuchtendgrauer Wildseide, das ihre untadeligen Formen betonte. Ich fragte mich immer, wie sie es bloß machte, sich in die Stadt zu wagen, mit all den Männern, die man dort antraf. Selbst am hellichten Tag.

»Na, wie war diese Anprobe?«

Es hatte keinen Sinn zu versuchen, sie an der Nase herumzuführen. Zum einen war sie nicht in der richtigen Stimmung dafür (ich vermutete, daß sie für ihren Roman eine Geburtszange benötigte), und außerdem durchschaute sie mich nach so vielen Jahren so vollkommen (Edith erzählte ihr immer mehr, als nötig war), daß jeder Widerstand vergeblich war. Aber hatte ich eigentlich die Absicht, Widerstand zu leisten? War sie nicht auch *meine Freundin? Vor allem* meine Freundin?

»Olga... Ich glaube, ich habe mich in eine unangenehme Situation gebracht.«

»Wirklich? Das kann ich kaum glauben.«

»Hör zu... Es ist noch nicht sehr schlimm, aber es könnte sich stark verschlimmern.«

»Na klar! Ich habe dich ja gewarnt! Ich habe dir gesagt, du sollst die Finger von dieser Frau lassen!«

Sie hatte recht. Ich zuckte die Achseln, um ihr zu zeigen, daß ich tatsächlich ein Dummkopf war, ohne jeden Zweifel. Dadurch, daß ich das zugab, nahm ich ihr den Wind aus den Segeln und beraubte sie der Möglichkeit, mir ihre eigene Definition der männlichen Dummheit vorzuführen.

»Und?...« fragte sie weiter, nachdem sie mich zunächst mit strenger, dann mit trauriger Resignation angesehen hatte. »Und?... Nun erzähl schon!«

Ich betrachtete einen Augenblick die letzten rosaroten

Farben am Himmel, die hinter den Zweigen der Linde über dem Garten verblaßten, sowie die Kondensstreifen der Flugzeuge.

Und da sie sich aufs Sofa setzte, um sich meine Erklärungen anzuhören, kochte ich einen Tee, denn ich hatte vor, ihr die Sache in allen Einzelheiten darzulegen.

Plötzlich brauchte ich das. Meine Sorgen mit Olga zu teilen, wie ich es so oft in der Vergangenheit getan hatte, hatte sich immer als förderlich herausgestellt. Auch wenn sie das Thema diesmal in gewisser Weise persönlich betraf, da sie sich ihren eigenen Worten nach von meinen »Bumsereien« mit Nicole betrogen fühlte, milderte sich ihre Verbitterung und die Schärfe ihrer Bemerkungen, und sie ließ mich erzählen.

Nebenbei machte ich sie darauf aufmerksam, daß es nie dazu gekommen wäre, wenn sie sich mir gegenüber auf sexuellem Gebiet etwas mehr Mühe gegeben hätte.

»Alles, was du willst, nur keine Penetration«, erwiderte sie.

»Weißt du, das ist nicht leicht.«

Sie kam und setzte sich neben mich. Ich legte ihr die Hand auf den Schenkel, um ihr zu zeigen, daß ich nicht eingeschnappt war.

Aber um wieder auf Nicole zurückzukommen, Olga bestätigte aufgrund meines Berichts umgehend meine Befürchtungen.

»Im Moment läßt sie die Katze noch nicht aus dem Sack. Aber trau ihr nicht, sie ist dabei, dich ins Garn zu locken... Ich kenne solche Frauen. Sie haben kein Interesse daran, sich hin und wieder auf ein Abenteuer einzulassen. Sie wollen eine feste Beziehung. Und ich fürchte, daß ihr Fiasko mit Patrick ihre Ansprüche noch gesteigert hat... Ist dir klar, was da auf dich zukommt?«

Wir waren auf derselben Wellenlänge.

Ich nickte finster und beugte mich dann vor, um den Tee einzuschenken.

»Gott kann bezeugen, daß ich versucht habe, hart zu bleiben...« seufzte ich. »Hörst du, mit Herz und Seele habe ich mir gewünscht, nichts mit Sex zu tun zu haben!«

»Aber ja... Das weiß ich doch«, sagte sie mit beinah liebevoller Stimme.

»Aber wie lange kann ein Mann widerstehen? Wie lange, ehe er sich verloren fühlt? Ich frage dich: Wie lange kann er durchhalten, ehe er wie ein Spielball von den Wellen mitgerissen wird, wie ein Strohhalm vom Wind? Olga, ich habe mich verloren gefühlt wie ein Kind mitten in einem unbekannten Wald, in einem bedrohlichen Wald. Verstehst du das? *Verloren!*... Ich weiß nicht, wie ich dir das erklären soll.«

Ich sah sie einen Augenblick mit finsterem Blick an: »Was habe ich nur dem Himmel angetan, kannst du mir das sagen?«

Alles, nur keine Penetration. Hatte ich nicht das Recht, mich als Opfer eines Fluchs zu fühlen? Hatte Olga durch diese verquere Haltung nicht zu meinem Fall beigetragen? Oder hatte sie ihn nicht zumindest beschleunigt, verschlimmert, noch schrecklicher gemacht?

Sie sagte keinen Ton, tat so, als sei ihr dieses Thema, über das wir schon so oft und lange diskutiert hatten, nicht bekannt. Ihr zufolge hatte ich keinen Grund, mich zu beklagen. Dabei stellte sich mir heute die brutale Frage: Litt ich an einem krankhaften Sexualtrieb?

»Antworte mir ehrlich: Hast du den Eindruck, daß ich nicht normal bin? Ist mein Verhalten mit Nicole, die Dinge, die ich dir sage, die Art, wie ich dich betrachte … Ist mein Handeln in der letzten Zeit, all das, was mich fast von morgens bis abends beschäftigt, ich meine … findest du das nicht beunruhigend?«

Sie blickte mich eine Weile mit einem undeutlichen Gesichtsausdruck an.

»Irgendwann zwingt sich mir die Frage einfach auf …«, seufzte ich. »Ganz im Ernst, ich habe den Eindruck, als sei ich die Wiederverkörperung von Henry Miller, nur ohne dessen Talent! … Ich bin doch nicht immer so gewesen, oder? … Hör zu, vor ein paar Tagen hat Suzanne dort gesessen, wo du jetzt sitzt, und … weißt du, es fällt mir nicht leicht, es zu sagen … aber … also kurz und gut, ich habe Mühe gehabt, mich zurückzuhalten.«

»Bei Suzanne?«

»Ja … bei Suzanne. Siehst du, wie weit das schon geht? Mit meiner eigenen Agentin, in meinem eigenen Haus. Ich habe nur noch das Weib in ihr gesehen, nichts anderes … Also, willst du immer noch behaupten, daß nichts mit mir los ist? … Ich hätte dich doch neulich um ein Haar vergewaltigt, stimmt's oder nicht?«

»Und was beweist mir, daß du mich nicht vergewaltigt hast? Ich war ja ohnmächtig …«

»Darum geht es nicht, verdammt noch mal! Ich frage dich, ob du das normal findest! … Versuch doch bitte mir ein bißchen zu helfen …«

Sie stand auf und stellte sich vor den Garten, über den sich allmählich die Dämmerung legte, und verschränkte die Arme vor der Brust. Der Schatten ihres Körpers zeichnete sich durch die Seide ab.

»Was uns angeht…«, flüsterte sie. Sie wandte sich mir zu, ehe sie fortfuhr: »Also die Sache vor ein paar Tagen… sagen wir mal… objektiv gesehen… konntest du wohl nicht anders handeln, glaube ich. Ich meine, wenn man mal davon absieht, was wir uns gegenseitig bedeuten. Was Suzanne angeht dagegen…«

»Suzanne und ein Großteil der Frauen, denen ich am Tag begegne. Trotz dem täglichen Geschlechtsverkehr mit Nicole.«

Sie nahm die letzte Information mit einem Schimmer der Verärgerung im Blick zur Kenntnis.

»Ich möchte, daß dir alle Fakten zur Verfügung stehen«, fügte ich hinzu und schenkte uns Tee nach. »Es ist wichtig, daß du die Sachlage genau kennst, ehe du dein Urteil abgibst.«

Sie setzte sich wieder neben mich. Wir schwiegen eine Weile. All das war nicht einfach. Wenn einen ernste Bande mit seinem Gesprächspartner verbinden, nistet sich leicht ein Schweigen in die Unterhaltung ein. Vor allem, wenn es ein Thema besonderer Art ist, das Nachdenken erforderte.

»Ich könnte dir sagen, daß alle Männer Schweine sind und du nicht schlimmer als alle anderen bist.«

»O nein! … So leicht kommst du mir nicht davon!« warnte ich sie.

Ohne die Augen von mir abzuwenden, suchte sie in ihrer Handtasche nach einer Zigarette, zündete sie an und stieß dann widerwillig hervor: »Neunzig Prozent unserer Handlungen haben etwas mit Sex zu tun, jedenfalls bei den meisten von uns. Warum solltest du anders sein? Was glaubst du, was die Welt bestimmt?«

Ich stand auf und betrachtete mit den Händen in den Taschen jetzt auch den Garten.

»Man erwartet nicht von mir, daß ich mich so verhalte, das weißt du genau ... Mit dir war die Sache anders, den Eindruck hatte ich zumindest ... Aber heute ... Was bleibt noch von meinen Schwüren übrig? Was bleibt noch von dem Mann übrig, der ich einmal war?«

»Sag das nicht ...«

»Wie viele Menschen kennst du, die im Sex ihr Heil gesucht haben? Wie habe ich nur darin ein Mittel gegen den Schmerz sehen können? Und wie kommt es, daß mich diese Schändlichkeit nicht niedergestreckt hat? Wie kommt es, daß ich sie hinnehme, daß ich mich darin wohl fühle und nichts unternehme, um damit aufzuhören? Kannst du mir das erklären?«

Und nun wurde es Abend, und die Menschen kehrten gebrochen nach Hause zurück, mit dem Gefühl, daß das Leben letztlich nur eine düstere Farce war. Innerlich begann ich *Johnny, I hardly knew* zu summen, um mich nicht von der Angst überwältigen zu lassen, die der schmerzliche Anblick meiner Lage schon seit langem in mir hervorrief. Und diese Lage schien sich nicht zu bessern, der fruchtlosen, dämlichen Unterhaltung nach zu urteilen, die ich gerade mit Olga hatte. Ich sehnte mich danach, allein zu sein und darauf zu warten, daß Edith zurückkam, die weiß der Teufel was in der Stadt machte (seit meiner Rückkehr aus Kanada kehrte sie spät heim – die Arbeitszeiten in ihrem Job als Lehrbeauftragte waren für das Zusammenleben eine wahre Plage). Edith und ihre glänzenden Einfälle. Edith und ihre Lösungen. Edith und ihr unvergleichlicher Scharfblick.

Hatte ich sie nicht davor gewarnt, ich der arme Idiot, ich das arme Tier mit einem Pimmel, daß wir uns Scherereien zuziehen würden? Hatte ich ihr nicht meine Vorbehalte mitgeteilt, sie fast angefleht, mich nicht in ein Unternehmen hineinzuziehen, das mir sehr unsicher, heikel, voller Fallen zu sein schien und vor allem viel zu gefährlich für mich?

Der Garten roch trotz allem sehr gut. Ganz gleich in welcher Stimmung ich war, ich konnte Edith einfach nicht lange böse sein. Es war bereits vorbei. Ich zog mich in mein Schneckenhaus zurück und hoffte, daß ihre Hand meinen Kopf streicheln würde. Diese Wutanfälle aus heiterem Himmel... Mit welchem Recht erlaubte ich sie mir?

Es war nicht Ediths, sondern Olgas Hand, die meinen Arm berührte, während eine leichte, laue Brise im Laub der Linde raschelte. Von der Hausecke hatte ich zu einem der Äste eine Leine gespannt, auf der ich meine chinesischen Shorts lüftete (aus unerklärlichen Gründen roch einer der Posten nach Fisch).

»Sieht das nicht aus wie eine Girlande?« flüsterte ich.

»Möchtest du, daß wir uns ein bißchen aufs Sofa legen?«

Ich wandte den Kopf und blickte sie lächelnd an: »Danke, aber Nicole wartet oben auf mich.«

Zu schade, daß Sie nicht den betrübten Ausdruck sehen konnten, den ihr Gesicht plötzlich annahm!

»Francis... Das soll doch wohl ein Scherz sein!«

»Aber nein... Glaubst du mir nicht?«

Diesmal hatte ich Nicole nicht an die Decke meines Arbeitszimmers gehängt, sondern sie sorgsam auf dem Futon in einer bequemeren Haltung verschnürt. Ich hatte zur Abwechslung Riemen aus schwarzem Stoff verwandt (es handelte sich in Wirklichkeit um einen Posten Strümpfe aus dem Sonderangebot – die Lehre, die ich in Japan durchgemacht hatte, duldete sie zur Not, und mein Meister hatte mir davon abgeraten, aber Nicole ertrug sie besser, vor allem im Kontakt mit ihren Geschlechtsteilen). Ihre Kleider lagen auf dem Boden verstreut – bis auf ihr Höschen, das ich ihr über den Kopf gestreift hatte.

Olgas erste Reaktion auf diesen Anblick bestand darin, daß sie sich an meinen Ärmel klammerte. Ganz offensichtlich kann man sich, sogar wenn man in solchen Techniken nicht bewandert ist oder sie gar ablehnt und nichts von der Kunst der Knoten versteht (der doppelte *Yosemite* zum Beispiel ist für den Kenner eine wahre Wonne), nur mit Mühe ihrem Reiz entziehen.

Olga und ihre erotischen Bücher! Sie betrachtete Nicole mit runden Augen.

»Du kannst ruhig etwas sagen, sie hört dich nicht...«, erklärte ich.

Ich hatte Nicole tatsächlich einen Kopfhörer aufgesetzt *(Schätze der japanischen Musik aus dem Mittelalter),* bevor ich hinuntergegangen war, um Olga die Tür zu öffnen. Im übrigen war ich mit dem Einpinseln noch nicht fertig geworden, und nur ihre Brüste glänzten, als sollten sie in den Backofen geschoben werden. Ein ganz normales Massageöl, das mit dem Pinsel aufgetragen wird, während drei Reihen eng geschnürter Riemen, oberhalb und unterhalb der Brüste, diese hervorquellen ließen und sie wie um Erlösung flehende Luftballons blähten (wenn man Zeit genug hat, kann man die Brustspitzen mit einem Sauger aus Glas an einem Gummibällchen langziehen und ihnen so einen stärkeren Ausdruck verleihen). Und ich kann Ihnen versichern, die unansehnlichste Brust streckt Ihnen, wenn sie so behandelt wird, obszön die Zunge heraus und gibt die unflätigsten Schweinereien von sich.

Olga starrte mit ungläubiger Miene auf Nicoles Brüste.

Die Fesselungstechnik läßt sich in allen Schwierigkeitsgraden praktizieren, auf sehr einfachem wie auf sehr kompliziertem Niveau. Ich hatte an diesem schlaffen Spätnachmittag die einfachste Art gewählt, da ich von negativen Gedanken erfüllt war, die mich ununterbrochen bestürmten, seit sich meine väterlichen Gefühle zurückgemeldet hatten. Nicole, der mein Stimmungswechsel nicht entgangen war und die den Takt und die Güte besaß, sich nicht nach den Gründen dafür zu erkundigen, hatte nichts Unmögliches verlangt und sich damit begnügt, mir ihre beiden Arme entgegenzustrecken. Ich hatte sie ihr im kaiserlichen Stil im Rücken festgebunden. Außer den beiden Reihen schwarzer Damenstrümpfe, die ihr die Melonen zusammenpreßten, hatte ich eine zusätzliche Reihe angebracht, die ihr die Hüften abschnürten und ihr ein bißchen in die Haut schnitten. Um die Felder abzugrenzen, waren sie durch eine vierte Reihe miteinander verbunden, die auf der Höhe des Bauchnabels begann, die beiden oberen zwischen ihren Brüsten enger spannte und in einer Schlaufe endete, die ihr um den Hals gelegt war.

»Es ist kaum zu glauben«, sagte ich, »aber das erfordert bereits ein paar Wochen Ausbildung…«

Aus irgendwelchen obskuren Gründen (es sei denn, daß sie nie wirklich Vertrauen in mich gehabt hatte) hatte Olga sich immer geweigert, sich diesen Praktiken zu unterwerfen, die sie mit einer herablassenden Gleichgültigkeit zurückwies. Wie viele andere. Edith war auch nicht davon angetan, und ich hatte mehrfach den Spott der beiden über mich ergehen und mir sagen lassen müssen, daß solche Sachen nicht sehr gesund, sondern eher abartig seien, und was weiß ich noch alles in demselben kläglichen, armseligen Ton. Schließlich hatte ich nicht mehr darüber gesprochen. Auf die Liste all der Dinge, die man im Laufe eines Daseins aufgeben muß, hatte ich auch dieses hinzugesetzt, wie ein Typ, der das Klarinettespielen aufgibt, um seine Umgebung zufriedenzustellen, und allmählich in ohrenbetäubender Stille stirbt. Nein, ich würde nicht so sterben, das stand fest, aber ich hatte meine Hoffnungen zu Grabe getragen und den Zahn der Zeit sein trauriges Werk an meinem Steckenpferd verrichten lassen. In dieser Hinsicht war Nicole mehr als eine einfache Bekanntschaft gewesen. Ich hatte in ihr eine perfekte, begeisterte, neugierige Anhängerin voller Erfindungsgeist gefunden, der ich schon die Grundlagen beigebracht hatte. Sie war eine Schülerin, auf die ich stolz sein konnte. Mit ihrem Höschen auf dem Kopf und ihren leuchtenden, gestauten Brüsten lag sie voll ungezwungener Hingabe mit im Rücken gefesselten Armen, den Oberkörper mit schwarzen Strümpfen verschnürt, seitlich auf dem Futon und spreizte die Beine, so daß sich ihre unbehaarten, feuchten Schamlippen öffneten, und da wußte ich, daß sie mir auf die eine oder andere Weise fehlen würde. Unnötig, mir etwas vorzumachen.

Olga ließ meinen Ärmel los und legte die Hand in den Nacken.

Ich beobachtete sie aus den Augenwinkeln. Wie ich sie kannte, wurde sie von widersprüchlichen Gefühlen bestürmt. Dabei war der Anblick ohne Schnickschnack, ergreifend und originell, aber es ist natürlich nicht dasselbe, ob man im Verlauf eines Gesprächs über das *Nawa Shibari* den Schlaumeier spielt oder die Sache unter die Nase gerieben bekommt und Nicole mit nacktem Hintern betrachtet, während sie nur darauf wartet, auf der Stelle, wie soll ich sagen, vernascht zu werden und sich allen Launen zu überlassen, mit ihren ächzenden Gliedern, ihrem Moschusgeruch, ihren gähnenden, wie Lack glänzenden Öffnungen, auf dem sich geschmeidige, klebrige Rinnsale kreuzten (ich saugte sie manchmal auf wie Glasnudeln – sie erzeugte sie nach Belieben wie eine lüsterne Seidenraupe und gab vor, sich darüber zu wundern, wobei sie tief in ihrem Innern glucksend lachte).

»Und du... Ich meine, du...«, flüsterte Olga.

Ich nickte leicht. Ich hatte das Gefühl, als keimte der gleiche Gedanke in unseren Köpfen auf. Für mich war es eine richtige Erleuchtung, eine Explosion mitten in der feuchtwarmen Nacht, in die mich Nicole Vandhoeren in der Hoffnung auf eine echte, schreckeneinflößende Beziehung hineinzog. Für Olga schienen die Dinge nicht so eindeutig zu sein, aber der Kampf war unerbittlich. Vermutlich gab es ein Für und Wider.

»Hör zu, das mußt du entscheiden...«, erklärte ich.

Für den Bruchteil einer Sekunde warf sie mir den Blick eines gehetzten Tiers zu.

Dann drehte sie sich schnell auf dem Absatz um, stürzte die Treppe hinab, und ich hörte, wie die Haustür mit einem Knall zufiel. Anschließend heulte ein Motor auf, Reifen drehten auf dem Asphalt durch, und ich wußte, daß sie die Nacht damit verbringen würde, auf und ab zu gehen. Es sei denn, sie vergeudete ihre Zeit damit, irgendein frei erfundenes fades erotisches Zeug zu kritzeln, in einem Heuschober zum Beispiel, mit vielen Hihiii und Hahaaa.

Ich strich mir eine Weile über das Kinn, überzeugt davon, daß ein himmlischer Hauch mein Gesicht gestreift hatte und mir den Weg wies, wie ich Nicoles Pläne torpedieren konnte, ohne uns der Freuden des Fleisches zu berauben. Wie benommen von dieser wunderbaren Aussicht hockte ich mich neben sie und nahm ihr das Höschen und den Kopfhörer vom Kopf. Ich lächelte ihr zu und beugte mich hinab, um an ihren Brüsten zu saugen, während ich ihr eine Hand zwischen die Beine schob.

»Weißt du, daß wir gerade Besuch gehabt haben?« fragte ich sie, ehe ich mich ans Werk machte.

Das war ihr gleichgültig. Völlig gleichgültig. Mit einem spöttischen Blick und herausfordernder Miene spritzte sie mir einen Urinstrahl mitten auf die Brust. Als ich das sah, hängte ich sie an die Decke und wichste sie beinhart trotz endloser Zuckungen, die mich einen Augenblick befürchten ließen, daß der Haken nachgeben und uns das Dach auf den Kopf fallen würde. Welcher Mann hätte einzig kraft seiner Vernunft mit solchen Dingen aufhören können? Wer unter uns hätte das geschafft?

Ich konnte mich erst ein wenig später mit ihr unterhalten, als sie sich wieder anzog.

Als die Nacht hereinbrach, wollte ich an meinem Roman arbeiten. Ich hatte ihr erklärt, daß ein Schriftsteller, der sich nicht eine gewisse Disziplin auferlegte, ein toter Schriftsteller sei. Und daß wir, sobald mein Roman fertig sei, sehen würden, ob sie länger bleiben könne. Und dann hatten wir uns mit Blicken gemessen. Aber ich hatte die Miene eines zum Tode Verurteilten aufgesetzt, um mit ihr über mein mögliches Comeback zu sprechen, die einzige Sache, die mich noch am Leben hielt, und sie hatte nachgegeben. »Beeil dich, damit du fertig wirst...«, hatte sie nur erklärt.

Auch wenn die Arbeit an meinem Roman der wahre Grund gewesen wäre, warum ich Nicole wegschickte, sobald es Abend wurde, wäre das Ergebnis nicht sehr erfolgreich gewesen.

Denn sie ließ nicht einen Mann im Vollbesitz seiner geistigen Fähigkeiten zurück, einen munteren Schriftsteller, der bereit war, bis zum Morgengrauen ganze Wälder mit einem von frischem Blut bedeckten glänzenden Schwert abzuholzen, sondern einen Mann, der der Schatten seiner selbst war.

Ach, ich konnte mich kaum noch auf meinen armen Beinen halten! Wenn sie im Badezimmer verschwand, ließ ich mich im allgemeinen in einen Sessel fallen – mit leerem Kopf, schmerzenden Muskeln, einer Strähne, die mir an der Stirn klebte, die Hose über die Schulter geworfen und das Gesicht übersät mit Streifen von angetrocknetem Samen und anderen Substanzen.

Ich war zwar noch in der Lage, zuzusehen, wie sie ihr

Höschen und ihre Strümpfe anzog. Aber gewiß nicht, eine einzige Zeile zu schreiben.

»Nicole... Wir haben vorhin Besuch gehabt.«

»So? ... Tatsächlich?« sagte sie und zog den Reißverschluß ihres Rockes hoch.

Ich erzählte ihr die Begebenheit, während sie im Halbdunkel zwischen meinen Beinen hockte und mir einen ablutschte, wobei sie sich, wie man sich denken kann, sichtlich auf meine Worte konzentrierte.

»Verflixt noch mal, du hörst mir ja gar nicht zu ...«, seufzte ich.

Sie schwor mir das Gegenteil, kletterte auf die Armlehnen meines Sessels und raffte ihren Rock sogleich bis zu den Hüften. Was ihr ermöglichte, ein Bein über die Rückenlehne zu legen.

»Weißt du, Olga ist meine beste Freundin, und sie schätzt dich sehr...«

Ich wartete nicht ihre Reaktion ab, sondern schob ihr Höschen zur Seite und ließ ihr meine Zunge in die Scheide gleiten. Das war, das gebe ich zu, ein heimtückischer Überfall, vor allem, da sie dafür sehr empfänglich war, aber war das Leben nicht ein erbitterter, gnadenloser Kampf, in dem alle Mittel erlaubt sind? Sehen Sie, ich steckte ihr sogar einen Finger in den Arsch wie Judas, der Jesus auf die Wange küßt, um ihm das Gehirn zu benebeln. Wenn es soweit sein sollte, würden wir immer noch ausführlicher darüber sprechen können. Einstweilen streichelte sie mir das Haar, und ihr Saft floß mir die Kehle hinab.

Wie ich später erfahren sollte, beugte sich genau in diesem Augenblick, also als es zwanzig Uhr auf meiner Wanduhr schlug und Nicole in aller Ruhe in meinem Mund einen Orgasmus hatte, auf der anderen Seite der Stadt Patrick, Patrick Vandhoeren höchstpersönlich, mit einem Federhalter einer ausländischen Marke in der Hand über den einträglichsten Vertrag, den jemals ein Autor unterzeichnet hatte.

Eine ganze Weile blieb Henri Sigmund stumm. Mit im Rücken verschränkten Armen stand er vor dem Fenster seines Büros und starrte auf irgendeinen Horizont, ohne sich um meine Gegenwart zu kümmern. Der Himmel war blau. Dann schüttelte er den Kopf.

»Francis, sag mal ganz ehrlich... Gibt es denn keine anderen Frauen in dieser verdammten Stadt, die du vögeln könntest?«

Er wandte sich mir zu und fuhr in gleichbleibendem Ton fort: »Hast du das absichtlich getan, oder ist es soweit, daß man dich ein für allemal einsperren muß?«

»Ich gebe dir nur wieder, was er zu mir gesagt hat. Aber seit wann wechselt man den Verlag, weil eine Frau einen betrügt? Das ist völlig lächerlich!«

»Mein Gott, sieh dich doch mal an! Du hast solche Ringe unter den Augen!«

»Und was hat das damit zu tun? Ich arbeite *auch noch* an einem Roman, stell dir vor.«

»Soll ich dir mal was sagen? Erst ist da diese Geschichte mit Madonna (ich öffnete den Mund, um ihn zu berichtigen, aber er hob die Hand, um mir Einhalt zu gebieten)... und du verdirbst alles. Wirklich eine glorreiche Initiative von dir. Und noch dazu zu einem Zeitpunkt, den du gar nicht besser hättest wählen können. Und jetzt kommst du auf die geniale Idee, Nicole ohne die geringste Zurückhaltung so oft es geht aufs Kreuz zu legen!... Sieh mir in die Augen, Francis, und sag mir, daß ich träume!«

Gewiß. So dargestellt, sprachen die Dinge nicht gerade für mich.

Ich fragte Henri, ob das meinen geplanten Schutzumschlag in Frage stellte, aber er sah mich an, ohne etwas zu erwidern. Ich hätte gern zu ihm gesagt, daß ich mit meinem nächsten Roman die optimistischsten Voraussagen himmelhoch übersteigen würde und daß Patricks Verrat daneben nur Liliputanerscheiße war, aber war er fähig, mir zuzuhören?

Ihm zufolge wußte ich, was mir zu tun blieb.

»Aber Henri...«, seufzte ich. »Wie soll ich einen Schriftsteller fertigmachen, den ich achte und bewundere? Und außerdem handelt es sich um sein bestes Buch...«

»Ich bitte dich, nun stell dich nicht dümmer, als du bist!«

»Ich habe noch nie einen Artikel über die Arbeit eines anderen geschrieben.«

»Na gut, dann ist die Wirkung um so größer, glaub mir das!«

Er lud mich zum Mittagessen ein. Ich betrachtete jedes Gericht, das man vor mich hinstellte, mit stiller Abneigung.

Jeder Bissen hätte mir in der Kehle steckenbleiben, mich ersticken, mich mit furchtbaren, durch Brechreiz verursachten Zuckungen zu Boden werfen müssen.

Henri schlug mir vor, meine wenig überzeugenden Vermittlungsversuche in dieser Angelegenheit zu vergessen. Da er von Natur aus unfähig war, Patrick aus tiefstem Herzen zu verfluchen, »auch wenn dieser Dreckskerl hundertmal den Strick verdient hat«, wünschte er ihm darüber hinaus nichts Böses. Und seine Theorie war folgende: Patrick zu erledigen bedeutete zugleich seine Rettung.

»Sieh mich nicht so an, sondern versuch lieber nachzudenken … Stell dir einfach mal vor, daß Claris auf einen Schriftsteller gesetzt hat, dessen Arbeit überschätzt wird. Entschuldige den Vergleich, aber auf ein Pferd, das kein Rennen mehr gewinnt … Siehst du, wenn ich meinen Partnern ankündigen könnte, daß Claris einen schlechten Handel getätigt hat …«

»Warum nennst du sie deine *Partner*?« sagte ich mit einem höhnischen Lachen. »Du kannst doch nicht mal den kleinen Finger rühren, ohne …«

»Aber ich bitte dich! Fang nicht wieder damit an!«

»Multis. Holdings. Erdölkonzerne. Waffenhersteller. Killer aus der Futtermittelindustrie. Monsanto! Monsanto! *Monsanto!!*«

»Herrgott!« stöhnte er und sah sich besorgt um. »Was willst du jetzt noch alles aufs Tapet bringen?«

»Sie haben die *Food and Drug Administration* infiltriert. Sie haben Aspartam kommerzialisiert, *Roundup* und das rekombinante Wachstumshormon für Rinder. Sie wollen *Terminator* auf den Markt bringen. Weißt du, was das ist? Getreide, dessen Saatgut sich selbst zerstört. Verstehst du, was das heißt? Das sind deine *Partner*! Monsanto und Konsorten!«

Manchmal muß die Wahrheit einfach mal gesagt werden. Damit diese Leute wissen, daß wir auf dem laufenden sind, und den Arm kennen, der uns ins Grab stößt.

»War es das jetzt? Bist du fertig damit?«

»Das ist nicht auf dich persönlich gemünzt, Henri. Sie stecken hinter allem, hinter dir wie den anderen. Ich will dir gern einräumen, daß sie sich gut verbergen und daß du nicht direkt mit ihnen zu tun hast, aber fall bitte nicht auf sie herein. Wir verdanken ihnen zum großen Teil Brustkrebs und Prostatakrebs, also bitte ... Und ganz zu schweigen vom Dioxin und vom Agent Orange.«

Er machte ein paar Minuten lang ein störrisches Gesicht und betrachtete mich trotz des langen Weges, den wir in all diesen Jahren gemeinsam zurückgelegt hatten, mit Mißtrauen. Mit dem Unterschied, daß er damals noch ein junger Verleger gewesen war, frei und unabhängig, und daß noch Klatschmohn und Kornblumen unsere Felder gesäumt hatten.

»Schön. Wie dem auch sei...«, begann er von neuem.

»Henri«, unterbrach ich ihn, »es gibt im Grunde nur noch einen Kampf, der geführt werden muß. Wir müssen alle unser Scherflein dazu beitragen und einen Schutzwall gegen diese Ungeheuer errichten.«

»Ja, ich verstehe dich schon... Aber wenn du erlaubst, um auf Patrick zurückzukommen, ich möchte doch wissen, ob du mich richtig verstanden hast. Denn weißt du, es handelt sich dabei nicht um ein globales Problem, sondern um einen ganz besonderen Fall, auf den ich deine Aufmerksamkeit ziehen möchte, wenn es möglich ist. Ist das zuviel verlangt? Nein? Denn ich muß dich immerhin darauf hinweisen, daß er mich in eine sehr unangenehme, um nicht zu sagen äußerst heikle Lage gebracht hat, wie du dir denken kannst. Und wenn ich in einer heiklen Lage bin, dann bist du es auch, ebenso wie alle Schriftsteller des Hauses. Ich hoffe, das ist dir klar.«

Die Menschheit zu retten oder eine Gruppe von Schriftstellern zu retten ist zweierlei. Die Nuance fiel mir sogleich auf, aber ich ließ ihn weiterreden.

»Im Gegensatz zu dem, was du glaubst, ist Geld nicht alles für diese … na ja, nenne sie wie du willst, sagen wir diese Finanzgruppen. Sie sind sehr auf ihr Image bedacht und reagieren in dieser Hinsicht bisweilen in einer Weise, die man als launisch bezeichnen könnte, also völlig irrational, fast kindisch. Manchmal auch sehr brutal, das kann ich dir nicht verheimlichen … Du kennst sie ja, nicht wahr? Aber wenn du mir die Gelegenheit gibst, ihnen zu beweisen, daß Patrick keine allzu sichere Geldanlage gewesen ist und daß Claris bald die Augen aufgehen dürften, nun … ich denke, daß wir dann das schlimmste Gewitter vermeiden. Sie verlieren lieber Geld als ihr Gesicht und können sich offen zu dem üblen Streich beglückwünschen, den sie den anderen gespielt haben. So etwas tun sie schrecklich gern, weißt du, egal was das kostet … Also hör zu, wir sollten nicht warten, bis sie nervös werden. Wenn du Patrick einen Dienst erweisen willst und damit auch mir und dem ganzen Haus, Francis, dann mach ihn fertig, das habe ich dir ja schon gesagt! Wir haben keine andere Wahl.«

Patrick fertigmachen, obwohl er davon sprach, seinem Leben ein Ende zu setzen?

Vermutlich waren wir in unserem Metier schnell bereit, hochtrabende Worte zu verwenden. Fehlte uns die Inspiration, waren die Verkaufszahlen schlecht, wurde eine Tasse

Kaffee auf ein Manuskript verschüttet oder ein Preis an irgendeinen armseligen Scheißer verliehen, einen unterbelichteten Streber ohne jede Seelengröße, und schon hatten wir nur noch den Selbstmord auf den Lippen.

»Aber Nicole hat einen Lover, verdammte Scheiße!« raunzte er und schlug mit der Faust auf die Theke.

»Na und? Was hat das schon zu sagen?«

Er warf mir einen Blick zu, in dem seine ganze Verachtung über meine Stumpfsinnigkeit zu lesen war, und schüttelte schwerfällig den Kopf: »Was das zu sagen hat? Sie ist meine Frau, verdammt noch mal!«

Er hatte bereits mehrere Gläser getrunken, ehe ich ankam. Wir hatten über all das schon am Vormittag gesprochen, als er bei mir zu Hause vorbeigekommen war, aber da war er noch nüchtern gewesen. Höchstens ein wenig deprimiert, mehr nicht.

»Ich weiß nicht, mit wem Nicole mich betrügt, aber sie betrügt mich«, hatte er mit einer vagen Geste erklärt.

»Tatsächlich? Na und?«

Wir waren zur Bank gefahren, um seinen Scheck einzulösen. Ich hatte den Eindruck, als sei Nicoles Untreue noch ein ferner Nebel in seinem Hirn, das ganz von der Summe gelähmt war, die er auf sein Konto einzahlte. Ich dagegen war zutiefst erschrocken. Nicht so sehr aus Angst davor, daß er entdecken könne, wer der Partner seiner Frau war, sondern erschrocken und sogar verdammt genervt über die Tatsache, daß er der Sache nicht allein auf die Spur gekommen war: In einer Anwandlung von schlechter Laune hatte Nicole mit, wie es scheint, vor Herausforderung zitternder Stimme die Katze aus dem Sack gelassen. Wieviel Zeit blieb mir noch, ehe sie mit ihren beiden Koffern bei mir vor der Haustür stand? Ich hatte kurz die Augen schließen müssen, so sehr schwindelte mir.

»Ich glaube, es ist höchste Zeit für mich, ein neues Leben zu beginnen…«, hatte er mit verzerrtem Gesicht draußen vor meiner Wagentür erklärt, während ich mich anschickte, zu Henri zu fahren.

Aber jetzt, hier in der Bar, war er nicht mehr in der Lage, die Sache mit stoischer Gelassenheit hinzunehmen.

»Das hältst du im Kopf nicht aus! Sie trägt geschlitzte Slips! Sie hat den Körper voller roter Flecken!«

»Was? Das soll doch wohl ein Witz sein!«

»Kannst du dir das vorstellen, sie mit ihrem Haarknoten, den Röcken, die ihr bis über die Knie gehen, und ihrem frigiden Getue?… Stell dir das mal doch mal vor, verdammte Hacke!«

Ich bezahlte umgehend unsere Getränke und zog ihn mit nach draußen, weil ich Angst hatte, daß einer von diesen Paparazzi im Lokal sein könne und dann wieder eine Verfolgungsjagd auf der Uferstraße begann, und anschließend all die Tränen, all die Blumen, all dieses Wehklagen, all diese Menschenmassen, getaucht in Rotz und unsäglichen Schmerz bis zur Übelkeit.

Ihn fertigmachen? Obwohl er der Beste von uns war?

Sein neuer Roman hatte mich gefesselt. Ihn fertigmachen?

Ich, den er im Kreis seiner wenigen Freunde aufgenommen hatte, sollte ihn fertigmachen? Ich, mit dem er drei lebendige Japanerinnen geteilt hatte, so wie er es mit seiner Zahnbürste getan hätte?

Durch das Küchenfenster sahen Edith und ich schweigend zu, wie er sich am Fuß der Linde erleichterte.

»Vielleicht wäre es ja tatsächlich zu seinem Besten. Vielleicht hat Henri recht.«

Ich stellte mich hinter sie, legte das Kinn auf ihre Schulter und drückte sie an mich. Im blassen Mondschein brachte Patrick mit zögernder Hand seine Kleidung wieder in Ordnung und lehnte sich mit der anderen an den alten Stamm, der seine Kraft aus dem Schoß der Erde schöpfte und der hohen CO_2-Konzentration trotzte, die wenige Stunden zuvor in der Hauptstadt gemessen worden war (und die abends in den Nachrichten von einem dümmlich lächelnden Gespenst verkündigt worden war, worauf wir entsetzt unsere Algen herunterschluckten).

»Zu seinem Besten?« fragte ich in belustigtem Ton. »Wie meinst du das, zu seinem Besten?... Wenn ich das zerstöre, was ihm für sein Leben lieb ist?... Das, wofür er sich soviel Mühe gegeben hat?... Die Sache, der er sein Leben gewidmet hat?... (Ich lachte ihr ins Ohr:) Kannst du dir vorstellen, daß ich das tue? Und außerdem sieh ihn dir doch mal an: Hat sein Talent ihm nicht einen undurchdringlichen Panzer geschmiedet? Würde ich die geringste Chance haben, ihm einen tödlichen Stoß zu versetzen? Glaub mir, das würde sofort auf mich zurückfallen...«

»Ja, aber mich macht das ziemlich unruhig. Man hört so viele Geschichten... Du vor allem... Sicher, sie haben Kennedy ermordet, nicht wahr, und Patrick Vandhoeren ist daneben ein Kinderspiel... Henri hat es dir ja erklärt, diese Leute sind unverbesserliche Dickschädel. Liegen sie sich nicht von morgens bis abends in der Wolle? Sind sie nicht fähig, einen Krieg auszulösen, um den Erdölpreis um eine Stelle hinter dem Komma zu senken? Haben sie nicht Millionen von Menschen auf die Straße geschickt, um die Börsenkurse ansteigen zu lassen? Sind sie nicht dabei, die ganze Erde zu verwüsten, nur um selbst daraus ihren Profit zu ziehen? Du hast es mir ja oft genug gesagt, scheint mir…«

Seit sich unsere Tochter für *Greenpeace* engagiert hatte, hielt ich mich tatsächlich auf dem laufenden (Kinder dienen wenigstens dazu, daß man nicht ganz abschaltet und ein offenes Auge für die Welt behält – vor ihrer Abreise nach Australien in Begleitung ihrer Brüder waren sie und ich in regelmäßigen Abständen zur Post gegangen, um *Earth First* mit unseren Überweisungen zu unterstützen, und sie bestand darauf, sich bei *Patagonia* einzukleiden). Ich war also über eine ganze Menge schrecklicher Dinge informiert. Ich wußte, daß wir in einer Welt lebten, in der nichts so war, wie es zu sein schien. Das hatte ich begriffen. Heute war ich damit auf besondere Weise konfrontiert. Ich wußte, daß sich hinter dem Mann, der am Schreibtisch saß, ein anderer verbarg und daß sich in dessen Schatten… Ungeheuer, Hydren und teuflische Wesen schamlos von unserem Fleisch, von unserem Blut, von unseren Seelen ernährten. O ja, sie würden bestimmt kurzen Prozeß mit Patrick Vandhoeren machen, Edith hatte recht! Sie würden ihre Mörder losschicken oder aber wenigstens ihre Schläger, ihre Knochenbrecher, um Patrick zu zeigen, wer das Sagen hatte. Und zugleich all denen, die versucht waren, seinem Beispiel zu folgen.

Wie schon so oft hatte ich beim Anblick der friedlichen, wunderschönen Kulisse eines reichen, ins Licht eines angenehmen Sommerabends getauchten Lands die Vision der tristen Wirklichkeit. Und man warf mir vor, daß ich mich nicht für die Zukunft des Romans interessierte? Während wir in den Flammen tanzten? Würde ich auch nur ein einziges Leben retten, indem ich den Schlauberger spielte? War ein Roman dazu fähig? Oder einen Menschen zugrunde richten? Den zweifellos besten seit langen Jahren?

Wir legten Patrick ins Wohnzimmer, nachdem wir mit Hilfe einiger Gläser Alkohol seine letzten Kräfte gebrochen hatten. Ehe ich in unser Schlafzimmer zu Edith ging, beobachtete ich ihn noch eine Weile. Dann legte ich seine Sachen gefaltet über einen Stuhl.

»Vielleicht taugt er ja nicht soviel wie sein Werk«, sagte ich zu Edith.

»Ich weiß nicht. Das ist vermutlich fast immer der Fall... Aber ist das ein Grund? Hast du beschlossen, deine Hände in Unschuld zu waschen?«

»Ich weiß nicht...«

Ehrlich gesagt, war ich mir nicht sicher, ob ich wirklich die Wahl hatte. Da ich nicht schlafen konnte, verbrachte ich einen Großteil der Nacht in meinem Arbeitszimmer und versuchte Patrick in die Pfanne zu hauen. Aber ich war dazu nicht fähig. Nachdem ich mit Ach und Krach ein Geflecht von schwachsinnigen Behauptungen, kläglichen Lügen und böswilligen Unterstellungen zu Papier gebracht hatte, war ich gezwungen, mich den Tatsachen zu beugen: Ich war dazu nicht fähig. Zur Not hätte ich ins Wohnzimmer hinuntergehen und ihn mit bloßen Händen erdrosseln können, mehr aber auch nicht.

Am nächsten Morgen besuchte mich der junge Marco,

der Mann mit dem Motorroller. Er brachte mir sein Buch und behauptete, daß es sich lohne, es zu lesen. Und informierte mich, daß Henri ihn kontaktiert habe, damit wir unsere Anstrengungen vereinten. Er setzte mir eine Taktik auseinander, wie man Patrick in die Zange nehmen könne, für deren zerstörerische Wirkung er sich verbürgte und die um so gefährlicher wäre, als sie gemeinsam von uns ausgearbeitet werden würde (er hatte sich zwei gleichzeitig erscheinende Artikel vorgestellt, um eine Bresche zu schlagen, auf die bei Bedarf eine Säuberungsaktion folgen könne, falls es Überlebende gab).

Verdutzt machte ich ihn darauf aufmerksam, daß seine Zeitung Patrick immer unterstützt hatte, manchmal sogar mit Worten, die an Abgötterei oder ganz einfach Unreife grenzten. Er erwiderte, ohne mit der Wimper zu zucken, daß das schon ein Jahr her sei.

Er fragte sich, ob wir nicht über all das bei einer Tasse Kaffee diskutieren könnten statt auf meiner Türschwelle. Hinter seinem Rücken schimmerte ein schöner, zarter Morgen voll argloser Erregung. Ich trat zur Seite, um ihn eintreten zu lassen, und wies ihm den Weg in die Küche.

Patrick, der gerade aufgewacht war und finster sein Brot mit Butter bestrich, blickte mißmutig zu dem Ankömmling auf.

»Also gut, Marco, worüber wolltest du mit mir reden?« fragte ich ihn.

Auf meinen Rat hin nahm sich Patrick noch am selben Abend ein Hotelzimmer. Ich wollte ihn nicht zu sehr beunruhigen, gab ihm aber zu verstehen, daß es, wenn er schon nicht bereit war, für eine Weile von der Bildfläche zu verschwinden, klüger sei, ein Minimum an Vorkehrungen zu treffen, um abzuwarten, wie sich die Dinge entwickelten. Auch was seine Beziehung zu Nicole anging. Nur nichts überstürzen. Es hieß, einen Mittelweg zu finden, der alle Lösungsmöglichkeiten offenließ.

Gegen Mittag half ich ihm, ein paar Sachen einzupacken. Seine Laune verschlechterte sich wieder bei dem Gedanken, die Wohnung Nicole zu überlassen, die sie, wie er sagte, sogleich in einen Puff verwandeln würde, um das Lotterleben zu führen, im dem sie sich jetzt suhlte. Als ich versuchte, seinen Groll gegen sie zu beschwichtigen (ich ermunterte ihn, Distanz zu halten, aber auf keinen Fall einen endgültigen Bruch herbeizuführen, bei dem bloßen Gedanken daran drehte sich mir der Magen um), wurde er noch wütender und warf ihr vor, hinter ihrer scheinheiligen Miene die niedrigsten Instinkte entwickelt zu haben und den säuischen Charakter einer alten Schlampe zu verbergen. Ich wolle ihm das nicht glauben? Ich ziehe es vor, den ungläubigen Thomas zu spielen? Er rannte in die Küche und tauchte kurz darauf mit einem großen Schraubenzieher bewaffnet wieder auf, das Gesicht rot angelaufen.

Unter fürchterlichem Gebrüll brach er mit einem einzigen heftigen Ruck die Kommode der Unglücklichen auf und verstreute wütend den Inhalt einer ganzen Schublade über den Boden.

»Und was ist *das*?« stieß er hervor. »Und *das*? Hm, und *das*?… Die Klamotten einer Kirchgängerin?«

Bis dahin hatte er sich damit begnügt, auf den besagten Beweisstücken herumzutrampeln. Dann stürzte er sich auf ein fein besticktes Höschen, schob wütend zwei Finger in gewisse ungewöhnliche Öffnungen (vermutlich aus Angst, ich könne nicht begreifen, welchem Zweck sie dienten) und bemühte sich, nachdem er es in alle Richtungen auseinandergezogen hatte, es in Fetzen zu reißen. Vergeblich. Die Atmosphäre war gespannt.

»Vögeln ist ja okay, verdammt noch mal, aber so was!« donnerte er und streckte mir das zerknitterte Höschen entgegen. »Was macht sie bloß für einen Scheiß? Hm, sag mal, was macht sie für einen Scheiß?«

In Anbetracht meines Alters und der Tatsache, daß Nicole bereits um die Vierzig war, ein Alter, das für ihn eine Terra incognita war, wollte er wissen, ob gewisse Schwellenängste zum Ausrasten führten. Ob es einen Augenblick gab, in dem man beschloß, die verlorene Zeit aufzuholen, indem man alles dransetzte. Ob das Feuer im Hintern die Kehrseite der Medaille, die klägliche Kompensierung eines aufrechten, sexuell harmlosen Lebens sei.

Zu seiner Wut kam jetzt noch ein echter, von Unverständnis und Verwirrung geprägter Schmerz hinzu. Ich sah, wie er aus den Augenwinkeln auf die skandalösen Dessous schielte, die auf dem Boden verstreut lagen, während er mit schmerzlich verzerrtem Mund seinen Koffer packte. Vermutlich bewertete er sie Stück für Stück und stellte sich vor, wie Nicole auf perverse Art gräßliche Posen einnahm, wer weiß ... Gott sei Dank hatte er anscheinend die übrigen Dinge nicht entdeckt (die Fotos, die Cremetuben, die vielen Utensilien, die Nicole in Hutschachteln ganz hinten in der Kleiderkammer versteckt hatte, in denen angeblich Weihnachtsgirlanden steckten).

Daher konnte ich die Dinge herunterspielen, sie für kleine Ausrutscher erklären, die meiner Einschätzung nach eher etwas Pathetisches hatten (der Versuch, den Stier bei den Hörnern zu packen und Ablenkung zu suchen, um einen im Fall von Nicole durchaus begreifbaren Mangel an Selbstbewußtsein wettzumachen) und die nicht unbedingt einen ausschweifenden Lebenswandel anzeigten.

»Und außerdem mußt du zugeben, daß auch du nicht gerade ein Heiliger bist. Gib's zu! Ganz zu schweigen davon, daß du, wie ich bemerkt zu haben glaube, ihr nicht mehr all die gewünschte Aufmerksamkeit gewidmet hast...«

»Was hat sie denn mit dir gemacht? Hat sie dich bezahlt, damit du mir auf den Sack gehst?«

Er nahm seinen Koffer mit ins Wohnzimmer und legte den Bildband mit den Fotos von Madonna hinein. Ich setzte mich auf das Sofa und streichelte das Büffelleder mit dem Handrücken, während er im Badezimmer verschwand und mit mehreren Sorten von Kamilleshampoos zurückkehrte.

»Stell dir mal vor, jemand überrascht sie in einem Sexshop!« murrte er. »Was meinst du, was das für einen Skandal auslöst, und das ausgerechnet zum Erscheinen meines Buches!«

Ich lachte ihm ins Gesicht: »Sieh dich doch mal um... Was kommen zur Zeit für Bücher heraus? Nenn mir einen einzigen Schriftsteller, der sich heutzutage nicht wünscht, in den Ruf eines Skandalautors zu kommen... Wenn man dafür nur seine Frau in einen Sexshop schicken müßte, glaub mir...«

Er wünschte sich, sie würde in der Hölle braten. Er wünschte sich, sie würde sich eine Geschlechtskrankheit holen. Er wünschte sich, der Typ würde ein Messer hinter dem Rücken verstecken und es ihr ein dutzendmal in den Bauch stechen, ehe er sie in Stücke schnitt.

Er nahm ihr die Sache in einem Maße übel, wie ich es mir nie hätte erträumen lassen. Und ich begriff nicht recht warum. Gewiß, es handelte sich um seine Frau, und er war nicht der einzige, der den Seitensprung seiner Angetrauten nur ungern sah, da er sich schon einmal die Mühe gemacht hatte zu heiraten. Aber das erklärte nicht alles. Irgend etwas quälte ihn.

Er schien vergessen zu haben, daß er nicht so sehr wegen Nicoles Verhalten in diesem Hotelzimmer war (dem gleichen, in dem er nach unserer Rückkehr aus Kanada seine Madonna Tag und Nacht gevögelt hatte), sondern um sich dem Zorn von Henri und dessen ehrenwerten »Partnern« zu entziehen.

Er wollte ihr einen scharlachroten Buchstaben auf die nackte Haut nähen. Er wollte sie in einen feuchten Kerker werfen lassen. Er wollte, daß sie im Staub vor ihm kroch und ihn um Verzeihung anflehte.

Ich hielt ihm entgegen, daß diese Situation, wie mir schien, seinem Bedürfnis nach Freiheit und seinem sexuellen Nachholbedarf, mit denen er mir die Ohren vollgequatscht hatte, doch durchaus entgegenkam, aber er warf mir nur einen vernichtenden Blick zu. Und was hatte der zu bedeuten? Warum fühlte ich mich persönlich angesprochen, und zwar nicht als mögliches Werkzeug von Nicoles Entgleisungen, sondern als bevorzugter Gesprächspartner, oder soll ich sagen, als elendes Wesen der gleichen Gattung? Was hatte ich ihm denn getan?

Auch wenn dieser Eindruck nur einen kurzen Augenblick währte, verfolgte er mich bis zum Abend. Ich sprach mit Nicole darüber, während wir zu Olga fuhren. Ich erzählte ihr von dem eigentümlichen Ressentiment, das Patrick ihr gegenüber hegte, und dieser seltsamen Aggressivität mir gegenüber.

»Natürlich ist das nicht sehr witzig für ihn … Deine Reizwäsche hat ihm einen Schock verpaßt, das versteht sich. Aber ich bin überzeugt, daß noch etwas anderes dahintersteckt. Ich habe es genau gespürt…«

Das interessierte sie nicht. Wenn man ihr Glauben schenken durfte, würde nichts, was Patrick betraf, sie je wieder interessieren. Ich beobachtete sie, während wir vor einer roten Ampel hielten.

»Du weißt, was dahintersteckt, oder?«

Sie warf mir einen kurzen Blick zu. Mehr nicht.

Ich ging nicht weiter darauf ein. Olgas Einladung brachte sie etwas durcheinander, und ich wollte sie nicht unnötig belasten. Aber sie wußte genau, worüber ich sprechen wollte, da war ich mir sicher.

Bei Tisch betrachtete ich sie lächelnd. Ich empfand eine aufrichtige Sympathie für sie, für das Unausgesprochene in ihren Worten, ihr Schweigen, ihre Art, sich über Hindernisse hinwegzusetzen, und ähnliches. Sie stellte eine wirkliche Gefahr für mich dar, denn sie nahm sich nichts mit Gewalt, sondern ließ mich einfach herankommen, was mir zum Glück völlig bewußt war. Eine Frau voller guter Eigenschaften und mit zahlreichen Facetten. Selbst Olga, die nicht sonderlich begeistert von ihr gewesen war (ehe sie Nicole gefesselt in meinem Arbeitszimmer gesehen hatte), war inzwischen sehr von ihr angetan, und das Gespräch, bei dem sich die beiden nicht einmal die Mühe machten, mich wenigstens ehrenhalber zu Wort kommen zu lassen, verlief fröhlich und in angenehm vertrauten Bahnen.

Ich war zufrieden.

»Nun, bist du zufrieden?« fragte sie mich, als wir nach Hause kamen.

Ich beging die Unvorsichtigkeit zu nicken. Sie legte ihre Tasche weg und erklärte, sie habe es verdient, die Nacht mit mir zu verbringen.

Ohne ein Wort zu sagen, sorgte ich dafür, daß sie sich über die Rückenlehne eines Sessels beugte, hob ihren Rock hoch, zog ihr den Slip herunter und schob ihre Hinterbacken auseinander, zwischen die ich meine Zunge steckte. Das ja. Das, so oft sie wollte. Ohne eine Sekunde zu zögern. Aber es kam nicht in Frage, daß wir die Nacht gemeinsam verbrachten. In dieser Hinsicht war ich unerbittlich. Ich wußte, daß ich verloren war, wenn ich nachgab. Sie wußte es auch, vermute ich. Es wurde höchste Zeit, dachte ich, während sie stöhnend ihren Hintern an meinem Gesicht hin und her drehte, es wurde höchste Zeit, daß Olga mir dabei half, die Karten neu zu verteilen, und zwar nicht erst in hundert Jahren, sondern so schnell wie möglich.

»Also, die Antwort ist nein?« fragte sie ein wenig später, während sie kurz mein Glied aus dem Mund nahm.

»So ist es«, murmelte ich.

Sie zögerte eine Sekunde. Starrte mit verdutzter Miene und verzogenen Mundwinkeln auf meinen Apparat. Ich spürte, daß sie hin- und hergerissen war zwischen der Lust, mir eine Lehre zu erteilen, indem sie mich augenblicklich meinen literarischen Verpflichtungen überließ, und ihrem Widerwillen, auf alles Weitere zu verzichten. In dieser Hinsicht muß ich gestehen, daß wir der Sache auf geradezu beunruhigende Weise Geschmack abgewannen. Ich konnte nicht mehr zusammenrechnen, wie oft wir es auf barbarische Weise in meinem Arbeitszimmer getrieben hatten, wie Jugendliche, die es kaum erwarten können, oder im Auto, während wir auf dem Weg zu einem geeigneteren Ort waren. Sobald wir allein waren, ging es ruckzuck zur Sache, und zwar mit einer Ungeduld, die nicht ganz koscher war. Es kam immer öfter vor, daß unsere Kleidungsstücke befleckt waren oder wir uns nicht mehr in der Lage sahen, den Schein zu wahren, wenn wir irgendwo herauskamen. Im Restaurant befummelten wir uns unter dem Tisch. Wir vögelten in Kinos. Wir wichsten uns gegenseitig, während wir Einkäufe machten. Manchmal sahen wir uns starr vor Entsetzen an.

Es war noch gar nicht so lange her, daß wir mit der Sache angefangen hatten, aber wir hatten sämtliche Stufen übersprungen. Dadurch, daß wir alles nur auf Sex gesetzt hatten, mußten wir wohl irgend etwas aus dem Gleichgewicht gebracht haben, und nun standen wir da: unfähig, uns zu beherrschen, unfähig, unsere Körper zu bremsen. Unter diesen Bedingungen eine Ausstellung besuchen? Ein Theaterstück von Claudel oder ein Barockmusikkonzert? Uns einen Film von Straub ansehen? Das ließen wir besser gleich sein und suchten uns statt dessen einen dunklen Winkel, eine Hausecke, eine Nische zwischen leeren Konservendosen, einen mit einem schmuddeligen Teppichboden ausgelegten Gang, Tiefgaragen, Lieferantenaufzüge, die Toiletten in der erstbesten Bar.

Edith zufolge war das kein Grund, sich Sorgen zu machen. Wie sie meinte, war diese frenetische Seite der Angelegenheit eher beruhigend, weil sie ein Zeichen dafür war, daß ich die Situation in einem bestimmten Rahmen zu halten wußte. War das nicht der Beweis dafür, daß das Schubladensystem funktionierte? Ob ich mir vorstellte, daß sie es lieber gesehen hätte, Nicole und mich beim Dinner im Mondschein zu wissen als mit aufgeknöpften Kleidern zwischen Mülltonnen in einer Hauseinfahrt? Nur zur Hälfte überzeugt, versuchte ich ein Zittern in ihrer Stimme zu entdecken, den Hauch einer Verstimmung auf ihrem Gesicht, aber ohne Erfolg. Wenn ich an einer Grippe erkrankt wäre, hätte sie sich größere Sorgen um mich gemacht.

Ich wünschte mir, sie würde uns sehen, wie wir uns auf dem Teppich im Wohnzimmer aalten und unseren dritten Neunundsechziger des Abends praktizierten, als würden wir dafür bezahlt. Vielleicht hätte sie sich dann auf die Lippen gebissen oder zittrige Finger bekommen. Hätte sie ein fröhliches Liedchen gesummt, wenn sie gesehen hätte, wie ich Nicoles Muschel mit obszönem Eifer und dem Lächeln eines Asiaten bohnerte? Hätte sie mir mit einer großherzigen Geste den Schweiß von der Stirn getupft, auch wenn ich nur danach lechzte, schon wieder eine Nummer zu machen, wenn nicht noch mehr, und mich in eine hysterische Schnecke zu verwandeln? Hätte sie mit olympischer Ruhe gewartet, bis es vorbei war, während Nicole und ich uns in einem Konzert aus schwachsinnigem Gebrabbel und heiserem Keuchen in eine Art menschlichen Brei verwandelten? Ich war mir nicht so sicher. Ich hätte ihr fast gewisse Fotos gezeigt, die ich gemacht hatte (Nicole, die in der Stellung des »Otters mit den Drachenknien« gefesselt war, zum Beispiel). Oder gewisse Videofilme über unsere Schändlichkeiten (ich hatte eine Auswahl von *cum shots* zusammengestellt, während Nicole mit ausgestrecktem Arm unsere besten Posen in Großformat filmte). Ich hätte ihr fast den ganzen Kram unter die Nase gehalten, um sicherzugehen, daß wir über dasselbe sprachen. Wußte sie, daß wir uns die Filme ansahen, während wir kopulierten? Daß die Kamera lief und uns beim Vögeln filmte, den Blick auf den Bildschirm gerichtet, auf dem unsere Doppelgänger so eifrig bei der Sache waren, daß kein Haar mehr trocken blieb? So daß wir, wenn wir wieder vögelten, zusehen konnten, wie wir vögelten, und uns dabei beim Vögeln zusahen? Nicole behauptete, daß dieser Spiegelungstopos, der so oft in der Literatur verwendet und total überschätzt wird (ebenso wie die nicht lineare Erzählweise, die die zweite Garnitur der Kritiker in Ekstase versetzt und den Sonntagsschriftstellern als Feigenblatt dient), zwar nicht die Anzahl, aber die Intensität ihrer Orgasmen erhöhte. Konnte Edith sich vorstellen, was es für eine Frau wie Nicole im fortgeschrittenen Stadium unserer sexuellen Beziehung bedeutete, »die Intensität ihrer Orgasmen zu erhöhen«? Was fing sie mit meinen nächtlichen Erektionen an? Mit meinen morgendlichen Masturbationen bei dem bloßen Gedanken, daß ich Nicole ein paar Stunden später treffen würde?

Ich solle sie nicht mit Details langweilen, erklärte sie ohne Umschweife. Sie sei groß genug, um sich vorstellen zu können, was zwei Erwachsene gemeinsam anfangen konnten, vor allem wenn sie ziemlich erregt und phantasiebegabt oder sogar ein bißchen abartig veranlagt waren, wenn sie das so sagen solle, da ich es offensichtlich für nötig hielte, mich schuldig zu fühlen.

Ich hatte sonst niemanden, mit dem ich über dieses Problem hätte reden können.

Meine Kinder waren in solcher Ferne. Selbstverständlich hätte ich nicht Cécilia mein Herz ausschütten können, aber vielleicht den beiden Jungen. Hätten sie nicht mit über zwanzig Jahren dem Vater ihre kräftigen Schultern geliehen? Hätten sie mir nicht ein ruhiges Lächeln entlockt? Hätten sie nicht die Sexgeschichten von der leichten Seite genommen und dadurch unter meinen Füßen einen fliegenden Teppich ausgerollt, auf den ich alter nicht exkommunizierter Satyr meine müden Knochen sinken lassen konnte?

Mit einer lockeren Bewegung des Handgelenks bepinselte sich Nicole mit meinem Schwanz den Schoß und drückte dadurch ihren Wunsch aus, mich trotz meiner Weigerung, sie über Nacht dazubehalten, nicht im Stich zu lassen. Auch wenn sie auf meinem Bauch hockte, die Spalte mit beiden Händen offenhielt und sich das Schauspiel ansah, deren gestrenge, unerschrockene Choreographin sie war, entdeckte ich dennoch eine gewisse, in der Luft liegende Bitterkeit und hinter ihrer Grimasse der Befriedigung einen finsteren Zug, der nichts Gutes verhieß. Dabei habe ich sie anschließend weiß Gott wie gründlich in den Arsch gefickt, sie gewähren lassen und mich ihrem unsteten Rhythmus angepaßt, auch wenn mir nicht das Herz danach stand.

Später kam sie aus dem Badezimmer zurück und gesellte sich zu mir in die Küche, wo ich einen Kräutertee aufbrühte. Ihr Knoten war perfekt. Sie hatte die Spuren unseres Gerangels von ihrem leichten Make-up entfernt und wirkte frisch wie eine Blume mit glänzendem Blick. Sie trug brave Sommerschuhe, fast ohne Absätze, Strümpfe ohne Firlefanz und hatte die feine Jacke ihres einfarbigen Kostüms bis zum Hals sowie an den Manschetten zugeknöpft. Sie hatte immer noch diesen strengen Zug. Und wenn sie ihr Höschen und ihren Rock angezogen hätte, hätte man sie für eine seriöse Grundschullehrerin halten können, die zwar durchaus charmant war, aber wohl kaum einen Hang zu Frivolitäten hatte.

Sie setzte sich mit nacktem Hintern auf einen mit Kunstleder bezogenen hohen Hocker, die Schenkel gespreizt und die Fersen hinter die Fußstütze geklemmt, die Spalte noch vom kürzlich erfolgten Gebrauch prall und hochrot (ich selbst hatte eine leuchtendrote Eichel und ein kaum abgeschlafftes Glied, das wie von Insektenstichen angeschwollen war – es kam manchmal vor, daß ich es in eine mit Eisstücken gefüllte Salatschüssel tauchte, sobald Nicole die Tür hinter sich geschlossen hatte). Draußen hatte sich der Wind gedreht, er kam jetzt aus dem Süden und entfernte das Geräusch der Ringstraße und bewegte die Zweige meiner Linde, als wären wir auf dem Land und als würde Nicole mit dem Fahrrad heimfahren.

»Ich habe die Nase voll von Schriftstellern!« seufzte sie, während ich die Teekanne heiß ausspülte. »Ich glaube, das habe ich nicht verdient…«

Niemand hatte das verdient. Sie hatte völlig recht. Auch

ich hatte, selbst wenn ich mich bemüht hatte, das Schlimmste zu verhüten, meinen Angehörigen das Leben nicht immer leichtgemacht (aber wie soll man schon mit jemandem leben, der von einem tollwütigen Hund gebissen worden ist?). Schriftsteller sind die abscheulichsten Lebensgefährten, die man sich vorstellen kann. Ich wußte, daß ich ein unsichtbares Hindernis vor ihr aufbaute, auch wenn es in diesem Fall nur eine schamlose Lüge war. Ein unüberwindliches Hindernis von geradezu göttlicher Essenz, das dem normalen Sterblichen nicht zugänglich war. Schriftsteller benutzen die Literatur wie einen Fußtritt in die Eier.

»Hör zu, es tut mir wirklich leid...«

»Auch Patrick hat es leid getan.«

Sie schenkte mir dennoch ein blasses Lächeln. Allen Widerständen zum Trotz verlor sie ihren Sinn für Fairneß nicht, und ich konnte mich noch einmal dazu beglückwünschen, in ihr eine ideale Partnerin gefunden zu haben, die die Schwierigkeiten des Daseins kannte und wußte, daß man auf Erden nur selten das erreicht, was man sich wünscht.

Was nicht hieß, daß sie vorhatte, darauf zu verzichten. Wissen Sie, Scharfblick kann jemanden zäh werden lassen. Ich sah ganz genau, wie sie mit einem kaum wahrnehmbaren Hüftschwenken, und zwar während sie meinen Sternanistee an die Lippen führte, ihre Genitalien im Kontakt mit dem Kunstleder naß machte, so daß dieses plötzlich glitschig wurde. Aus den Augenwinkeln beobachtete sie mein Glied.

»Es besteht ein Unterschied zwischen Patrick und mir«, erklärte ich. »Es gibt Schriftsteller, die keinerlei Geldschwierigkeiten haben und über ihre Zeit frei verfügen können. Du weißt genau, daß das auf mich nicht zutrifft. Mir bleiben nur die Nächte zum Arbeiten. Tagsüber muß ich mir das Salz für die Suppe verdienen, und die Tatsache, daß ich mich um Patrick kümmere, erleichtert mir die Sache nicht, wie du dir vorstellen kannst...«

»Laß ihn doch sehen, wie er zurechtkommt.«

»So einfach ist das nicht.«

Jemand, der ein feines Gehör besaß, konnte gewisse Sauggeräusche aus Richtung des Hockers vernehmen.

»Nein, Nicole, so einfach ist das nicht... Ich weiß nicht, wie ich dir das erklären soll... Wir reden nicht über dieselbe Person. Weißt du, ich habe eine ganze Menge Schriftsteller kennengelernt, Leute die den Goncourt oder den Pulitzer bekommen haben, Buchmessenstars und andere, aber nicht einen einzigen, der ihm das Wasser reichen kann, da kannst du sicher sein. Ich bin nicht in der Lage, ihn als Mensch zu beurteilen, denn, wie soll ich das sagen, für mich stellt er ein anderes Niveau dar... Das läßt mir nicht viele Möglichkeit, was ihn betrifft. Ich versuche, mich nicht zu sehr wie ein Fan zu verhalten, glaub mir das, aber der Grat ist ziemlich schmal...«

Sie hörte mir belustigt zu, den Ellbogen auf die Arbeitsfläche, das Kinn in die Handfläche gestützt. Mit der anderen Hand ergriff sie, ohne den Blick von mir zu wenden, meinen Schwanz und hantierte daran, während sie mich darauf aufmerksam machte, daß sie Patrick viel besser kannte als ich und daß sie mir überraschende Dinge über ihn erzählen könne, und zwar durchaus vom rein literarischen Standpunkt.

»Was erzählst du da?« sagte ich mit gerunzelten Brauen und näherte mich ihr, damit auch ich sie befummeln konnte.

»Willst du wissen, warum er neulich, wie du meintest, so wütend auf dich war?«

Leicht verärgert hob ich sie vom Hocker, der aussah, als habe man ihn als Zielscheibe für ein Wettspucken genommen und anschließend seinem Schicksal überlassen. Sie schlang ihre Beine um meine Hüften und schnappte sich vor allem meinen Schwanz und schob ihn sich rein, ehe sie in einem Ton fortfuhr, der mich in höchstem Grade aufbrachte: »Interessiert dich das? Bist du bereit, dir die Wahrheit über ihn anzuhören?«

Sie jagte mir Angst ein. Irgend etwas tief in meinem Inneren erstarrte zu Eis. Und in diesem Augenblick hatte ich das Gefühl, als hätte ich damit gerechnet.

Schließlich lachte ich auf und fragte: »Was meinst du?« Und nach Luft ringend, legte ich sie mit dem Rücken auf den Tisch und schob ihr schnell den Schwanz in den Mund. Was für eine kindische Reaktion! Was für ein jämmerlicher Idiot ich nur war!... Als hätte ich ihr durch diese lächerliche List den Mund stopfen können! Als würde ich nicht früher oder später das erfahren, was ich mich in diesem Augenblick noch zu hören weigerte.

Als fiele die Schande auf mich zurück.

Es kam mir vor, als hätte ich schon seit einer Ewigkeit nicht mehr einen ganzen Tag lang richtig ausgespannt. Ohne irgend etwas Bestimmtes zu tun, ohne irgend jemanden zu sehen, ohne ein Sterbenswörtchen von morgens bis abends zu sagen. Ich wollte nicht einmal wissen, wer an meine Tür klopfte, warf keinen Blick auf meinen Roman und verbrachte die meiste Zeit in einem Sessel. Eigentlich, seien wir doch ehrlich, war die Außenwelt völlig uninteressant.

Die Dinge, die Nicole mir enhüllt und deren Richtigkeit sie nachgewiesen hatte, kann ich Ihnen im Grunde genommen ja durchaus verraten. Es ist nichts Außergewöhnliches daran. Patrick war nicht der erste, und andere würden sich ebenfalls damit abfinden. Das minderte nicht all seine Verdienste. Zuerst hatte ich das gedacht, aber dann nicht mehr. Ich glaube, er bleibt ein achtbarer Schriftsteller, der weder schlechter noch besser ist als andere.

Das machte auch aus Nicole noch keinen aufsteigenden Stern am Literaturhimmel, das wäre zu einfach. Sie selbst erhob im übrigen nicht diesen Anspruch und erklärte, sie könne nicht schreiben, nicht einmal eine Kurzgeschichte. Ich bin geneigt, ihr zu glauben. Mit Pornographie kommt man nicht weit. Selbst der beste Handwerker errichtet nicht ein ganzes Haus mit seinen eigenen Händen. Und wenn man sich aufs Schreiben verlegen will, muß man sich in allem auskennen, nicht wahr, muß verschiedene Berufe ausüben, mehrere Eisen im Feuer haben, wo sollte das sonst hinführen? Haben Sie die Absicht, die Zahl der, was weiß ich, Krüppel ohne Beine, der falschen Mörder, der kleinen Wichser zu vergrößern? Mein Gott! Eines Tages werden Sie es büßen, glauben Sie mir das! Das Leben ist viel zu kurz, und die Spiegel werden nicht immer so nachsichtig bleiben.

Andererseits muß man sagen, daß sich ein mittelmäßiger Schriftsteller durchaus über Wasser halten kann. Das Dasein bietet einem nicht solch paradiesische Wunder, daß man alles hinschmeißen müßte, um sich auf dessen Früchte zu stürzen, nur weil man meint, daß man nicht zu den ganz Großen zählt. Die kleinen Freuden des Schreibens, hin und wieder ein kleines Echo in der Presse und die Überzeugung, daß man nicht schlechter schreibt als andere... Wie viele haben schon mehr erreicht? Und wie viele haben geglaubt, mehr zu erreichen?

Patrick konnte weiterhin Fußball spielen und zweifellos ein guter Tennispartner werden. Ich bereute es nicht, daß ich meinen Zorn überwunden und Patrick nicht umgelegt hatte, wie ich es im ersten Augenblick vorgehabt hatte, als ich Nicole allein zurückgelassen hatte und mit einer Waffe in der Hand durch die Straßen gerannt war. Zugegeben, er hatte den Schriftsteller, den ich wie den Messias erwartet hatte, in den Schmutz gezogen und mit den Füßen getreten, aber konnte ich ihm die Verantwortung für meinen eigenen Mißerfolg in die Schuhe schieben? Wie konnte ich nur auf den Gedanken kommen, daß sein Sieg meine Niederlage abschwächen würde? Ich nutzte die Ruhe dieses Tages, um meinen Irrtum bis zu seinem Ursprung zurückzuverfolgen und zu begreifen, warum ich mich mit solchem Eifer darin gesuhlt, mit solcher Hast von einem Wunder gesprochen hatte. Hatte ich denn so darunter gelitten, auf halbem Weg Schiffbruch erlitten zu haben? Hatte ich für immer und ewig eine Rechnung mit der Literatur zu begleichen? Würde ich bis zum letzten Atemzug auf dunklen, nicht sehr rühmlichen Wegen versuchen, mit ihr ins Gericht zu gehen?

Ganz von dieser düsteren, erbärmlichen Vorstellung erfüllt, hatte ich nicht gezögert, Patrick aufs Schafott zu schicken. Daß er sich verzehrte und sein Leben an meiner Stelle geopfert hatte, schien mich nicht gestört zu haben. Doch sollte ich mich etwa jetzt, da ich sah, wie er mit verzerrtem Gesicht und schleppendem Schritt wie ein geprügelter Hund den Rückzug antrat und über einen Kampf nachsann, dem er sich nicht gestellt hatte, in einen Hinterhalt legen und ihm den Kopf abschlagen?

Nicole meinte, daß ich damit das Thema für meinen Artikel hätte. Wirklich?

Ohne Rücksicht auf das Blut an den Wänden?

Der Gedanke an eine weite Reise oder eine lange Thalassotherapie drängte sich mir mit Macht auf. Patrick konnte sich jetzt sowohl das eine wie das andere leisten, aber meine Mittel erlaubten mir das kaum, und das Finanzamt, das sich nicht damit begnügte, meine Tantiemen bis 2016 zu kassieren, überwachte mich auf Schritt und Tritt (seien Sie gewiß, daß Sie sich eines Tages, während Sie noch vom Schmerz zerstört und völlig verwirrt mit Ihren nicht zu unterdrükkenden, furchtbaren Weinkrämpfen ringen, sagen lassen müssen, das Finanzamt habe nicht zu Marmorsäulen, sondern zu Statuen aus reinem Gold geraten: wennschon, dennschon!).

Es wurde schon Abend, als ich endlich meinen Sessel verließ, mich geradezu von ihm losriß, wie man sich aus einem schlechten Traum reißt, den man mit einem Schlag zertrümmern muß.

Edith war gerade heimgekehrt und machte sich schon in der Küche zu schaffen. Wie Sie wissen, hatte ich ihr leider nicht nur gute Nachrichten mitzuteilen.

Ich half ihr, die Besorgungen einzuräumen, und begann mit der guten, nämlich, daß Olga einverstanden zu sein schien, sich auf einen Dreier mit Nicole und mir einzulassen, was meiner Ansicht nach klare Verhältnisse schaffen würde.

Sie stimmte mir sogleich zu und billigte meine Initiative in zurückhaltendem Ton. Aber ich kannte sie zu gut. Wie hätte ich ihr die Erleichterung nicht anmerken sollen, auch wenn sie alles tat, um sie mir nicht zu zeigen. Hielt sie mich für so dumm?

Ich genoß einen Augenblick die Befriedigung, die ich ihr verschafft hatte. Ich bin der Meinung, daß man nie eine Gelegenheit verpassen soll, einer Frau seine Liebe zu erklären, selbst wenn man auf große Reden verzichten und verschlungene Pfade einschlagen muß, denn seien Sie sicher, daß sie es verdient, auch wenn Sie nicht wissen warum.

Die schlechte Nachricht betraf eine Leidenschaft anderer Art, nämlich jene, die ich für einen gewissen Schriftsteller gehegt hatte, eine Nachricht, die mich erst gerade wie ein Faustschlag ins Gesicht getroffen hatte.

»Weißt du, ich kann es einfach nicht fassen...«, gestand ich ihr. »Ich habe das Gefühl, als stecke mein Kopf in einem Schraubstock.«

»Das wundert mich nicht... Ich wäre an deiner Stelle völlig am Boden zerstört!«

»Das bin ich auch, glaub's mir. Außerdem, wenn ich nicht schon tot wäre, hätte er mich ein zweites Mal umgebracht... Was soll schon aus dir werden, wenn dir das wenige genommen wird, das dir noch bleibt?«

»Hör auf, das reicht! ... Vergiß nicht, daß wir eine Abmachung getroffen haben.«

»Ja, aber ich möchte dich mal sehen, wenn dir so was passieren würde... Du weißt ja, was er mir bedeutet hat, ich meine... selbst, was uns betrifft.«

Sie hielt sich die Ohren zu. Sie war ganz offensichtlich nicht bereit, mir die geringste Bitterkeit zuzugestehen, nicht eine weitere Sekunde in einem so morbiden Register. Sie warf mir einen vernichtenden Blick zu: Ein Schwur war ein Schwur.

Ich zögerte, doch dann gab ich ihr zu verstehen, daß ich wieder auf den rechten Weg zurückkehrte.

»Das war zu schön, um wahr zu sein, das ist alles!« erklärte sie achselzuckend und tat, als überprüfe sie das Verfallsdatum eines Joghurt aus Sojamilch.

Madonna war nicht Madonna. Patrick war nicht der Schriftsteller, der er zu sein behauptete. Henri Sigmund war eine Marionette in den Händen dunkler Mächte. Solche Beispiele ließen sich bis ins Unendliche vermehren, und das Spiel bestand darin, sein seelisches Gleichgewicht zu behalten, sich in einer Welt zurechtzufinden, die sich einem unentwegt entzog und nur einen lächerlichen äußeren Schein zu bieten hatte. Wenn ich nicht befürchtet hätte, Edith zu enttäuschen, wäre ich auf die Straße gerannt und hätte die Mülltonnen in Brand gesteckt.

Patrick waren ein paar Tage Aufschub vergönnt, ehe er begriff, in welches Wespennest er sich gesetzt hatte. Dann veröffentlichte Marco seinen Artikel, und die Maschinerie setzte sich in Gang.

Da wurde Ihnen gerade versprochen, daß Ihre Bücher demnächst in der Schule gelesen werden, und kurz darauf sagt man Ihnen, daß Sie nichts mehr taugen (und da diese beiden Urteile von derselben Person abgegeben werden, haben Sie das Recht, sich zu fragen, ob Sie es mit einem Dummkopf oder einem Opportunisten zu tun haben, auch wenn die Antwort ziemlich uninteressant ist). Ich begriff nicht, was für ein Talent dieser junge Mann angeblich besitzen sollte, es sei denn ein echter Hang zur Böswilligkeit und zu verlogenen Komplimenten (das beste Mittel, wie mir schien, um sich selbst ins Bein zu schießen), aber der Angriff, den er gegen Patrick einleitete, dämpfte tatsächlich die erste Begeisterung. Was zwar kein richtiges Gewitter auslöste, aber drohende Wolken am Himmel aufziehen ließ. Selbstverständlich kamen solche Dinge nicht selten vor, und der Schaden, der dadurch angerichtet wurde, hätte vermutlich nicht ausgereicht, um Patrick ins Wanken zu bringen, wenn Henri Sigmund sich nicht eingeschaltet hätte.

Ich war in seinem Büro, als Franck und er beschlossen, den Vertrieb des letzten Vandhoeren wenige Tage nach der Auslieferung des Romans zu sabotieren. Ich war da, um mit ihnen darüber zu sprechen, wie man ihn in die berühmte Zange nehmen könne, deren zweite Schneide mein Artikel darstellen sollte, wenn ich mir doch bitte die Mühe machen wolle, ihn zu schreiben.

»Nun, die Sache hat leider einen Haken...«, erklärte ich.

»Einen Haken? Was für einen Haken?«

»Also, laßt uns mal die Dinge so sehen, wie sie sind... Patricks Buch ist so gut, daß sich nichts dagegen sagen läßt. Ihr könnt es drehen und wenden, wie ihr wollt: es ist einfach unangreifbar...«

Henri lächelte mir freundlich zu und legte mir die Hand auf die Schulter: »Francis, hör zu... Ich habe nicht vor, mein Verlagshaus zu opfern, nur weil du in Patrick Vandhoeren deinen Meister gefunden hast. Deine Meinung in allen Ehren, aber was ich brauche, ist deine Unterschrift unter einem Artikel, und wenn du dich nicht in der Lage fühlst, ihn zu schreiben, können Franck oder ich dir dabei helfen. Verstehst du, was ich meine?«

Henri war mehr als nur mein Verleger, und Franck hatte meine Tochter aus der Taufe gehoben, aber ich war mir nicht sicher, die gleichen Männer vor mir zu haben, die ich damals gekannt hatte. Ehrlich gesagt war das ein ziemlich vager, wenn auch ständig wiederkehrender Eindruck, und seltsamerweise empfand ich Suzanne Rotko gegenüber, für die ich mir damals den Arm hätte abhacken lassen, das gleiche.

Meiner Ansicht nach, auch wenn ich keinen Beweis dafür hatte (ich fand das manchmal sogar völlig irre), hatten sie sich durch den Kontakt mit einem gewissen Milieu eine unbekannte Krankheit zugezogen, und zwar dadurch, daß sie mit Kreaturen dieser Art zu oft verkehrten, die Luft derselben Räume atmeten wie sie, deren Hände schüttelten und freundliche Blicke mit ihnen wechselten. Kreaturen, die, wie ich Ihnen in Erinnerung rufen möchte, es vorzogen, im dunkeln zu bleiben und sich zum Beispiel unter dem Schutzschirm von multinationalen Unternehmen versteckten und die in Davos auf leisen Sohlen daherschlichen, während ihre Marionetten große Reden über das Aufkommen einer besseren Welt hielten, vorausgesetzt, man lasse sie gewähren. Kreaturen, die sich nicht damit begnügten, unsere Nahrung zu vergiften, uns Brustkrebs und Prostatakrebs anzuhängen und einer Bande von Verrückten den Zugang zu den höchsten Staatsämtern zu ermöglichen, sondern die auch noch den Geist jener Leute kontaminierten, die einen zu engen Kontakt mit ihnen unterhielten. Ich vermute, durch den Einsatz einer Art von Phagozyten oder eines anderen, ebenso gräßlichen Mittels. Also kurz gesagt, man brauchte nur Henri oder Franck oder Suzanne zuzuhören, um festzustellen, daß da irgend etwas nicht stimmte. Sie waren nicht mehr die alten. Meine Theorie war nicht unbedingt das Gelbe vom Ei, ich besaß keinerlei Beweise, sondern sah mich nur mit einem Minimum an Aufmerksamkeit um, und vielleicht zog ich völlig schwachsinnige Schlußfolgerungen daraus, erfand eine Art Gruselgeschichte, aber haben Sie vielleicht eine bessere Erklärung? Sie waren nicht mehr die alten, glauben Sie mir das. Ich überraschte sie manchmal und inzwischen immer häufiger dabei, wie sie lange den Blick auf mir ruhen ließen, einen seltsamen Blick, den ich inzwischen, ohne zu zögern, als unmenschlich bezeichnete. Wußten sie, daß ich irgend etwas ahnte? Erinnern Sie sich noch daran, wie wenig Sympathie mir die Kreaturen von Claris entgegengebracht hatten? Haben Sie sich schon mal gefragt, warum mir das Finanzamt auf so brutale Weise zusetzte? Warum die Verkaufszahlen meiner Bücher rapide gesunken waren? Warum eine 747 mitten im Flug explodierte? Haben Sie sich gefragt, warum mir manchmal übel wurde, obwohl ich eigentlich bei bester Gesundheit sein müßte? Was mich betrifft, erhebe ich nicht den Anspruch, auf jede dieser Fragen eine befriedigende Antwort geben zu können. Aber dennoch stehen sie im Raum. Es bleibt jedem überlassen, sie nach bestem Wissen und Gewissen zu untersuchen. Mit unparteiischem Blick, mit mutigem Blick, mit unbarmherzigem Blick, der einen Stein durchdringen könnte.

Hätte mich der Verleger von damals, der stolze, schöne Henri Sigmund, der mit dreißig frei und feurig wie ein Wildpferd gewesen war, gebeten, ein so schmutziges Werk zu verrichten, selbst wenn sein Verlagshaus und sein Leben davon abgehangen hätten?

Hätte ich als Paten für meine Tochter diesen Franck Beaupré von heute gewählt, der von meinen Algen, diesem reinen Naturprodukt, diesem Jungbrunnen, dieser echten Wohltat für jedes menschliche Wesen, Dünnschiß bekam?

Und wäre es denkbar gewesen, daß ich eines Tages Zeuge einer so erschütternden, verachtenswerten Szene geworden wäre: Diese beiden, meine teuersten und ältesten Weggefährten, meine Gefährten in so manchem Kampf, die vor meinen Augen ohne die geringste Scham den Beschluß gefaßt hatten, den Vertrieb eines Buches zu sabotieren?! … Und es handelte sich ja nicht etwa um das Buch irgendeines hergelaufenen Hansels, o nein, es war nicht das übliche lauwarme Gewäsch der Devoten des Füllfederhalters, sondern das beste Buch, das sie seit Jahren herausgebracht hatten, der neue Patrick Vandhoeren.

Denken Sie ein wenig nach. Ziehen Sie Ihre eigenen Schlußfolgerungen daraus. Verkaufszahlen in Höhe von drei- oder vierhunderttausend Exemplaren. Ich kannte kein anderes Beispiel in der ganzen Verlagsgeschichte. Es gab kein anderes.

Ich stand auf und ging ans Fenster, während sie verschiedene Möglichkeiten erwogen, wie sie den Vertrieb und die Auslieferung stören konnten, und andere technische Mittel jenseits von Gut und Böse, um ihren schändlichen Plan durchzuführen. Dinge, die ich lieber nicht gehört hätte, bei denen es einem eiskalt den Rücken hinunterlief, auch wenn das Wetter dieser letzten Junitage überraschend schön und das Licht so rein, so gütig, so belebend war, Dinge, deren Existenz man nicht vergessen sollte. Ich öffnete das Fenster. Legte die Hände auf die warme Brüstung.

Ich spürte ihren Blick in meinem Rücken. Meine eigenen Weggefährten. Meine Kampfgefährten. Ich begann, mit leiser Stimme zu summen:

While going the road to sweet Athy,
Hurroo! Hurroo!…

Am frühen Morgen ging ich zur Post, wo drei Pakete aus Oregon auf mich warteten. Ich öffnete eins, nachdem ich sie im Kofferraum meines Autos verstaut hatte, und entnahm ihm ein Dutzend Fläschchen. Dann machte ich bei einer meiner Kundinnen halt, einer jungen Frau, die Gedichtbände schrieb, von denen ich kein Wort verstand, und einen sehr seltenen nepalesischen Shit rauchte, den ihr Bruder, der vor Ort lebte und gut hundert Männer für den Anbau beschäftigte, selbst erntete und nur für seinen eigenen Bedarf verwandte (Sie können sich vorstellen, daß der Stoff nicht den geringsten Dreck enthielt und die Wirkung erstklassig war!). Ich tauschte also meine Algen gegen ein großes Stück von ihrem Harz ein und kehrte nach Hause zurück, um einen Kuchen zu backen, bei deren Genuß die Mädels aus dem Staunen nicht mehr herauskommen würden.

Ich verbrachte einen guten Teil des Tages am Herd und den Rest damit, meinen Artikel über Patrick zu schreiben, der seit mehreren Tagen nichts mehr von sich hatte hören lassen. Ich stellte mir vor, wie er in seinem Luxushotel über die Presse brütete, die zum erstenmal zögerte, ihn in den Himmel zu heben, und sich vermutlich über die ersten Anzeichen eines nur langsam anlaufenden Verkaufs sorgte. Ich hatte das erlebt, die ersten Zeichen der Ungewißheit, die Verbitterung über den niederträchtigen Wankelmut der Leser, die laue Haltung der Freunde, die unglaubliche Hartnäckigkeit der Gegner. Ich hatte das erlebt und wäre an seiner Seite geblieben, wenn er mich nicht verraten hätte.

»Er hat für ein paar Tage Zuflucht bei Suzanne gesucht«, erklärte mir Nicole mit dem Ausdruck von jemandem, der sich einen Dreck darum scherte. »Na ja, das ist typisch für ihn...«

Wie die meisten Leute aus unserem Milieu, die keine andere Möglichkeit hatten, um dem Streß und der Luftverschmutzung der Hauptstadt zu entkommen, besaß Suzanne ein Haus am Meer, unweit von Henris Haus. Nach einer letzten, furchtbaren Anstrengung, um an einem gräßlichen Freitagabend die Staus in den Vororten hinter sich zu lassen, erwartete sie nach knapp zweistündiger Autofahrt ein bequemer Ledersessel und ein Kaminfeuer, wenn sie schon fast tot umfielen und einem richtig leid tun konnten. Die frische Luft erwartete sie, die guten Landprodukte auf dem Markt, der frische Fisch, die köstlichen, in einer Schüssel zubereiteten Pasteten ohne Geschmacksverstärker, die Waldspaziergänge in einer alten ausgebeulten Hose, ein alter Kaschmirpullover auf der nackten Haut und alte, völlig ausgetretene Latschen, vielleicht ein alter Hund, eine Wiesenblume im Mundwinkel und eine große Badewanne mit heißem Wasser erwarteten sie, parfümiert mit einem ätherischen Öl, das man bei Czech & Speake auf der Jermyn Street in London bekam. Das war das mindeste. Eine Frage des Überlebens. Als die Finsternis über mich hereingebrochen war und ich meine letzten Kräfte darauf verwandt hatte, die laufenden Geschäfte zu regeln und Schecks zu unterzeichnen, hatte Henri mir für einige Zeit sein Haus zur Verfügung gestellt, und ich kann hier bezeugen, welchen körperlichen und moralischen Trost all diese kleinen Dinge spenden, die so nebensächlich erscheinen (auch wenn ich damals viel zu angeschlagen war, um wirklich davon zu profitieren – aber um sich von schlechten Artikeln oder einer Woche zu erholen, in der man von einer Cocktailparty zu einer Abendveranstaltung, von einem Café in ein Restaurant gerannt ist, waren diese Oasen der Ruhe unerläßlich, wenn nicht gar lebensnotwendig).

Meine Wut auf Patrick ging nicht so weit, daß ich ihm das

Recht streitig gemacht hätte, sich an einen sicheren Ort zurückzuziehen. Nach einer Reihe von gemächlich dahinfließenden Tagen (ich bewundere wirklich die Perfektion der Flüssigkeiten, die nichts aufhalten kann und die sich himmlischer Rohrleitungen bedienen) gelang es mir, zwei Individuen zu erkennen statt nur eins: den Schriftsteller, der aufgehört hatte, sein blendendes Licht auf mich zu werfen, und den Mann, den ich im Adamskostüm hatte beobachten können und dessen noch vor gar nicht langer Zeit sehr aufdringliche Gesellschaft mir aus unerklärlichen Gründen irgendwie zu fehlen schien.

Ich holte meinen Kuchen vom Fensterbrett, wo er in Ruhe abgekühlt war, und zeigte ihn Nicole, die entzückt darüber war, ein neues Talent von mir zu entdecken (was, um jedem Mißverständnis vorzubeugen, nicht der Sinn der Sache war).

»Ich habe etwas Lampenfieber...«, erklärte sie lächelnd, als ich sie aufforderte, sich ein Stück zu nehmen.

»Ich verstehe nicht, warum du Lampenfieber hast... Und außerdem zwingt dich niemand.«

»Ja, ja, ich weiß ... aber was wird sie von mir denken? Schließlich habe ich gesagt, ich sei einverstanden, oder?«

»Ja, aber mach dir keine Sorgen. Olga ist eine alte Freundin, und ihr versteht euch doch recht gut ... Außerdem kennt sie meine Bedingungen: in einer Ecke sitzenbleiben und zuschauen, ohne Kommentare abzugeben. Ich sorge dafür.«

Es war noch nicht spät, aber der Himmel färbte sich schon allmählich rosafarben, als wir zu dritt in mein Arbeitszimmer hinaufgingen.

Als ich nachmittags in der Küche beschäftigt gewesen war, hatte ich lange überlegt, ob ich ihnen etwas von dem nepalesischen Shit sagen sollte. Aber ich hatte mich nicht dazu durchringen können, da ich mit meinem Bedürfnis nach Ehrlichkeit bei beiden irrationale Reaktionen hätte hervorrufen können, was alles über den Haufen geworfen hätte.

Folglich empfand ich zur Teezeit einen leichten Stich im Herzen, als ich sah, wie sie sich in aller Unschuld ein zweites Stück Kuchen nahmen und schworen, daß sie mir das Rezept für diese süße, leckere Köstlichkeit abluchsen würden. Einen Stich im Herzen, aber keine Reue.

Sie lachten bereits hinter meinem Rücken.

Ich hatte mir einen Kimono angezogen, um die Stimmung zu heben und mich freier bewegen zu können. Früher, bevor ich mich aufs Tennisspielen verlegte, praktizierte ich im Sommer wie im Winter im Garten Tai-Chi und behielt den ganzen Tag die entsprechende Kleidung an. Ich schrieb im Kimono, nicht im Morgenmantel. Ich besaß eine ganze Kollektion, darunter ein ziemlich seltenes Modell, das mir der Direktor des Hotels Akasaka in Anerkennung des Interesses, das ich dem *Nawa Shibari* entgegenbrachte, sowie meiner Fortschritte in dieser Disziplin geschenkt hatte. Ich trug ihn an diesem Abend, an dem ich versuchen würde, Nicole begreiflich zu machen, daß unsere Beziehung nie gewisse Grenzen überschreiten konnte, da sie nicht die einzige war, die meine Gedanken in Anspruch nahm. Ich trug ihn im allgemeinen bei großen Gelegenheiten.

Ich hatte in meinem Arbeitszimmer staubgesaugt. Ich

hatte den Futon mitten ins Zimmer gestellt und ringsumher Kopfkissen hingelegt. Ich hatte Räucherstäbchen angezündet. Obwohl ich meine Dachfenster geöffnet hatte, war es ein kleines bißchen zu warm, denn die Sonne hatte unentwegt aufs Dach geschienen, aber ein paar Schweißperlen auf der Haut und ein paar Strähnen, die an den Schläfen oder am Halsansatz klebten, waren durchaus willkommen. Ich schenkte ihnen ein Glas kühlen Weins ein.

»Kann ich hier rauchen?« fragte Olga.

Ich zeigte auf den Sessel und sagte: »Spuck hier keine großen Töne und setz dich.«

Sie warf mir einen glänzenden, wilden Blick zu. Sie fragte sich vermutlich, wie weit die Sache gehen würde, und ich fragte mich dasselbe. Ich hatte ihr nur vorgeschlagen, einem unserer Treffen beizuwohnen, und zwar unter dem Vorwand, daß ein Schriftsteller mit offenen Armen und unstillbarer Neugier durch die Welt gehen müsse. Den Rest mußte ihre Libido und der nepalesische Shit besorgen.

Auch Nicole wußte nicht mehr. Aber entweder verstand ich nichts von Frauen, oder meine Vorgehensweise war richtig: Man mußte ihnen die Illusion der Initiative lassen. Selbst wenn sich herausstellen sollte, daß man nur ein Werkzeug in ihren Händen war.

»Du mußt wissen, daß man früher…«, erklärte ich Olga, während Nicole sich bis auf die Unterwäsche auszog, »daß man früher die Gefangenen in aller Öffentlichkeit fesselte, und zwar auf unterschiedliche Weise, je nach Schwere ihres Verbrechens.«

Na gut. Sie hörte mir nicht zu. Sie lächelte Nicole zu und trank ihr Glas aus.

»Also«, fuhr ich fort, »nehmen wir mal an, daß Nicole einen Sack Reis gestohlen hat. Was geschieht dann, deiner Ansicht nach? Vorführung.«

Nicole, die die Geschichte schon kannte, wandte sich um und hielt mir ihre Handgelenke hin, nachdem sie die Haarnadeln aus ihrem Knoten gezogen und ihr dichtes Haar über die Schultern gebreitet hatte.

»Ich möchte deine Aufmerksamkeit auf die Tatsache lenken, daß es sich nicht um einfache Knoten handelt«, sagte ich zu Olga, während ich mich an die Arbeit machte. »Und auf die Tatsache, daß früher jemand, der einen Sack Reis stahl, auf exemplarische Weise bestraft wurde.«

Nachdem Nicoles Handgelenke auf dem Rücken gefesselt waren, band ich ihr die Arme sorgsam an den Körper und hängte sie dann mit Hilfe des Flaschenzugs an die Decke. Sie erwies uns die Gunst eines leichten Stöhnens und baumelte an ihrem Strick wie eine arme Seele. Ich winkte unseren Gast mit dem Zeigefinger heran und sagte: »Komm her. Sieh dir das an...«

Olga lachte heiser, ehe sie sich fügte. Sie kam mit angeberischer Miene und einem leichten Lächeln auf den Lippen näher. Ich erklärte ihr, daß man bei jeder Hängeübung vor allem auf die Durchblutung zu achten habe, daher die Verwendung des doppelten *Yosemite,* der Eleganz und höchste Sicherheit miteinander verband (Nicole nickte und biß sich dabei auf die Lippen), oder des einfachen rechten Überhandknotens, der auch seine Anhänger hatte, aber ein längeres Seil erforderte.

Ich zeigte ihr, wie man vorging: Ich ergriff Nicoles Bein und machte in der Kniekehle einen *Yosemite.* Dann kletterte ich auf einen Stuhl, zog das Seil durch einen Ring und hielt es Olga hin.

»Ich kümmere mich um ihr anderes Bein. In der Zwischenzeit ziehst du ihren Schenkel hoch und machst einen Knoten.«

»Wer? Ich?«

Ich warf ihr einen betrübten Blick zu und widmete mich, ohne mich um sie zu kümmern, meiner eigenen Arbeit.

Zwei Minuten später saß Nicole mit gespreizten Schenkeln in der Leere, die Knie auf der Höhe der Brust. Ich betrachtete sie mit verschränkten Armen und zufriedener Miene.

»Na, was hältst du davon?« fragte ich Olga, die unsere Gläser füllte.

»Und das alles wegen einem Sack Reis?«

»Ja, das ... und ein paar sexuelle Qualen kommen schon auch noch dazu.«

Sie hob die Augen und sagte lächelnd zu Nicole: »Mein armes Schätzchen! Ist alles in Ordnung?«

»He, mal langsam! ...«, unterbrach ich sie sogleich. »Du darfst nicht mit ihr sprechen. Was stellst du dir eigentlich vor? Spreche ich etwa mit ihr? Wir sind hier doch nicht in einem Café, soweit ich weiß!«

Die Fäuste in die Hüften gestemmt, sah ich sie eine Weile mit seitlich geneigtem Kopf, gerunzelter Stirn und besorgter Miene an.

»Nein, so geht das nicht«, erklärte ich, »so geht das wirklich nicht. So kannst du nicht bleiben.« Ich wies auf Nicoles Kimono, der gefaltet auf einer kleinen Truhe lag. »Komm, zieh dich bitte aus und wirf dir das über ... Mein Gott, kannst du denn nicht von selbst auf die Idee kommen? Kommst du dir nicht ein bißchen anachronistisch vor?«

Ich wartete ihre Reaktion nicht ab und wandte mich Nicole zu, deren Blick allmählich leer wurde. Ich zog ihr das Höschen runter. Dann nahm ich ihr den Büstenhalter ab und ließ ihre Brüste zwischen den zwei Lagen eines Riemens (eine Litze aus rosa Nylon) hervorquellen, der ihren Brustkorb umschnürte. Anschließend verband ich ihr die Augen.

»Ich habe den Gürtel nicht gefunden…«, sagte Olga erstaunt, als sie neben mir auftauchte.

Ich war dabei, Nicoles Brustwarzen zu pressen, zwirbelte sie zwischen Daumen und Zeigefinger, während ihr Gesicht inzwischen in den Nacken gesunken und der Decke zugewandt war.

»Es gibt keinen Gürtel. Nicht bei diesem Modell. Nach der Hose brauchst du auch nicht zu suchen, die gibt es auch nicht.«

Keine Antwort. Als ich aus den Augenwinkeln zu ihr hinüberschielte, stellte ich fest, daß sie sich nicht mehr mit ihren Kleidungsproblemen beschäftigte, sondern mit der wie eine Eidechse in der Sonne schlafenden, unbehaarten Muschi unserer Freundin Nicole. Ich sagte: »Die erinnert einen an Babybacken, findest du nicht? Man könnte schwören, daß sie sie einpudert.«

Ich ergriff Olgas Hand und führte sie an meine Lippen.

»Ich freue mich wirklich, daß du da bist«, flüsterte ich.

Dann schob ich die Schöße ihres Kimonos auseinander und nickte ernst: eine perfekte Figur, Brüste, die etwas kleiner waren als die von Nicole, aber sie waren spitz und hatten etwas Elektrisierendes, Gieriges, außerdem eine unglaubliche Haut und herrliche Hüften, geradezu ein Traum, ein Traum von einer Frau (auch wenn ihre Sexualität reichlich komplex war). Literatur war weiß Gott nichts für den Körper, er krümmte sich, sank in sich zusammen, wurde, über einen Schreibtisch oder einen Küchentisch gebeugt, schlaff und klapperig von dieser ewigen Mühsal, wenn nicht noch Alkohol, Zigaretten, Schokolade, Drogen, Faulheit und Ekel vor sich selbst hinzukamen und all das Zeug. Aber Olga war geradezu ein Wunder.

Ich hatte das Glück im Leben, daß ich seit jeher von schönen Frauen umgeben gewesen war. Das hatte man mir als Schriftsteller schon oft genug vorgehalten. Man warf mir vor, daß ich die Welt nicht so sähe, wie sie sei, daß ich keinen Kontakt zu meiner Nachbarin im Hause hätte, daß ich nicht die Metro während der Stoßzeiten nähme, daß ich Witze über meine sexuellen Abenteuer erzählte. Daß ich keine schlaffe Brust in der Hand gehalten hätte, daß ich kein Mädchen mit gelben Zähnen geküßt hätte, daß ich keine stark behaarten, keine schlechtgebauten, keine ordinären oder schmutzigen, keine an Akne leidenden und keine übelriechenden Weiber gevögelt hätte. Was soll ich dazu sagen? Was kann ich dafür? Und nicht nur das, sondern sie waren weder dumm noch bescheuert, noch vulgär, noch unempfindlich, noch frigide. Was kann ich dafür?

Sie sind hier bei mir, in meiner Welt. Sie atmen durch meinen Mund, Sie sehen mit meinen Augen. Und ich erlaube Ihnen nicht, die Füße auf meine Möbel zu legen, meine Schubladen zu öffnen oder die Stimme zu erheben. Ich gestehe Ihnen keinerlei Rechte zu. Ich bin fähig, Sie an die Luft zu setzen. Ich tue schon genug für Sie. Vergessen

Sie nicht, daß Sie mein Schmerz sind. Ich bin ans Kreuz gestiegen für Sie. Ich habe Ihnen mein Herz geschenkt. Und das ist nicht nur häßlich und langweilig.

Ich schob die Schöße ihres Kimonos auseinander und stellte fest, daß sie ihren Slip anbehalten hatte. Dennoch war das kein böses Omen. Ich werde Ihnen auch verraten, warum: Es handelte sich um das Modell *Wie eine Schülerin*, und ich beschloß, darin ein gutes Zeichen zu sehen, ein Augenzwinkern und keine Unentschlossenheit – *Dieser Schuft! Sehen Sie sich bloß an, wie er sich schon wieder alles unter den Nagel reißt und gleich auch noch die hübsche Tussi vernascht, dieses Traumweib, dabei weiß jeder, daß die Männer heutzutage gezwungen sind, sich stumm einen zu wichsen, ehe sie mit dem Kopf gegen die Wand rennen.* Ja, aber was kann ich dafür?

Olga, die mein Tun und Treiben nicht verfolgt hatte, war ganz in die Betrachtung von Nicoles Schoß versunken und sann über wer weiß was nach.

»Du fragst dich, was das mit dem Sack Reis zu tun hat, nicht?«

Sie warf mir einen gleichgültigen Blick zu und entgegnete: »Nein, nicht unbedingt…«

Sie legte die Hand auf Nicoles Knie und gab ihr einen leichten Schubs, damit sie sich im Kreis drehte.

Genau in diesem Augenblick klopfte es an meine Tür. Aber ich würde nicht lange brauchen, und daher ließ ich die beiden unbesorgt allein.

In Wirklichkeit dauerte es gut fünf Minuten, denn der Bote, ein ziemlich ungeduldiger Kerl, war bereits im Garten, als ich ihm die Haustür öffnete. Und so liefen wir bei

Einbruch der Dunkelheit im Kreis herum und suchten uns gegenseitig, riefen uns von drinnen nach draußen und umgekehrt wie die Bekloppten, und das ausgerechnet jetzt, wo ich dabei war, einen jahrtausendealten Ritus zu vollziehen, dieser Idiot, dieses degenerierte Produkt einer Welt, die keine Sekunde stillhalten kann. Aber ich holte ihn schließlich doch ein und drückte ihm meinen Artikel in die Hand, ehe ich den Kerl, der unser Mißgeschick ganz lustig fand, unsanft nach draußen beförderte.

Ich ging wieder in mein Arbeitszimmer hinauf.

Auf der Türschwelle glaubte ich einen unbestimmten Geruch wahrzunehmen. Aber vielleicht war es ja gar kein Geruch. Vielleicht ein fehlender oder ein hinzugefügter Gegenstand im Raum. Oder ein Geräusch, das verstummt war. Es sei denn, es handelte sich um die Frucht meiner Einbildung.

Ich ging auf die beiden Frauen zu, die während meiner Abwesenheit keinen Finger gerührt zu haben schienen. Dennoch war ich stutzig geworden.

»Hast du irgend etwas angerührt?« fragte ich Olga. Sie tat erstaunt und schüttelte den Kopf.

»Du wirst lachen«, fuhr ich fort, »aber ich habe den Eindruck, daß sich irgend etwas verändert hat. Aber was? Ich bin unfähig, die Sache beim Namen zu nennen!«

Auch in ihrem Gesichtsausdruck hatte sich irgend etwas verändert. Ich hatte keine hellen Lampen in meinem Arbeitszimmer, aber die Färbung ihrer Wangen schien mir lebhafter geworden zu sein.

»Soll ich einen Ventilator anschließen?«

Sie lehnte mein Angebot ab und versicherte mir, daß alles

in Ordnung sei. Mit einer unbeholfenen Geste strich sie eine Strähne hinter ihrem Ohr glatt. Ja, ja, dieser Nepalese hatte es in sich! Er konnte urplötzlich wie eine Bombe einschlagen, so daß man nicht mehr wußte, wie einem geschah! Ich spürte, daß die letzten Bedenken bald weggefegt sein würden. Ich hätte wetten können, daß die ersten Berührungen zwischen ihr und Nicole in der folgenden halben Stunde stattfinden würden. Mit etwas Glück vielleicht noch früher.

Ein Geruch nach Mandeln? Ein säuerlicher, leicht bitterer Geruch nach Mandeln? Ich blickte zur Decke auf, in der sich die beiden offenen Dachfenster befanden. Hatte vielleicht ein Brise diesen undefinierbaren Geruch hereingeweht? Ich streckte meine Nase vor und versuchte, diese seltsame Ausdünstung zu erkunden.

Olga legte mir die Hand auf den Unterarm.

»Riechst du nichts?« fragte ich in belustigtem Ton.

Verträumt verlagerte ich meine Aufmerksamkeit auf sie. Aber statt mir zu helfen, dieses Rätsel zu lösen, fängt sie an, Grimassen zu schneiden, das Gesicht zu verziehen und seltsame Gebärden zu machen, die mir völlig unverständlich sind. Hat sie Lust zu pissen, hat sie die Stimme verloren, ist sie in die Kindheit zurückgefallen? Was versucht sie nur auszudrücken? Ich habe den Eindruck, als halte sie mit irgend etwas hinter dem Berg, als wisse sie nicht mehr ein noch aus. Aber Herrgott noch mal, warum denn bloß?

Ich bin drauf und dran, sie zu schütteln, als plötzlich bei mir der Groschen fällt. Ein Geruch nach Mandeln? Nach säuerlichen Mandeln? Mehr habe ich nicht entdeckt? Da richte ich meinen Blick auf Nicoles Muschel: eine richtige Rutschbahn.

»Und das nennst du nichts anrühren?«

Sie zuckt die Achseln. Ich nehme ihre Brüste in die Hand und führe sie an meinen Mund, während sie mir gesteht, das die Versuchung zu groß gewesen sei. Ich beruhige sie. Schiebe ihr mein Knie zwischen die Beine und spüre den Kontakt mit warmem, prallem Fleisch. Ich merke, daß sie bereit ist. Ein wenig schlaff, aber bereit.

Dann beschließen wir, Nicole abzuhängen. Aber wir lassen ihr die Augenbinde und die Handfesseln. Olga wirft ihren Kimono von sich, der auf meinem Computer landet. Nicole liegt auf dem Rücken ausgestreckt und spreizt mit einem Seufzer die Beine. Olga wirft mir einen Blick zu. Ich lasse sie gewähren. Sie hilft Nicole dabei, den Slip auszuziehen, und ich nutze die Gelegenheit, um hinter sie zu gleiten.

Ich warte, bis sie beginnt, ihr die Muschel abzuschlecken, was sehr bald geschieht. Obwohl mir Olgas Vorlieben bekannt sind, überrascht es mich, ihr bei der Arbeit zuzusehen. Ich lasse meinen Arm zwischen ihre Schenkel gleiten, um ihre Brüste zu packen, und klemme ihr meinen Bizeps in die Kimme.

Und kurz darauf streife ich meinen Kimono ab und ziehe ihr den Slip herunter. Ausnahmsweise erspart sie mir ihre üblichen Ermahnungen, und ich stecke ihr einen Finger in den Arsch. Anschließend beuge ich mich herab und schiebe ihr meine Zunge in die Spalte. Sie kniet mit einem Bein auf dem Boden, hebt das andere und stützt sich auf den Zehenspitzen ab, um mir Platz zu machen. Sie spritzt mir ihren Saft mitten ins Gesicht.

Zwischen zwei stöhnenden Lauten ruft mich Nicole herbei. Ich gehe zu ihr hin und stecke ihr meinen Schwanz tief in die Kehle. Olga hebt den Kopf. Sie sieht aus, als hätte sie das Gesicht in eine Schüssel mit Lauge gesteckt. Ich packe sie im Nacken, und wir geben uns einen Kuß, der nach Arschbacken schmeckt. Dann wichst sie Nicole mit einer Brustspitze, während ich die andere ablutsche. Als sie sich aufrichtet, versenke ich meine Nase in die Muschel von Nicole, die mir weiter einen bläst. Olga nimmt meine Hand und legt sie sich zwischen die Beine. Ich stecke ihr wieder einen Finger in den Arsch.

Anschließend hockt sie sich über Nicoles Mund und hält sich die Spalte mit den Händen offen. Glitzernde Schweißperlen rinnen zwischen ihren beiden prallen, glänzenden Brüsten hinab, und währenddessen vögele ich Nicole, nachdem ich ihren Kitzler hervorgeholt habe und ihn methodisch presse. Durch die gespannte Haut an ihrem Hals sehe ich ihre Adern und sehe, wie ihr der Speichel zu beiden Seiten des Kinns hinabrinnt.

Dann lösen wir ihre Fesseln. Ich nehme ihr die Augenbinde ab, und sie blinzelt mit den Augen. Sie sagt, sie begreife nicht, was mit ihr los sei. Olga meint, das käme von der feuchtwarmen Nacht und dem Wein. Ich ziehe Nicole hoch, bis sie auf den Fersen hockt, und ficke sie in den Arsch, während Olga die Instrumente entdeckt, die in der kleinen Truhe liegen.

Ich lasse Nicole absichtlich im Stich. Ich nähere mich Olga und greife ihr von hinten an die Brüste. Sie begutachtet weiter die verschiedenen Vibratoren. Ich lasse ihr meinen Schwanz zwischen die Arschbacken gleiten. Nicoles Speichel hat den Boden schon vorbereitet, und ich gleite in ihrer Kimme auf und ab, ohne ihre Spalte zu vergessen, die ich im Vorübergleiten durchpflüge, und sie protestiert nicht. Dann spüre ich etwas an meiner Schwanzspitze, wenn sie zwischen Olgas Schenkeln hervorkommt, und mir wird klar, daß Nicole sich vor sie hingehockt hat und meine Eichel zwischen den Lippen ergreift, sobald sie auftaucht. Ich passe auf, daß ich nicht ejakuliere.

Ich frage mich, ob ich heute abend wohl eine Chance bei Olga habe. Ich schiebe den Gedanken von mir und behalte ihn im Hinterkopf. Ich strecke mich auf dem Futon aus und schließe die Augen. Als ich sie wieder öffne, hat sich Nicole auf meinem Pimmel niedergelassen. Sie hockt mit mir zugewandtem Rücken über mir und rammt ihn sich so tief hinein, daß sich ihr Arschloch auf meinen Bauch preßt. Sie hält sich an Olgas Schenkeln fest, die die Beine leicht eingeknickt hat und sich wichsen läßt, wobei sie sich an einem von der Decke herabhängenden Seil festhält.

Ich schiebe Nicole von mir, halte mich zurück, um nicht abzuspritzen, und stehe auf. Ich sage zu ihnen, daß ich in einer Minute wieder da sei. Ich schenke mir etwas zu trinken ein. Ich halte meinen Schwanz in der Hand und streiche um die Mädels herum. Olga erklärt, daß sie völlig abgehoben habe. Nicole offensichtlich auch. Da setze ich sie auf Olga und sehe zu, wie sich die beiden gegenseitig die Nase in den Arsch stecken.

Dann komme ich hinzu, knie mich hin, packe Nicole an den Haaren, ziehe sie hoch und gebe ihr meinen Schwengel zu lutschen. Anschließend stecke ich Olga die Spitze eines Gummipimmels in die Möse und bete, es möge klappen. Victor hat es ja manchmal geschafft. Nicole hat beschlossen, mir mit der Hand den Zapfen zu polieren, um mir beim

Werk zuzusehen. Bald habe ich das Ding bis zu den Gummieiern reingeschoben, und Olga geht nicht hoch.

Nicole wird ungeduldig. Sie wirft mich auf den Rücken und klettert auf mich. Ich vögele sie erneut, bin aber mit den Gedanken woanders. Wenn ich richtig sehe, leckt Olga ihr das Arschloch. Da ziehe ich meinen Pimmel heraus, krieche auf dem Rücken zwischen Nicoles Beine und lasse mich unter Olgas Schenkeln nieder, die wie ein Springbrunnen überläuft. Ich lutsche ihr einen, wobei ich ihr den Gummipimmel in den Hintern stecke, und plötzlich sackt sie auf mir zusammen und erdrückt mich fast. Ich befreie mich mit einer Hüftbewegung und wische mir mit einer Handvoll Kleenex das Gesicht ab.

Ich ficke Nicole in den Arsch und blicke dabei Olga an, die den Ablauf der Ereignisse genau verfolgt. Da ziehe ich meinen Schwanz zurück und lasse mich zwischen Olgas Beine gleiten, ohne sie um ihre Meinung zu fragen. Nicole ist sauer, aber das kann ich auch nicht ändern. Und genau das soll sie ja begreifen. Jetzt oder nie mit Olga. Ich liege auf ihr, und sie läßt die Schenkel weit gespreizt, gerade so, als wolle sie mir sagen, nun komm schon, da zögere ich nicht länger, schiebe ihre Muschel auseinander und stecke meinen Schwanz hinein.

Sie macht Anstalten, etwas zu sagen, verzichtet dann aber darauf. Nicole schluckt ihren Ärger hinunter und versucht meine Aufmerksamkeit auf sich zu lenken, indem sie mir die Kimme leckt. Mir die Eier streichelt. Aber ich ficke Olga weiter und frage mich, was es mit dieser Geschichte, daß sie sich nicht gern bumsen läßt, wohl auf sich hat, denn ich bin dabei, es zu tun, und sie jagt mich nicht zum Teufel. Auf die

Ellbogen gestützt, beobachtet sie, wie mein Schwanz rein und raus geht, und ich weiß nicht, woran sie denkt.

Nicole reibt meinen Arsch, aber sie stöhnt dabei an meiner Stelle. Ich ziehe meinen Schwanz heraus und gebe ihn Olga zu lutschen. Ich zittere bei dem Gedanken, daß sie ihre Meinung ändert und mich nicht wieder reinläßt, aber ich habe beschlossen, dieses Risiko auf mich zu nehmen. Sie melkt mich und blickt mir dabei fest in die Augen. Währenddessen nimmt Nicole mir den Platz weg. Sie steckt die Nase zwischen Olgas Beine und streckt den Arsch nach hinten. Da schiebe ich sie zur Seite, sage, entschuldige mal kurz, blicke Olga an und stecke ihr meinen Pimmel wieder rein.

Ich denke nach: Soll ich sie vollspritzen, oder lasse ich es besser sein?

Das ist nur eine rein formale Frage. Ich schiebe ihn ihr bis zum Anschlag in die Möse und pumpe sie mit Samen voll.

Ich warte auf ihre Reaktion. Nicole bläst mir einen und besteigt mich. Olga rührt sich nicht, und ich warte auf ihre Reaktion. Nicole ist sauer. Dann seufzt Olga, steht auf und entfernt sich schwankend in Richtung Badezimmer.

...das Fernsehen, aber wir sehen nur schreckliche Dinge: verlogene Politiker, brennende Wälder, lange Flüchtlingskolonnen, Kinder, die ihren Müttern entrissen werden, Menschenmassen, die sich in den Staub werfen, Reaktoren, die kurz davor sind, uns um die Ohren zu fliegen, geschlagene Männer, vergewaltigte Frauen, Weltreiche, die mit Blut und Scheiße errichtet werden.

Daher stelle ich es wieder ab.

Es folgten darauf finstere Tage zwischen Nicole und mir. Zunächst einmal hatte ihr nicht gefallen, daß ich mich anschließend aus ihr zurückgezogen und ihr mein Sperma ins Gesicht gespritzt hatte, während Olga Anrecht auf einen regulären Koitus gehabt hatte. Sie hatte das Gefühl, daß ich sie gewissermaßen hatte links liegenlassen, und verzieh es mir nicht. Und außerdem, wie kam es, daß wir die Nacht bei mir verbracht hatten? Wie hatte ich nur eine Ausnahme machen und meinen Roman im Stich lassen können, während ich sie regelmäßig unter dem Vorwand, daß er absoluten Vorrang habe, vor die Tür gesetzt hatte? Und zu guter Letzt, warum hatte Olga in meinen Armen geschlafen? Und warum hatte sie, Nicole, sich mit einem Platz auf der anderen Seite der Matratze begnügen müssen, als sei sie eine Fremde, als sei sie nichts anderes als das fünfte Rad am Wagen?

Ich hatte sie nicht gerade mit Samthandschuhen angefaßt, das war mir bewußt. Es schien, als habe ich mein Ziel erreicht, sogar über meine Erwartungen hinaus. Und auf brutale Weise.

Edith fand, ich hätte mich entsetzlich grob verhalten, und erklärte, sie würde sich nicht wundern, wenn Nicole mich zum Teufel schicken würde. Im ersten Augenblick wollte ich es nicht glauben, denn ich war überzeugt, daß Nicole einer unbeherrschbaren sexuellen Begierde ausgeliefert war, die geradezu an Manie grenzte. Ich konnte mir zur Not vorstellen, daß sie uns einen ganzen Tag oder allerhöchstens zwei Tage um unseren Sport brachte, aber anschließend würde sie in Windeseile wieder zu mir zurückkehren, da sie nicht anders konnte.

»Hör zu, Nicole, stell dich nicht so an... Glaubst du vielleicht, ich könnte mir immer über alles Gedanken machen? Hätte ich mir vielleicht Notizen machen sollen, um eine gerechte Aufteilung vorzunehmen? Habe ich dir etwa irgendwelche Vorwürfe gemacht, als du mit Olga zusammen warst? Und warum willst du die Dinge unbedingt so kompliziert machen, verdammt noch mal?... Natürlich mag ich Olga gern, das ist kein Geheimnis, aber ich mag dich ebenso gern... wenn nicht noch lieber und sogar viel lieber, wenn du es genau wissen willst... Also, was ist los? Es war das erste Mal, daß ich mit ihr geschlafen habe... hm, sag mal, ist das so schwer zu begreifen? Dabei treiben wir es was weiß ich wie oft am Tag! Und du meinst, du müßtest unbedingt einen Vergleich ziehen? ... Über welche Situation willst du sprechen? Was ist denn so unerträglich daran? Was erzählst du denn da bloß? Was soll das heißen, ich täte alles, um die Sache zu verderben? Das ist ja wohl das letzte!... Was? Natürlich ist Sex nicht alles! Habe ich das vielleicht jemals gesagt? Natürlich bin ich ein Esel, wußtest du das nicht?...«

And so on. Bei mir zu Hause, in ihrem Büro, im Café, auf kilometerlangen Bürgersteigen, die die Sonne vergeblich sprenkelte, sagte ich solche und ähnliche Dinge zu ihr, um zu retten, was zu retten war, aber sie wollte nichts davon wissen. Und wenn ich ihr in der Art einer unterschwelligen Botschaft eine Hand auf den Schenkel legte, warf sie mir einen vernichtenden Blick zu und stieß in einem Ton, der keine Hoffnung zuließ, ein »Vergiß es!« hervor, von dem ich mich nur mit Mühe erholte.

Ich rief sie mitten in der Nacht an. Ich erklärte ihr, in

welchem Zustand ich war, und schlug ihr vor, die Sache am Telefon zu machen, da uns infolge ihrer Unversöhnlichkeit, ihres unerträglichen Starrsinns und ihrer falschen Schlußfolgerungen, also kurz gesagt aufgrund ihres saumäßigen Charakters, der uns beide ans Kreuz nagelte und bei mir unentwegt Erektionen hervorrief, mit denen ich nichts mehr anzufangen wußte und so weiter und so fort, *nichts Besseres* übrigblieb, aber sie entgegnete mir, daß ich mich täusche, daß uns *überhaupt nichts* übrigbliebe, und riet mir, doch diese reizende Olga anzurufen, wenn sich mein Problem verschlimmern sollte, ehe sie abrupt auflegte.

Und dennoch war ich geneigt zu glauben, daß die Dinge wieder ins Lot kommen könnten. Auch wenn Edith nicht dieser Ansicht war, denn sie meinte, daß sich eine Frau sehr gut von einem Tag auf den anderen ändern könne, wenn sie es beschloß, und zwar in die eine wie in die andere Richtung, weil Sex für sie, im Gegensatz zum anderen Geschlecht, immer durch den Kopf ging. Hatte Nicole im übrigen nicht eine Durststrecke durchgemacht, ehe sie mir begegnet war? Und war sie nicht trotzdem, mir nichts, dir nichts, in die Rolle der läufigen Hündin geschlüpft? Das solle mir zu denken geben!

Ich dachte darüber nach, während ich mir die Videofilme ansah, und war trotzdem geneigt zu glauben, die Dinge könnten wieder ins Lot kommen.

Das Erscheinen meines Artikels machte die Sache nicht besser.

Todunglücklich war ich damit beschäftigt, meine Kanalisation zu reinigen, als Patrick plötzlich an meine Tür klopfte. Er warf sich mir sogleich in die Arme.

Ich war schweißgebadet und struppig, trug eine karierte Schürze über den chinesischen Shorts und ein Unterhemd der Bundeswehr, ich hatte Gummihandschuhe an und hielt einen Stampfer in der Hand, aber er schob mich ein wenig zurück und betrachtete mich, als sei ich ein bewaffneter Ritter, er betrachtete mich respektvoll, bewundernd, er betrachtete mich liebevoll.

Ich bemerkte unter seinem Arm die Zeitschrift, in der mein Artikel erschienen war.

»Meine Fresse!« seufzte er vor Vergnügen. »Du bist ein brillanter Kerl! Ein intelligenter Kerl! Ein mutiger Kerl!«

»Mag sein, aber es ist ein tolles Buch...«, sagte ich und bat ihn ins Wohnzimmer.

Während ich mich meiner Tracht der emsigen Hausfrau entledigte, ließ er sich in einen Sessel sinken und warf die Zeitschrift mit einem strahlenden Lächeln auf den Tisch.

»Du bist ein brillanter Kerl! Ein intelligenter Kerl! Ein mutiger Kerl!«

»Ich kann es nur noch einmal sagen, es ist ein tolles Buch.«

»Ein tolles Buch? Na, logo! Aber trotzdem, Francis, du hast mich zu neuem Leben erweckt!«

Ich hatte vor nicht sehr langer Zeit schon jemand anderes zu neuem Leben erweckt, aber mit welchem Ergebnis! Was tat sie wohl in diesem Augenblick? Was ging durch ihren Kopf? Zog sie sich Fausthandschuhe an, ehe sie ins Bett ging?

»Weißt du«, fuhr er fort, »ich hätte nicht geglaubt, daß mich etwas so treffen könnte. Ich habe geglaubt, die Qualität unserer Arbeit würde uns vor solchen Dingen schützen, jedenfalls schien mir das normal zu sein ... Aber so läuft die Sache eben nicht.«

Trotz des Vergnügens, das ihm meine Gegenwart bereitete, waren seinem Gesicht noch die Spuren seiner Grablegung anzusehen: Er wirkte gealtert, seine Wangen waren hohl geworden, und sein Haar hatte allen Glanz verloren, seine Gesichtsfarbe war matt und pißgelb.

»Aber was ist denn los, verdammt noch mal?«

»Ach, nur die kleinen Unannehmlichkeiten, von denen ich dir erzählt habe, erinnerst du dich?«

Er schielte auf den Rest des Kuchens, der auf dem Tisch stand. In drei Tagen war dieser ein wenig eingefallen, aber ich hatte ihn unter einer Glocke aufbewahrt, und Patrick begnügte sich, wenn er mich besuchte und einem maschinellen Bedürfnis nachgab, manchmal mit trockenen Keksen, deren Verfallsdatum seit langem überschritten war und die ich für die Vögel im Garten aufbewahrte. Ich bedeutete ihm mit einer Handbewegung, daß er sich bedienen könne.

»Und dieses Arschloch, das ich mitgeschleppt habe, dieses Arschloch, das mir alles verdankt, sogar seinen Verleger! Am Morgen hat er noch hier mit mir in diesem Haus gefrühstückt, obwohl er sich schon darauf vorbereitete, mir einen reinzuwürgen. Kannst du das glauben?«

»Das fällt mir schwer, aber haben wir dieser Generation das richtige Beispiel gegeben?«

Ich war nicht in bester Laune. Wie Richard Brautigan hatte ich ein Problem mit Frauenhaaren in meinem Badezimmer gehabt. Doch im Gegensatz zu ihm, der sie mit vor Liebe überquellendem Herzen aufsammelte, fand ich sie verwuselt und in Knäueln im Abflußsieb meiner Dusche, wo sie meine Rohre verstopften, und so hatte sie mich noch immer in der Hand.

»Glaubst du, er braucht eine Ausrede?«

»Ich frage mich, wer sie nicht braucht.«

Ich hatte Lust, ihn vor die Tür zu setzen. Andererseits gab es nicht sehr viele Leute, denen ich nahestand, und ich hatte diesen Typen so gern gemocht, daß noch ein Rest der alten Freundschaft bestehen blieb. Hinzu kam die Tatsache, daß er harte Zeiten durchmachte, wie ich sie ebenfalls erlebt hatte, daß er Stripteaselokale besuchte und noch nicht diesen seltsamen Blick und dieses seltsame Verhalten hatte, die ich bei Henri und den anderen entdeckt hatte, obwohl er diesen unglaublich hohen Scheck bekommen hatte.

Er wollte mich ins Restaurant mitnehmen oder eine Flasche mit mir leeren, aber ich mußte Algen und mehrere Posten Vitamine ausliefern. Und ich wußte nicht, ob ich Lust hatte, den Abend mit ihm zu verbringen.

Ich schlug ihm vor, mich zu begleiten, und er begleitete mich. Und so konnte er feststellen, daß ich meine Tage nicht damit verbrachte, Däumchen zu drehen, sondern einen regelrechten Handel betrieb, der im literarischen Milieu einen Umfang erreicht hatte, wie er sich das, seinen Worten zufolge, nicht vorgestellt hatte. Ich erinnerte ihn daran, daß ich ihn vor dem Wettbewerbsgeist, der in diesen Kreisen herrschte, gewarnt hatte. Ich zeigte ihm Fenster, hinter denen man zehn Gramm Vitamin C, andere, wo man vier Ginkgo-Tabletten zu zweihundertfünfzig Milligramm pro Tag einnahm, und wieder andere, wo ein Fläschchen mit dreihundertsechzig Kapseln *Alpha* oder *Omega Gold* nicht einmal für eine Woche ausreichte. Ob er sich noch an Jerry Rubin erinnere, der den Black Panther nahestand und die Revolution im Stich gelassen hatte, um sich der täglichen Einnahme einer Handvoll Vitamine zu widmen. Ob das nicht ein Zeitzeichen sei. Ich erinnerte ihn daran, daß er noch keine neue Bestellung aufgegeben hatte und ich mir daher die Frage stelle, ob er noch immer die Absicht habe, das Rennen zu gewinnen.

Ich wollte mich sarkastisch geben. Doch ich war es nicht genug, denn er begnügte sich damit, mit dem Kopf zu nikken und sich den Bauch zu streicheln.

Ich zahlte das Geld in der Bank auf das Konto meiner Kinder ein. Dann kaufte er Champagner, und als wir am späten Nachmittag auf dem Weg nach Hause waren, hatte ich plötzlich, nachdem ich erneut einen Blick in den Rückspiegel warf, den Eindruck, daß man uns folgte.

»Und wer sollte uns folgen?«

»Ich habe keine Ahnung. Aber mich nimmt bestimmt niemand aufs Korn.«

Das Stück Kuchen, das er gegessen hatte, ließ ihn auf stupide Weise sorglos werden. Ich kletterte in meine Linde, während er uns Champagner servierte, aber ich bemerkte nichts Ungewöhnliches auf der Straße. Sie waren sehr gerissen. Die jüngsten Errungenschaften der Technik, die ihnen ausnahmslos zur Verfügung standen, machten sie geradezu allmächtig. Für alle Fälle drohte ich ihnen mit der Faust und stieg wieder hinab.

»Mach dir keine Sorgen. Kein Grund zur Aufregung.«

»Ich mache mir keine Sorgen, da kannst du beruhigt sein.«

»Laß uns auf das Wohl all dieser Scheißkerle trinken. Auf daß sie verrecken!«

Er ging zu seinem Sessel zurück und kaute an einem Stück Kuchen. Dann warf er mir einen Blick des Einvernehmens zu und wies mit der Kinnspitze auf meinen Artikel: »Du bist losgehetzt wie ein Wolf inmitten einer Horde kläffender Köter. Verstehst du, was ich meine? Und noch dazu auf einer Doppelseite!... Das nenne ich Mumm in den Knochen haben...«

Ich erwiderte nichts. Ich zögerte sogar, meine Lippen an mein Champagnerglas zu führen, um mit ihm anzustoßen. Die Zurückhaltung, die ich ihm entgegengebracht, die Gelassenheit, mit der ich die Sache aufgenommen, die luftige Höhe, aus der ich die Dinge betrachtet hatte, all das war, wie mir auf einmal klar wurde, nur eine schöne, glänzende Fassade, die jedoch so dünn war, daß sie jeden Augenblick in sich zusammenbrechen und einer gewissen Gefühlsaufwallung Vorschub leisten konnte. Seit der Aufdeckung seines Verrats hatte ich ihn noch nicht vor mir gesehen, war ich ihm noch nicht nahe gekommen, so nahe, daß ich seinen Geruch spüren konnte, und seine Stimme hatte noch nicht in meinem Ohr geklungen, sein Blick noch nicht den meinen gekreuzt, seine Finger mich noch nicht berührt.

Als er aufgehört hatte, mich kopfnickend mit einem dümmlichen Lächeln zu betrachten, erhob er sich mit einem Ruck, fiel wieder in den Sessel zurück, stand erneut auf, ging an mir vorbei, wobei er mich an der Schulter berührte, und steuerte auf den Garten zu, den schon ein paar Glühwürmchen besuchten, die gerade aus der Dämmerung hereingeschneit kamen.

Mit einem Satz war ich bei ihm. Ich packte ihn am Kragen, noch ehe er den Reißverschluß seines Hosenschlitzes vor meiner Linde aufgemacht hatte! *»Jetzt reicht's aber, du jämmerlicher kleiner Scheißer!«* schrie ich und zog ihn mit aller Kraft ins Haus. *»Was glaubst du eigentlich, wo du hier bist, du kleiner Schreiberling? Mein Klo reicht dir wohl nicht mehr, du brauchst jetzt die ganze Erde, hm?«* Ich hob ihn fast vom Boden hoch.

Verbittert stieß ich ihn in die Toilette und knallte die Tür hinter ihm zu.

Dann fühlte ich mich elend. Taumelte plötzlich. Bekam keine Luft mehr. Begann zu zittern. Mit äußerster Anstrengung machte ich zwei Schritte in Richtung Sofa und klammerte mich daran fest, während das Wohnzimmer sich um mich drehte, eine eisige Hand mir die Kehle abschnürte und das Leben mich verließ, aus mir herausströmte wie die Luft aus einem geplatzten Reifen und sich im Raum verbreitete.

Aber meine letzte Stunde hatte noch nicht geschlagen. Die Mächte der Finsternis ließen mich noch einmal los. Über mir, von einem göttlichen Lichtkranz umgeben, stand Patrick und ohrfeigte mich. Für den Bruchteil einer Sekunde sah ich den schönsten aller Schriftsteller, der sich über mich beugte, eine Art Gott mit herrlichem kupferfarben schimmernden Haar, das über der breiten Stirn wie Flammen emporschoß, einen Schriftsteller mit starkem, tiefem, kaum zu ertragendem Blick, und auch wenn ich den Sinn seiner Worte zunächst nicht verstand, blieb seine Stimme dennoch wohlklingend und verführerisch, ein wenig wie die von Bret Easton Ellis, dessen Lesungen ich nie verpaßte und der mir eines Tages, als wir im selben Hotel gewohnt hatten und noch zögerten, ob wir unsere Krawatten gegenseitig tauschen sollten, anvertraut hatte, daß das Leben eines Schriftstellers langweilig sein konnte, tödlich langweilig, aber nur bis zu einem gewissen Grad.

Wie wahr das war! Oh, wie empfänglich ich für diese Erleuchtung war! Und wie angenehm es war, durch denjenigen vor dem sicheren Tod gerettet zu werden, der mir entronnen war, mich verlassen hatte und mich ohne Hoffnung in den Klauen unserer gefährlichen, menschenfressenden, bösen, unerbittlichen Mutter zurückgelassen hatte, durch jenen, der endlich zu mir zurückkehrte, stärker und gestählter denn je, o mein Patrick Vandhoeren!

Ich riß die Augen weit auf. Er versetzte mir noch eine letzte Ohrfeige.

»Sag was! Nun sag endlich was!«

Ich stieß ihn zurück und lief in die Küche, um mir kaltes Wasser ins Gesicht zu spritzen. Überdies hatte er meine Wangen feuerrot geschlagen.

»Ist alles in Ordnung?« rief er mir von der Türschwelle zu.

Ich nickte.

»Es könnte sein, daß es mit Zuckermangel zusammenhängt.«

»Nein, das glaube ich nicht.«

»Meine Mutter ist oft ohnmächtig geworden. Aber sie hatte einen Hirntumor.«

»Freut mich, das zu erfahren.«

»Wie wär's, wenn ich dir eine Albizie im Garten anpflanze? Was hältst du davon?«

Ich antwortete ihm, daß der Zwischenfall erledigt sei.

Während wir ins Wohnzimmer zurückgingen, fragte er mich, ob ich ihn am kommenden Wochenende zu seinem Fußballspiel begleiten wolle. Ich sagte nein. Oder Ende Juli nach New York zu einem Seminar, das das Guggenheim Museum veranstaltete? Ich sagte nein. Dann vielleicht nach den Ferien auf die Frankfurter Buchmesse und auf eine Lesereise? Ich sagte nein. Selbstverständlich brauche ich keinen Pfennig aus meiner eigenen Tasche zu bezahlen. Ich sagte, die Antwort sei nein. Und warum nein, ob das wegen meines Romans sei?

»Nein, nicht wegen meines Romans, sondern deinetwegen. Nur deinetwegen. Und willst du wissen, warum? Weil du mich für einen Idioten gehalten hast.«

Er runzelte die Brauen, aber seine Miene blieb heiter.

»Ich soll dich für einen Idioten gehalten haben? Spinnst du? Hast du was geraucht, oder was ist los?«

»Und selbst wenn du mich für einen Idioten gehalten hättest, wäre das gar nicht so wild. Nein, du hast etwas viel Schlimmeres getan: Du hast mich betrogen.«

»Ich dich betrogen? Ich soll dich betrogen haben? Ha, ha!« platzte er los und rieb sich die Augen. »Ha, ha, ha! So, so, ich habe dich also betrogen!«

Die Wirkung des Nepalesen natürlich. Auch wenn er noch soviel lachte, spürte ich, daß er nicht so entspannt war, wie er sich gab.

»Es freut mich zu sehen, daß dich das belustigt.«

»Ha, ha! Was ist denn das für eine Geschichte? Etwa, weil ich Henri verlassen habe? Ha, ha! Etwa deswegen?«

Sein Buch stand hinter mir in einem Regal. Ich nahm es, schlug es auf und riß eine Seite heraus. Ich zerknüllte sie, warf sie ihm ins Gesicht und sagte dabei: »Nein, *deswegen*!«

Ich riß sogleich eine weitere Seite heraus: »Und *deswegen*!« Und noch eine Seite: »Und *deswegen*!« Ich bombardierte ihn mit Papierkugeln. »Und *deswegen*! Und *deswegen*! Und auch *deswegen,* du alte Sau! Und *deswegen*! Und *deswegen*! Und auch *deswegen,* du degenerierter Affe!«

Mit immer lauterem Lachen versuchte er meinen Geschossen auszuweichen. Zum Schluß warf ich ihm das ganze Buch an den Kopf. Dann stand ich auf und setzte mich in den Garten. Das wäre geschafft! Das hatte mich richtig erleichtert. Am selben Morgen war eine Linienmaschine über dem Ozean vor Nantucket abgestürzt, und ich zwang mich, ein Flugzeug mit den Augen zu verfolgen, um zu sehen, ob ich wieder zu Kräften gekommen war oder ob ich ganz einfach zusammenbrechen würde. Glitzernd in einem Sonnenstrahl flog es nach Westen und entkam der Abenddämmerung, als sei es ein Spiel, und ich zuckte nicht einmal mit der Wimper.

»Hat Nicole... hat sie dir das erzählt?«

Das Thema war offensichtlich nicht so witzig.

Er machte sich daran, einen Liegestuhl neben mich zu stellen. Er war kaum fähig, es zu tun, aber ich hütete mich, ihm zu helfen, und beobachtete ihn wortlos. Ich bezweifle, daß er, wenn er sich eines Tages einen Sonnenschirm und ähnliche Dinge kaufen würde, die guten alten Liegestühle aus Segeltuch und Holz wählen würde.

Er ging mit dem Sessel um, als handele es sich um einen angezündeten Knallfrosch, und brummte dabei: »Na und? Bist du vielleicht in der Lage, Pornoszenen zu schreiben?«

»Nein, aber ich lasse sie mir nicht von jemand anders schreiben.«

»Hör zu... ich habe mich nie so stark wie du für Pornographie interessiert... Du mußt schon entschuldigen, aber ich glaube einfach nicht an diese Geschichten vom Neuland ... vom angeblich außergewöhnlichen Talent. Ich glaube nicht eine Sekunde daran.«

»Na schön! Aber bisher hast du was anderes gesagt, wenn ich mich nicht irre! Du hast meine Komplimente doch gern entgegengenommen, stimmt's? Es hat dich nie gestört, wenn man dir zu deiner genialen Obszönität gratuliert hat, zu deinem wunderbaren Geschick im Überschreiten aller Tabus! Es hat dich nie gestört, all die Lorbeeren zu ernten, hm?... Aber kaum ertappt man dich auf frischer Tat, und schon ist Monsieur sich nicht mehr sicher, ob ihn die Sache auch wirklich interessiert...«

»Jetzt hast du den Beweis dafür. Den Beweis, daß ich recht habe.«

»Ich habe vor allem den Beweis dafür, daß du nicht der bist, der du zu sein behauptest. Das sehe ich jetzt.«

Nach langem Kampf gelang es ihm, den Liegestuhl zu bezwingen, ließ sich hineinsinken und verschränkte die Hände über dem Bauch. Er kniff die Augen zusammen und blickte zum Himmel hinauf, der sich allmählich verdunkelte: »Kannst du mir dann vielleicht sagen, warum du solche Artikel schreibst?... Warum ziehst du mir dann nicht das Fell über die Ohren wie all die anderen?«

»Ich habe nur gesagt, wie gut ich das Buch finde. Was ich von dir halte, ist eine andere Sache.«

Er strich sich über das Kinn und beugte sich dann vor. In

diesem Augenblick gab der Liegestuhl, vermutlich weil er nicht richtig eingerastet war, unter Patricks Gewicht nach, und er plumpste auf die Erde. Aber er ließ kein Wort über den Zwischenfall verlauten und begnügte sich damit, die Beine zum Schneidersitz anzuwinkeln.

»Ich habe Nicole heute morgen gesehen. Ihr zufolge hatte sie es mit einem Psychopathen zu tun.«

»Teufel auch! Und wie geht es ihr?«

Er schüttelte den Kopf und streckte sich auf dem Rücken aus, die Hände im Nacken verschränkt.

»Es war für mich der geeignete Augenblick, um meine Schäfchen ins trockene zu bringen, und das habe ich getan! Und zwar ordentlich!... Selbst wenn ich morgen kein einziges Buch mehr verkaufe. Ich habe meine Chance im richtigen Augenblick genutzt, das kannst du mir glauben... Ich habe keine Lust, mich von den Wellen wegschwemmen zu lassen. Ich bin nicht ihr Spielzeug.«

»Ja... aber weißt du, ein Psychopath, das ist schnell gesagt. Soweit ich weiß, hat man ihn nicht in einem Krankenhaus aufgefunden.«

»Ich habe es ja gewußt, daß sie eines Tages die Sache ausplaudern würde. Und heute wird einem die kleinste Dummheit gleich voll um die Ohren geschlagen... Aber ich habe diese verdammten Verträge unterschrieben, und eins kann ich dir sagen: Wenn ich schon zusehen muß, wie man mich fertigmacht, dann möchte ich zumindest dabei gut gebettet sein.«

»Aber hast du dir denn wenigstens die Mühe gemacht, es zu versuchen? Hast du dich gefragt, warum das so schwierig ist? Das ist eine sehr schmale, aber himmlische Gratwanderung, auf der einen Seite befindet sich der ganze bescheuerte, eklige erotische Plunder und auf der anderen der triste, ermüdende Schmutz der Sexshops. Und darum frage ich dich: Sollen wir unter dem Druck der Bastarde aufgeben und ihnen unter dem Vorwand, daß die Aufgabe gewaltig ist und unser Image zu beschmutzen droht, das Salz unseres Lebens überlassen? Glaubst du nicht, daß das etwas zu großzügig ist?«

»Ja, aber ich habe nicht die Absicht, mir von einem System, das ich schon immer bekämpft habe, die Schnauze polieren zu lassen. Wer die Zähne des Löwen vorführt und in seinem Maul endet, bekommt nur, was er verdient. Wie jemand so schön gesagt hat, mit diesem Buch habe ich geglaubt, mit dem Sex Schluß gemacht zu haben, statt dessen habe ich mit der westlichen Welt Schluß gemacht.«

»Das steht fest. Aber einer Sache kannst du dir sicher sein: Auf dem Gebiet der Pornographie wirst du nie die Ausdruckskraft der bildenden Kunst erreichen. Bestenfalls kannst du ihr gleichkommen, aber auch dessen bin ich mir nicht sicher. Wenn wir mal annehmen, du würdest nicht schreiben ›Brigitte wird in den Arsch gefickt‹, was nur ein blasser Abklatsch eines Bildes ist – und in diesem Fall hast du das Spiel von vornherein verloren –, sondern statt dessen ›Ich ficke Brigitte in den Arsch‹. Was glaubst du, nach welcher Seite das Pendel der affektiven Wirkung ausschlägt? Spürst du nicht, daß du als Schriftsteller eine magische Waffe besitzt? Welches Bild wird, wie ich schon sagte, auch wenn es die Bewegungen und die Laute wiedergibt, je an dieses ›Ich ficke Brigitte in den Arsch‹ herankommen, das nichts ersetzen kann? Eine schmale, aber himmlische Gratwanderung, wie du siehst, jaja, ich hatte dich ja gewarnt, mein Lieber...«

»Aber worin habe ich versagt, und wen habe ich geschädigt? Warum fallen sie alle über mich her? Willst du mich demütigen? Was glaubst du eigentlich?... Was weißt du genau?... Was weißt du schon davon, was ich empfinde? ›Je mehr Siege Ihr im Diesseits davontragt, um so mehr Niederlagen werdet Ihr erleiden!‹ Völlig einverstanden! Es gibt Flecken, die sich nicht entfernen lassen, meinst du das vielleicht? Und dennoch sehe ich Nicole noch vor mir, wie sie sich über meine Schulter beugt, während ich verzweifelt versuche, diesen Scheiß zu schreiben, und plötzlich setzt sie sich auf die Tischkante und sprudelt so eine Sache in einem Zug hervor! ... Tja... aber ich habe sie dafür gehaßt! Ich habe die Sache übernommen, aber ich hatte eine Mordswut auf sie. Verstehst du? Ich weiß nicht, wie sie darüber denkt, aber das hat zwischen uns alles kaputtgemacht. Was weiß ich, vielleicht habe ich noch nicht genug dafür gebüßt. Vermutlich reicht das nicht. Das ist gut möglich. Wahrscheinlich muß man sich anpassen oder verschwinden.«

»Wie du sagst: sich anpassen oder verschwinden! In der heutigen Welt ist der Schriftsteller mit einer unerbittlichen Konkurrenz konfrontiert. Wir dürfen uns weder auf das Gebiet des Gegners begeben noch seine Waffen benutzen. Wir müssen uns schlagen! Wir müssen ihm den Boden unter den Füßen entziehen! Wir müssen Abgründe rings um seine Truppen aufreißen! ›Ich ficke Brigitte in den Arsch!‹ ist unser Banner! Laßt uns dieses Banner auf unserer wilden Jagd in unbekannte Gebiete entrollen, in die uns der Feind niemals folgen kann!«

Im Grunde war eine ernsthafte Aussprache unter vier Augen immer noch das beste. Wir diskutierten so eine ganze Weile, schütteten uns gegenseitig das Herz aus und knüpften die Bande, die sich aus Mangel an Kommunikation gelockert hatten, wieder neu. Wir leerten die Flasche Champagner und aßen sogar den Kuchen auf, so daß wir am frühen Morgen taubedeckt im weichen Gras aufwachten, das vom ersten Schimmer der Morgenröte erhellt wurde. Patrick stieß ein sonores Röcheln aus, rollte sich auf die Seite und streichelte das kühle Gras mit schlafschwerer Hand (schon am frühen Morgen gibt es nichts Besseres als einen ordentlichen Adjektivhagel, auch wenn die Literatur dadurch nicht besser wird!).

Ich ging zu Edith in den ersten Stock und ließ Patrick mit dem Gesicht auf der Erde und mit den Rücken der Welt umfassenden Armen im Gras liegen, wie Walt Whitman es uns gelehrt hat.

»Nanu, schon wach?« Ich hatte damit gerechnet, sie schlafend vorzufinden, und vorgehabt, einen Augenblick neben sie ins Bett zu schlüpfen, ein unveränderliches Ritual, das ich nach jeder schlaflosen Nacht vollzog, wenn ich bis zum Morgengrauen wie ein Sklave an meinem Schreibtisch gearbeitet hatte oder wenn ich nach einer nächtlichen Verpflichtung nach Hause kam, ein Ritual, das den liederlichen Kerl, der ich war, auf unangemessene Weise belohnte.

Sie war schon halb angezogen, schnallte den Gürtel ihrer Hose zu, und ich hatte den Eindruck, daß sie, die schon so schlank war, noch mehr abgenommen hatte. Herrje! Ich hatte die Nase voll von dieser Hochschule für Bekloppte mit ihren beknackten Arbeitszeiten und ihrem flexiblen

Stundenplan! Nicht genug damit, daß sie mir Edith in den schönsten Augenblicken entrissen und unser Privatleben kaputtmachten, bald hatten sie mit ihrem Studentenfraß auch noch ihre Gesundheit ruiniert!

»Patrick und ich haben das Übel mit der Wurzel ausgerissen«, erklärte ich, während ich mich aufs Bett setzte. »Weißt du, Patrick ist trotz allem ein prima Kerl. Er hat seine Schwächen, aber trotzdem ist er erstaunlich, und ich muß zugeben, daß er trotz dieser Geschichte seinen Erfolg nicht wirklich gestohlen hat. Also, alles ist wieder eingerenkt, und das ist viel besser so. Wenn du bedenkst, daß die anderen in der Mehrzahl Säufer, griesgrämige Nörgler, Neidhammel oder vollkommene Arschlöcher sind, wenn du das bedenkst, mein Schatz, dann stellst du fest, daß Patrick mehr taugt als sie. Außerdem glaube ich, daß er mich gern mag. Ich glaube, er mag mich wirklich gern. Er hat immer wieder zu mir gesagt, daß ich ihm in diesen Tagen gefehlt habe, und das ist vermutlich wahr. Ich habe keinen Grund, an seinen Worten zu zweifeln, verstehst du. Was sollte er schon für ein Interesse daran haben, mir das zu sagen? Nein, ich glaube, er schätzt und achtet mich. Denk doch mal an Darrieussecq, Houellebecq, Angot, Echenoz, haben die mir vielleicht ein einziges T-Shirt oder eine Schachtel Vitamine abgenommen? Nein, ich glaube, ich kann mich zu unserer Versöhnung beglückwünschen. Im Grunde ist er ein dufter Typ. Und was ich dir noch gar nicht gesagt habe, er war sehr beeindruckt von meinem Artikel. Daß ich intelligent, brillant und mutig sei, ein Wolf in einer Horde kläffender Köter und so weiter und so fort, so was hört man doch gern, nicht? Selbst wenn mich das meinen Schutzumschlag kostet und Henri verrückt spielt, ich wette, daß er genau in diesem Augenblick rasend ist vor Wut, aber mach dir nichts daraus, außerdem ist es mir scheißegal, ob ihm das paßt oder nicht, eines Tages wird er schon zugeben, daß man mit dem Ehrgefühl nicht spaßt, und ich garantiere dir, selbst wenn mich das meinen Schutzumschlag oder die Neuauflage meiner ersten Romane im Taschenbuch kosten soll, morgen schreibe ich dasselbe, ohne ein Komma zu ändern. Denn was sind letztlich die drei unerläßlichen Eigenschaften, die ein Schriftsteller benötigt? Großzügigkeit, Zorn und Spottlust. Und Patrick ist heute einer der wenigen, der diese drei Dinge vereint. Weißt du, ich habe ihn einen Großteil der Nacht beobachtet und ihm zugehört. Es gibt höchstens eine Handvoll bedeutender Schriftsteller in jeder Generation, und auch wenn er mich in einem gewissen Punkt enttäuscht hat, bin ich heute noch überzeugt, daß er dazugehört. Aber ich habe mich immerhin geweigert, ihn nach New York zu begleiten. Von jetzt an wird sowieso nichts mehr so sein, wie es früher war. Und außerdem muß ich diesen Roman zu Ende schreiben. Ich weiß nicht, in welche Richtung er gehen wird. Du mußt mir sagen, was du davon hältst. Seit Nicole und ich... na ja, jetzt habe ich eben mehr Zeit, nicht wahr? Das ist etwas Positives. Sie hat angeblich, wie Patrick mir erzählt hat, einen ganzen Koffer mit Unterwäsche vollgepackt und ihn auf einem Bürgersteig stehenlassen. Ich glaube, deine Theorie bestätigt sich allmählich, aber mach dir keine Sorgen um mich, ich sterbe nicht daran. Ach, dabei fällt mir ein: Ich habe beschlossen, kein Leitungswasser mehr zu trinken, und ich rate dir, das gleiche zu tun. Angeblich kann man davon Alzheimer kriegen, das habe ich gestern gehört. Erinnerst du dich noch, als sie LSD in die Trinkwasserreserven schütten wollten? Das war im Vergleich dazu ein Scherz. Und trotzdem, sieh nur mal, wie schön dieser Tag ist! Sieh dir diesen wunderbaren Himmel an! Ist Gott immer noch da? Läßt er die Blätter der Linde zur Krönung dieses klaren Vormittags erzittern? Ist es Gottes Gesang, den man aus den Quellen hervorsprudeln und in unseren Abwasserleitungen gurgeln hört? Auf jeden Fall sind unsere jetzt sauber. Ich war dabei, sie zu reinigen, als Patrick plötzlich ankam. Auch die Energie zählt. Aber wenn dein Zorn und deine Großzügigkeit ernst gemeint sind, brauchst du dir darüber keine Gedanken zu machen. Ist alles in Ordnung? Ich hoffe, du kommst nicht meinetwegen zu spät. Hast du deine Algen eingenommen? Ich hoffe nur, daß sie dir kein Fleisch vorsetzen!... Denk daran, wie schön meine Mutter war, und sie war Vegetarierin. Und mein Vater mit seinem schönen Ganovenkopf wie Clark Gable, nur daß er noch feinere Züge hatte, wer weiß, was ihn ins Grab gebracht hat? Hör zu, wir haben schon darüber gesprochen, und ich will nicht den Teufel an die Wand malen, aber die letzten Berichte von *Greenpeace* geben nicht gerade Anlaß zu Optimismus. Wenn Cécilia da wäre, würde sie dir das gleiche sagen. All diese Studenten, die irgendwelchen Scheißfraß vorgesetzt bekommen, was soll das nur geben? Und die Kinder in den Kantinen? Und der Fötus im Mutterleib? Und unser eigener Samen? Glaubst du nicht, daß es Gründe genug gibt, um sich Sorgen zu machen?... Die Sache ist ernst, weißt du. Ich möchte gern, daß wir uns die Zeit nehmen, um all das gemeinsam zu analysieren, wenn du einverstanden bist. In Ruhe. Ganz objektiv. Aber wenn du schon frühmorgens aus dem Haus gehst und abends spät heimkehrst, dann werden wir es wohl kaum schaffen, wie ich mal vermute. Ich mache dir keine Vorwürfe, ich stelle nur fest. Wir arbeiten ihnen in die Hände, ohne es zu merken. Je weniger wir darüber sprechen, desto besser ist es für sie. ›Vater, Vorsicht, links! Vater, Vorsicht, rechts!‹ Aber was soll man machen, wenn die Schläge von allen Seiten kommen? Vielleicht ist es schon zu spät? Ich weiß es nicht, was meinst du? Wie dem auch sei, tu mir den Gefallen und iß eher panierten Fisch oder Wildlachs. Und wenn möglich, vermeide Kuhmilch. Denn wir werden älter, Edith, und all das beschleunigt nur unseren Verfall. Sieh dir diese Flecken an, die ich plötzlich auf der Hand habe. Sieh dir an, wie faltig und verknittert meine Haut wird. Ich höre immer schlechter. Ich sehe längst nicht mehr so gut wie früher. Das rekombinante Wachstumshormon für Rinder macht die Sache bestimmt nicht besser, das kannst du dir sicher vorstellen ... Aber du hast recht, mein Schatz, entschuldige. Du hast ja recht. Das ist nicht die beste Art, den Tag zu beginnen. Das ist meine Schuld. Gib mir deine Hände. Und laß uns versuchen, zu einem angenehmeren Thema überzuwechseln. Sieh ihn dir an, diesen rührenden Dummkopf, wie er dort im Gras liegt. Er ist glücklich. Aber ich bin noch glücklicher, denn du bist das Licht in meinem Leben. So, aber jetzt mach dich besser auf den Weg, denn ich schwatze nur noch Unsinn ...«

Suzanne Rotkos Tod.

Als ich mich noch ein letztes Mal über sie beugte, um sie zu küssen, sah ich Tropfen auf ihr Gesicht fallen, als regnete es, und da bemerkte ich, daß man sie geschminkt hatte und der Regen den Puder auf ihren Wangen fortspülte, ehe mir klar wurde, daß ich weinte wie ein Schloßhund und all dieses Wasser aus meinen Augen hervorquoll.

Franck und Olga packten mich am Arm, selbst Henri trotz seiner verbundenen Hand, und zogen mich von dem Sarg fort, in den ich gerade hineinklettern wollte.

Suzanne Rotkos Tod.

Sie war eines Abends unverhofft aufgetaucht. Wegen meines Artikels. Als erstes hatte sie zu mir gesagt, sie habe es kaum fassen können, daß ich mich Henri widersetzt hätte. Und anschließend, daß sie das nicht gewundert habe, und schließlich bat sie mich um die Erlaubnis, mir einen Kuß auf die Wange drücken zu dürfen. Eine sentimentale Frau. Aber ich hatte Patrick vergeben, und sie blieb eine ganze Weile an meinem Hals hängen. Die Welt habe sich verändert, nur ich sei der alte geblieben, flüsterte sie mir ins Ohr. Und ihren Stolz darüber, daß sie meinen Weg gekreuzt habe. Ich hasse solche Erklärungen. Sie schmeicheln meiner Eitelkeit.

Suzanne Rotkos Tod.

Fünfzehn Jahre zuvor auf der Insel Martha's Vineyard. Ich bin am Strand und angele, und plötzlich sehe ich, wie sie mit einem Telegramm in der Hand herbeirennt: »Wir haben einen Vertrag mit Sigmund unterzeichnet! Wir haben einen Vertrag mit Sigmund unterzeichnet!« Noch nie hatte ich solche Freude auf dem Gesicht von irgend jemandem gesehen. Edith sagt zu mir: »Wenn das so ist, dann können wir doch mit den Kindern nach Disneyworld fliegen!« Ich erwidere: »Einverstanden, aber ich glaube, Suzanne ist ohnmächtig geworden...«

Suzanne Rotkos Tod.

Fragen Sie sich, was Sie in einem Buch suchen. Fragen Sie sich, was Sie dazu beitragen. Und lassen Sie mich in Ruhe. Ich drehe mich schon seit Stunden im Kreis, ohne auch nur eine Zeile schreiben zu können. Ab und zu gehe ich in den Eingangsflur hinunter und presse mein Auge gegen den Spion, den ich in der Haustür angebracht habe. Ich habe auch ein Foto von Suzanne im Bikini wiedergefunden, aber ich habe keine Ahnung, wo es aufgenommen worden ist. Bondi Beach? Ich habe mir vorgenommen, bis spätestens heute abend Henri anzurufen, um mich bei ihm zu entschuldigen. Es scheint, als hätte ich ihn schwerer verletzt, als ich gedacht hatte. Nun ja, inzwischen weiß ich nicht mehr recht, was ich von ihm halten soll.

Suzanne Rotkos Tod.

»Das ist das mexikanische Pulver, von dem ich euch erzählt habe...« Ich mußte Atem holen und meinen Speichel herunterschlucken. Franck und Alice nickten interessiert, wobei sie mich mit zärtlichen Blicken verfolgten. Vor allem Alice, deren Ekzem ich vernichtend geschlagen hatte und die mir dafür für alle Zeiten dankbar war. Sie hatte die Korrekturen des letzten Bandes ihrer Memoiren liegenlassen, um mich zu empfangen, und Franck hatte noch Rasierschaum an einem Ohr. Alice streichelte mir die Hand, und ich fuhr fort: »Also, vor euch seht ihr ein Pulver, das zur Zeit der Inkas benutzt wurde ...« Dann versagte meine Stimme, ich stützte den Kopf in beide Hände, und zum x-tenmal in wenigen Tagen brach ich in Tränen aus.

Suzanne Rotkos Tod.

In Henris Büro, wenige Stunden, nachdem man mir die Nachricht mitgeteilt hatte. Ich konnte ihm nicht mehr in die Augen blicken.

»Francis, sieh mich an! Du bist wohl total übergeschnappt, ehrlich! Sieh mich an! Glaubst du wirklich, daß ich zu so etwas fähig wäre?... Weißt du, daß ich dich eigentlich am Kragen packen und hinauswerfen müßte? Mir ist klar, daß der Schmerz dich völlig verwirrt, aber trotzdem gibt es Grenzen, die man nicht überschreiten darf, verdammt noch mal!«

Wie benommen vor Zorn und Kummer erhob ich mich mühsam aus meinem Sessel und baute mich vor seinem Schreibtisch auf: »Aber diese Frau hätte nicht mal einer Fliege etwas zuleide tun können, du alter Arsch!«

Er wurde kalkweiß.

»Jetzt reicht's aber! Ich bring dich zur Tür.«

Mit zusammengebissenen Zähnen rammte ich eine Harpune, die ich in der Faust hielt, in seine Hand und sagte: »Nein, bleib sitzen! Erspar dir die Mühe!«

Es stellte sich später heraus, daß die Spitze der Harpune nicht nur seine Hand, sondern auch die Schreibtischplatte durchbohrt hatte und ihm in den Schenkel gedrungen war. Es war ein Geschenk, das ich ihm aus Nantucket anläßlich der Unterzeichnung meines ersten Vertrags mitgebracht hatte. Man hatte mir versichert, daß sie Herman Melville höchstpersönlich gehört habe, und Henri hatte sie mit einem gewissen Stolz, aber ohne damit anzugeben, neben ein paar afrikanischen Figuren auf einer Ecke des Möbelstücks ausgestellt.

Er brachte mich also nicht zur Tür. Ich hörte ihn noch, als ich um die Straßenecke ging.

Suzanne Rotkos Tod

Die berühmte, gefürchtete Literaturagentin ist heute nacht in ihrer Pariser Wohnung an einer Gehirnblutung gestorben.

Die berühmte, gefürchtete Literaturagentin ist heute nacht in der Toilette eines Schickeria-Lokals, das diese Art von Reklame nicht schätzt, gestorben. Man hat in ihrer Handtasche unerlaubte Substanzen gefunden. Man hat in ihrem Magen unerlaubte Substanzen gefunden. Man hat ihr den Bauch aufgeschnitten und in ihrem Magen und ihrem Blut solche Mengen solch unerlaubter Substanzen gefunden, daß sie ein Pferd hätten umbringen können. Man nimmt an, daß sie sich beim Sturz auf die Kloschüssel den Augenbrauenbogen aufgeschlagen hat. Nichts deutet darauf hin, daß diese Verletzung die Spur eines Kampfes sein könnte. Eine Putzfrau hatte ihre Leiche am frühen Morgen gefunden. Suzanne Rotko hat ihr Leben in einem Scheißhaus auf eiskalten Fliesen beendet, fern von ihren Freunden, und nichts deutet darauf hin, daß sie sich ein so bewundernswertes Ende gewünscht hatte.

Ich behaupte nicht, daß Suzanne nichts anrührte. In den achtziger Jahren kannte ich niemanden, der nichts anrührte. Niemanden. Aber diese Zeit war vorbei. Wir waren eines Morgens aufgewacht und hatten Angst bekommen. Wir hatten *richtig* Angst bekommen. Wir waren zu weit gegangen. Unsere Kinder wurden allmählich größer und sahen uns auf seltsame Weise an. Wir waren um die Vierzig und hatten nicht mehr den Mut, dem Alltag in fairem Kampf zu trotzen. Jeder neue Tag schien sich wie ein immer höherer Berg vor uns aufzutürmen, der erklommen werden mußte, und keiner von uns dachte daran, es zu tun, ehe er ins Badezimmer ging, um den Heizkessel zu versorgen. Da verbreitete sich allmählich das Gerücht, daß wir schließlich daran verrecken würden. Und ich nehme an, daß mehr nicht erforderlich war.

Auch ich hatte mich immer darüber gewundert, wieviel Zeit Suzanne auf der Toilette verbrachte. Sicher, das war ein Rätsel. Jeder, der sie gut kannte, hatte sich darüber seine Meinung gebildet, aber niemand hatte sich je ernsthaft vorgestellt, daß Suzanne sich dort auf einen Trip begab. Masturbation war wahrscheinlicher (sie beklagte sich, sie habe zuviel zu tun, um an ein Privatleben denken zu können). Manche glaubten, sie habe Gefallen daran gefunden, dort ihre wichtigsten Telefonanrufe zu tätigen, streng vertrauliche Gespräche zu führen und ihre einträglichsten Verträge mit leiser Stimme auszuhandeln. Warum nicht? Warum sollte sie das nicht tun, die Arme? Ich dagegen glaubte, daß sie dort einfach träumte. Die Wahrheit werden wir nie erfahren.

Aber wir wissen, was ein goldener Schuß ist.

Viel klarer geht's nicht, oder?

Vermutlich haben sie über ihrem Sarg gejammert. Vermutlich haben sie ihre Asche mit zugeschnürtem Herzen verstreut. Aber was haben sie gesagt?

Daß man seine besten Freunde nur schlecht kannte. Daß in jedem von uns eine verborgene Seite steckte. Daß es zwei Suzannes gab (warum nicht drei oder vier?). Daß das Heroin einen schließlich immer einholte. Daß der Druck in diesem Beruf zu groß war. Daß Tonys Tod ein Drama gewesen war.

Edith hinderte mich daran, ihnen meine Meinung zu sagen. Edith überwachte mich streng und untersagte es mir, eine Erklärung abzugeben. Es war ihr ernst. Sie gab mir nicht ganz unrecht, war aber der Ansicht, daß ich schon mehr als genug getan hatte, indem ich Henri verstümmelte. Dem brauchte nicht noch etwas anderes hinzugefügt zu werden. Ihrer Meinung nach würde meine Interpretation von Suzannes Tod zwangsläufig das ungesunde Klima verschlechtern, das sich rings um mich verbreitet hatte, auch wenn meine Tat der Zuneigung zugeschrieben wurde, die ich unserer armen Verstorbenen entgegengebracht hatte. Meine heftigen Tränenausbrüche beeindruckten sie.

Es gelang mir dennoch, ihre Wachsamkeit zu überlisten. Sie begleitete mich nicht in die Stripteaselokale, zumindest nicht in jene, die Patrick bevorzugte und die das Image eines radikalen Intellektuellen, Tendenz *grungy*, verstärkt hatten, das ihm anhing und das so manchen beeindruckte.

Jedenfalls war er der einzige, der sich nicht über meinen Angriff auf Henri empört hatte. Nicht etwa, weil er der Ansicht war, daß Henri es verdient habe, sondern weil er die

Sache witzig fand. Viel eleganter und stilvoller als eine Gerade mitten in die Fresse, wie er meinte.

Sie hatten sich vor dem Krematorium feindselig angestarrt: auf einem frisch gemähten Rasen, der die Luft mit einem starken Geruch nach geschnittenem Gras erfüllte, der, weiß der Henker warum, in solchen Momenten der Trauer so ergreifend war. Auf Henris zusammengebissene Zähne hatte Patrick mit einem leichten hämischen Lächeln reagiert, und auch wenn mir die Augen voller Tränen standen, entging mir diese wahnsinnige Spannung durchaus nicht.

Sie nahm sogar meine ganze Aufmerksamkeit in Anspruch. Zum Glück hatte sich Patrick in den Kopf gesetzt, auf Gegenkurs zu gehen, und in jenen Tagen, in denen Edith mir nicht von den Fersen wich, gab er zahllose Interviews und nahm an Presseessen teil, und das in hektischem Rhythmus, so daß er sich fast immer in der Öffentlichkeit befand, meistens in den Salons eines Hotels, wie mir die Telefonzentrale bestätigen konnte. Er war also nie allein, und das beruhigte mich. Ich nutzte die Gelegenheit, um mir eine Dokumentation über die Mafia und andere verbrecherische Organisationen anzulegen: über ihre Machenschaften, ihre Techniken, ihre Vorgehensweisen. Ich besorgte mir Presseartikel, die ihre kriegerischen Heldentaten schilderten, vor allem solche, die sich auf das Verschwinden störender Zeugen, auf das Beseitigen von Menschen und auf Aufträge anderer Art bezogen als die, die ich kannte. Ich fand auch ein Dossier über Monsanto wieder, das in *The Ecologist* erschienen war und das mir Cécilia wohl zugesandt hatte, und konnte genau sehen, wie sie die Sache anfingen. Ob man es mit Gangstern zu tun hatte oder mit den Führungskräften eines multinationalen Unternehmens, die Methoden waren die gleichen. Man konnte wählen zwischen dem Betonblock und dem goldenen Schuß.

Im Mambo Club war alles finster. Die Lichter, die Musik, die Dekoration, die Atmosphäre, zumindest fast alles. Die Tische waren kaum gereinigt, der Alkohol von schlechter Qualität, die Sitzgelegenheiten unbequem, und es herrschte ein äußerst unangenehmer Geruch nach ranzigem Schweiß, vermischt mit kaltem Rauch. Die Mädchen waren jedoch erstaunlich. Unbeholfene Studentinnen, Hausfrauen, die sich etwas hinzuverdienten, Junkies, Ausländerinnen ohne Papiere und sogar ein paar richtig geile Elsen, aber bestimmt keine Mädchen aus dem Crazy Horse. Daher war der Mambo Club kein Lokal, in das Patrick und ich uns hinsetzten, um uns zu unterhalten, aber er hatte den Vorteil, daß er Edith abstieß.

»Patrick, würdest du mir mal bitte deine Aufmerksamkeit schenken?«

Mit einer Grimasse gab er mir zu verstehen, daß der Augenblick schlecht gewählt war. Dabei saßen wir seit einer halben Stunde dort, und der Augenblick war *immer* schlecht gewählt. Diesmal war ein Mädchen unter dem Vorwand, daß Patrick einen Geldschein hin und her gewedelt hatte, auf unseren Tisch geklettert und wiegte sich zum Klang einer peruanischen Flöte in den Hüften.

»Hör mir gut zu«, fuhr ich trotzdem fort, »ich habe nicht die Absicht, dich aus lauter Spaß zu beunruhigen, sondern will mich nur versichern, daß du auf der Hut bleibst. Denn ich weiß nicht, ob du eine Lehre aus dem Unglück gezogen hast, das uns widerfahren ist. Auf jeden Fall möchte ich mir dessen sicher sein...«

Die junge Frau, die vor uns mit dem Hintern wackelte, hatte langes lockiges Haar und sehr schlanke Fesseln. Aber ihre Nummer bestand darin, sich hinzuhocken, um sich eine Perrier-Flasche in die Scheide zu stecken. Wir hatten schon gesehen, wie sie das mit den unterschiedlichsten Gegenständen getan hatte, offen gesagt hing es davon ab, was man ihr reichte, aber ich hatte andere Dinge im Kopf. Da es mindestens noch eine Minute dauern würde, ehe es losging, versuchte ich erneut mein Glück: »Edith hat mich neulich noch einmal daran erinnert: Sie haben immerhin Kennedy ermordet, und es ist nicht einzusehen, warum sie auf halbem Weg haltmachen sollten, nicht wahr? Wo sie die Sache schon mal angefangen haben, hm? Warum sollten sie sich genieren? Du gefällst ihnen nicht? Dann verschwindest du eben in der Versenkung! Du gehst ihnen auf die Nerven? Hopp, schon bist du weg! So läuft das!«

Sie hatte einen Druckknopf geöffnet, und ihr Höschen war ihr vor die Füße gefallen. Patrick drückte es in der Hand zusammen und nickte dabei zustimmend. Ich fuhr fort: »Ich weiß nicht einmal, ob wir etwas dagegen tun können. Übrigens weiß ich nicht einmal, ob du überhaupt eine Chance hast. Ich habe keine Ahnung. Denn wir haben es mit etwas Unvorstellbarem zu tun, das darfst du nicht vergessen. Die Macht dieser Leute ist grenzenlos. Die sind einfach anders als wir, weißt du, die haben andere Methoden. Bilde dir nicht ein, sie könnten Mitleid mit dir haben. Diese Hoffnung kannst du vergessen! Als erstes haben sie Suzanne ausgeschaltet... Hörst du mir zu?«

Ich hatte nichts gegen dieses Mädchen, aber wenn man andere Sorgen hatte, war ihre Nummer ehrlich gesagt zum Kotzen. Und ihre Spalte verbreitete einen scheußlichen Geruch. Ich schob ihn mit einer Grimasse und einer Handbewegung zurück, die meiner Meinung nach nichts Unfreundliches hatten, sondern eher meinen Ärger über Patricks Gleichgültigkeit ausdrückten. Und trotzdem richtete sich das Mädchen mit einem Satz auf, und man sah ihr an, daß sie ärgerlich war.

»He, du! Deine Art gefällt mir nicht!«

Patrick betrachtete mich mit gerunzelten Brauen und sagte: »Was ist los?... Was hast du gemacht?«

In diesem Punkt hatte Edith recht: Niemand wollte hören, was ich zu sagen hatte. Und Patrick hatte nur einen Gedanken im Kopf: Er wollte wieder auf seine Siegessäule klettern, die Schlappe wieder wettmachen, die Verschwörung vereiteln, die Marco und dessen Komplizen gegen ihn angezettelt hatten.

Er führte meinen Artikel bei jeder erdenklichen Gelegenheit an, hob meinen Scharfsinn hervor. Es mag sein, daß ich mich in meiner Laufbahn als Schriftsteller, wie er einräumte, hier und dort ein wenig verirrt hatte und mich darauf versteift hatte, eine neoexpressionistische Richtung zu verfolgen, von der man halten könne, was man wolle, aber hatte ich mir nicht diesen scharfen Blick bewahrt, der sich jeder Vetternwirtschaft entzog? Hatte ich nicht immer noch diese originelle, hitzige Stimme, um die mich so mancher beneiden konnte?

Wenn ich anwesend war, stellte ich mich vor und achtete

darauf, daß mein Name ohne Fehler ausgesprochen wurde. Dann strich ich ein wenig um ihn herum, um mich zu vergewissern, daß alles in Ordnung war, während Patrick sich noch schnell mit dem Kamm durch das Haar fuhr, ehe er ein neues Interview gab. An zwei aufeinanderfolgenden Abenden wartete ich, bis Edith fest schlief, fuhr dann los und parkte dem Hotel gegenüber. Ich verbrachte die beiden Nächte im Wagen und beobachtete das Treiben auf dem Bürgersteig, beobachtete die Fenster der Zimmer und die große Eingangshalle, die wie eine Wundergrotte erleuchtet war. Dann brach der Tag an, und ich war beruhigt.

»Ich glaube nicht, daß sie etwas unternehmen, solange er im Hotel bleibt«, erklärte ich Edith. »Diese Leute handeln nicht überstürzt. Ihre Aktionen sind meist sorgfältig und mit teuflischer Geduld geplant. Das geht aus den Fällen hervor, die ich studiert habe. Glaub mir, sie überlassen nichts dem Zufall. Leider kann er dort nicht ewig bleiben... Weißt du, neulich habe ich unser Konto unter die Lupe genommen, und ich frage mich, ob ich nicht einen Privatdetektiv engagieren soll...«

»Dann tu's doch! ... Das scheint mir eine gute Idee zu sein.«

»Hm... Andererseits habe ich mich auf die besten Zahlen gestützt. Der Herbst kann uns Überraschungen bringen. Das ist ein Risiko. Und außerdem habe ich nichts Neues in Aussicht. Da war zwar dieser Fernsehfilm, aber ich habe nichts mehr davon gehört... Ganz zu schweigen davon, daß ich meinen Roman zu Ende schreiben muß. Das läßt mir nicht viel Spielraum... Ja, ich muß mal darüber nachdenken!«

Es waren keinerlei Wertgegenstände mehr im Haus. Nachdem die Gerichtsvollzieher abgezogen waren, hatte unsere Einrichtung spartanische Züge angenommen (nebenbei gesagt ein nüchterner Stil, um den man uns beneidete, wie alle schworen), aber da wir diese schmerzhafte Episode nicht noch einmal erleben wollten und unsere Mittel uns nicht mehr erlaubten, bei überflüssigen Dingen zu zögern, hatten wir uns nur noch das Allernötigste angeschafft. Wir mußten schon darum kämpfen, ein so großes Haus zu behalten. Edith hätte sich beinah breitschlagen lassen, eine geringere Miete ins Auge zu fassen, aber dem hatte ich mich standhaft widersetzt, weil ich der Ansicht war, daß unsere Kinder eines Tages zurückkommen würden, wenn sie von den Wellen und dem ganzen Umweltkram genug hatten, die sie am anderen Ende der Welt zurückhielten. Ich sprach mit Edith nicht darüber, und ich wußte, daß sich die Dinge im allgemeinen nicht so abspielten, aber es kam manchmal vor, daß ich sie wieder in unserem Haus sah, in dem jeder sein Zimmer hatte, oder schlimmstenfalls, wenn alle Stränge reißen sollten, wie sie sich gerade überlegten, eine Einzimmerwohnung in der Stadtmitte zu mieten, eine knappe Viertelstunde mit der Metro von uns entfernt.

Sicher, da waren noch die Bücher, aber was würde ich schon dafür bekommen? Ich stand mitten in meinem Arbeitszimmer und warf einen hilflosen Blick auf sie, als ich plötzlich Suzanne wieder vor mir sah, die mir dabei half, sie in Kartons zu packen, um sie in Sicherheit zu bringen. Sie hatte sie ein paar Monate lang in ihrer Garage für mich aufbewahrt, und bei dieser Gelegenheit hatten wir eine kleine Auseinandersetzung gehabt, denn Tony hatte es fertiggebracht, auf einen meiner Kartons zu pinkeln und meine gesammelten Werke des großen Jack Kerouac zu verunstalten, die sie jedoch sogleich durch die Erstausgabe ersetzte. Ich sah sie wieder vor mir, wie sie in jener spannungsgeladenen Nacht noch niedergeschlagener als ich mit Tränen in den Augen in aller Eile die Bücher einlud und dabei mit lauter Stimme auf diese Bande von Scheißkerlen schimpfte, die mir nicht das Wasser reichen könnten. In den schwierigsten Augenblicken hatte ich immer auf Suzanne zählen können. Jedesmal wenn mich ein Schicksalsschlag traf, brachte sie es fertig, mir zu zeigen, daß sie noch stärker litt als ich. Daher war ich ihr, wie soll ich sagen, eigentlich noch etwas schuldig dafür, daß ich nicht so sehr gelitten hatte, wie ich es hätte tun sollen.

Später kam Edith zu mir in die Garage, wo ich die Bestandsaufnahme meiner Kühlschränke vornahm.

»Sag mal, ich will deine Entscheidung nicht beeinflussen, aber ich habe mich gefragt, für welche Dauer du diesen Detektiv engagieren willst?«

»Ja... genau das ist das Problem.«

»Und dann habe ich mir gesagt: einen Bodyguard. Aber was ändert das schon? ... Selbst wenn er genial ist. Was willst du machen? Du blätterst dein Geld hin, und was sagst du ihm dann? Also gut, dann machen Sie mal, für einen Monat, für zwei Monate, für sechs Monate...?«

»Nein«, seufzte ich. »Ich glaube, daß sechs Monate unsere Mittel bei weitem übersteigen würden.«

Sie setzte sich auf meinen Schoß. Normalerweise half mir das beim Nachdenken, aber in der gegenwärtigen Situation blieb unser Problem, wie ich fürchtete, unlösbar.

»Wer weiß«, sagte ich mit verzogenem Mund, »ob sie nicht dabei sind, eine Bombe ins Kellergeschoß des Hotels zu legen...! Für diesen italienischen Richter haben sie doch glatt eine Autobahn gesprengt. Die sind fähig, einen Zug entgleisen zu lassen oder ein Schiff auf offener See zu versenken, verdammt noch mal! Glaub nur nicht, daß sie alle so sind wie Tony Soprano, glaub das nur nicht! Mach dir keine Illusionen!«

Natürlich regte ich mich auf! Und natürlich übertrieb ich! Patrick Vandhoeren war nicht der Sultan von Ägypten, und ich glaube nicht, daß sie für ihn ein ganzes Heer von Helfershelfern auf die Beine stellen und auch nicht so aufwendige Mittel verwenden würden. Aber leider war das auch gar nicht nötig. Da ich mich seit Tagen mit diesem Thema beschäftigt und ein paar Presseleute angerufen hatte, zu denen ich noch einen guten Draht hatte, wußte ich, daß es ihnen keinerlei Kopfzerbrechen bereiten würde, einen Schriftsteller aus dem Verkehr zu ziehen. Die Gelegenheit konnte sich mehrmals am Tag bieten. Zur Not konnte die Sache sogar aus dem Stegreif erledigt werden, mehr als eine Lücke in ihrem Zeitplan war gar nicht erforderlich, oder gegen Ende des Tages, wenn sie noch einen Moment Zeit hatten. Das eilte nicht einmal. Ein so einfacher Job, daß die zweite Garnitur, ein paar junge Anfänger oder ein brutaler Halbidiot, die Sache übernehmen konnte. Patrick Vandhoeren wird von einem Analphabeten umgelegt, der noch nie ein Buch aufgeschlagen hat! Und ich sollte mich nicht aufregen!

Aber außer Edith wollte niemand auf mich hören.

Ich war nicht der erste, der diese schmerzhafte Erfahrung machte. Andere Stimmen hatten sich erhoben, um solche Praktiken anzuprangern, um Alarm zu schlagen, um das Unzulässige zu verhindern, um Unschuldige aus den Klauen dieser Ungeheuer zu entreißen, aber die Macht dieser Gruppen überstieg das Vorstellungsvermögen, und diese Stimmen wurden sehr schnell mundtot gemacht, verleumdet oder vor ein Gericht gestellt, das sich mit Schande bedeckte, weil es sich dem Recht des Stärkeren beugte. Dafür gab es genug Beispiele. Die Zeugnisse dieser Verbrechen existierten. Auf meinem Schreibtisch lagen ganze Stapel, die nach Kategorien geordnet waren (Erpressung, Einschüchterung, Bestechung, Beseitigung und die ganze Palette ihres Machtmißbrauchs auf weltweiter Ebene, die Kriege hervorriefen, Hungersnöte, Epidemien, die meisten Krebsformen wie Brustkrebs und Prostatakrebs, und all das mit dem Ziel, einer Handvoll Mörder Macht und persönliche Bereicherung zu garantieren). Auf meinem Schreibtisch lagen ganze Stapel, und auf dem Boden verstreut lagen noch weitere. Jedesmal wenn Gefahr drohte, waren hier und dort Stimmen in einem dichten Schweigen ertönt. Stimmen von Frauen und Männern, die, ohne an ihre eigene Sicherheit zu denken, ihren Abscheu und ihre Wut hinausgeschrien hatten. Aber mit welchem Ergebnis? Was für ein Gesindel aalte sich in den Palästen der Côte d'Azur? Wer kaufte sich die Champs-Élysées oder New York City? Wer empfing die Schecks des Internationalen Währungsfonds? Wer hatte Terminator erfunden? Wer setzte die Hebel in Bewegung und steuerte unser Boot wie ein betrunkener, dummer, ungehobelter, herablassender, grausamer, bis ins Mark verdorbener Kapitän?

Selbst Patrick weigerte sich, auf mich zu hören. Ich konnte inzwischen ermessen, wie sehr mein Verhalten Henri gegenüber, dieses allzu suggestive Bild der Harpune, die seine Hand durchbohrt hatte, meinen Worten schadete. Man betrachtete mich als maßlos. Eine Neigung, die mir schon seit einigen Jahren aufgrund einiger Streitigkeiten auf den Gängen der Éditions Sigmund in meiner Berufssparte vorgeworfen wurde. Ich wußte, von wem das ausging, in welchem zahnlosen alten Maul das Gerücht seine Quelle hatte, aber der Giftstoff hatte gewirkt. Und seit ich Henri ins Krankenhaus befördert hatte, war man sich darüber einig, daß ich nicht maßhalten konnte.

Ich konnte mich rühmen, ihnen in die Hände gearbeitet zu haben. Ich war der einzige, der sie bloßgestellt hatte, und ich hatte mich kampflos selbst disqualifiziert! Ich konnte auf die Straße laufen und die Sache in aller Öffentlichkeit hinausposaunen, ohne die geringste Chance zu haben, gehört zu werden. Daher hätten sie mich genausogut beglückwünschen und mich einladen können, ein Glas mit ihnen zu trinken. Dessen war ich mir völlig bewußt. Die ohnmächtige Wut, die ich bei diesem Gedanken empfand, war so groß, daß ich den Eindruck hatte, tief in meiner Kehle habe sich ein Kloß gebildet. Edith untersuchte mich mit dem Stiel eines Teelöffels und einer Taschenlampe, konnte aber nichts Ungewöhnliches entdecken.

»Was hältst du davon, wenn du dich kämmen und rasieren würdest?«

»Gute Idee! Und was hältst du davon, ein bißchen spazierenzugehen?«

Aus persönlichen Gründen konnte ich mich nicht alle

fünf Minuten dem Krematorium nähern. Aber von hier aus ließen sich die Gebäude unter uns gut erkennen, und ich kannte keinen besseren Ort als diesen Park, wo wir uns ins Gras legen und Suzanne versichern konnten, daß ich die Arme nicht sinken lassen würde und sie in Ruhe schlafen könne. Unter einer großen Kastanie, die uns als Sonnenschirm diente, auch wenn es schon Abend wurde, nahm Edith meinen Bauch als Kopfkissen und tat das gleiche.

Henri wohnte in einer grünen Oase im Westen der Stadt, in einem Wohnviertel, das sich durch stille Alleen und Bänke aus Teakholz auszeichnete. Die Bäume bildeten eine Laube, zwischen den Platten des Bürgersteigs wuchs Gras, üppige Sträucher wuchsen über die Gartenzäune hinweg, und überall gab es Blumen, alle möglichen Blumen, kleine und große.

Am frühen Morgen trugen die Leute Shorts, gingen spazieren, joggten, fuhren Rad, Skateboard, Inliner oder Roller in einer Atmosphäre guter Nachbarschaft, wie nach der Messe oder beim Brunch. Henri und ich hatten früher dort überall mit einem Handtuch um den Hals gejoggt, und ich war vom angenehmen Zauber der Häuser, der erstaunlich guten Luft in solcher Nähe der Hauptstadt und der Höflichkeit der Nachbarn so angetan, daß ich mir damals überlegt hatte, dort ein Haus zu kaufen, falls sich mein Erfolg bestätigen sollte, und Henri war überzeugt, daß er sich bestätigen würde.

Ich hatte den Wunsch, dort noch einmal mit ihm herumzulaufen. Ich hatte den Wunsch, noch einmal ein Gespräch mit ihm zu führen, bei dem man sich gegenseitig das Herz ausschüttet, Seite an Seite, mit kleinen Schritten, mit kurzem Atem, aber klarem, wie Kristall funkelndem Verstand. Nur er und ich. Ich hatte mich nicht speziell dafür angezogen, aber was machte das schon! Meine Ausrüstung lag im Kofferraum, wenn er Wert darauf legen sollte.

Ich wartete auf dem gegenüberliegenden Bürgersteig unter einer Flut von Bougainvilleen darauf, daß er aus dem Haus kam. Ich kannte seine Gewohnheiten. Acht Uhr: Jogging. Neun Uhr: Tennis. Zehn Uhr: Massage. Elf Uhr: Fahrt ins Büro. Das war neben der *Super Blue Green*™ das Geheimnis seiner Form.

Während ich auf ihn wartete, beobachtete ich das klare Wasser, daß durch den Rinnstein floß und in dem sich die Morgensonne spiegelte. Weiter hinten verschwand es in einem Gully, und ich konnte dem Reiz nicht lange widerstehen, mich ihm zu nähern. Und als ich sah, daß niemand in der Nähe war, kniete ich mich nieder und preßte das Ohr auf den gußeisernen Deckel, der schon von den Sonnenstrahlen erwärmt worden war: Es hörte sich an wie ein Wasserfall, ein reißender Bach, der bis ans Ende der Welt strömt und in den Schoß der Erde eindringt, um dort für immer zu verschwinden. Saubere Arbeit! In diesem Viertel war das Straßenreinigungspersonal mustergültig. Man hatte es mit Leuten zu tun, die ihren Beruf liebten und Abflüsse, die ihres Namens würdig waren, instand hielten.

»Die unzähligen Wesen kommen (aus dem Nicht-Sein) hervor, und ich sehe, wie sie dorthin zurückkehren. Es wimmelt von ihnen, dann kehren sie zu ihrem Ursprung zurück.

Zu seinem Ursprung zurückkehren heißt sich in den Zustand der Ruhe begeben. Aus dieser Ruhe kommen sie für ein neues Schicksal wieder hervor. Und so geht es ständig weiter, ohne Ende« (Lao-Tse).

Dabei hätte ich Henri fast verpaßt, der sich schon unter dem zu einem Spitzbogen gestutzten Blätterdach der Allee entfernte, das seine kleinen zartgrünen Amulette bewegte. Aber er lief nicht schnell. Er ging am Stock.

»Am Stock? Warum am Stock? Seit wann...?«

Er sah mich mit traurigen Augen an und trippelte in seinem Behindertentempo weiter, er, der als der schwungvollste Mittfünfziger des ganzen Viertels angesehen wurde. Es war mir peinlich, aber was geschehen war, war geschehen.

»Das ist völlig harmlos, nur eine leichte Komplikation...«, erklärte er mir schließlich. »Sie haben die Wunde noch mal aufschneiden müssen und haben einen Nerv getroffen. Aber mach dir keine Sorgen, dafür kannst du nichts. Das ist nicht deine Schuld...«

Ich ging nicht darauf ein. Ich verstand sehr gut, daß er mir gegenüber eine gewisse Bitterkeit im Herzen nährte, aber quälte ihn nicht auch ein unvermeidliches Schuldgefühl? Was für eine Macht hinderte ihn daran, mir seinen Stock in die Hüften zu knallen, wenn es nicht das Bewußtsein seines Verbrechens war? Hatte er geglaubt, daß die Dinge solche Ausmaße annehmen würden? Hatte er geglaubt, er könne die Mörderbande unter Kontrolle halten, die er stolz seine »Partner« nannte und die ihn morgen kaltmachen würde, wenn es erforderlich war? Hatte ihn Suzannes Tod nicht entsetzt, oder hatte er das letzte Fünkchen Menschlichkeit aufgegeben, das er möglicherweise noch in sich hatte? Hatte er nicht gespürt, daß der Finger des Herrn auf ihn gerichtet war?

Wir brauchten gut fünf Minuten, um die hundert Meter zurückzulegen, die uns von dem Waldstück trennten (was für eine angenehme Überraschung war es für mich damals gewesen, als ich noch vorhatte, mich in dieser Gegend niederzulassen, diese wunderbare Chlorophyllfabrik, die die Luft mit ihrem Duft erfüllte, in solcher Nähe zu entdekken), und beide hatten wir noch kein Sterbenswörtchen gesagt. Trotzdem war dieses Schweigen für mich kein Schweigen. Ich bemühte mich, Henri zu überzeugen, daß unsere Freundschaft auch heute noch etwas bedeutete. Ich dachte sehr stark darüber nach.

Er blieb am Rand eines von Farnkräutern gesäumten Wegs stehen und sah mir ins Gesicht. Aber welches der verschiedenen Gefühle, die sich in seinem Blick ausdrückten und in schnellem Tempo vorüberzogen, sollte ich in Betracht ziehen?

»Ist es schmerzhaft?« fragte ich.

Er zögerte mit der Antwort. Er atmete tief ein, dann glitt sein Blick über meine Schulter hinweg. »Ja«, gab er zu, »es ist schmerzhaft. Ich will dir nichts vorenthalten.«

Für den Fall, daß ich es nicht begriffen haben sollte, zog er ein Taschentuch aus der Tasche und tupfte sich damit den Schweiß auf der Stirn und im Nacken ab. Ich berührte ihn am Arm und sagte: »Ja, aber Henri… Suzanne ist tot. Und wir haben in der letzten Zeit viel gelitten. Weißt du, ich gehe zwar nicht am Stock, aber viel besser geht es mir auch nicht, glaub mir das… Was hältst du davon, wenn wir uns einen Augenblick hinsetzen?«

Ich hatte diese Bank entdeckt, die von dem tanzenden Licht, das durch das Blättersieb drang, gesprenkelt war.

»Ich weiß nicht.«

»Was weißt du nicht?«

»Ob ich Lust habe, mich mit dir hinzusetzen. Ich weiß wirklich nicht, Francis ... Vielleicht solltest du besser gehen.«

Ich blickte ihn fast zärtlich an: »Du weißt genau, daß ich nicht gehe. Wir müssen erst einmal über einige Dinge sprechen, nicht wahr? Selbst wenn du nicht mehr mein Freund bist, bleibst du mein Verleger, und du kannst dich nicht weigern, mit mir zu sprechen. Wir haben einen laufenden Vertrag, vergiß das nicht...«

Ich hatte den Eindruck, als schätze er die Chancen ab, mir davonzurennen. Dann ging er widerwillig die wenigen Schritte, die uns noch von der Bank trennten: »Was willst du denn bloß?« fragte er und setzte sich, wobei er sein Bein wie eine zerbrechliche Reliquie mit beiden Händen ergriff und vor sich hinstellte.

»Was ich will? Henri ... Henri, Henri, Henri, ich verlange nichts Unmögliches von dir! Außerdem weißt du genau, was ich will. Ich will, daß du die Höllenmaschine stoppst, die du in Gang gesetzt hast.«

Er ließ den Kopf in den Nacken sinken und gluckste seltsam.

»Fängst du schon wieder damit an?... Und was soll diesmal mit mir geschehen? Hm, sag, was hast du mit mir vor?«

»Hat es nicht gereicht, daß Suzanne dran glauben mußte? Wollen sie noch mehr?... Also hör zu, ich mache dir einen Vorschlag. Da es sich um eine Geldfrage handelt, laß uns die Sache mit Geld regeln. Was hältst du davon? Ihr laßt Patrick in Ruhe, und ich verzichte auf meine Autorenrechte für meine nächsten drei Romane. Hältst du das für angemessen?«

Er starrte mich einen Augenblick an, dann blinzelte er in Richtung des Horizonts und verlor den Blick darin, ehe er mir seine Antwort gab: »Also ehrlich gesagt, glaube ich nicht, daß deine Situation, was die Steuern betrifft, dir erlaubt, mir ein solches Angebot zu machen. Und selbst wenn es der Fall sein sollte, würde ich es nicht annehmen. Ich will dein Geld nicht.«

»Sprich mit deinen Partnern darüber«, sagte ich hartnäckig. »Drei Romane. Sie werden schon Mittel und Wege finden, um das Steuerproblem zu umgehen, da kannst du beruhigt sein. Ich kann auch bis zu vier Romanen gehen.«

»Meine Partner!!« stöhnte er wie ein Sterbender. »Was stellst du dir eigentlich vor? Was soll das heißen, *meine Partner*? Willst du mich noch lange damit verfolgen?«

»Nein, ich spreche nicht mehr darüber.«

»Doch, doch! Laß uns diesen Streit ein für allemal aus dem Weg räumen! Hör mir gut zu, Francis: Du steckst mitten in einem paranoischen Delirium, weißt du das? Ist dir das klar?... Als ich zu dir gesagt habe, daß meine Partner Patricks Verhalten nicht schätzen würden, habe ich damit nicht gesagt, daß sie die Stadt in Schutt und Asche legen würden, verdammt noch mal! Es gibt andere Mittel, um solche Angelegenheiten zu regeln, glaub mir das! Und selbst wenn dir diese Mittel nicht gefallen, sind sie nicht so verrückt, wie du dir das vorstellst, hast du das begriffen? Ist das klar?«

Ich verschränkte die Arme und betrachtete ihn nachsichtig. Er schien so sehr daran zu glauben.

»Na gut!« sagte er zähneknirschend. »Wenn dir deine Geschichte lieber ist als meine, will ich dir nur noch eins sagen, um die Diskussion abzuschließen: Wenn die Dinge wirklich so wären, wie du behauptest, wie sollte ich dann irgend etwas aufhalten können? Sag mir doch mal, womit sollte ich mich solchen Mächten widersetzen, hm? Hast du darauf eine Antwort? Versuch doch mal, konsequent zu sein!«

»Teile ihnen meinen Vorschlag mit.«

»Nein, der interessiert mich nicht.«

»Und wenn ich dir dein ganzes Leben lang Algen liefere und auch Isabelle, ich meine, zusätzlich zu meinen Romanen?«

Er stieß ein leises Stöhnen aus und blickte mit einer Grimasse zum Himmel hinauf.

»Henri, hör zu ...«, murmelte ich. »Henri, hast du Suzanne noch ein letztes Mal in ihrem Sarg angesehen? Ja? Hast du bemerkt, wie schön sie war, wie gelassen ihr Gesicht wirkte? Hast du bemerkt, wie *menschlich* sie wirkte? Hm? Weißt du, warum? Ich schäme mich, daß ich an ihr gezweifelt habe ... wenn du wüßtest, wie sehr ich mich jetzt dafür schäme ... Ich habe geglaubt, sie sei ... weißt du, sie sei ... oder eher, sie sei nicht mehr, weißt du ... ich meine, *wie früher* ... Ich habe geglaubt, sie sei nicht mehr die alte ... Ja, das habe ich geglaubt ... Ja, ich habe an ihr gezweifelt, aber hast du sie gesehen? Schön wie der junge Morgen, strahlend wie die Sonne! ... Und du auch, Henri! Ich weiß, daß du noch immer da bist und daß du hörst, was ich sage. Ich weiß, daß sie dich nicht völlig umgekrempelt haben. Ich möchte dir jetzt in diesem Augenblick am liebsten einen Spiegel vorhalten und dir zeigen, wie schön du bist. Das ist kein Scherz. Ich glaube, daß ich dadurch, daß ich dir diese Verletzung zugefügt habe, das Böse aus dir herausgezogen habe, das sich in deinem Inneren angesammelt hatte. Bildlich gesprochen, natürlich. Aber es war nötig, daß das Gift aus dir herauslief, Henri, verstehst du, was ich meine?«

Er blickte mich mit solchem Ekel an, als hätte ich plötzlich die Krätze.

»Du meinst, ich sei ein Arschloch?«

»Ich versuche nur, dir die Dinge anders zu erklären.«

In diesem Augenblick erblickten wir Isabelle, die mitten auf der Allee stand. Anscheinend kam sie gerade aus dem Bett. Sie trug noch Pantoffeln. Sie hielt die losen Enden ihres Morgenrocks fest an die Brust gedrückt, beobachtete uns besorgt und wagte nicht näher zu kommen.

»Henri, ist alles in Ordnung?« rief sie mit zögernder Stimme.

Mit einer verärgerten Geste bedeutete er ihr, daß alles in Ordnung sei.

»Alles in Ordnung? Bist du sicher?«

»Hallo!« sagte ich.

»Geh ins Haus zurück, Isabelle! Mach dir keine Sorgen!«

Sie wollte etwas sagen, verzichtete dann aber darauf und machte widerwillig kehrt.

»Was ist denn los mit ihr?«

»Ich weiß nicht, was glaubst du?«

Er war noch nicht ganz von seinen schlechten Einflüssen befreit. Ab und zu blitzte in seinen Augen noch ein feindlicher Schimmer auf.

»Warum starrst du mich so an?« fragte ich ihn.

»Du bist nicht der einzige, der sich Fragen stellt. Ich habe auch große Mühe, dich wiederzuerkennen.«

»Ach, sieh mal an!... Aber du bist auf dem richtigen Weg. Sie haben es nicht geschafft, Suzanne zu kriegen, und dich kriegen sie auch nicht, dafür lege ich meine Hand ins Feuer!«

»Na, das beruhigt mich aber... Schönes Wetter, nicht?«

Daß Henri mich für einen Esel, einen Schwärmer oder einen armen Teufel hielt, der ins Irrenhaus gehörte, ärgerte mich nicht allzu sehr. Ich konnte mir gut vorstellen, daß ihm nicht bewußt war, wie sehr er den Mächten des Bösen ausgeliefert war, und daß ihm daher meine Worte unzusammenhängend oder undurchsichtig vorkamen: Hauptsache, er leitete mein Verhandlungsangebot an die zuständige Stelle weiter, da er nicht in der Lage war, allein darüber zu entscheiden. Was mich im übrigen nicht sehr wunderte.

In Wirklichkeit saß der arme Kerl viel tiefer in der Tinte, als ich es ihm zu verstehen gegeben hatte. Er war nicht völlig erledigt, denn der Aderlaß, den ich ihm aufgezwungen hatte, stellte sich trotz allem als Wohltat heraus, aber der Weg der Erlösung würde lang und schmerzhaft sein. Man legt sich nicht ungestraft mit einer Bande von Drecksäcken an, die sich in der Vorhölle verstecken, selbst wenn man ein glänzender, renommierter Verleger ist.

Er hatte mir leid getan, als ich zusehen mußte, wie er sich gekrümmt wie ein alter, verrotteter Baumstumpf jammernd in dem traumhaft schönen Licht entfernte. Es hatte mir das Herz gebrochen. Ach, wie sehr hatte ich gehofft, er würde sich eine Sekunde umwenden, mir nur einen flüchtigen

Blick über die Schulter zuwerfen, damit ich auf ihn zurannte und ihn an die Brust drückte! Ach, was für heiße Tränen hätten wir vergossen, und was für ein unbesiegbares Team hätten wir gebildet, um in den Kampf zu ziehen!

While going the road to sweet Athy,
Hurroo! Hurroo!…

Er warf einen eisigen schwarzen Stein auf den Grund meiner Seele. Olga machte sich ein bißchen über meinen Kummer lustig, weigerte sich jedoch, sich von mir befummeln zu lassen, unter dem Vorwand, mein Seelenfrieden scheine ihr kein ausreichender Grund zu sein und errege sie nicht sonderlich.

Ich versuchte zu argumentieren. Vergeblich. Dabei nahm sie ein Sonnenbad auf ihrer Terrasse, und ich wäre in Null Komma nichts mit ihrem Badeanzug fertig geworden, selbst wenn er einteilig, aus Kautschuk und mit Metallreißverschlüssen versehen gewesen wäre. Ich mag den Eindruck erwecken, als scherze ich, aber die Enttäuschungen dieses Tages hatten mich so weit gebracht, daß ich über jede Kleinigkeit grinste, den Kopf schüttelte wie ein Esel und über mein Unglück glucksend lachte. Das Leben hatte doch so witzige Seiten. Als ich erfuhr, daß Olga und Nicole sich regelmäßig trafen und ihre sexuellen Spiele ohne mich fortsetzten, war mein Glück vollkommen.

»Aber trotzdem, was für ein Schlag ins Wasser!« erklärte ich. »Kannst du nicht mit ihr reden? Ihr sagen, daß ich mit meinem Buch fertig bin?«

»Bist du fertig?«

»Natürlich nicht! … Glaubst du vielleicht, ich könnte mich unter diesen Umständen darauf konzentrieren?… Wie soll ich mein Bestes geben, wenn ich von allen Seiten bedrängt werde? Wenn ich wenigstens Nicole vögeln könnte … Wenn ich die Möglichkeit hätte, mir diese Verschnaufpause am Tag zu gönnen, morgens oder abends, das ist mir egal… Was hältst du davon?«

Sie zuckte die Achseln und sagte: »Du bist vielleicht lustig!«

»Heiliger Himmel! Sei doch mal ausnahmsweise nicht so egoistisch! Diese verfluchte Abstinenz *deprimiert* mich, verstehst du? Ich fühle mich total geschwächt! Gott kann bezeugen, daß der Augenblick schlecht gewählt ist. Ich bin *deprimiert,* hörst du, aber diesen Luxus kann ich mir leider nicht leisten!«

Vor meinen Augen bewegten sich die Dächer der Stadt in einem Hitzedunst sanft auf und ab, und die Erinnerung an Nicole, vermischt mit dem Duft des Sonnenöls, das Olga benutzte, schleuderte mich in ein überwältigendes Flammenmeer, so daß ich in Ohnmacht zu fallen glaubte.

»Herrgott noch mal! Was für ein Temperament sie hatte! Sie war wirklich einsame Klasse, nicht wahr? … Hm, ich übertreibe nicht?… Spricht sie mit dir über mich?«

»Nein, nicht wirklich.«

»Was? Nach all dem, was wir gemacht haben? Ich hoffe, das ist ein Scherz! Ich habe gesehen, wie Nicole nicht mehr in der Lage war, sich aufzurichten, stell dir das mal vor, und wie sie auf allen vieren ins Badezimmer gekrochen ist. Wie ein Wrack! Erzähl mir also keine Märchen! Und vergiß nicht, daß du sie durch mich kennengelernt hast. Ein bißchen Dankbarkeit könnte also nicht schaden! … Haben wir uns nicht immer gegenseitig geholfen, du und ich? Es sei denn, du hättest auch beschlossen, mich fallenzulassen, so wie Henri. Bist du jetzt an der Reihe?«

Seit Suzannes Tod fühlte ich mich mehr und mehr im Stich gelassen. Wenn Edith nicht gewesen wäre, wenn sie nicht als einzige die Leere ausgefüllt hätte, die mich umgab und sich immer weiter ausbreitete, wäre es schlecht um mich bestellt gewesen. Ein Schicksalsschlag zog den nächsten nach sich. Meine Truppen verstreuten sich in alle Winde wie trockenes Laub im Herbst. Wo immer ich Halt zu finden glaubte, verlor ich den Boden unter den Füßen.

»Trink etwas Erfrischendes.«

»Nein, du kannst mich mal mit deinen Erfrischungen … Weißt du, glaub nur nicht, daß du sie bekehren kannst! … Nicole hat nichts gegen die Penetration, und daran kannst auch du nichts ändern, das garantiere ich dir! … Es wird Zeit, daß du mal darüber nachdenkst.«

»Worüber soll ich nachdenken? Es tut mir leid, daß ich dich enttäuschen muß, aber bis jetzt kann sie gut darauf verzichten.«

»Ich bitte dich, Olga … Ich bitte dich, mir kannst du das nicht weismachen!« seufzte ich. »Weißt du, daß sie sich manchmal rittlings auf mich gesetzt hat, nachdem ich völlig erschöpft eingeschlafen war. Und wenn ich die Augen aufschlug, war sie dabei, sich gewissermaßen selbst zu vögeln und sich sozusagen hinter meinem Rücken eine zusätzliche *Penetration* zu gönnen?«

»Ich habe nicht behauptet, daß sie das nicht mag …«

»Ein Glück, daß du das nicht behauptet hast!«

»Aber ich denke, daß du, wenn du uns zusammen sehen würdest, nicht so kategorisch sein würdest… Und um ehrlich zu sein, sie gibt auch mir den Rest. Die Sache ist übrigens ganz einfach: Ich habe noch nie so eine Frau kennengelernt wie sie.«

»Wie? Was?« sagte ich und erstarrte leicht.

»Nun, du kennst mich ja, ich kann ohne Schwierigkeiten zwei- oder dreimal hintereinander kommen, aber *siebzehnmal*? Kannst du dir das vorstellen? Ich habe mitgezählt, Francis, *siebzehnmal* im Laufe einer Nacht? Das ist kaum zu glauben, nicht? Ich wußte nachher nicht mehr, was sie mit mir machte, du weißt schon, was ich meine … Ich glaube, ich war am Schluß in Tränen aufgelöst. *Siebzehnmal*, kannst du das begreifen?«

»Meinst du nicht, daß dir die Hälfte auch gereicht hätte? Hast du vor, dich weiter so verwöhnen zu lassen, während ich dir bittend die Hand entgegenstrecke?«

»Immer mit der Ruhe. Du scheinst zu vergessen, daß ich das nicht an ihrer Stelle entscheiden kann…«

»Aber ist es etwa zuviel verlangt, daß du ihr Bescheid sagst?«

»Na gut, okay… Mal sehen, was sich machen läßt. Aber meiner Ansicht nach läßt sie sich nicht darauf ein.«

»Das werden wir ja sehen. Sag ihr, daß mein Roman fertig ist. Und weißt du was? Ich fühle mich wie ein Baum mitten in einem Orkan! Das mag ich gern, wenn ich schreibe, aber wenn ich nicht schreibe, dann weiß ich nicht, was ich machen soll. Reicht es etwa, die Zähne zusammenzubeißen? Bist du sicher, daß du nicht vögeln willst, anstatt dir Hautkrebs zu holen?«

Ich streckte die Hand nach ihrem Manuskript aus, das unter dem Sonnenschirm inmitten von Frauenzeitschriften und Gläsern mit Limonade vor sich hin schlummerte.

»Na, wie sieht's damit aus?« fragte ich, während ich es mit der Hand abwog. »Hat Nicole dich auf ein paar neue Ideen gebracht?«

»Hör zu, mir ist es lieber, du kommst nicht zu mir, wenn du in solcher Laune bist. Du hast keinen Grund, so aggressiv gegen mich zu sein.«

Ich überließ das Manuskript wieder seinem Mittagsschlaf.

»Aber ich bin nicht aggressiv *gegen dich* ...«, sagte ich laut lachend. »Ich halte nur die Augen offen und ziehe eine Lehre aus der Welt, die mich umgibt. Und stell dir vor, ich sehe sie so, wie sie ist. Ich tue nicht so, als sähe ich etwas anderes. Ich sehe die Welt in ihrer ganzen Falschheit, in ihrem ganzen schönen Schein, ich blicke hinter die Fassade, ich sehe den ganzen höllischen Spuk, den sie uns vorgaukelt, und falls du noch nicht auf dem Laufenden sein solltest, dann laß dir gesagt sein, daß sich das diesmal direkt vor unserer Haustür abspielt!«

»Was... immer noch diese Geschichte mit Patrick?«

»Was... immer noch diese Geschichte mit Patrick?« sagte ich mit einer höhnischen Grimasse.

»Na und? Was soll denn da passieren?«

»Nichts! Es passiert gar nichts! Du solltest dich besser wieder eincremen. Und mach dir keine Sorgen.«

»Warum, bin ich rot?«

Während sie sich besorgt unter die Lupe nahm, legte ich meine Beine auf einen Stuhl und überlegte mir, wie ich Patrick am besten gegen ein Attentat schützen konnte. Selbstverständlich hatte ich eine ganze Menge über den Personenschutz in solchen Angelegenheiten gelesen, aber die Sache war gar nicht so einfach. Vor allem, da Patrick nicht auf mich hören wollte. Frank Zappas Mißgeschick oder John Lennons tragisches Ende gingen ihm zum einen Ohr hinein und zum anderen wieder hinaus. Er interessierte sich nur dafür, den Flop seiner Pressekampagne wieder wettzumachen, und beklagte die katastrophalen Verkaufszahlen (kein Wunder, denn die Buchhandlungen erhielten seine Bücher nur noch tröpfchenweise!). Auch wenn der Mißerfolg ein Mißerfolg bleiben würde, sprach er davon, daß er Henri einen Prozeß an den Hals hängen wollte, während ich ihm das Problem seiner Sicherheit auseinandersetzte. Glauben Sie mir, er war völlig unbekümmert, er war auf einem anderen Stern. Und daher konnte ich nicht auf seine Zusammenarbeit zählen. Sehen Sie die Schwierigkeit? Ich mußte schnell handeln, ohne jegliche Unterstützung und mit nicht vorhandenen Mitteln. Was glauben Sie wohl, wieviel Spielraum mir dabei blieb? Hätten Sie eine bessere Lösung als ich gefunden?

»Hast du etwa den Ehrgeiz, das ganze Unglück der Welt auf deinen Schultern tragen zu wollen?« fragte sie mich, wobei sie sich auf ihrer gestreiften Matratze umdrehte.

»Das Unglück der Welt? Ich spreche nicht vom Unglück der Welt, sondern es geht mir um ihre dunkle Seite und unseren Eifer, sie so zu lassen, wie sie ist, und sie den Stärkeren zu überlassen. Die nicht gerade die Tugendhaftesten unter uns sind, wie du dir vorstellen kannst… Ach übrigens, weißt du zum Beispiel, wen sie heute losschicken, um einen

Autor unter Vertrag zu nehmen? Einen Typen, der aus der Shampoobranche kommt, und einen anderen, der Rinderfutter aus Tiermehl hergestellt hat. Ohne Übertreibung! Findest du nicht, daß das so manches erklärt? Bedeutet es, daß man, wenn man den Tatsachen ins Auge sieht, von morgens bis abends nur Scheiß erzählt?«

Ich stand auf, um die Grünpflanzen mit einem Zerstäuber zu besprühen. Es war die angenehmste Tageszeit. Olga schlug vor, ihren Kühlschrank zu inspizieren, um zu sehen, was wir essen könnten. Sie richtete sich auf und ließ ihren Büstenhalter auf der Matratze liegen. Da ich gerade aus den Buchsbaumsträuchern kam, standen wir uns einen Augenblick lang Auge in Auge gegenüber.

Statt große Reden zu schwingen, besprühte ich ihre Brüste mit zwei Spritzern warmen Wassers. Dann betrachteten wir gemeinsam ihre mit kleinen Lupen übersäten Brüste, von denen die Tropfen auf die Terrakottafliesen fielen, aber Olga fand, daß sie das immer noch nicht reizte.

Acht Monate später kniet sie vor mir und lutscht mir gewissenhaft einen ab. Vor dem Fenster liegen noch große Schneeringe, und die Buchsbaumsträucher sind noch ganz weiß. Auf den Dächern rauchen die Schornsteine. Diesmal habe ich mich nötigen lassen, aber mir wird klar, daß ich eher ein großes Herz habe.

Ich empfinde eine gewisse Liebe zu Olga, und ich nehme an, daß es ihr mir gegenüber ähnlich geht. Selbstverständlich haben wir beide einen ausgeprägten Charakter und sind es nicht gewohnt, uns gegenseitig etwas zu ersparen, aber die Zeit hat keinerlei Einfluß auf uns, nichts hat Einfluß auf uns, ich meine auf unsere Beziehung, und das ist gut so. Ich spritze ab, ihr mitten ins Gesicht. Als sie sich von der Überraschung erholt hat, streckt sie die Zunge heraus und säubert die Ränder ihres Munds, von dem der Samen herabtropft.

Anschließend sehen wir uns die Sendung an. Olga hat das Gefühl, daß unsere Nummer sie beruhigt hat und daß sie bereit ist, die Prüfung über sich ergehen zu lassen.

Wir setzten uns aufs Sofa. Ihre Wohnung ist gut geheizt, aber all das Weiß draußen bewegt uns dazu, ein Oberteil anzulassen, ein Polohemd aus Wolle und Polyester, was mich angeht, und sie eine Strickjacke aus Angorawolle. Ich setze sie zwischen meine Beine, schnappe mir mit einer Hand die Fernbedienung und schiebe ihr mit der anderen einen Finger in die Spalte. »Bereit?« frage ich sie. Sie atmet tief ein und nickt.

Was für ein Theater um ein Buch, das verrissen worden ist! Dieses Telefongespräch mit tränenerstickter Stimme, diese Leichenbittermiene, dieses dringende sexuelle Bedürfnis (auf das ich mich ohne große Begeisterung eingelassen habe, da Patrick mich wenige Stunden zuvor beim Tennis fertiggemacht hatte), was für ein Theater um so eine Kleinigkeit! Sicherlich handelt es sich, wie Olga immer wieder sagt, nicht um *mein* Buch, um meine Leibesfrucht, um meinen Augenstern usw. Ja, sicherlich. Verrissen zu werden ist nie sehr angenehm, vor allem im Fernsehen.

Sie kaut auf ihrem Daumennagel, während der Vorspann der berühmten Literatursendung auf dem Bildschirm erscheint. Ich massiere ihr einen Augenblick die Trapezmuskeln, um sie zu entspannen. Dann lege ich ihr das Kinn auf die Schulter und halte sie in den Armen. Das erinnert mich daran, wie Edith und ich in Vermont Schlitten gefahren sind, zu zweit auf demselben Gefährt, bis ich das Planierschild eines Schneepflugs gerammt habe, der uns auf der Straße entgegenkam, und mir dabei ein Bein gebrochen habe. Übrigens begann es wieder zu schneien. Ein fürchterlicher, stürmischer März, eisig wie der Tod.

»So eine beschissene Maskenbildnerin!« stöhnte sie. »Sieh dir mal an, wie ich aussehe!«

»Du siehst gut aus. Ganz toll.«

Ich knöpfe ihre Strickjacke auf. Ihre beiden Sprenggranaten machen einen stolzen Eindruck. Sie überraschen mich immer wieder. Sie streichelt sie gemeinsam mit mir, ohne den Bildschirm aus den Augen zu lassen, wo gerade die Gäste und die Kritiker vorgestellt werden.

»Sieh nur, da ist er! Da ist er, *er* ist es!«

»Ach, Angelo Rinaldi!« seufze ich.

»Nein, nein, das ist nicht Rinaldi! Was erzählst du denn da?«

»So? Er ähnelt ihm aber... Weißt du, daß er eines Tages erklärt hat, was ich schreibe, sei Scheiße in einem Seidenstrumpf? Er ist unbezahlbar, findest du nicht?«

Sie befiehlt mir, ich solle schweigen. Die gelassene Erwähnung meines eigenen Mißgeschicks heitert sie keine Sekunde auf. Sie will leiden. Sie will jede Sekunde dieser Katastrophe noch einmal erleben. Sie will nicht ein Wort verpassen. Wenn ich sie richtig verstanden habe, bin ich da, um ihr die Kraft zu geben, diesen Leidensweg erneut zu begehen. Ich stecke ihr meinen Mittelfinger in die Scheide und wichse sie. Aber nicht zu stark, denn die Sendung dauert zweiundfünfzig Minuten. Jetzt wirbeln große Flokken durch die Dunkelheit und landen sanft auf der mit irisierendem Reif überzogenen Fenstertür. Dabei ist seit einer Woche Frühling.

»Hast du das gehört? Sag mal, *hast du das gehört?!*«

Mit der flachen Hand streiche ich ihr mit einer Kreisbewegung leicht über den Unterleib und den Magen. Eine Technik der taoistischen Medizin, die sehr wirksam ist gegen Streß. Aber sie nimmt bald darauf meine Hand und führt sie an ihre Muschel. Sie muß es ja wissen. Dann schiebt sie ihre Beine über meine Schenkel. Ich halte ihre Spalte offen und kann in einem großen Spiegel mit vergoldetem Rahmen mein Werk bewundern.

»Siehst du? ... Er unterbricht mich mitten im Satz! Er läßt mich nicht ausreden! Hast du das gesehen?«

»Ja, so ein Schuft!... Aber er versteht sein Handwerk...«

»Was für ein Scheusal!«

Der Ton wird heftiger. Mit verbitterter Miene beugt sie sich vor, um ihren Henker aus nächster Nähe zu betrachten. Ich mische mich mit einem speichelbenetzten Finger ein, den ich ihr in den Arsch stecke. Es war höchste Zeit. »Du kleiner Gartenzwerg!« sagt sie und zieht es vor zu lachen.

Auf sexuellem Gebiet hat sich Olga in wenigen Monaten sehr gewandelt. Mit mir jedenfalls ist sie sehr viel toleranter geworden. Wir haben unsere Grenzen abgesteckt, wie mir scheint. Wir vögeln, aber ich ejakuliere nicht in ihr: Auf diese Weise haben wir eine Verständigungsbasis gefunden, die uns beide befriedigt. Ich kann sie auch in den Arsch ficken, unter der Bedingung, daß ich dieselbe Regel einhalte.

Im Grunde war das alles nur eine Frage des Vertrauens, und ich habe Olga bewiesen, daß ich ein Mann bin, der ihren Willen achtet, auch wenn ich kein Schlappschwanz bin.

Auf diese Weise fühlen wir uns stärker. Besser in der Lage, eine gewisse Melancholie zu ertragen, die unserem Dasein zu eigen ist. Wen sonst hätte sie im übrigen außer mir gehabt, der ihren Kummer und ihre Demütigung an einem so verhängnisvollen Abend in Schranken halten konnte? Ich meine damit einen Gefährten, der die Sitten und Bräuche des Hauses kennt, einen perfekten Gentleman? Ich hebe ihren Hintern hoch, um ihr meinen Schwanz zwischen die Beine zu schieben. Sie kratzt an dem Bildschirm, auf dem das Gesicht des ekligen Kerls auftaucht.

»Sieh dir doch nur diesen frauenfeindlichen Idioten an! Warum habe ich ihm bloß nicht die Faust in die Fresse gehauen?«

»Ich glaube nicht, daß das speziell gegen dich gerichtet ist. Weißt du, er hat keine andere Wahl. Er muß die Zähne zeigen. Mit Komplimenten macht man sich keinen Namen.«

»Ich bitte dich! Nimm ihn nicht noch in Schutz!«

Ich schiebe ihn ihr herein. Sie wirft mir einen Blick über die Schulter zu. Falls sie bisher noch einen Zweifel gehabt haben sollte, weiß sie jetzt mit Bestimmtheit, daß sie nicht mehr allein ist, daß ich an ihrer Seite bin, in ihrem Bauch, so nah, wie ich nur kann. Jetzt kann sie hoffen durchzuhalten. Aber wie ich schon sagte, was für ein Theater um eine Literatursendung! Ich denke an den Schnee, der sich auf meinem Dach anhäuft und der bald meine Rohrleitungen einer harten Prüfung unterziehen wird, aber ich bin zuversichtlich. Ich spucke mir in die Hände, und sehr bald gleiten ihre Brüste durch meine Finger wie überdimensionale Zäpfchen.

Als dieser gemeine Hund erklärt, daß ihn beim Lesen des letzten Romans von Olga Matticcio eine unergründliche Langeweile ergriffen und bis zur letzten Zeile nicht wieder verlassen habe, warte ich nicht, bis sie reagiert. »Was sagt er da?« stöhnt sie noch ganz erstaunt darüber, daß sie sich mit meinem Prengel im Arsch auf allen vieren auf dem Teppich befindet. »Laß ihn doch sagen, was er will«, erkläre ich mit beruhigender Stimme. »Mach dir wegen so einer Lappalie keine Sorgen.«

Sie beschließt, mutig zu sein. Sie blickt ihrem Verleumder, der schamlos fortfährt, fest in die Augen. Aber hätte sie nicht andererseits damit rechnen müssen? Hatte sie hart genug gearbeitet, hatte sie mit dem nötigen Eifer gearbeitet, hatte sie die ganze Welt herausgefordert, auf die Gefahr hin, für immer zermalmt zu werden? Ich hatte sie eher auf ihrer Terrasse angetroffen, wo sie sich in der Sonne räkelte, oder an Orten, wo man nichts zu suchen hat, wenn man ein Buch schreibt. Warum sollte man sich also über das Ergebnis wundern? Natürlich ist ihr Buch langweilig, schlecht geschrieben und ohne Saft und Kraft. Aber wie sollte es auch anders sein? Ich gleite zwischen ihre Beine und lecke sie ausgiebig, aber kann das irgend etwas daran ändern? Dieser Idiot hat recht, ganz und gar recht.

Ich lege sie auf den Rücken. Auf diese Weise sieht sie den Bildschirm umgekehrt, und das ist besser so, denn gleich kommt der tödliche Stoß. Seit ein paar Minuten habe ich einen genießerischen Glanz im Auge des Kritikers bemerkt, und mir ist nicht entgangen, daß das Thema des Erotismus in Olga Matticcios Werk noch nicht angesprochen worden ist.

Vor der Kamera wirkt Olgas Gesicht völlig aufgelöst. Auch jetzt sieht es nicht viel besser aus. Als sie sich in dieser üblen Lage sieht, beißt sie sich in die Faust und wichst sich mit der Kraft der Verzweiflung. »Und wenn Sie gestatten, möchte ich Ihnen jetzt sagen, was ich von Ihren erotischen Szenen halte...«, sagt der Typ augenzwinkernd.

Da wären wir also. Gleich verschlingt der Wolf das Lamm. Das faule, dumme Lamm, das für sein Umherirren und die Wahl der bequemsten Lösung büßen muß. Gewiß eine schreckliche Szene, aber sie gehorcht den Gesetzen der Natur. Olga spritzt mir ihren Saft wütend in die Finger. Ich weiß nicht, ob sie vor Schmerz oder vor Lust wimmert, aber sie gibt einen langen Laut mit seltsamen Harmonien von sich. »Verehrte Madame Matticcio, wollen Sie etwa die Welt zum besten halten?« Ohne eine Sekunde zu verlieren, schiebe ich ihn ihr wieder in den Arsch, stecke ihr zwei Finger in die Muschel, fummele an ihrem Kitzler und lecke ihr die Fußsohle sowie die Zwischenräume zwischen den Zehen ab. Dieser Kerl kennt keine Gnade. Ein systematischer, eher gut argumentierter Verriß. Aber wir wehren uns. Olga wird etwas kopflos. Sie steht auf, preßt ihren Arsch an den Bildschirm, reibt ihn an der Mattscheibe hin und her und überhäuft dabei den Kerl mit Beschimpfungen. Dann stellt sie ein Bein auf den Fernseher und bittet mich, sie vor der Nase dieses Giftzwergs zu vögeln, dessen Bild inzwischen von milchigen Säften verschmiert ist. Ich denke, daß wir es schon schaffen werden. Olga ist stark. Sie weigert sich zusammenzubrechen und wohnt ihrem Todesstoß bei – »... Ihr billiger Erotismus, der lächerlich platt ist ...« –, ohne schwach zu werden, streckt mir mit zusammengebissenen Zähnen und hochmütiger Miene ihren Arsch und ihre mit beiden Händen gespreizte Spalte entgegen. Aus der Strickjacke ragt stolz ihr unwahrscheinlicher Busen hervor, der mich immer wieder überrascht.

Als ich am nächsten Morgen aufwachte, lag Edith noch im Bett. Das freute mich natürlich, aber ich runzelte dennoch die Stirn, denn es war schon neun.

»Na«, scherzte ich, »was für eine Ausrede haben wir denn heute? Ein Streik der öffentlichen Transportmittel? Eine Studentendemonstration? Ein neues Tschernobyl?«

Brummend wandte sie sich mir zu. Ich starrte sie eine Sekunde an, dann berührte ich ihre Stirn: Sie war sengend heiß. Ich stand sofort auf.

Mit der Krankheit meiner Angehörigen konfrontiert, habe ich mich stets als sehr tatkräftig und gleichzeitig sehr ungeschickt erwiesen. Ich habe panische Angst und bin zugleich sehr ruhig. Es kann mir passieren, mit halsbrecherischem Tempo, wenn auch sehr sicher, zum Krankenhaus zu rasen und dann auf dem Flur ohnmächtig zu werden, sobald die Gefahr gebannt ist.

Daher stellte ich den Apothekerschrank auf den Kopf, um das Thermometer zu finden: Töpfe und Fläschchen zerbarsten auf dem Boden. Als ich anschließend feststellte, daß Edith über vierzig Fieber hatte, holte ich tief Luft und wurde sehr ruhig.

Ich bereitete ein eiskaltes Bad für sie vor und las sorgfältig die Glasscherben auf. Während sich die Badewanne füllte, holte ich Eiswürfel. Ich rollte sie in ein Geschirrtuch ein und bestellte mit zwischen Ohr und Schulter geklemmtem Telefon Medikamente in der Apotheke. Draußen schneite es nicht mehr, aber das Wetter blieb scheußlich, und durch den erstarrten Garten fegten Windböen. Der Himmel war weiß, die Wohnhäuser ringsumher trostlos fahl.

Edith zitterte. Sie blickte zu mir auf. »Hab keine Angst, ich bin da...«, sagte ich zu ihr. Mit ruhiger Hand befühlte ich ihren Hals. Lymphknoten, dick wie Taubeneier. Das hatte ich erwartet. Sie hatte schon zweimal eine schlimme Halsentzündung gehabt: eine in Australien, in dem Jahr, in dem die Kinder sich dort niedergelassen hatten, und eine weitere in Sils-Maria, im Engadin, nachdem sie auf den Spuren von Nietzsches Geist um den See gerannt war.

Ich legte ihr die Eisstücke auf die Stirn. Die Arme phantasierte bereits, machte sich Sorgen um die Kinder, ob ich sie auch zur Schule gebracht hätte. Etwas, was mir früher großes Vergnügen bereitet hatte. Und der Grund dafür, warum es damals an meinen Vormittagen wie in einer richtigen Fabrik zugegangen und meine Arbeitsfähigkeit verblüffend gewesen war, während ich heute, zumindest seit den letzten Monaten, ganze Tage brauchte, um einen einzigen Absatz zu schreiben und noch dazu mit einem Ergebnis, das nicht besser war.

Als ihr gräßliches Bad eingelaufen war, nahm ich Edith in die Arme und trug sie zur Badewanne. Ich stieg hinein, um mir nicht das Kreuz zu verrenken, und schon beim Eintauchen meiner Füße durchlief mich ein Zittern, als hätte ich einen elektrischen Schlag erlitten. Ich ließ Edith mit schmerzhaft verzogenem Gesicht ins Wasser gleiten. Wie ein Hummer, den man in kochendes Wasser taucht, klapperte sie sogleich mit den Zähnen und klammerte sich an meine Unterarme. »Ich bin da, mein Schatz ... Ich bleibe bei dir...« Pavese hat mit Fug und Recht behauptet, daß die Frauen die Männer verrückt machten, aber ich wünsche mir gar nichts anderes.

Das Fieber ging auf vierzig herunter. Ich fuhr zur Apotheke.

Später kochte ich ihr eine Brühe. Ich hatte nicht oft die Gelegenheit, mich um Edith zu kümmern, denn sie hatte eine eiserne Gesundheit und beklagte sich nie, aber wenn es einmal vorkam, verschaffte es mir, auch wenn ich von Unruhe verzehrt wurde, große Befriedigung.

Es war nicht der Augenblick, in dem man mir auf die Nerven gehen durfte.

Dennoch besuchte mich Nicole ausgerechnet an diesem Tag.

Mit dem Schälmesser in der Hand blieb ich verblüfft auf der Türschwelle stehen.

»Störe ich? Kann ich reinkommen?«

Die ersten Worte, die sie seit acht Monaten an mich richtete! Dennoch wich ich mit einem Ruck zur Seite, um sie eintreten zu lassen.

»Wie geht's dir?« flüsterte sie, während sie aufs Wohnzimmer zuging. Ohne zu antworten, kehrte ich in die Küche zurück.

Ich schnitt die Möhren über einem Topf mit siedendem Wasser in Scheiben. Sie gesellte sich schließlich zu mir, als ich den Lauch kleinschnitt.

»Ich habe vor, Patrick umzubringen«, erklärte sie mir. »Und ich möchte, daß du mir dabei hilfst.«

»Daß ich dir dabei helfe?« sagte ich mit einem höhnischen Lachen. »Und was verschafft mir die Ehre?«

Als Nicole fort war, ging ich ins Schlafzimmer hinauf und verließ Edith nicht mehr. Die Medikamente senkten das Fieber und ersparten uns schließlich ein weiteres eisiges Bad, nachdem diese Aussicht einen Großteil des Nachmittags wie ein Damoklesschwert über uns geschwebt hatte. Leider war Edith nicht in der Lage, sich mit mir zu unterhalten.

Ich wechselte die Laken. Ich zerstäubte Thymianöl im Schlafzimmer. Ich kämmte sie. Ich überwachte die Größe ihrer Lymphknoten. Ich zwang sie, ein paar Tassen Brühe zu trinken, las ihr etwas vor, hielt ihre Hand und legte mich ab und zu neben sie.

Gott sei Dank hatte ich Olga am Vorabend gevögelt! Und Gott sei Dank war Edith krank, wenn ich das mal so sagen darf! Denn wäre ich ohne diese beiden Schutzwälle fähig gewesen, Nicole gegenüber einen kühlen Kopf zu bewahren? Ehrlich gesagt, ich weiß es nicht. Sie übte noch immer eine solche Anziehungskraft auf mich aus, daß ich mich manchmal fragte, ob diese nicht immer heftiger wurde und ob ich mich je davon befreien konnte. Ich konnte mir nicht einmal mehr die Videofilme ansehen, ohne sogleich in Tränen auszubrechen, und nur ein unerklärliches, übermäßig ausgeprägtes Selbstgefühl hatte mich daran gehindert, wieder Kontakt zu ihr aufzunehmen. Aber sie hatte es ihrerseits auch nicht versucht.

Ich sah sie ab und zu aus der Ferne. Beim Einkauf oder anläßlich einer Abendveranstaltung, die ich dann wegen sexueller Störungen auf der Stelle verlassen mußte (das Gerücht ging um, daß ich noch ungeselliger geworden sei als zuvor). Ich ging nie zu Patrick, außer wenn ich sicher war, sie nicht anzutreffen. Die wenigen Male, an denen er mich zum Abendessen zu sich einlud, erfand ich eine Ausrede oder ging einfach nicht hin, und wenn er mich dann anrief, um zu hören, was mir zugestoßen sei, erzählte ich ihm irgendwelche Märchen, ich sei im Aufzug steckengeblieben oder unter einer Lawine begraben worden.

Ich konnte nicht begreifen, welchem Wunder ich es zu verdanken hatte, daß Patrick noch immer nichts über mein Verhältnis mit Nicole erfahren hatte. Das war völlig unverständlich. Er hatte zwar nicht wirklich versucht herauszufinden, was sie während der Zeit ihrer Trennung gemacht hatte, aber er hätte es ohne allzu große Mühe an der zwanghaften Art, wie ich seiner Frau aus dem Weg ging, merken oder zumindest erraten können. Meine Miene verfinsterte sich, wenn sie in der Nähe war. Wenn wir mitten in einer Diskussion waren und sie hinzukam, erhob ich mich sogleich von meinem Stuhl und verabschiedete mich auf der Stelle, so daß er sich fragen mußte, was in mich gefahren sei. Im Grunde war es mir scheißegal, ob er es eines Tages herausfinden würde oder nicht, und wie er darauf reagieren würde.

Aber ich vermute, daß ihm diese Situation durchaus genehm war. Ich vermute, daß er keinen großen Wert darauf legte, die Mitwisser seines kleinen Geheimnisses zusammen zu sehen, und daß eine offene Kameradschaft zwischen Nicole und mir ihn eher geniert hätte. Ich hatte ihm übrigens zu verstehen gegeben, daß ich Nicole aus diesem Grund aus dem Weg ging und mir nicht den Anschein geben wollte, eine Sache zu billigen, für die ich immer noch die größte Abneigung hatte und die mein Gewissen peinigte. Eine eher dürftige, an den Haaren herbeigezogene Erklärung, aber er schien sich damit zufriedenzugeben. Eine weitere Schrulle, die auf das Konto dieses unmöglichen Francis ging, wen sollte das schon wundern?

Gegen Einbruch der Dunkelheit, als wir *Raga du début de la nuit* hörten, was Edith nur guttun konnte, hatte sie das Schlimmste hinter sich. Mit verzerrtem Gesicht, aber auch einigen Versuchen, vorsichtig und beruhigend zu lächeln, aß sie eine kleine Portion Gemüse sowie einen Schafsmilchjoghurt mit Melissegeschmack, in den ich Vitamin-C-Tabletten zerbröselt hatte.

Dann nahm sie meine Hand und schlief ein.

Ich blickte sie an: Nachdem sie mich zu einer ungezügelten, seelenlosen Sexualität verleitet hatte, die mir inzwischen zur Gewohnheit geworden war (ich darf gar nicht daran denken, mit welcher Leichtigkeit ich mich hatte mitreißen lassen!), fragte ich mich, wie sie auf Nicoles Vorschlag reagieren würde. Selbst wenn Nicole verrückt genug war, um eine blutige Lösung ins Auge zu fassen, war ich mir nicht sicher, ob Edith das übermäßig abschrecken würde. Nicht etwa, daß sie keinerlei Achtung vor dem Menschenleben gehabt oder auf die Zehn Gebote gepfiffen hätte, aber sie war in ihrer weiblichen Logik fähig, die Frage von einem anderen Gesichtspunkt zu betrachten und von daher eine Strategie zu entwickeln, an der die Einwände, die man erheben mochte, abprallen und zerschmettern würden wie arme geblendete Insekten auf einer unzerstörbaren Windschutzscheibe.

Ich beschloß, Edith nichts zu verraten. Ich traf diese Entscheidung nur schweren Herzens und kämpfte die ganze Nacht, um mich daran zu halten und nicht der Versuchung zu erliegen, ihr alles zu enthüllen. Noch nie hatte ich Edith die geringste Kleinigkeit verschwiegen. Sie können sich also vorstellen, wie schwierig das war. Was den Ausschlag gab? Ich weiß es nicht. Es scheint, als wollte ich gewisse Fehler, die ich unter Umständen begehen könnte, nicht auf sie abwälzen. Hatte ich ihr nicht von Zeit zu Zeit meine sexuellen Verfehlungen vorgeworfen? Das war ein bißchen zu einfach, nicht wahr? Nicht ganz falsch, aber ein bißchen zu einfach... Was den Ausschlag gab? Was *wirklich* den Ausschlag gab? Ein schwarzer Schleier legt sich über mein Hirn, wenn ich diesen Gedanken mit Gewalt weiterzuverfolgen suche, und ich kann nichts dagegen unternehmen. Es gibt gewisse Grenzen, die ich nicht überschreiten kann. Es gibt gewisse Schmerzen, die ich mir nicht auferlegen kann. Ich habe nicht genügend Kraft. Ich habe sie gehabt, aber ich habe sie nicht mehr. Ich habe sie mit einem Schlag verbraucht.

»Nicole will dich umbringen«, sagte ich zu ihm.

»Ich möchte sie auch gern umlegen«, erwiderte er. »Sie wirft mein ganzes Geld zum Fenster raus, aber das reicht ihr anscheinend nicht!«

»Patrick, *sie wird dich umbringen*! Verstehst du, was ich sage?«

»Ja, ich weiß. Das sagt sie mir jeden Tag. Sie hat sich

einen Revolver gekauft. Ja, stell dir vor, dieses Miststück hat sich einen Revolver gekauft! Aber wie du siehst, bin ich immer noch da. Vielleicht sollte ich ihr zeigen, wie man die Kugeln einlegt, was meinst du dazu?«

»Hör zu, ich glaube, es ist keine gute Idee, dieses Mädchen wieder herkommen zu lassen.«

»Ach, hat sie dir davon erzählt? Das macht wohl schon die Runde in der ganzen Stadt … He, nun entspann dich aber! … Ich bin der glücklichste Mensch der Welt!«

In seinem weißen Bademantel, am Rand seines überdachten Swimmingpools, lang ausgestreckt in einem völlig standfesten Liegestuhl aus Polyurethan ohne Gelenke, machte der glücklichste Mensch der Welt tatsächlich etwas her. Rätselhafterweise, ich weiß nicht warum, war sein Haar voller und erstaunlich geschmeidig geworden und besaß einen goldgelben Schimmer, der seinesgleichen suchte. Gewiß waren Nicole und er erst gegen Ende des Sommers in ihrer neuen Villa eingezogen (die sich nur ein paar Schritte von Henris Haus befand, auch wenn beide diese Tatsache lieber ignorierten), und es war durchaus verständlich, daß Patrick mitten am Tag in der Badehose herumlief, statt sich in seinem Arbeitszimmer einzuschließen und wie ein Tier zu schuften. Aber war die Sache wirklich so einfach? Er schien glänzend in Form zu sein, empfing die Lieferanten in der Unterhose, spielte an den Knöpfen seiner Stereoanlage herum, bezahlte seine Putzfrau in bar, räumte seinen Wein im Keller ein, überwachte, ob seine automatische Berieselungsanlage richtig funktionierte, und war im Begriff, den Führerschein zu machen, aber konnte er mich damit beeindrucken? Konnte er auch nur eine Sekunde lang glauben, daß er mich hinters Licht zu führen vermochte? Oh, ich gebe gern zu, daß er in einer Phase war, in der man noch die Tatsachen leugnen und sich einen letzten Aufschub gönnen konnte, aber wußte ich nicht nur allzu gut, wie das endete?

In welchem Augenblick hatte ich dieses Bedürfnis nach Bequemlichkeit empfunden, dieses Bedürfnis, meinen Erfolg materiell sichtbar zu machen? In welchem Moment hatte ich angefangen, Tennis zu spielen?

Patrick zeigte mir die kalte Schulter, wenn das Unglück es wollte, daß ich dieses Thema anschnitt. Er behauptete, alles sei in Ordnung, und er denke schon über sein nächstes Buch nach, aber was glaubte er eigentlich, wen er vor sich hatte? Seine Unfähigkeit, mir offen in die Augen zu sehen, war einfach lächerlich. Man hatte sich über mich lustig gemacht, als ich das Schlimmste an die Wand gemalt hatte, und tatsächlich war kein Anschlag gegen ihn verübt worden. Nein, zumindest nicht direkt. Wie Henri erklärt hatte, besaßen sie andere Mittel, um solche Angelegenheiten zu regeln. Sie hatten Patrick unter einem Berg von Geldscheinen begraben.

Ich blickte auf seinen Unterleib, in den sich der Gummizug seiner Badehose einschnitt. Wieder einmal sah ich, wie er von Kugeln durchlöchert wurde.

»Worauf starrst du so?«

»Warum mache ich mir bloß solche Sorgen um dich, kannst du mir das sagen?... Was liegt mir eigentlich an dir? Du begehst die gleichen Fehler wie ich, und ich weiß, wie das endet. Ich kann dir alle Einzelheiten schildern, wenn dich das interessiert.«

»Du gehst mir auf den Sack! Weißt du eigentlich, wie sehr du mir auf den Sack gehst? Hm, weißt du das?«

Ja, das wußte ich. Ich hatte eine undankbare Rolle.

»Na gut, zugegeben!« seufzte ich. »Aber um auf Nicole zurückzukommen, hast du schon mal daran gedacht, daß das Ganze vielleicht kein Scherz ist?«

Er runzelte die Stirn und sagte: »He, mach keinen Scheiß! Madonna kommt in zwei Tagen! Du hast doch wohl nicht die Absicht, mich noch einmal meiner Freiheit zu berauben! Hm? He, nun antworte schon!«

»Dich deiner Freiheit zu berauben?... Findest du nicht, daß das ein bißchen übertrieben ist? Fängst du jetzt an so zu reden wie die Polizei? Habe ich dich etwa schlecht behandelt? Hat es dir an irgend etwas gefehlt? Drei schöne Tage auf Geschäftskosten, und das nennst du *Freiheitsentzug*...? Dabei habe ich das nur zu deinem Besten getan! Wenn ich recht gehabt hätte, dann würde dein ganzes Leben nicht ausreichen, um dich bei mir zu bedanken, du alter Arsch! Aber du hast recht, warum sollte ich dir das Leben retten? Ich täte sicher besser daran, mich für jemanden wie Houellebecq oder Echenoz zu interessieren, denn mit dir verliere ich nur meine Zeit!«

»Aber du bist dir dessen gar nicht so sicher, nicht wahr?... Ich jage dir eine Heidenangst ein, aber du weißt, daß ich noch fähig bin, dich zu überraschen... Stimmt's oder nicht?«

»Ich weiß nicht. Wir werden ja sehen. Aber bis dahin hör auf, das Spielchen mit Nicole zu weit zu treiben. Halte dich nicht für unverwundbar. Aber wenn du willst, kann ich ja ein paar Tage hier schlafen...«

Nicole fand, daß ich eine wunderbare Idee gehabt habe, denn auf diese Weise sei ich an Ort und Stelle und jederzeit einsatzbereit.

»Zweifellos. Aber ich habe noch nichts entschieden. Hörst du, Nicole, *ich habe noch nichts entschieden*! Ich möchte, daß wir uns darüber völlig einig sind und daß du dir das noch einmal reiflich überlegst. Selbst wenn Patrick der schlechteste Mensch auf Erden wäre, ein Mord bleibt ein Mord, vergiß das nicht! Ja, ich habe gesagt, ein Mord. Und ich habe absichtlich dieses furchtbare Wort gewählt, damit dir klar wird, wie schwerwiegend dein Vorhaben ist, denn anschließend ist es zu spät!«

Das waren in etwa die Worte, die ich mir zurechtlegte und mit lauter Stimme wiederholte, während ich meinen Koffer packte.

»Wenn du nur wüßtest, wie sehr die beiden mir auf den Geist gehen!« sagte ich zu Edith, die noch mit einem schlimmen Husten ans Haus gefesselt war. »Und was ändert es schon, daß ich bei ihnen bin?«

»Sicher, aber wenn sie das glauben... Wenn sie der Ansicht sind, die Sache könnte sich dadurch wieder einrenken, daß sie dich als Zeugen nehmen... Weißt du, jedes Paar ist ein Einzelfall, und wenn sie dich schon darum bitten, man weiß ja nie, das könnte klappen...«

»Na gut, dein Wort in Gottes Ohr! ... Jedenfalls, du weißt ja, wo ich bin. Ruf mich an, sooft du willst. Und wenn die Vandhoerens endlich damit aufhören, die halbe Welt verrückt zu machen, dann möchte ich, daß wir ein paar Tage wegfahren, du und ich. Das haben wir wirklich verdient!«

Als ich gerade losfahren wollte, sah ich Olga, die aus dem Wagen stieg, um an meiner Tür zu klingeln. Sie kam mir ziemlich blaß vor.

»Ja, ich weiß ... Ich habe die Sendung gesehen«, stimmte Patrick zu, während er mich in das Gästezimmer führte. »Ich habe das Massaker verfolgt. Aber ich habe dir ja immer gesagt: Sex und Literatur sind zwei verschiedene Dinge!«

Vielleicht hatte er ja doch recht. Vielleicht war es eine hoffnungslose Situation. Aber was machte das schon? Suchte man sich etwa aus, was man schrieb? Fragte das Wasser danach, welche Wege es nahm? War das nicht der Grund, warum es nicht aufzuhalten war? Kannte es den Zweifel? Zögerte es, sich von Gipfeln hinabzustürzen? Kannte es Scham, Eigennutz, Berechnung? Versuchte es einem zu imponieren?

Das Zimmer war geräumig. Es besaß ein eigenes Bad, und mitten im Raum stand das Sofa aus Büffelleder, auf dem ich, wie Patrick erklärte, bequem arbeiten könne. Dann zählte er die Verhaltensmaßregeln auf:

1. Du bist kein Klempner, und daher faßt du nichts an.
2. Du überwachst Nicole, aber du ergreifst keinerlei Initiative.
3. Du duschst, ehe du in den Swimmingpool gehst.
4. Du klopfst an, ehe du mein Zimmer betrittst.
5. Wer als letzter schlafen geht, löscht alle Lichter.
6. Sorg dafür, daß ich es nicht bedaure, dich eingeladen zu haben.

Denn dieser Hund glaubte, er mache mir ein Geschenk. Als er gesehen hatte, daß ich mir schon wieder Sorgen um seine Sicherheit machte, zeigte er sich bereit, mich in seiner Nähe herumlungern zu lassen wie eine mißtrauische, ein bißchen verrückte alte Mutter, die man noch nicht ins Altersheim zu stecken wagt. Ich fragte mich sogar, ob er meinte, mich auf diese Weise unter Kontrolle zu haben, während Madonna da war, um dem Risiko zu entgehen, mich mal wieder im unpassendsten Augenblick auftauchen zu sehen. Wie hätte ich diese Demütigung ohne zu murren hinnehmen können, wenn ich nicht der Treuste unter den Getreuen gewesen wäre! Wenn ich nicht irgendwelche unergründlichen Gefühle für ihn gehegt hätte, eine Art unzerbrechliche Zärtlichkeit, deren er sicher nicht würdig war!

Nicole ließ sich den ganzen Nachmittag nicht sehen. Patrick zufolge vernachlässigte sie ihre Agentur und verbrachte die meiste Zeit damit, von einem Geschäft ins andere zu laufen und mit Geld um sich zu werfen, und zwar nur, um ihn zu ärgern. Er wies mit angewiderter Miene auf die Bilder an den Wänden, auf die Teppiche, auf die Nippsachen sowie auf eine fünfhundert Kilo schwere Skulptur im Stil von Niki de Saint-Phalle, die in der Eingangshalle thronte. Bei einem kurzen Abstecher in das Zimmer dieses Weibsstücks zeigte er mir die brechend vollen Kleiderschränke, die doppelte Kommode, deren Schubladen mit kostbaren Artikeln von Edward Cotten-Saul überquollen (aber nichts allzu Gewagtes).

»Es ist der reinste Nervenkrieg!« sagte er mir im Vertrauen. »Sie will mich zur Scheidung zwingen und wartet mit einem ganzen Heer von Anwälten auf mich.«

»Abwarten…! Nicole hat sicher viele Fehler. Sie ist eine Frau, das darf man nicht vergessen, aber ich glaube nicht, daß sie eigennützig ist. Das ist nicht ihre Art. Und außerdem ist da noch dieser Revolver... Wir sind nie vor einem Wutanfall sicher, vergiß das nicht!«

Als wir später kreuz und quer durch den Swimmingpool geschwommen waren und die Freuden der Wassergymnastik restlos ausgekostet hatten, gestand er mir, daß er Nicole überredet hatte, ihr gemeinsames Leben wiederaufzunehmen.

»Ich weiß auch nicht, was in mich gefahren ist... Ein plötzlicher Anfall von Stolz, der fehl am Platz war, nehme ich an... Aber weißt du, ich konnte mich einfach nicht an den Gedanken gewöhnen, daß sie jemanden gefunden hatte, das ist mir in der Kehle steckengeblieben... Und dann dieser ganze Schweinkram, den ich entdeckt habe, dieses Zeug für Nutten, erinnerst du dich noch? Und dabei war sie mir gegenüber kalt wie ein Eiszapfen!... All diese verrückten Dinger, hast du die gesehen?... Aber glaubst du vielleicht, das hätte sie verändert? Keine Spur! Sie ist wieder genauso, wie sie vorher war, oder noch schlimmer... Ein richtiger Holzklotz! Nein, ehrlich, ich weiß nicht, was in mich gefahren ist...«

Wir trockneten uns schließlich schweigend ab. Hinter den Glaswänden leuchtete die Sonne schwach in einem Meer aus unbeweglichen Wolken, wie ein kränklicher Mond in einem Alptraum von Martin Amis. Und dennoch handelte es sich um den ersten windstillen Tag. Am Abend zuvor, als ich Edith mit einem hustenlösenden Öl einrieb, hatte sich der Wind gelegt, und der letzte Schnee war von den Dächern geglitten und auf dem aufgeweichten Boden geschmolzen. Es wurde Zeit, an den Frühling zu denken.

»Weißt du was? Mir hat es einfach an Mut gefehlt. Möchtest du einen guten Grund erfahren, um dich über mich lustig zu machen? Ich bin jemand, der eine *Madame* Vandhoeren braucht. Hm, gib zu, daß das nicht gerade erhebend ist. Daß ich es verdiene, daß mir das um die Ohren geschlagen wird! ... Aber ich habe auch genug dafür geschuftet, oder vielleicht nicht?... Dieser ganze Scheiß, dieser tägliche Kampf, dieser Grabenkrieg, gib zu, daß ich genug dafür geschuftet habe! ... Madame Vandhoeren läuft mit einem Revolver in der Hand durchs Haus? Na schön, was soll ich dagegen tun? ... Aber eins mußt du wissen, ich habe sie nicht gezwungen, zu mir zurückzukommen. Ich habe sie nicht angefleht, ihre Rolle wieder zu übernehmen, verstehst du? Ihr hat auch etwas daran gelegen, *Monsieur* Vandhoeren an ihrer Seite zu sehen, da kannst du beruhigt sein!... Glaubst du nicht?... Mit ihrem Revolver schießt sie höchstens in die Decke, nicht mal auf einen Kronleuchter ... Glaubst du nicht?«

Ich begnügte mich damit, ihm zuzuhören, ohne einen Kommentar abzugeben. Ich wollte ihm nicht zeigen, daß sein Geständnis mich beruhigte. Und ich hatte gedacht, daß er sich in seinem neuen Haus ein schönes Leben machte! Hatte ihn mir satt und gebräunt vorgestellt, und dabei war er weiß wie ein Laken! Ach, wie gut das nur für das Schreiben war, was für einen Stil das prägen würde, wie vielversprechend das alles war! Patrick sah sich so, wie er war, und mein Vertrauen in ihn schoß wieder in die Höhe, selbst wenn er eine gewisse Schwäche in Sachen Pornographie bewiesen hatte, aber was machte das schon!

Bereits in der ersten Nacht hörte ich, wie es auf dem Flur knarrte.

Es war spät, aber ich konnte nicht einschlafen. Patrick und ich hatten ein paar Gläser getrunken und eine erbärmliche Partie Schach gespielt, bei der er immer noch nicht den geringsten Fortschritt zeigte. Erstaunlich, wie unfähig er war, etwas vorauszusehen, und noch erstaunlicher seine Schwerfälligkeit, die trotz seiner zur Schau gestellten ungeschliffenen Manieren das genaue Gegenteil seiner wahren Natur war. Ein so lebhafter Geist mit so plumpen Fingern!

Nicole hatte uns ignoriert. Sie war nach Hause gekommen, nachdem wir in der Küche aus Chromstahl, die einem Operationssaal ähnelte und in der wir uns nicht zu lange aufhielten, eine Art Mahlzeit beendet hatten. Sie hatte uns mitten in der Schachpartie angetroffen, während wir Wein tranken und Zigarren rauchten, und sie hatte sich perfekt verhalten: Ich hatte kaum Zeit gehabt aufzustehen, da hatte sie mir schon gleichgültig einen Kuß auf beide Wangen gedrückt und mich sogleich wieder vergessen.

»Francis bleibt ein paar Tage«, hatte Patrick erklärt. »Wir haben ein paar Sachen zu besprechen.«

»So?« hatte sie gesagt, während sie ihre Post durchsah.

Und ich: »Es sei denn, du hast etwas dagegen...«

Und sie: »Mir persönlich ist das egal...«

In äußerst kühlem Ton und ohne uns zu beachten... Der arme Patrick hatte ganz schön was durchzustehen, wenn das jeden Tag so ging! Der Blick, den er mir zugeworfen hatte, ließ keinen Zweifel darüber. Mit dem Paar ging es ganz offensichtlich bergab. Was für einen unangenehmen

Augenblick hatten wir in ihrer Gegenwart verbracht, ehe sie sich entschloß, sich in ihr Schlafzimmer zurückzuziehen, ohne uns eine gute Nacht zu wünschen. Mit was für einer herablassenden Kälte hatte sie uns behandelt, während sie ihrer Beschäftigung nachging, ohne auch nur ein Wort an uns zu richten!

Es war gegen ein Uhr morgens, als eine Parkettleiste in der Stille der Nacht verdächtig knarrte. Und da mich der Wein am Schlafen hinderte und ein ganzes Leben voller Sorgen und quälender Gedanken die Gelegenheit nutzte, um meinem Hirn neue Nahrung zu geben, war ich sogleich auf der Hut. Ich legte mein Ohr an die Tür. Die Raumaufteilung war so, daß Nicole an meinem Zimmer vorbeigehen mußte, wenn sie von ihrem Schlafzimmer zu dem von Patrick gehen wollte.

Aber sie hatte nicht vor, ihren Mann in dieser Nacht zu töten, auch wenn ein schreckeneinflößender Mond seinen finsteren Schein an meinem Fenster vorbeiziehen ließ. Nicole kam zu mir.

»Was machst du?«

»Nichts«, erwiderte ich, »und du, was machst du?«

Sie wußte nicht so recht. Sie kam, um zu sehen, wie ich untergebracht war, ob ich noch eine weitere Decke benötigte oder sonst irgend etwas.

»Nein, alles ist perfekt. Die Matratze ist ein bißchen zu weich, aber ich werde mich schon daran gewöhnen.«

Sie setzte sich eine Sekunde darauf, testete sie, fand sie aber nicht zu weich.

»Hör zu«, sagte ich zu ihr, »wir tun zwar nichts Böses, aber stell dir vor, Patrick wacht auf...«

Sie schlug vor, wir könnten in die Küche gehen und ein Glas Wasser trinken, wenn die Sache so war.

Wir kletterten auf die Hocker. Sie trug einen weißen Morgenrock aus Baumwolle mit abgestepptem Wabenmuster und Pantoffeln. Sie zündete sich eine Zigarette an.

»Nehmen wir mal an, er fände dich und mich im selben Bett. Glaubst du, das würde mir etwas ausmachen? Meinst du, er täte sich irgendeinen Zwang an? Ich habe dir doch gesagt, Francis, wir sind an einem Punkt angelangt, wo es kein Zurück mehr gibt. Alle Brücken zwischen ihm und mir sind abgebrochen. Er soll verrecken, das ist alles, was ich wünsche!«

»Ich habe mir erlaubt, das I-Ging mitzubringen. Mal sehen, was es dazu meint... Auf jeden Fall sollten wir die Sache nicht auf die leichte Schulter nehmen.«

»Ich sage mir manchmal, nun hab dich nicht so, nur um zu sehen, was für ein Gesicht er macht... Nur um dieses Vergnügen zu haben... Und noch dazu mit dir! Ich wette, daß er ausrasten würde... Meinst du nicht?«

»Ja, das ist nicht unmöglich... Zwischen zwei Schriftstellern besteht sowieso schon ein vages Gefühl der Rivalität... Ich verstehe, was du meinst.«

Launenhafte Rauchspiralen umkreisten uns langsam. Es war mir sehr unangenehm, daran zu denken, daß ich nicht deswegen da war, sondern im Gegenteil, um eine Situation zu überwachen, deren Ernst offensichtlich wieder einmal nur ich allein ermessen konnte.

»Aber andererseits«, seufzte sie, »käme nichts dabei heraus, wenn ich mit dir schlafen würde. Das ist eine ausweglose Geschichte, nicht wahr? Man kann sich nicht mit sexuellen Beziehungen begnügen, die zu nichts führen. Man muß sich ihnen widersetzen. Man muß über den Dingen stehen.«

»Weißt du, das ist immer dieselbe alte Debatte... Natürlich ist es nicht der rechte Moment, darüber zu diskutieren, aber ganz so kategorisch sehe ich die Sache nicht. Es gibt Dinge, die man nicht so einfach vom Tisch fegen kann.«

»Bitte, fang nicht wieder mit diesem Thema an. Das wäre nicht fair von dir... Es war nicht einfach für mich.«

»Für niemanden war es einfach.«

Sie blickte mich ratlos an. Was mich anging, erlebte ich ein antikes Drama, hin- und hergerissen zwischen meinen niederen Instinkten und meinen moralischen Verpflichtungen. Trotz allem siegten letztere schließlich. Patricks Leben stand auf dem Spiel, und ich hatte noch einen Sinn für Prioritäten.

Sie reckte sich und sagte: »Wir sollten vielleicht besser ins Bett gehen, nicht?«

Ich nickte sanft. Ich wiegte immer noch den Kopf hin und her, während ich zusah, wie sie sich entfernte, ein weißes Irrlicht im Tal der Schatten.

Am nächsten Morgen wachte ich spät auf. Ich hatte eine unruhige Nacht verbracht. Nicole war schon weggefahren, und Patrick war im Begriff, das Haus zu verlassen. Er war sehr nervös, denn er wollte Madonna, *seine* Madonna, vom Flughafen abholen.

»Willst du Nicole wirklich zum äußersten treiben?«

Er antwortete mir nicht. Er warf einen letzten Blick in den Spiegel im Eingangsflur und schlug die Tür hinter sich zu. Ich hatte gerade genug Zeit, um einen Zipfel blauen Himmels zu sehen, dann hüllte mich ein Hauch von Frühlingsluft ein.

Dennoch war ich verblüfft bei dem Gedanken, welche Wendung die Dinge nahmen. Verblüfft bei der Feststellung, worauf sich unser Leben beschränkte, welchen Kräften wir gehorchten und womit sich unsere Gedanken die meiste Zeit beschäftigten. Gewiß, einigen wenigen gelang es (aber zu welchem Preis, im Namen welches anderen Lasters, durch welches Wunder?), das Ruder fest in der Hand zu halten und sich zu weigern, das ganze Theater der Menschheit in seiner ältesten, elementarsten und lächerlichsten Form mitzumachen. Einige wenige weigerten sich, sich hinter einer Tür zu verstecken, sich in einen Schrank einzuschließen, über die Dächer zu klettern und am frühen Morgen zu entfliehen, aber wie viele waren es? Wie viele wichen vor der Überspanntheit, der Unvernunft, der Verblendung, der Lächerlichkeit zurück? Wer war dem allen nicht wenigstens einmal erlegen? Und wer verlangte auf die eine oder andere Weise nicht noch mehr? Wer träumte nicht davon, sich in einer unbedeutenden Liebesgeschichte wie ein elendes Arschloch aufzuführen, und sei es in Begleitung von Christus oder der Heiligen Jungfrau? Wer wollte schon, daß sich das änderte?

Wir befanden uns mitten in einer Posse, aber konnten wir uns anderswo befinden? Konnten wir bestenfalls irgend etwas transzendieren? Ich stand im Schlafanzug in der Eingangshalle der Vandhoerens und dachte daran, daß ich, wenn ich eines Tages diese lächerlichen Begebenheiten berichten sollte, eine klägliche Vorstellung vom täglichen Leben eines Schriftstellers im Zeitalter der kybernetischen Revolution geben würde. In einem Zeitalter, in dem die Flugzeuge eine Frau vom anderen Ende der Welt abholen konnten und der Schriftsteller sogleich seinen Computer im Stich ließ, um ins Taxi zu springen, und nichts anderes mehr zählte. Das war des Rätsels Lösung. Und entweder kam die Frau an, oder sie kam nicht an. Eine andere Möglichkeit gab es nicht. *Alle Geschichten sind Liebesgeschichten* – bedauerlicherweise. Und manchmal kam die Frau nicht an.

Ich rief Edith an, um ihr mitzuteilen, wie bedauerlich die gegenwärtige Episode war, aber sie war am Inhalieren und hörte mir nicht sehr aufmerksam zu. Doch das war unwichtig. Es genügte mir, den Klang ihrer Stimme zu hören.

Als ich angezogen war, setzte ich mich vor das Fenster in meinem Zimmer und arbeitete an meinem Roman, auf den zum erstenmal seit Monaten ein Sonnenstrahl fiel. Ich ließ ihn ein wenig frische Luft schnappen, scherzte mit ihm über gewisse Dinge, die ich ihm ersparte, auch wenn sie zur Zeit mein tägliches Brot waren und es ebenso verdienten, festgehalten zu werden wie edlere Dinge, denn das Leben besteht nun mal aus Erhabenheit und Elend, aus Gipfeln und Abgründen… aber er mochte es nicht, daß ich damit scherzte. Wenn ich ihm Glauben schenken durfte, würde ich nicht auf diese Weise meine Lorbeerzweige ernten.

Abgelenkt durch das liebenswürdige Licht draußen, ließ ich ihn am Nachmittag im Stich. Ich beobachtete die Knospen, die jungen Triebe, beugte mich über unbekannte Gattungen in Vandhoerens Garten, inspizierte ihr Regenwasserauffangbecken (ich heftete eine Notiz für den Gärtner an den Werkzeugschuppen, damit er das Becken kontrollierte und das Ergebnis seiner Nachlässigkeit wiedergutmachte), und dann machte ich einen Spaziergang.

Es war Samstag, und alle möglichen Sportler rannten hechelnd durch das Viertel und trugen trotz der Anstrengung eine überglückliche Miene zur Schau, während die Vögel durch den Himmel segelten und wieder andere ihre Autos wienerten oder über die Dächer entflohen.

Als ich an Henris Haus vorbeikam, stieg ich über seinen Gartenzaun.

Isabelle war im Wohnzimmer und erledigte ihre Post. Ich drückte ihr einen Kuß auf die Wangen, versprach ihr, daß sie ihren Absinth in wenigen Tagen erhalten würde, und wir beglückwünschten uns zum Eintreffen des Frühlings, auch wenn sie allergisch gegen Pollen war. Henri war, wie sie mir sagte, hinter dem Haus und kümmerte sich um seinen Rasen, der von einem häßlichen Moos befallen war.

Als ich zu ihm ging, saß er dort und musterte einen Kanister mit *Roundup*®, als handele es sich um ein Wunderwerk, das vom Himmel gefallen war. Ich zuckte zurück, verzichtete aber darauf, das Thema anzuschneiden, und setzte mich neben ihn.

»Ich verbringe ein paar Tage bei den Vandhoerens. Aber sei unbesorgt, ich mache keine Ferien, ich arbeite weiter…«

»Es steht dir frei hinzugehen, wohin zu willst. Frei, dir deine Freunde auszusuchen, Francis…«

»Ach, weißt du, ich hätte gern darauf verzichtet! … Es klappt immer noch nicht zwischen den beiden, und ich bezweifle, daß meine Gegenwart irgend etwas daran ändert, außer daß ich ihnen die betrübliche Zweisamkeit erspare…«

»Ich habe dich nicht gefragt, wie es ihnen geht. Das interessiert mich nicht.«

Dieser gute Henri! Man spürte nur zu gut, daß er unter seiner harten Schale einen weichen Kern besaß. Wer weiß, ob er nicht nachts um ihr Haus strich, bereit, ihnen Hilfe zu leisten, wenn die Dinge eine schlimme Wendung nehmen sollten? Er hatte Patricks Buch ohne zu zögern torpediert, von dem nur zwanzigtausend Exemplare verkauft worden waren, obwohl er zwanzigmal mehr davon hätte verkaufen können, aber er hatte es ohne Vergnügen getan, da können Sie sicher sein! Er hätte für sein Leben gern etwas von ihnen gehört, aber er hätte sich eher den Mund zugenäht, als das einzugestehen. Er verhielt sich mir gegenüber übrigens genauso: Er mochte mich gern, niemand in der ganzen Stadt konnte das bezweifeln, aber er ließ es sich kaum anmerken.

»Patrick hat noch neulich zu mir gesagt: ›Trotz des Unrechts, das er mir angetan hat, habe ich große Achtung vor Henri.‹ Was sagst du dazu?«

»Diese Mühe kannst du dir sparen, Francis ... Dieser Lump hat mich vors Gericht geschleppt. Wußtest du das nicht? Nun, dann weißt du es jetzt ... Aber im Grunde schulde ich ihm Dank, denn ich bin noch mal heil davongekommen, was man von ihm nicht gerade sagen kann. Unter uns gesagt, bei Claris hat er keinen Grund zum Feiern mehr. Er hat noch keine einzige Zeile geschrieben, nicht wahr? ... Aber sag mir eins: Glaubst du immer noch, daß ich ihm am meisten geschadet habe? Halte ich ihn von der Arbeit ab?«

»Er behauptet, daß er sich bald wieder daranbegibt.«

»Na, da können wir uns ja freuen, so eine gute Nachricht!«

»Weißt du, Henri… wenn ihr ihn umgebracht hättet… egal, ob du oder die anderen… dann hätte ich euch mein ganzes Leben lang die Hölle heiß gemacht. Das verstehst du doch, nicht wahr? Ich weiß, daß du an meiner Stelle das gleiche getan hättest. Du hast doch sicher Melville nicht vergessen: ›Bleibt euren Jugendträumen treu.‹ Im Grunde ist das nicht sehr kompliziert, man muß sich nur die Möglichkeit dazu schaffen…«

Er strich sich mit der Hand über das Kinn, mit der Hand, die ich verwundet und Melville mit dem Brandeisen gezeichnet hatte, aber mit welchem Ergebnis?

»Francis… bist du nie auf die Idee gekommen, daß es Selbstmord ist, was Patrick gemacht hat?«

»In diesem Fall suche ich den, der ihm die Waffe in die Hände gelegt hat.«

»Herrgott!… Ich habe ja schon viele verrückte Schwärmer gesehen, aber du übertriffst sie alle!… Das ist es also! Du suchst Erlösung, und da ist dir jedes Mittel recht!… Ich dachte, du hättest Schluß gemacht mit der Literatur und das Tennisspielen reichte dir…«

Ich lächelte ihm zu: Henri hatte eine gewisse Vorliebe für abstruse Diskussionen, wehe dem, der sich darauf einließ. Schon als wir noch jünger gewesen waren und keine schlaflosen Nächte gescheut hatten, hatte er es geschafft, mich totzureden.

Er schüttelte den Kopf und richtete seine Aufmerksamkeit auf den Kanister mit *Roundup*®, den er schräg hielt, um die Gebrauchsanweisung zu lesen.

»Magen-Darm-Beschwerden«, erklärte ich. »Erbrechen, Verschleimung der Lungen, Lungenentzündung, Ohnmacht, Zerstörung der roten Blutkörperchen... Aber komm mir nicht hinterher, um dich zu beklagen! ... Sag mal, du tust das wohl absichtlich!«

»Nun mal sachte! Was hast du denn jetzt schon wieder?«

»Bis in deinen eigenen Garten! Willst du nicht mal eine Sekunde die Augen aufmachen? Ist das Leichtsinn oder eine Bewußtseinstrübung? Monsanto! Das habe ich dir doch schon erklärt, nicht wahr? Die Zerstörung des Erdballs! Die Unterwerfung der gesamten Menschheit! Habe ich dir das erklärt, ja oder nein? Bodenerosion, Umsiedlung der Bevölkerung! Ja, Monsanto und ein paar andere! Die Hersteller von Chemikalien für die Landwirtschaft, ja, die Hormone, das genetisch veränderte Saatgut, die Unkrautbekämpfungsmittel, die Entlaubungsmittel und das ganze Arsenal, das für einen weltweiten bioökonomischen Krieg entwickelt worden ist! Ja, Mais, der *Roundup*® verträgt, Sojabohnen, die *Roundup*® vertragen, Baumwolle, Zuckerrüben, Raps, die *Roundup*® vertragen! Sagt dir das nichts? Läßt dich das nicht skeptisch werden? Prostatakrebs, läßt dich das nicht skeptisch werden? Und *Terminator*? Und Aspartam, das Hirntumoren hervorrufen kann? Und die Bienen, die nicht mehr den Duft der Blüten erkennen können? Hm? Und die Bestäubung? Weißt du, was sie uns ankündigen? Daß sich die genetischen Informationen jedes Jahr verdoppeln werden, was einen exponentiellen Anstieg neuartiger Produkte hervorrufen wird. Und was glaubst du, in wessen Hände diese neuartigen Produkte fallen? Reicht das nicht, um jeden vernünftigen Menschen zum Zittern zu bringen? Ist es vorstellbar, ist es möglich, ist es schicklich, daß man sich über andere Dinge Sorgen macht?... Sind wir so schwach, so feige, so dumm, daß wir das Gesetz einiger weniger hinnehmen müssen?«

Als ich zurückkam, stellte ich den Kanister mit *Roundup*® in die Eingangshalle. Ich hatte noch nicht darüber nachgedacht, wie ich ihn loswerden konnte, ohne Schaden anzurichten. Sollte ich ihn als Paket verpackt mit der Post an den Absender zurückgehen lassen, mit der Aufforderung zur vorschriftsmäßigen Rückvergütung und begleitet von einem ausführlichen Brief und meiner Empfehlung an Bob Shapiro, der den Erdball seiner Regenwürmer und seiner Käfer beraubte?

Nicole war heimgekehrt, und ich riet ihr, den Kanister nicht anzurühren.

Ich erklärte ihr, daß er nicht dazu diene, Patrick zu vergiften, sondern daß ich Henri, bei dem ich gerade einen sehr erbaulichen Moment verbracht hatte, einen Dienst erweisen müsse.

Da die Dunkelheit nicht mehr lange auf sich warten lassen würde, zündete ich ein Feuer an. Ich mußte mich irgendwie beschäftigen, denn es war nicht leicht, einer Frau ganz normal Gesellschaft zu leisten, deren Unterleib ich unlängst bei jeder Begegnung, ohne eine Sekunde zu verlieren, erforscht und deren Mund ich mit nicht geheuchelter Leidenschaft heiß geküßt hatte. Trotz des Knackens des Kleinholzes, das aufloderte wie Zunder, hörte ich das Rascheln ihrer Strümpfe, als sie im Sessel, der direkt hinter mir stand, die Beine übereinanderschlug.

»Aber warum nicht Gift? Ich bin nicht dagegen...«

»Mach keine Scherze. Damit sollte man nicht spaßen.«

»Ich habe mich erkundigt. Mit einem guten Anwalt wird eine Affekthandlung nicht allzu schwer bestraft. Im Hinblick auf die vielen Jahre, die er im Begriff ist, mir zu verderben, kommt mir das nicht allzu lang vor.«

»Aber die vorsätzliche Tötung, Nicole... die vorsätzliche Tötung!«

Sie sagte achselzuckend: »Natürlich, das ist ein Risiko, das man eingehen muß... Aber siehst du eine andere Lösung? Ich will dir nicht verheimlichen, daß es einen Zeitpunkt gegeben hat, an dem die Vorstellung einer echten Beziehung mit dir die Dinge hätte ändern können, aber heute?... Ist das für mich vielleicht ein Leben? Soll ich mich mit einer sexuellen Beziehung hier und da begnügen? Ich habe versucht, mich in den letzten Monaten daran zu halten, aber was für ein Trauerspiel, mein Gott... was für eine Langeweile habe ich ertragen müssen! ... Ehrlich gesagt ziehe ich dann noch das vor, was ich mit dir erlebt habe, auch wenn du alles getan hast, damit es zu nichts führt. Ohne zu zögern, glaub mir das!«

Genau in diesem Augenblick fing mein Hemd Feuer. Bei Nicoles Worten war ich, in der Hocke vor dem prasselnden Kamin, wie zu Stein erstarrt, gelähmt von diesem Bild unendlicher Schwermut, das sie vor mir entwarf, sowie von dem ausgezeichneten Blick, den ich auf ihre gespreizten Schenkel hatte.

Ich sprang mit einem Satz auf und riß mir das Kleidungsstück vom Leib, das mich in eine lebendige Fackel zu verwandeln drohte, und zwar auf viel radikalere Weise, als Nicole es vermochte.

Ich ging in mein Zimmer, um mir ein neues Hemd zu holen. Nicole irrte durch den Raum, während ich beschäftigt war. Schließlich setzte sie sich auf das Sofa aus Büffelleder, dessen Kissen sie mit zögernder Hand streichelte, wobei ihr Gesicht vom Bildschirm meines Computers beleuchtet wurde.

»Seite tausenddreihundertachtundsiebzig?!!« sagte sie, als fiele ihr die Decke auf den Kopf.

»Ja«, entgegnete ich lächelnd. »Viereinhalb Millionen Zeichen. Etwa sechshundertsiebenundfünfzigtausend Worte. Vierundzwanzigtausendsiebenhundertachtundsiebzig Absätze. Aber ich weiß nicht, wann das zu Ende gehen soll. Manchmal kommt es mir endlos vor…«

Sie schüttelte den Kopf und sagte atemlos: »Aber Francis… Aber Francis… Aber das ist ungeheuerlich!«

»Ach was«, fuhr ich in scherzhaftem Ton fort, »das ist eine Art Schutzwall. Aber ich weiß nicht genau, wogegen… Ich nehme an, unser Zeitalter ist daran schuld. Vielleicht müssen wir Schutzwälle, Deiche, Festungen errichten… Wir müssen uns darauf vorbereiten, Widerstand zu leisten. Die Macht des Gegners übersteigt sämtliche Vorstellungen, das kannst du mir glauben. Aber weißt du, Worte sind nur winzige Bausteine… Es ist mühsame Kleinarbeit.«

Plötzlich zuckten wir zusammen, weil Patrick mit finsterer Miene in der Türöffnung auftauchte und rief: »Was macht ihr denn da? Was ist hier los?«

»Es ist alles in Ordnung, ich habe mein Hemd in Brand gesteckt und…«

»Was ist das für ein Zeug?« fuhr er fort und hielt den Kanister mit *Roundup*® hoch.

Nicole stand auf und warf ihm einen vernichtenden Blick zu. Trotz allem wich er widerwillig zur Seite, um sie herausgehen zu lassen.

»Patrick, du hältst eine Zeitbombe in der Hand. Und stell dir vor, daß Henri, dieser Idiot, im Begriff war…«

»Ich bin nicht in der Stimmung, etwas über Henri zu hören. Wirklich nicht in der Stimmung! Madonna hat ihr Flugzeug verpaßt.«

»Donnerwetter! Aber abgesehen davon, hast du Hunger? Möchtest du etwas essen?«

Die Stimmung war nicht ideal. Patrick schluckte vor dem Kamin seinen Ärger hinunter, bewegte die Holzscheite mit der Fußspitze hin und her und brütete mit einer widerspenstigen Strähne in der Stirn über sein Mißgeschick nach. Nicole dagegen hatte sich auf das Sofa gesetzt, das am weitesten von uns entfernt war, und sich in eine Frauenzeitschrift vertieft, deren Schlagzeile ich Ihnen verrate: TAUSEND TRICKS WIE MAN AUF MÄNNER VERZICHTEN KANN! Ich schenkte ihnen je ein großes Glas Alkohol ein und ging in die Küche, um Spaghetti zuzubereiten.

Patrick gesellte sich zu mir, als das Wasser kochte, und sagte: »Erklär mir mal eins: Wie konnte sie nur ihr Flugzeug verpassen, wenn sie solche Lust hatte, mich zu sehen?«

»Hör zu, mir ist dieses Mädchen nicht geheuer. Ich habe dir schon immer gesagt, was ich von ihr halte.«

»Sie ist dir nicht geheuer? Was soll das heißen, ›sie ist mir nicht geheuer‹?«

»Das heißt, daß man ihr Geld gegeben hat, damit sie sich dir an den Hals wirft.«

»Na und? Ich bin bereit, sie zu bezahlen!... Ich habe ihr das Flugticket zugeschickt, und sie kann haben, was sie will! ... Was habe ich denn mit diesem ganzen Scheiß zu tun?«

»Na ja, du mußt schon entschuldigen, aber ich glaube nach wie vor, daß es keine gute Idee ist, sie herkommen zu lassen. Erstens, weil Nicole es nicht erträgt und das Ganze mit einem Drama zu enden droht. Zweitens, weil es Zeit wird, daß du dich ernsthaft an die Arbeit machst. Um Himmels willen, Patrick, willst du so enden wie ich? Wolltest du dir nicht einen Ruck geben? Dabei kann dir dieses Mädchen bestimmt nicht helfen, das garantiere ich dir!«

Er blickte mich mit einer Grimasse an und machte kehrt.

Er war nicht in der Stimmung, sich irgend etwas sagen zu lassen, aber ich wußte, daß ihm meine Worte früher oder später wieder durch den Kopf gehen würden. Noch rechtzeitig genug? Ich hoffte es von ganzem Herzen. Ich war bereit, ihm zu helfen, wenn er es wünschte. Bereit, mich mit ihm in einer Hütte tief im Wald einzuschließen, mit einem Stapel Papier als einziger Gesellschaft und ein paar morgendlichen Masturbationen, um uns die Seele zu befreien. Ich stand ihm zur Verfügung, und zwar so lange, wie es erforderlich war. Ich war bereit, seine Rohfassung ins reine zu schreiben, seine Wäsche zu waschen und für ihn zu kochen, die wilden Tiere in Schach zu halten, das Feuer nicht ausgehen zu lassen und ihn, wenn nötig, zu pflegen, während er sein Meisterwerk vollbrachte. Der Pseudo-Madonna zu schreiben, daß ich ihr beide Beine mit einer Eisenstange zertrümmern werde, wenn sie den Kopf zur Tür hereinstecke, war mir nicht leichtgefallen. Aber man bekommt ja nichts geschenkt. Ein Buch läßt sich nicht einfach auf der Straße auflesen wie Pferdedreck.

Nicole kam in die Küche, um mich zu fragen, ob sie mir helfen könne.

»Kann ich dir helfen? Weißt du, manchmal habe ich mich gefragt: ›Fehle ich ihm? Denkt er an mich? Sollte ich mich nicht mit dem zufriedengeben, was er mir gibt?‹ Denn schließlich hast du mir ja doch etwas gegeben, nicht wahr?«

»Ja, ich habe dir alles gegeben, was ich dir geben konnte.«

»Das war natürlich nicht viel, verstehst du? Und darum habe ich es vorgezogen, damit aufzuhören... Aber wenn ich mit Olga zusammen war, hatte ich manchmal das Gefühl, du seist da. Unglaublich, nicht? Ich bin eines Tages an einen Typen geraten, der mich an allen vier Bettpfosten festgebunden hat, aber ich habe einen solchen Lachanfall bekommen, daß er sich umgedreht und die Tür hinter sich zugeknallt hat!«

»Das wundert mich nicht!«

Sie blickte mir einen Moment ins Gesicht, dann sagte sie mit tränenerfüllten Augen: »O Francis, Herrgott noch mal!«

Gleich darauf machte sie auf dem Absatz kehrt. Wirklich, dieser trübselige Abend wurde immer unerquicklicher. Ich fragte mich, woher ich die Kraft nahm, solche Dinge über mich ergehen zu lassen. Die meisten Schriftsteller verbrachten ihre Zeit im Café Flore, in der Closerie des Lilas oder bei Lipp in gedämpfter, intellektueller Atmosphäre und in Begleitung von *beautiful people,* was für ein Los war mir dagegen beschieden!

Patrick tauchte wieder auf, während ich Oliven mit einem hochmodernen Gerät entkernte, das die Kerne an die Decke schleuderte.

»Ich halte Vorträge in der ganzen Welt!« brummte er. »Ich habe Preise bekommen. Hochschullehrer haben meine Arbeit geehrt. Salman Rushdie hat mich in einem handschriftlichen Brief beglückwünscht. Ich habe die Filmrechte meiner Bücher verkauft. Angelo Rinaldi versucht mich zu treffen. Ich bin auf den Titelseiten der Zeitgeistblätter abgebildet und was weiß ich! ... Was will sie denn noch mehr? Bin ich ihr vielleicht nicht gut genug?«

»Du bist zu gut für sie, das ist das Problem!« erwiderte ich und ließ wieder einen Olivenkern durch den Raum sausen.

Er drehte mir das Gerät in den Händen um, um mir zu zeigen, daß ich es verkehrt herum hielt.

»Heutzutage kann man Schriftsteller sein und trotzdem Geld wie Heu haben! Weiß sie das? ... Hat sie vielleicht Angst, in einer Mansardenwohnung mit einem Kohleofen zu landen?«

»Hör zu, scher dich nicht mehr um diese Frau. Scher dich um gar keine Frauen mehr, und begib dich an die Arbeit, hörst du? Hör auf, den Idioten zu spielen!«

»He! Habe ich dich etwas gefragt? Habe ich dich gebeten, mir zu sagen, was ich tun soll?«

Bleich vor Wut kehrte er ins Wohnzimmer zurück. Dabei hätte er fast Nicole angerempelt, die zu mir kam.

»Francis, entschuldige wegen eben... Versteh mich nicht falsch. Das waren keine Tränen, die du gesehen hast.«

»Ja, sei unbesorgt. Ich habe nichts gesehen.«

»Na gut, okay. Du siehst sowieso nie was... Erinnerst du dich noch an das Konzert der *Sex Pistols*?«

»Und wie! Was für eine tolle Band! Weißt du, daß ich sie mir immer noch anhöre?«

»Ich wollte über unseren ersten Geschlechtsverkehr mit dir sprechen... Aber das ist unwichtig. Warum sollte es auch schon wichtig sein? Francis, du bist wie ein Brunnen ohne Grund, weißt du das?«

Wenig später, bei Tisch, kamen mir Zweifel an der Zukunft der Literatur und an meinen Chancen, eine einfache Beziehung zu einer Frau zu unterhalten. Ich spürte, daß Patrick nicht die nötige Energie finden würde, um ein großes Werk zu vollbringen, und Nicole immer noch gewisse Ansprüche an mich stellte, die ich nicht erfüllen konnte. Vielleicht irrte ich mich ja, aber diese Gefühle drängten sich mir mit solcher Macht auf, daß sie fast greifbar waren. Nicole und Patrick waren beide blaß, und vermutlich war auch ich es. Irgend etwas in uns erlosch, löste sich auf, und bald würde uns der Strom mitreißen, wir waren vom Himmel gefallen, und bald würden wir zu den Wasserfällen geschwemmt werden, zu den reißenden Bächen, die sich ins Innere der Welt ergießen, und das war gut so.

Ich beschloß also, sie zu verlassen. Nicht physisch zu verlassen, denn das Dasein geizt mit guten Tennispartnern und Frauen, die mit den Techniken des *Nawa Shibari* vertraut sind, sie aber dennoch auf die eine oder andere Weise zu verlassen.

Und Nicole spürte das genau.

Patrick dagegen setzte sich zu mir in den Garten und

fragte mich, wie man sich fühlte, wenn man sich in meiner Lage befand, er meinte damit, wenn man den Ruhm kennengelernt hatte und wieder Ruhe eingekehrt war.

»Na ja«, sagte ich im Scherz, »du schleichst wie ein Gespenst über unendliche dunkle Weiten, und mit ein bißchen Glück entdeckst du manchmal einen leuchtenden Punkt, dann gehst du hin, um zu sehen, was es ist. Aber die guten Überraschungen sind äußerst selten ... Und was deine eigene Arbeit angeht, nun ja, da sind es nur noch deine eigenen Augen, die die Sache beurteilen, und das ist ein wunderbares Geschenk, das man dir macht. Nur, daß es schwer ist, es zu würdigen. Vor allem in deinem Alter.«

Er kniff die Augen zusammen und strich sich über den Bauch, während ich ihm ein paar Enzyme gab und ihn daran erinnerte, daß er mir bald seine Bestellung aufgeben solle.

»Aber mach dir keine Sorgen«, erklärte ich, »du bist noch nicht am Ende, sonst hätte ich das mitbekommen...«

Er ging ins Haus, und ich hörte, wie sich die beiden kurz darauf stritten. Ich nutzte die Gelegenheit, um Edith anzurufen. Aber obwohl unser Gespräch total belanglos war, wurde ich plötzlich von einer heftigen Gemütsbewegung erfaßt und begann, wie eine gestochene Sau zu schreien. Zumindest glaubte ich das einen Augenblick, denn mein Schmerz war so heftig, mein Leid so unerträglich, daß mein Geschrei durch die Nacht hätte gellen müssen. In Wirklichkeit stellte ich fest, daß nur ein langes undeutliches Quieken aus meiner Kehle kam, ein elendes, furchterregendes Hiiiiiiii, von dem ich geglaubt hatte, ich wäre es für immer los. Edith ereiferte sich am anderen Ende der Leitung. »Du hast mir geschworen, Francis! ... Du hast geschworen! ... Hörst du, ich habe dein Wort!« Sie drohte, zu verschwinden, wenn ich nicht augenblicklich mit dieser düsteren Gefühlsaufwallung aufhörte. Edith brannte die Wunden mit einem glühenden Eisen aus.

»Bitte entschuldige diese Sekunde der Rührung!« stieß ich zwischen den Zähnen hervor. »Entschuldige, daß ich deine Schuhe mit meinem Blut bespritzt habe!«

»Das können wir uns nicht erlauben. Weder der eine noch der andere. Das kommt nicht in Frage.«

»Das macht mir genausowenig Spaß wie dir. Ich tue, was ich kann!«

»Das reicht nicht. Du mußt noch mehr tun. Du mußt dagegen ankämpfen.«

»Ich liege schließlich nicht mit Krebs im Bett! Und *wogegen* soll ich ankämpfen? Willst du von meinen Gefühlen nichts mehr wissen?«

»Nein, nicht von diesem. Nicht so etwas.«

Ich kickte mit dem Fuß einen Stein in die Luft, der in Richtung Nordatlantik flog. Der Mond verschwand hinter einem Wolkenschleier, der durchbrochen war wie ein feines Kettenhemd. Ich hätte Edith am liebsten an den Haaren auf ein Bett aus glühenden Kohlen geschleift, dann auf Disteln, auf scharfkantige Feuersteine, in Dornensträucher, in Brennesseln und wäre anschließend gern mit beiden Füßen auf ihren Leib gesprungen.

»Nun, mein Schatz, dann hättest du keinen Schriftsteller heiraten dürfen. Einen Rotzbengel unter Rotzbengeln. Einen Schreihals unter Schreihälsen. Die Ausgeburt der Empfindsamkeit.«

»Ich brauche keinen Schriftsteller. Ich brauche einen Menschen, der aufrecht auf beiden Beinen steht.«

»Aber ich habe mich nicht auf dem Boden gewälzt, was glaubst du eigentlich?«

»Und dieses Geschrei zum Steinerweichen? Willst du dich etwa über mich lustig machen?«

Wissen Sie, wie diese Geschichte zu Ende geht? Erraten Sie das nicht? Nun, ich muß mich schon wieder entschuldigen. Ich muß mich entschuldigen, mich noch mal und noch mal entschuldigen. Muß meine sarkastischen Bemerkungen herunterschlucken, stumm meine Wunden lecken, die andere Wange hinhalten und mich glücklich schätzen. Ich und mein Schuldbekenntnis. Ich und meine Bemühungen, ihr ein Lächeln zu entlocken. Ich und meine erneuten Schwüre, um meinen Gutenachtkuß zu erhalten. Diese Frau bringt mich noch dazu, daß ich auf den Händen laufe. Diese Frau bringt mich noch ins Paradies.

Ein Mann, der hinter der Hecke herging, hob den Hut und grüßte mich. Die Abendluft duftete nach Akazien, und der Mond rötete sich leicht. Ich hatte schöne Hände mit ein paar silbergrauen Haaren auf den Fingern. Nicoles Titten, die sich gerade auf meinen Kopf legten, waren warm und süß wie Waffeln. Mein Handy war ein altes Modell, aber Ediths Stimme rauschte darin wie in einer Muschel aus fernen Meeren. Ich habe mein ganzes Leben lang nur Levi's 501 getragen und werde sie bis zu meinem Tod tragen.

Ich ließ meine Hand hinter meinen Rücken gleiten und schob sie unter Nicoles Rock. Da sie kein Höschen trug und ohne Zweifel einem unwiderstehlichen Drang folgte, fand ich eine Muschel in höchster Erregung vor, triefender als ein

Schwamm, geschwätziger als ein Papagei, klebriger als eine zerquetschte Banane, geschmeidiger als ein Aal.

Eine Sekunde lang drückte sie sich in der Hocke an meine Hüften. Ihr Hintern war knackig, ihr Arschloch eng, ihre Spalte ... ich zögerte zwischen der Größe eines Fahrradsattels und der Sohle eines Bügeleisens. Was war nur in sie gefahren?

Und was fuhr nun schon wieder in sie? Ohne ein Wort der Erklärung ließ sie mich auf den Stufen vor der Eingangshalle allein und verschwand im Haus, ehe ich Zeit hatte, mich zu ihr umzudrehen. Ratlos rieb ich ihren Saft zwischen den Fingern und kostete ihn dann mit der Zungenspitze.

Aber ich habe ja schon darauf hingewiesen: Nicole hatte gespürt, daß sich irgend etwas tat. Von Patrick durfte man einen solchen Scharfblick nicht erwarten, denn es war nicht seine Art, meine Reaktionen unter die Lupe zu nehmen. Unsichtbare Halteleinen zwischen uns waren gerissen, aber Patrick hatte nicht das geringste gemerkt. Hatte sich Nicole, die empfänglicher für das stumme Durcheinander war, das sich gerade in mir abgespielt hatte, etwa in ein Kamikaze-Unternehmen gestürzt, das sie kurz darauf abgebrochen hatte, weil ihr der Mut fehlte? Hatte sie vor, die letzten vergessenen Knallkörper eines Festes zu zünden, das sie so abrupt unterbrochen hatte, oder akzeptierte sie um des lieben Friedens willen schließlich das, was ich ihr immer noch zu bieten hatte? Ich war bereit, ihr einen Abend in der Woche zu bewilligen, wenn sie sich an den anderen Tagen verständig zeigte. Ich hatte ihr versprochen, daß ich für diese Abweichung von meinem ehernen Gesetz Ediths Segen erhalten würde. Jetzt lag die Entscheidung bei Nicole.

Sie wärmte sich den Hintern vor dem Kamin, aber ihre Miene war ernst. Aus einem mir unbekannten Grund hatte sie ihren Knoten gelöst, und ihre scheinbare Strenge war verschwunden und einem melancholischeren, weicheren Register gewichen.

»Es ist zum Verrücktwerden mit dir!« empfing sie mich, während ich an der Tür meine Mokassins abschüttelte.

Auch wenn ich mich in keiner Weise schuldig fühlte, ging ich auf sie zu und versuchte sie mit einem liebevollen Tätscheln zwischen die Schulterblätter zu trösten. Nachdem sie sich eine Sekunde an meine Schulter gelehnt hatte, stieß sie mich schroff zurück. Das gefiel ihr nicht.

»Sag mir, was soll ich denn tun?«

Ich antwortete nicht, denn sie kannte alle Seiten des Problems nur zu gut. Angezogen von der herrlichen Glut im Kamin (ohne Zweifel edles Holz, Aprikose oder Eiche aus dem vergangenen Jahr), hockte ich mich vor das Feuer. Aus den Augenwinkeln schielte ich auf ihre herrlichen Beine, auf denen ein Lycraschleier funkelte.

»Du alter Dummkopf«, brummte sie, »was spielst du nur für ein Spiel?«

Sie versetzte mir einen Stoß, so daß ich das Gleichgewicht verlor und über den Boden rollte. Dann blickte sie mich wortlos an.

Dann ging sie um mich herum und stellte je ein Bein links und rechts neben meinen Kopf. Dann raffte sie ihren Rock. Dann hockte sie sich auf mein Gesicht.

Aber das dauerte nur eine kurze Weile. Sagen wir dreißig Sekunden und nicht eine mehr. Anschließend richtete sie sich auf und brachte ihren Rock wieder in Ordnung.

»Siehst du? ... Spiel nicht dieses Spielchen mit mir!« drohte sie mit hochroter Miene. »Hast du gesehen? ... Ich bin noch fähig, einen kühlen Kopf zu bewahren!«

Ich stand schweigend auf. Ich fand irgendwo ein Papiertaschentuch und wischte mir das Gesicht ab. Aber ich bereute diesen Zwischenfall nur halb und beschloß, mich nicht darüber zu empören. Mit einem Finger auf der Unterlippe wies sie mich darauf hin, daß ich an der entsprechenden Stelle noch eine Verschmutzung übersehen hatte. Ich wischte sie ab und warf das Taschentuch ins Feuer, wo es sich zusammenzog und in den Flammen krümmte.

»Aber ich muß dir auch etwas gestehen«, erklärte ich. »Du solltest wissen, daß ich ebenso fähig bin wie du, einen kühlen Kopf zu bewahren.«

Anschließend küßte ich sie leidenschaftlich. Dann machte ich meinen Hosenschlitz auf. Dann nahm ich sie in die Arme und hob sie hoch. Dann schob ich ihr meinen Schwanz rein.

Aber das dauerte nur eine kurze Weile. Sagen wir dreißig Sekunden und nicht eine mehr. Anschließend wankten wir beide in entgegengesetzte Richtung, und ich steckte ihn wieder in meine Hose.

»Siehst du?« erklärte ich. »Das ist gar nicht so schwer!«

Nicole, die sich wieder vor die Holzscheite gesetzt hatte, deren unter der Asche verstecktes Herz rot glühte, rang die Hände. Ich dagegen versuchte, an etwas anderes zu denken.

»Ich würde viel dafür geben, daß es Tag wird ...«, flüsterte sie in einem Hauch. »Ich wünschte mir, es wäre schon Morgen.«

Und mir brannten ganze Sätze auf der Zunge. Nachdem

ich jetzt begriffen hatte, worauf sie hinauswollte, hatte ich in Ermangelung der Ermordung ihres Mannes nichts dagegen, die Nacht in ihren Armen zu verbringen, selbst wenn es meine letzte sein sollte. Ich konnte ihr dafür alle guten Gründe liefern, die es nur gab. Ich zweifelte nicht daran, daß ich sehr überzeugend sein und all ihre Schranken eine nach der anderen niederreißen würde. Aber das konnte ich nicht tun. Das konnte ich ihr nicht antun. Sie befand sich in einem richtigen Dilemma, da war ich mir ganz sicher. Ich hatte ihr geglaubt, als sie behauptet hatte, sie habe unserer Beziehung ein Ende gesetzt, weil sie nichts mehr davon erwartete. Ich wußte ebenfalls, daß es, wenn wir wieder anfingen, keinen Grund gäbe, irgendwann aufzuhören, und daß sie für ihre Mühe nichts weiter bekommen würde. Das konnte ich ihr nicht antun. Einen Moment ausnutzen, in dem sie verwundbar war, ihr die schlimmsten Lösungen durch den Kopf gingen und eine Waffe im Haus herumlag? Nein, den Mut hatte ich nicht. Nein, ich begehrte sie gewiß aus Leibeskräften, vielleicht sogar mehr, als ich sie je begehrt hatte, und Gott kann bezeugen, daß das nicht wenig war und mein ganzes Ich am Rand eines unergründlichen Abgrunds taumelte, aber das konnte ich nicht tun.

Ich stand auf und zog mich in mein Zimmer zurück.

Als ich eine Viertelstunde später in die Küche ging, um mir ein Glas Wasser einzuschenken, sah ich, daß sie sich nicht von der Stelle gerührt hatte.

»Hast du Lust, daß wir uns einen Spielfilm ansehen?« schlug ich ihr vor. »Oder einen Dokumentarfilm?«

Keine Antwort. Da bemerkte ich auf der Höhe ihres Unterleibs einen großen kreisförmigen Fleck auf ihrem Rock.

Masturbation! So weit war es inzwischen mit uns gekommen! Aber wie konnte sie auch nur vor der Glut sitzen bleiben! Warum nicht in einem Whirlpool oder über einem Entlüftungsschacht der Metro? ›Ach, laß sie nur …‹, sagte ich mir. ›Schließlich ist sie ja groß genug!‹

Ich kehrte in mein Zimmer zurück. Im Vorübergehen überprüfte ich, ob Patrick seine Tür abgeschlossen hatte, und als ich dann einen Blick durch das Schlüsselloch warf, sah ich, daß er im Schlafanzug auf dem Bett saß und telefonierte. Ich hörte, daß er sich mit einer Telefonistin jenseits des Atlantiks auseinandersetzte und die Kommunikation zwischen ihnen ziemlich stockend verlief. Ein befriedigtes Lächeln zeichnete sich auf meinen Lippen ab. Ich richtete mich gerade wieder auf, als plötzlich eine Hand aus dem Halbdunkel auftauchte und energisch an der Hose meines Kimonos zog, so daß sie mir auf die Waden hinabrutschte. In der gleichen Sekunde umschloß eine warme, feuchte Höhlung meinen Prengel.

Mir stockte das Blut in den Adern. Ich packte Nicole am Arm und schob sie rücksichtslos in Richtung Küche, wobei ich mich mit zusammengebissenen Zähnen bemühte, das Unterteil meines Kimonos nicht unterwegs zu verlieren.

»Hast du den Verstand verloren?« herrschte ich sie mit leiser Stimme an, während ich mir die Hose hochzog. »Hast du dir geschworen, diesen Abend mit einem Drama zu beenden?«

Sie lachte höhnisch in der Dunkelheit. In diesem Augenblick bemerkte ich, daß sie nur noch ihr langärmliges T-Shirt trug. Was hatte sie mit dem Rest gemacht?

Ich setzte mich auf einen Hocker und schob ihr einen

Finger in die Spalte. Sie hob ein Bein und stellte es auf die Fußstütze.

»Ich begreife dich nicht...«, seufzte ich.

Statt einer Antwort holte sie meinen Schwanz aus dem Kimono und begann ihn abzulutschen, während ich sie mehr oder weniger wichste, ohne zu wissen, wohin uns all das führen würde.

»Ich begreife dich nicht«, fuhr ich fort, »und habe auch gar keine Lust, dich zu begreifen. Ich habe den Eindruck, als wärst du auf einem anderen Stern...«

Ich nahm die Rolle Haushaltspapier vom Ständer, einem einfachen Rohr aus Chromstahl, das auf einen Sockel geschraubt war, und beugte mich über ihren Rücken, um auf ihren Arsch zu zielen. Sie unterbrach einen Augenblick ihre Beschäftigung und warf mir einen Blick des Einverständnisses zu.

»Und ich weiß genau, was mich hinterher erwartet«, sagte ich weiter. »Ich bin dann wieder an allem schuld. Ich habe mal wieder die Situation ausgenutzt. Ich kann mir die Szene genau vorstellen! Versuch nicht, das abzustreiten!«

Ich setzte sie, mir zugewandt, rittlings auf meinen Schoß, schob ihr meinen Schwanz in die Muschel und zog ihren Oberkörper ein wenig nach vorn, gegen meine Hüfte, um das Küchengerät unter optimalen Bedingungen weiter einsetzen zu können. Empfänglich für diese doppelte Penetration (ich mußte unwillkürlich lächeln, als ich an eine gewisse Behauptung dachte, die Olga aufgestellt hatte), gab Nicole ein wohliges Gurgeln von sich.

Ich hatte jedoch nicht vor, auf diesem völlig unbequemen Hocker eine Ewigkeit zu verbringen. Ich ließ Nicole also absteigen, weshalb sie zunächst ein wenig nörgelte, ehe sie vor meinem tropfenden warmen Schwanz in Verzückung geriet. Kaum hatte ich einen Fuß auf den Boden gesetzt, da rammte sie ihn sich bis zu den Eiern in die Röhre, aber diesmal hatte ich nicht die geringste Chance, mich dem zu entziehen. Ich ließ sie also gewähren, auch wenn sie sich viel Zeit ließ und mir mit entsetzlicher, fast sadistischer Langsamkeit den Riemen polierte (und von mir durfte sie bestimmt kein Mitleid erwarten, falls ich ihr die Dose vollspritzte), aber schließlich gab sie ihn mir glänzend und blitzblank zurück.

»Nicole, hör zu... Noch ist es früh genug, um uns die Frage zu stellen. Anschließend ist es zu spät, das garantiere ich dir!«

Sie zögerte einen Augenblick. Sie biß sich auf die Lippen und preßte meinen Schwanz in ihrer Hand, vergnügte sich damit, die Eichel herauskommen zu lassen, die sie mit abwesendem Blick betrachtete.

»Aber... warum sollte ich allein die Verantwortung dafür übernehmen?«

Ich drehte sie um und schob ihre Ellbogen auf den Rand des Spülsteins, um sie in den Arsch zu ficken.

»Nicole, wir haben jeder unsere eigene Art, die Dinge zu sehen. Du mußt begreifen, daß ich mich nicht ändern kann... Also überleg es dir.«

Ich schob meine Hand zwischen ihre Beine, strich ihr etwas Saft in die Kimme und steckte ihr meinen Schwanz in den Arsch. Ohne jede Brutalität, aber mit der festen Hoffnung, daß sie sich der Etappen bewußt war, die wir zurücklegten.

Durch ihr T-Shirt hindurch packte ich ihre beiden Brüste, die verzweifelt nach unten zeigten wie zwei aus einer Irrenanstalt entlaufene Verrückte. Nicole bebte und stieß pfeifend die Luft zwischen den Zähnen aus.

»Du bist ein unverschämter Dreckskerl!« murmelte sie und schob die Hand zwischen ihre Schenkel, um mir die Eier zu streicheln. »Du pfeifst auf meine Gefühle!«

Das ging zu weit! Ohne zu zögern, zog ich meinen Schwanz heraus. Ich drehte Nicole um, packte sie an den Schultern und sagte: »Sag nicht, daß ich auf deine Gefühle pfeife!... Ich pfeife nicht auf deine Gefühle, hörst du?«

Mit aufgestützten Ellbogen an den Spülstein gelehnt, blickte sie über meine Schulter hinweg. Aber da sie den Bauch hervorstreckte und mein Schwanz gegen ihre Leiste schlug, hob ich eines ihrer Beine hoch und fickte sie.

Sie taumelte. Ich konnte einen Sturz verhindern, indem ich die Knie leicht beugte.

»Wir werden nie die Kurve kriegen!« beklagte sie sich, während sie sich auf eine gestreifte Matratze am Rand des Swimmingpools sinken ließ. Ich war auf diese Idee gekommen. Es war ein gemütliches Plätzchen, das nur von den unter Wasser angebrachten Scheinwerfern beleuchtet wurde, was ringsumher ein hübsches lapislazulifarbenes Licht verbreitete, und vor allem befand es sich am anderen Ende des Hauses, auf der entgegengesetzten Seite von Patricks Zimmer.

»Jetzt sind wir wieder am Ausgangspunkt angelangt!« fuhr sie mit müder Stimme fort, zog die Beine an die Brust und ließ die Zunge zwischen den Lippen hergleiten. »Kannst du mir bitte ein Kissen holen?«

Was sollte ich tun? Ich holte ein Kissen und schob es ihr unter die Hüften, was sollte ich sonst tun? Mich von der Traurigkeit übermannen lassen und der Tragödie erliegen, die jeder Art von Dasein innewohnt?

Ich stellte mit großem Vergnügen fest, daß sie ihre Mandel immer noch sorgfältig pflegte und sie mir ebenso unversehrt und glatt zurückgab wie zu der Zeit, als ich mich noch selbst darum gekümmert hatte. »Nun komm, sei nicht so bitter …«, erklärte ich und schob ihr dabei mit beiden Daumen die Spalte auseinander. »Man kommt nie an den Ausgangspunkt zurück. Das Leben ist nur eine lange Flucht nach vorn.«

Sie war genauso gut darin, mir den Schwanz zu lutschen, wie ich darin, ihr die Muschel zu schlecken. Wir hatten uns gegenseitig herangebildet. Auch darin, den Arsch zu lecken. Und auch darin, die beiden Unternehmen parallel durchzuführen. Ich hatte den Ständer für das Haushaltspapier mitgenommen und setzte ihn ein, um ihr damit den Arsch oder die Muschel zu polieren, ohne jemals ihre Klitoris aus den Augen zu lassen. Ich wünschte mir von ganzem Herzen, daß sie diese Augenblicke nicht bereute, da ich ja wußte, wie schwer ihr die Sache gefallen war … Ich hoffte nur, daß ich die Waagschalen ins Gleichgewicht bringen konnte … Als ich zur Seite trat und sah, wie sie mit einem Röcheln der Lust und der Selbstaufgabe, die nicht gespielt waren, in die Luft pinkelte, überkam mich neue Zuversicht.

Was immer man auch sagen mag, ein Hauch der Verzweiflung läßt sich bei jedem Geschlechtsverkehr nicht von vornherein ausschließen. Das ist sogar ein Plus. Nicole war davon wie elektrisiert. Jedesmal wenn wir die Stellung wechselten, warf sie sich vor mir auf die Knie und steckte sich meinen Prengel in den Mund, als handele es sich um einen Schlauch, der an eine Sauerstoffreserve angeschlossen war. Einmal rannte sie ins Wohnzimmer, um ihr Höschen zu holen, und zwar ein ganz bestimmtes und kein anderes, dabei hatte sie weiß Gott genug saubere und trockene in ihrer Kommode, und sie benutzte es wie einen Schal, um mir damit meinen Prengel zu umwickeln. Ich sah ihr dabei zu und muß sagen, das gefiel mir. Als sie mir dann einen ablutschte und mir dabei einen Finger in den Arsch steckte, dauerte es nicht mehr lange, bis ich ihr das Gesicht vollspritzte. Sie stieß einen Freudenschrei aus und klatschte in die Hände, als hätte ich eine tolle Leistung vollbracht.

Sehr bald darauf konnte ich sie wieder von hinten nehmen. Wir waren inzwischen in den Garten gegangen, und ich hatte sie mit dem Gartenschlauch gewichst und dabei den Druck des Wasserstrahls stark gedrosselt, aber immer darauf geachtet, richtig zu zielen. Nach der Nummer auf allen vieren brach Nicole zusammen. Ich nahm keine Rücksicht darauf. Ich stellte sie wieder auf alle viere und fickte sie in den Arsch, wobei ich ihr gleichzeitig den Hintern mit der Sonnencreme massierte, die Patrick für das Gesicht benutzte.

Die Verzweiflung. Die Tragik des Lebens. Die rätselhafte Gewalt des Sex. Die seltsame Schönheit der Pornographie. Wie eine Schar dunkler Vögel drehten sie sich in meinem Kopf und begleiteten mich krächzend und schreiend auf meiner nächtlichen Reise.

Es war ziemlich spät, als ich mich anschickte, in mein Zimmer zurückzugehen. Nicole und ich waren schließlich benommen vor Müdigkeit auf dem Flur gelandet, versuchten aber immer noch aus irgendeinem unvernünftigen Reflex heraus, uns gegenseitig etwas Gutes zu tun. Wir konnten uns nicht einmal mehr auf den Beinen halten. Ich hatte sie im Stehen an der Wand gevögelt, bis wir langsam auf den Boden sanken und auf der Tapete eine breite feuchte Spur in Form eines tadellosen Halbkreises hinterließen.

Nicole war in eine Phase ununterbrochener Orgasmen geraten, die kein Ende zu nehmen schien, und ich verstand kaum noch etwas von dem, was sie sagte. Sie war auf mich gesunken und holte sich an meinem Schenkel einen runter, während ich versuchte, den Türgriff zu erreichen, um mich aufzurichten. Ihr Haar war völlig zerzaust, ihr Blick verwirrt, ihre Lippen blühend, ihr Kinn und ihre Wangen waren mit Samenspuren überzogen, um die sie sich seit einiger Zeit nicht mehr scherte. Ich persönlich sah mich nicht, aber die Haut in meinem Gesicht war gespannt, und meine Nasenlöcher wie auch der Winkel meines rechten Augenlids waren verklebt.

»Ich glaube, ich habe Lust, dich zu lecken...«, sagte ich, als ich merkte, daß sie das Bewußtsein verlor und ich nicht die Kraft haben würde, allein zu Rande zu kommen, und somit Gefahr lief, unter dem Gewicht einer erschöpften Frau auf der Strecke zu bleiben.

Sie ließ sich auf die Seite rollen, spreizte zitternd die Beine und streckte mit einer dumpfen Litanei auf den Lippen den Mittelfinger vor, den sie sich für alle Fälle schon mal in die Spalte steckte.

Es gelang mir, mich hinzusetzen. Mit dem Rücken an der Wand holte ich tief Atem und betrachtete Nicole, die von leichten Zuckungen geschüttelt wurde und mich mit schwacher, aber schlüpfriger Stimme ermunterte, sie so weiter zu wichsen und sie anschließend zu Tode zu ficken.

Trotz mehrfacher Bemühungen gelang es mir nicht, auf die Beine zu kommen, und so kroch ich auf allen vieren in mein Zimmer zurück.

Aber schon im Morgengrauen wurde ich aus dem Tiefschlaf gerissen und erlebte einen Alptraum.

Das Dach des Hauses stürzte über meiner Brust zusammen und raubte mir den Atem.

Ich stieß einen Schrei aus und öffnete ungläubig die Augen: Nicole saß rittlings auf meinem Bauch und hielt mir einen Revolver an die Stirn.

Sie war angekleidet und hatte ihr Haar wieder zu einem Knoten hochgesteckt. Sie hielt mich am Revers meines Kimonoschlafanzugs fest. Sie starrte mich mit einem furchtbaren Blick an.

»Ich bin dir nicht gut genug, nicht wahr?« erklärte sie in einem Ton voller Bitterkeit, und das ist noch weit von der Wahrheit entfernt.

Ich hob die Hand zum Zeichen des Friedens, aber sie schlug mich heftig ins Gesicht. Wie hatte sie nur so viel Kraft wiedergefunden?

»Ich sage dir auf Wiedersehen, Francis… Wir sehen uns im Jenseits wieder.«

Ich schloß die Augen.

»Du läßt mir keine andere Wahl!« fuhr sie fort. »Glaubst du vielleicht, ich hätte nichts anderes zu tun, als mit dir zu vögeln? Glaubst du, ich hätte Lust, weiterhin meine Zeit mit dir zu vergeuden, hm, was meinst du?«

Ich öffnete sie wieder. Ich musterte ihr Gesicht und begriff, daß meine letzte Stunde möglicherweise geschlagen hatte. Ich war nicht darauf vorbereitet, aber im Grunde war das gar nicht so verkehrt. Ich fühlte mich ermattet.

Als ich die Augen wieder schloß, stürmte Patrick plötzlich ins Zimmer.

»Was ist denn hier los?«

Ohne sich umzuwenden, schoß Nicole eine Kugel in die Zimmerdecke.

»Raus mit dir!«

Stellen Sie sich einen Augenblick vor, wie er die Nacht am Telefon verbracht hatte. Stellen Sie sich vor, in welch frustriertem Zustand er sich befand. Stellen Sie sich vor, wie er Frauen gegenüber gestimmt war. Stellen Sie sich eine Sekunde vor, was er empfand, als er diese schneidende weibliche Zurückweisung hinnehmen mußte, und das noch unter seinem eigenen Dach, am frühen Morgen vor dem Frühstück. Erstaunt es Sie da wirklich, daß er über sie herfiel? Muß man ihn unbedingt mit Vorwürfen überhäufen, auch wenn man ihm nicht recht zu geben braucht?

Zu allem Unglück fiel krachend ein zweiter Schuß, während die beiden auf meine Bettdecke stürzten und dann über meinen Bettvorleger rollten.

Bis zu Nicoles Beerdigung blieb das Wetter unbeständig. Manche von uns trugen noch einen Mantel, und die Schals wehten im Wind, dessen Temperatur sich von einer Minute zur anderen änderte, genau wie das Licht. Zahlreiche Schriftsteller waren zugegen – mit Sorgenfalten auf der Stirn und gefalteten Händen –, aber kaum einer war über die

Grausamkeit und die Zufälle des Daseins überrascht. Leute aus dem Verlagswesen, Kritiker, kurz all das, was Nicole haßte.

Edith hielt mich mit eisernem Griff am Arm fest.

Ich weinte nicht. Olga weinte.

Mir tat die Brust weh, denn ich hatte mit aller Kraft auf die Bremse getreten, als wir durch das Industrieviertel gefahren waren, und das Lenkrad hatte mir eine Rippe mehr oder weniger eingedrückt. In einem großen Schaufenster pries ein riesiger Kanister mit *Roundup®* die Vorteile des Glyphosat an, sowohl für den Garten wie für die gegenwärtige und zukünftige Landwirtschaft auf der ganzen Welt. Aber ich wollte nicht zu spät zu Nicoles Beerdigung kommen.

Edith hielt mich mit eisernem Griff am Arm fest, als wollte ich davonlaufen.

Die Worte des Priesters wurden vom Wind in alle Richtung geweht und verloren sich wer weiß wo. Olga nahm meine Hand und drückte sie an ihre Wange. Henri, der mich beobachtete, sah mir fest in die Augen. Ich stieß ein »Hu!« aus. Ein Stück weiter unten warteten die Fahrer neben mehreren Limousinen, und einer von ihnen rannte plötzlich hinter seiner Schirmmütze her. Ich dachte, daß er sie nie einholen würde. Ist das nicht verrückt?

Patrick hustete. Er hatte sich erkältet.

Ich hatte ihm geholfen, Nicoles Zimmer aufzuräumen. Er hatte sich eine ganze Weile mit lauter Stimme Fragen über die Absichten seiner Frau an diesem gräßlichen, verhängnisvollen frühen Morgen gestellt, ohne einen Sinn zu sehen. Ich hatte ihm in keiner Weise dabei geholfen. Wir warfen Nicoles Unterwäsche mit vollen Händen in einen Karton.

Edith hielt mich mit eisernem Griff am Arm fest. Ich vermute, daß sie etwas besorgt war. Sie mag es nicht, daß ich mich, wie sie sagt, irrational verhalte. Aber wie soll man sich angesichts des mörderischen Wahns gewisser Leute aufführen? Ich wollte nicht mehr daran denken. Ich wollte an Nicole denken. Ich wollte an den großen Strom denken, der einige von uns mit sich riß, aber wir würden auch bald an der Reihe sein und endlich von unserem Leid erlöst werden.

Ich blieb mit Edith am Arm aufrecht vor dem Sarg stehen. Ich sagte Nicole, daß ich alle Videofilme verbrannt hatte, aber daß sie in meiner Erinnerung ewig leben würde. Ich bin derjenige, der die Kanalisation überwacht, die Verstopfungen der Rohre beseitigt und das große Netz unterhält, das Himmel und Erde verbindet. Ich hoffe, ich bin nicht der einzige. Aus den Augenwinkeln bemerkte ich eine gewisse Unruhe in der Nähe der Limousinenschlange mit den Schuppen aus Chrom: Die Fahrer diskutierten mit irgendwelchen Typen.

»Mach dir keine Sorgen«, flüsterte ich Edith zu. »Niemand ist verletzt worden.« Das Schaufenster war mit furchtbarem Getöse zersplittert, aber niemand hatte etwas abgekriegt. Ohne Eile nahm ich etwas Erde und warf sie auf Nicole, die nicht hatte begreifen wollen, daß es nie eine andere Frau in meinem Leben gegeben hatte und geben würde als jene, die mich fest am Arm hielt und sich über eine einfache zertrümmerte Scheibe Sorgen machte, aber ich hatte das als einen unerträglichen Horror empfunden, eine einfache zertrümmerte Schaufensterscheibe bei der Rücksendung an den Absender, und dafür hatte ich scharf gebremst und mir dabei das Lenkrad in die Rippen gerammt, aber ich war trotzdem ausgestiegen, ich hatte es eilig, aber ich war ausgestiegen, hatte den Kofferraum geöffnet, mir den Kanister mit *Roundup*® geschnappt und ihn auf den großen Kanister, auf den Riesen, geschleudert, ich, der kleine David, hatte ihnen ihren Kanister mit Glyphosat in die Fresse gehauen. Und ich bereute nichts, aber wie waren sie mir nur bis hierher gefolgt? Vermutlich befand sich ein Detektor unter meinem Auto, oder man hatte mich fotografiert.

Doch der Kampf war nicht zu Ende. Der Kampf begann erst. Manche starben, manche gaben auf halbem Weg auf, aber die Literatur hatte noch eine große Zukunft vor sich. Ob Pornographie oder nicht, man durfte davon ausgehen, daß sich im Laufe der Jahrtausende neue Wege ins Unendliche öffnen würden. Schritt für Schritt mußte man sie erkunden, sie besuchen, sie bewohnen, auch wenn man dabei ein paar Scherereien, ein paar Zurechtweisungen erntete, und diese Kerle schienen keinen Spaß zu verstehen. Sie waren zu dritt, Typen von der Sorte zähe Burschen, die mit wehendem Haar zwischen den Gräbern hinaufkamen.

Edith und ich entfernten uns unauffällig.

*Bitte beachten Sie auch
die folgenden Seiten*

Philippe Djian im Diogenes Verlag

»Keiner macht ihm diesen Ton nach, voller Humor, Selbstironie und Kraft.« *Frédéric Beigbeder*

»Djian schreibt glasklar und in einem Tempo, dem ältere Herren wie Grass und Walser schon längst durch Herzinfarkt erlegen wären.« *Plärrer, Nürnberg*

Betty Blue
37,2° am Morgen
Roman. Aus dem Französischen von Michael Mosblech

Erogene Zone
Roman. Deutsch von Michael Mosblech

Verraten und verkauft
Roman. Deutsch von Michael Mosblech

Blau wie die Hölle
Roman. Deutsch von Michael Mosblech

Rückgrat
Roman. Deutsch von Michael Mosblech

Krokodile
Sechs Geschichten. Deutsch von Michael Mosblech

Pas de deux
Roman. Deutsch von Michael Mosblech

Matador
Roman. Deutsch von Ulrich Hartmann

Mörder
Roman. Deutsch von Ulrich Hartmann
(vormals: *Ich arbeitete für einen Mörder*)

Kriminelle
Roman. Deutsch von Ulrich Hartmann

Heißer Herbst
Roman. Deutsch von Ulrich Hartmann

Schwarze Tage, weiße Nächte
Roman. Deutsch von Uli Wittmann

Leon de Winter im Diogenes Verlag

Hoffmans Hunger

Roman. Aus dem Niederländischen von Sibylle Mulot

Durch eine spannende Spionage-Geschichte werden die Schicksale dreier Männer miteinander verwoben: Felix Hoffman, niederländischer Botschafter in Prag, der seinen leiblichen und metaphysischen Hunger mit Essen und Spinoza stillt, Freddy Mancini, Zeuge einer Entführung in Prag, John Marks, amerikanischer Ostblockspezialist. Zugleich die Geschichte von Europa 1989, das sich eint und berauscht im Konsum. Ein Rausch, der nur in einem Kater enden kann.

»Ein brillanter Roman in einer fabelhaften deutschen Übersetzung. Leon de Winter bringt etwas zustande, was die deutschsprachige Literatur seit Jahrzehnten verlernt zu haben scheint: eine helle, klare, sarkastische Erzählung von aktueller Welthaftigkeit zu schreiben.«
Die Weltwoche, Zürich

»*Hoffmans Hunger* ist unvergeßlich.«
Süddeutsche Zeitung, München

»Ein grandioser Roman.« *Stern, Hamburg*

1993 mit Elliott Gould und Jacqueline Bisset verfilmt.

SuperTex

Roman. Deutsch von Sibylle Mulot

»Was macht ein Jude am Schabbesmorgen in einem Porsche!« – bekommt Max Breslauer zu hören, als er mit knapp hundert Sachen durch die Amsterdamer Innenstadt gerast ist und einen chassidischen Jungen auf dem Weg zur Synagoge angefahren hat. Eine Frage, die andere Fragen auslöst: »Was bin ich eigentlich? Ein Jude? Ein Goi? Worum dreht sich mein Leben?« Max, 36 Jahre alt und 90 Kilo schwer, Erbe eines Textilimperiums namens SuperTex, landet auf der Couch einer Analytikerin, der er sein Leben erzählt.

»In direkter Nachbarschaft von Italo Svevos *Zeno Cosini*, erzählt mit großem dramaturgischem Geschick, raffiniert eingesetzten Blenden und effektvoll inszenierten Episoden. Das ist große europäische Literatur.« *Martin Lüdke / Die Zeit, Hamburg*

»Mit Tempo und Intelligenz erzählt, ein Unterhaltungsroman bester Güte, wie man selten einen in die Hand bekommt – von der ersten bis zur letzten Seite mit Spannung und Genuß zu lesen.«
Elke Heidenreich / Radio Bremen

Serenade

Roman. Deutsch von Hanni Ehlers

Anneke Weiss, Mitte Siebzig, seit langem Witwe, hat ihre Lebenslust und ihren Elan, sich munter in das Leben ihres Sohnes Bennie, eines verhinderten Komponisten, einzumischen, gerade erst richtig wiederentdeckt. Da diagnostizieren die Ärzte bei ihr ein Karzinom. Bennie drängt darauf, daß man seiner Mutter ihre tödliche Krankheit verschweigt. Das Leben scheint ganz normal weiterzugehen – Anneke verliebt sich sogar in den 77jährigen Fred Bachmann –, doch alles gerät aus den Fugen: Die alte Dame ist spurlos verschwunden, und Bennie und Fred machen sich auf die Suche. Nur vordergründig witzig und leichtfüßig erzählt dieser Roman von einem Trauma, das jeden Tag neu aufzubrechen vermag.

»Ein Buch der Trauer und des Abschieds, aber auch der Einsicht, der Hoffnung und der Liebe.«
Peter Henning / Facts, Zürich

»Leon de Winter erzählt plastisch, einfach, liebevoll und leicht von der Möglichkeit zu verschweigen und der Unmöglichkeit zu vergessen.« *Focus, München*

»Das Meisterstück einer glücklich-unglücklichen, also typischen Mutter-Sohn-Beziehung.«
Kurier, Wien

Zionoco

Roman. Deutsch von Hanni Ehlers

Als Sol Mayer in Boston in der Boeing 737 auf die Starterlaubnis nach New York wartet, weiß er noch nicht, daß dieser Flug sein Leben verändern wird: Der Starprediger von Temple Yaakov, der großen Synagoge an der Fifth Avenue, verliebt sich verzweifelt in seine Sitznachbarin, Sängerin einer kleinen Band. Damit bekommt seine ohnehin nicht ganz intakte Gegenwart noch mehr Risse. Die Ehekrise mit Naomi, Erbin eines Millionenvermögens, läßt sich nicht länger verdrängen. Und beruflich hat sich der liberale Rabbiner mit öffentlichen Angriffen gegen orthodoxe Chassiden gerade mächtige Feinde geschaffen. Vor allem aber wird seine Vergangenheit wieder virulent, die Zeit, in der Sol als Lebemann und Taugenichts gegen den übermächtigen Vater rebellierte. Eine Reihe aufwühlender Ereignisse zwingt ihn schließlich zu einer halluzinatorischen Reise, wunderlicher, als er sich je hätte träumen lassen.

»Das Tempo des Buches reißt von der ersten Seite an mit.« *Nina Toepfer/Die Weltwoche, Zürich*

Der Himmel von Hollywood

Roman. Deutsch von Hanni Ehlers

Als der einst vielversprechende Schauspieler Tom Green nach Verbüßen einer Haftstrafe nach Hollywood zurückkehrt, hat er noch knapp zweihundert Dollar in der Tasche und kaum eine Perspektive. Zufällig trifft er auf zwei Schauspielerkollegen, die wie er schon bessere Tage gesehen haben: den sechzigjährigen Jimmy Kage und den siebzigjährigen Oscar-Preisträger Floyd Benson, der sein Brot jetzt als Installateur von Alarmanlagen verdient. Bei einer nächtlichen Sauftour stoßen die drei am Hollywood Sign auf einen übel zugerichteten Toten, der einem von ihnen kein Unbekannter ist: Floyd Benson vermutet, daß der Tod des kleinen Gangsters Tino mit einer Riesensumme Geld und mafiosen Machenschaften in Zusammenhang steht. Die drei sympathischen Loser planen den Coup ihres Lebens …

»Raffiniert, unterhaltsam, komödiantisch – immer wieder zum Erstaunen und zur Verzückung des Lesers.« *Volker Hage / Der Spiegel, Hamburg*

Sokolows Universum

Roman. Deutsch von Sibylle Mulot

Ein heißer Septembertag in Tel Aviv: Ein Straßenkehrer wird Zeuge eines Mordes. Der Mann zweifelt eine Sekunde lang an seinem Verstand, denn er glaubt, in dem Mörder einen alten Freund erkannt zu haben. Und dies würde in der Tat alle Regeln der Wahrscheinlichkeit außer Kraft setzen. Denn Sascha Sokolow ist kein gewöhnlicher Straßenkehrer. Noch vor kurzem war der emigrierte Russe einer der angesehensten Raumfahrtforscher seines Landes. Bis zu dem Tag, an dem die von ihm mitentwickelte Rakete beim Start unter ungeklärten Umständen explodierte. Sokolow wurde suspendiert, ebenso sein alter Projektleiter und Freund Lew Lesjawa – und ebender sah dem Mörder in der Rechow Etsel so verblüffend ähnlich. Seit Sokolow in Israel ist, trinkt er, um zu vergessen: die gescheiterte Karriere und Ehe, die bislang vergebliche Suche nach einer jüdischen Identität und nicht zuletzt, welche Rolle Lew damals bei der Raketenexplosion spielte. Überhaupt – der schillernde Charakter seines Freundes, der keine Skrupel zu kennen scheint …

»Ein unwiderstehlich spannender Roman über die Hilf- und Heimatlosigkeit eines Intellektuellen, der zwei Welten erlebt hat – die kommunistische wie die kapitalistische. Und der weder die Spielregeln der einen noch der anderen verstanden hat. Ein Buch voller deftiger Pointen und Bilanzen, in dem auch ganz unaufdringlich die Sehnsucht nach einem anderen Leben mitschwingt.« *Brigitte, Hamburg*

»An der Zerrissenheit des modernen Menschen haben sich viele abgearbeitet, doch ich kenne keinen, der das mit soviel Leichtigkeit, Witz und ergreifender, ungekünstelter Poesie behandelt wie Leon de Winter.«
Dietmar Sous/Freitag, Berlin

Leo Kaplan

Roman. Deutsch von Hanni Ehlers

Der Schriftsteller Leo Kaplan, fast vierzig, fast Millionär, ist ein Virtuose des Ehebruchs. Bis es seiner Ehefrau Hannah zu bunt wird. Kaplan muß erkennen, daß er durch seine Liebeseskapaden nicht nur seine Ehe, sondern auch seine Kreativität verspielt hat. Erst als er überraschend seine große Jugendliebe wiedertrifft, beginnt er zu verstehen, wie er zu dem wurde, der er heute ist. Ein bewegender Roman über die Sehnsucht und die Suche nach den eigenen Wurzeln.

»Leon de Winter ist ein wunderbar phantasievoller Erzähler. Er liebt seine Figuren, hat ein herrliches Gespür für deren Entwicklungen und Abgründe und erzählt immer leicht und lakonisch.«
Joachim Knuth/Norddeutscher Rundfunk, Hamburg

Doris Dörrie
im Diogenes Verlag

Liebe, Schmerz und das ganze verdammte Zeug

Geschichten

Vier großartige, liebevolle, traurige, grausame Geschichten: *Mitten ins Herz, Männer, Geld, Paradies.* Geschichten von befreiender Frische.

»Doris Dörrie ist eine beneidenswert phantasiebegabte Autorin, die mit ihrer unprätentiösen, aber sehr plastischen Erzählweise den Leser sofort in den Bann ihrer Geschichten schlägt, die alle so zauberhaft zwischen Alltag und Surrealismus oszillieren. Ironische Märchen der 80er Jahre – Kino im Kopf.«
Der Kurier, Wien

»Ihre Filme entstehen aus ihren Geschichten.«
Village Voice, New York

»Was wollen Sie von mir?«

Erzählungen

»Es ist vollkommen gleichgültig, ob Sie Doris Dörrie in der Badewanne, im Intercity-Großraumwagen, im Lehnstuhl oder in der Straßenbahn lesen, nur: Lesen Sie sie! Lassen Sie sich nicht irre machen von naserümpfenden Kritikern, diese sechzehn Short-Stories gehören durchweg in die Oberklasse dieser in Deutschland stets stiefmütterlich behandelten Gattung.«
Deutschlandfunk, Köln

»Vor allem freut man sich, daß Doris Dörrie den eitlen Selbstbespiegelungen der neuen deutschen Weinerlichkeit eine frische, starke und sensible Prosa entgegenstellt.« *Kölnische Rundschau*

Der Mann meiner Träume

Erzählung

Doris Dörrie erzählt die Geschichte von Antonia, die den Mann ihrer Träume tatsächlich trifft. Sie erzählt eine moderne Liebesgeschichte, eine heutige Geschichte, deren Thema so alt ist wie die Weltliteratur, eine Geschichte von der Liebe.

»Ein erzählerisches Naturtalent mit einem beneidenswerten Vermögen, unkompliziert und gekonnt zu erzählen. Der Leser beendet die Lektüre mit höchst bewußtem Bedauern darüber, daß er diese kurzweilige, unprätentiöse Erzählung schon hinter sich hat.«
Frankfurter Allgemeine Zeitung

Für immer und ewig

Eine Art Reigen

Ein überschaubarer Kreis von Personen, darunter auch das Model Antonia, im ewigen Karussell des Lebens: Man begegnet sich, verliert sich wieder aus den Augen, liebt und leidet.

»Die Dörrie ist in diesem Buch auf der Höhe ihrer Männer- und Frauencharakterstudien. Ein Buch zum Lachen und zum Weinen. Zum genießerischen Wehmütigsein und zum sinnigen Nachdenken.«
Die Welt, Bonn

Love in Germany

Deutsche Paare im Gespräch
mit Doris Dörrie

»Doris Dörrie hat die *Love in Germany* erkundet – in 13 anrührenden und saukomischen Interviews mit deutschen Paaren zwischen Mittelmaß und Beziehungswahn. Ganz normale Leute, aber alle sind mit ihren Ramponiertheiten und unverwüstlichen Liebesträumen Persönlichkeiten. Aufschlußreicher als jede Statistik.« *Stern, Hamburg*

Bin ich schön?

Erzählungen

Mit liebevoll-kritischem Blick nimmt Doris Dörrie die aufgeklärte, alternative Intellektuellenszene aufs Korn. Siebzehn tragisch-komische Geschichten, die nachdenklich stimmen, weil sie so hemmungslos ehrlich sind.

»Doris Dörrie ist eine ausgezeichnete Kurzgeschichten-Schreiberin mit der erforderlichen Prise Selbstironie und mit stilistischer Eleganz.«
Annemarie Stoltenberg/Die Zeit, Hamburg

Samsara

Erzählungen

Sie befragen das I Ging, versuchen es mit dem Buddhismus, lassen ihre Wohnungen auf gute oder böse Chi'is untersuchen, suchen ihr Glück bei Sushi-Dinners oder in Hollywood. Die Generation der heute Mittvierziger, die angetreten war, in Liebe, Familie und Beruf alles so viel toleranter, cooler, besser zu machen als ihre Eltern, sieht sich heute vor Fragen stehen, die sich nicht einfach mit einem lockeren ›think positive‹ lösen lassen.
Fünfzehn Geschichten über Gestern und Heute, die gar nicht so weit auseinanderliegen, wie wir oft glauben.

Was machen wir jetzt?

Roman

Fred Kaufmann ist beruflich erfolgreich, hat endlich genug Geld – bloß glücklich ist er nicht. Er fürchtet, seine Familie zu verlieren. Seine Frau und er befinden sich seit einiger Zeit in einer Ehekrise, die Claudia mit der Hinwendung zum Buddhismus zu heilen sucht – während er es mit einem Seitensprung versucht. Die siebzehnjährige Tochter Franka hat sich in einen tibetischen Lama verliebt und möchte mit ihm nach In-

dien auswandern. Als moderne Eltern vertrauen sie – aus eigener Erfahrung – mehr der desillusionierenden Wirkung des Alltags als Verboten.
Fred macht sich mit den schlimmsten Gefühlen auf diese gemeinsame Reise mit Franka. Doch die Fahrt und der Aufenthalt im Kloster bringen Vater und Tochter näher zusammen als je zuvor. Für Fred wird diese Reise, die er so widerwillig angetreten hat, vor allem eine Reise zu sich selbst.

Happy

Ein Drama

Drei befreundete Paare treffen sich am Samstagabend. Alles scheint wie immer – und ist es doch nicht: Emilia und Felix sind seit kurzem getrennt, worunter beide psychisch und finanziell leiden; Charlotte und Dylan sind im letzten Jahr durch Dylans geschickte Spekulation an der Börse reich geworden, ihre Paarbeziehung wird jedoch trotz wachsendem Luxus immer armseliger; einzig Annette und Boris sind nach wie vor glücklich verliebt, wünschen sich zwar ein bißchen mehr Geld, um ihre Ikea-Wohnung aufzupeppen, kommen aber auch ohne gut klar.
Die sechs treffen sich zum Abendessen im schicken Apartment von Charlotte und Dylan. Doch die Fröhlichkeit, die solche Treffen in früheren Zeiten bei einer Pizza in der Kneipe um die Ecke hatten, will sich nicht mehr so recht einstellen. Da erzählt Emilia, sie habe neulich gelesen, daß selbst Paare, die über zwanzig Jahre zusammenlebten, auf Fotos nicht mal die Hände des anderen identifizieren konnten. Sie wette, daß die meisten Männer mit geschlossenen Augen nicht einmal ihre eigene Frau erkennen würden. Die anderen sind empört, sie sind sicher, daß sie ihre Partner jederzeit erkennen würden. Felix gießt Öl ins Feuer: Wenn alle so sicher seien, dann könne man ja eine Wette wagen… Ein Experiment mit Folgen beginnt.